Andreas Roß

Innere Schreie

Doppelmord im Paulusviertel

Krimi

mainbook

ISBN 978-3-947612-81-9

Covergestaltung: Olaf Tischer
Bildrechte Titelseite: Andreas Roß

Auf der Verlagshomepage finden Sie weitere spannende Bücher:
www.mainbook.de

Buch

Ein Doppelmord in einem beschaulichen Darmstädter Villenviertel, dem Paulusviertel, wird zum Politikum. Schnelles Handeln ist erforderlich. Hals über Kopf wird die SoKo „Paulus“ gegründet und der frischgebackene Kommissar Benjamin Dobermann wird Teil von ihr. An seinen ersten Arbeitstagen muss er sich gleich bewähren.
Als ihn dann noch sein alter Freund, Fabian Breuer, in ein perfides Spiel verwickelt und er mit seiner schicksalhaften Kindheit konfrontiert wird, ist er hoffnungslos überfordert. Die Zeichen stehen schlecht, doch er erhält Unterstützung von seinem neuen Kollegen und seinem Vater, einem pensionierten Kriminalhauptkommissar. Auch einige Flaschen Rotwein spielen eine große Rolle…

Autor

Andreas Roß, derzeit 58 Jahre alt, Tendenz steigend, verheiratet, zwei nahezu vollständig erwachsene Kinder, die ihn nicht mehr so oft brauchen. Deswegen bleibt ihm mehr Zeit, um als „Mundwerker“ Geld zu verdienen und Geschichten zu Papier zu bringen. Er ist Sozialpädagoge und in der Mieterberatung für verschiedene Südhessische Baugesellschaften tätig. Während seiner Arbeit in den langen dunklen Fluren der in die Jahre gekommenen Miethäuser findet er Anhaltspunkte für seine skurrilen Geschichten. Dazu kommt die Liebe zu seiner Wahlheimat Darmstadt.
Neben zwei Kurzgeschichtensammlungen „Begegnung mit dem Berserker“ (2011) und „Das Leben ist eine Zicke“ (2018) sind drei Kriminalromane erschienen: „abgedrückt“ (2013), „weißkalt“ (2015) und „Tage, die alles verändern“ (2017).

Erstes Kapitel – Verwirrung

Prolog

Ein Zucken durchfuhr seinen Körper. Er wurde herumgerissen, als habe seine Hand auf einer glühenden Herdplatte gelegen. Erschrocken riss er die Augen auf und schrie: „Scheiße, was passiert hier?“

Dunkelheit umgab ihn. Es war eine Schwärze, als stecke er mit dem Kopf in einem Tintenfass. Panik waberte durch seine Innereien. Er war verwirrt, sein Herz schlug wild. Er konnte nichts sehen. Andere Sinnesorgane mussten helfen. Er fühlte Schmerz an seiner Oberlippe und an der Nase. Ohne zu überlegen, betastete der junge Mann die Körperstellen und fluchte, als der Schmerz stechend wurde. Er ließ von seinem Gesicht ab und befühlte mit den Fingerspitzen fahrig seine Umgebung. Anscheinend saß er auf kalten Steinen. Kopf- und Gliederschmerzen trieben ihn mit jedem Herzschlag mehr in diese brutale Realität, die ihn umgab. Wild sog er Luft durch Nase und Mund. Sie war feucht und kühl, roch muffig wie in einem alten Keller.

Der Mann bewegte den Oberkörper, beugte sich nach vorne, winkelte seitlich die Beine an und versuchte sich mit den Händen abstützend aufzurichten.

Es gelang. Als er aufrecht stand, wankte er hin und her und streckte die Arme nach oben aus. Seine Finger berührten harten schroffen Stein. Er glaubte, ein Spinnennetz erfühlt zu haben und zog die Finger reflexartig zurück. Aber er musste vorwärtskommen. Er tastete sich weiter und berührte glatten Mauerstein. Es roch nach frischem Mörtel. Der Mann wollte sich umdrehen und der Wand folgen, als die Zehen seines rechten Fußes gegen etwas stießen und dieses Etwas über den Boden kullerte. Er musste es aufhalten, ging auf die Knie und tastete danach. Zentimeter um Zentimeter rutschte er nach vorne und suchte, bis seine Hand ein rundes längliches Teil fand. Er hob es in die Höhe und nahm beide Hände zum Erforschen. Der Gegenstand fühlte sich kühl und metallen an und hatte eine kleine Erhebung. Könnte ein Knopf sein, dachte der Mann und schob ihn nach vorne. Die plötzliche Helligkeit explodierte in seinem Kopf. Er musste die Augen schließen, um sie etwas später wieder vorsichtig zu öffnen. Nach und nach gewöhnten sie sich an den Lichtstrahl. Ein kleiner Raum wurde beleuchtet, etwas höher als zwei Meter, etwa vier Quadratmeter groß, rundherum Steinwände.

Überall Steinwände?

Der Gedanke drang nur langsam in sein Bewusstsein. Immer hektischer ließ er den Taschenlampenstrahl über die Wände huschen, nirgends eine Tür oder ein anderes Material, nur Stein.

Plötzlich blieb der Lichtstrahl an Etwas hängen. Der junge Mann ging einen Schritt nach vorne und konzentrierte sich, so gut er konnte.

Vorsichtig krabbelte der Schein der Taschenlampe nach oben, schwenkte zur Seite und wieder nach unten. Er folgte einem Rahmen. Darin musste einmal eine Tür gehangen haben, dämmerte es ihm. Jetzt war da aber kein Türblatt mehr. Der Gefangene stützte sich mit beiden Händen an der frisch gemauerten Steinwand ab und wollte nicht begreifen. Erst nach einiger Zeit trommelte er mit beiden Fäusten gegen die roten Steine. Der Mörtel war noch feucht, aber die Steine schon so festsitzend, dass sie sich keinen Millimeter bewegten. Mutlosigkeit übermannte ihn. Eine Ohnmacht, die immer stärker wurde. Er drehte sich um, stolperte zurück zu dem Ort, an dem er aufgewacht war, ließ den Rücken gegen die Wand fallen und glitt langsam daran herunter. Am Boden angekommen schloss er die Augen und wollte sich besinnen, schaffte es aber nicht. Der Keim seiner inneren Unruhe war zu stark. Ich werde mich nicht meinem Schicksal ergeben, schrie es in ihm. Im nächsten Moment riss er erneut die Augen auf und spürte, wie Adrenalin durch seine Blutbahn pumpte. Getrieben erhob er sich und leuchtete noch einmal seine kleine Zelle aus.

In einem Eck lag eine Reisetasche. Sie war offen. Er krabbelte näher heran und leuchtete direkt in die Tasche hinein. Er sah bündelweise 50 €-Scheine.

Jetzt erst dämmerte es ihm, was ihn hierher gebracht haben musste und er hatte wieder diesen starken Drang, sich einfach hinzusetzen, um endlich die Augen schließen zu können.

„Neiiiiin“, schrie es aus ihm heraus und er klopfte sich mit beiden Händen auf die Brust.

Der Taschenlampenschein flackerte wild durch das kleine Gefängnis. Im nächsten Moment leuchtete er in die Tasche und wühlte darin herum. Ein paar eineinhalb-Liter Pet-Flaschen gefüllt mit Mineralwasser und vier Flaschen Rotwein fand er darin. Erstaunt blickte der Mann dem Lichtstrahl hinterher und griff kurze Zeit später nach einer Rotweinflasche, drehte das Etikett, bis er *Merlot* und *trocken* lesen konnte.

Wie human, dachte er bitter. In den nächsten Tagen werde ich nicht verdursten und mich auch noch besaufen können.

Mit zitternden Fingern öffnete er den Schraubverschluss und nahm einen tiefen Schluck von dem angenehm weichen Rotwein.

Er musste nachdenken.

1.

Bienen surren in meinen Eingeweiden. Aber das war zu erwarten. Die Aufgabe, die ich zu erfüllen habe, ist eine Herausforderung. Heute ist der Tag der Tage.

Das Auto parkt in einer Sackgasse, ganz hinten im Dunkeln. Nur ein paar hundert Meter bis hierher. Die kalte Nachtluft tat mir gut, obwohl der Weg viel zu kurz war. Nun ist es 4:30 Uhr. Ich weiß, dass zu dieser Zeit der Schlaf am tiefsten ist und das wird mein Vorteil sein. Die beiden Alten sind zwar schwerhörig, aber die Pflegerin, die eine Etage höher in meinem ehemaligen Jugendzimmer schläft, ist jung und hört bestimmt noch sehr gut.

Jetzt bin ich da. Ich stehe vor der schweren vergitterten Eingangstür der alten Villa, den Schlüssel in meiner Hand. Ich schaue mich um und höre in die Nacht hinein. Alles ruhig. Meine Hand zittert. Ich atme tief durch. Was soll schon schiefgehen?

Ich muss mich befreien. Ich denke den Satz wie ein Mantra. Ich muss mich befreien!

Plötzlich ist sie wieder da, die Gewissheit, das Richtige zu tun. Noch zwei Atemzüge und das Zittern in der Hand lässt nach.

Ich stecke den Schlüssel ins Schloss und öffne leise die Tür. Ich kenne den Weg durch den langen Flur auch im Dunkeln. Aus meiner Kindheit. Die Tür zum Schlafzimmer ist nur angelehnt. Ich drücke sie vorsichtig auf, knipse die kleine Lampe an, die schon seit Jahrzehnten auf dem Nachttisch steht. Die Waffe steckt in meiner Hosentasche. Ich hole sie heraus, schraube den Schalldämpfer auf den Lauf und ziele. Ein Schuss löst sich. Der Kopf meiner Mutter wird herumgeworfen. Ihre schneeweißen Haare färben sich rot.

Meinem Vater ergeht es ebenso.

Ich klemme die Waffe in seine Hand und drücke erneut ab. Die Kugel gräbt sich tief in die gegenüberliegende Wand. Ich lasse die Hand los. Sie fällt schwer auf die Bettdecke. Ich entferne den Schalldämpfer.

Alles war so einfach.

Ich schwieg einen Augenblick, trank an meinem Bier, blickte auf zu Benjamin und erzählte erst weiter, als das kühle Kristallweizen mich etwas erfrischt hatte. „Der Traum war so realistisch, die Bilder bunt und die Gefühle real. So etwas habe ich noch nie erlebt!“

Ich hob erneut mein Glas, stieß mit meinem Freund an und ließ den Blick durch die alte, ganz in Holz gestaltete Kneipe schweifen. Es sah tatsächlich aus wie in einer Räuberhöhle. Der Name „Hotzenplotz“ passt, schoss es mir durch den Kopf. Gleich darauf nahm ich erneut einen großen Schluck und schaute Benjamin an. „Was hältst du von der Geschichte?“, fragte ich ihn zögerlich. Mir fiel sein durchtrainierter Körper auf. Die kurzen schwarzen Haare, das kantige Gesicht und der klare Blick passten gut zu einem frisch ausgebildeten Kommissar.

Benjamin schwieg länger, als mir lieb war. Endlich antwortete er kopfschüttelnd: „Morgen ist mein erster Arbeitstag beim K10 und du erzählst mir heute von einem Doppelmord. Okay, war ja nur ein Traum, aber ...“

Ich lachte trocken und wusste, ich hatte sein Interesse geweckt.

„Mann, das ist `ne verdammt eigenartige Geschichte“, fuhr Benjamin fort. „Was soll ich damit anfangen? In deinen Kopf einsteigen, um den Tatort zu untersuchen?“

Nach einem erneuten Griff zum Glas und einem tiefen Schluck wagte ich nochmals den Versuch, Benjamin zu erklären, was mich wirklich beschäftigte. „Benjamin, ich habe gestern Nacht meine Eltern hinterhältig und kaltblütig ermordet, das macht mir zu schaffen!“

„Ich weiß“, antwortete der junge Kommissar schnell. „Aber da kann ich dir leider nur meine Ohren leihen und zuhören. Ich bin kein Psychologe.“

Ich musste nachdenken, das Bier wirkte und ich merkte, dass mich der Alkohol und das Erzählen etwas von den vielen Fragen abgelenkt hatten, die noch heute Mittag in meinem Kopf rumorten. Nun hoffte ich, dass ich Benjamin auf die gewünschte Fährte gesetzt hatte.

„Danke, dass du mir zugehört hast“, sagte ich und fragte: „Willste noch `n Bier?“

Benjamin klopfte mir aufmunternd auf die Schulter. „Danke, aber lass mal. Ich muss morgen früh raus und nachdem ich deine Geschichte gehört habe, wird mir immer klarer, dass ich bei meinem neuen Job ausgeschlafen sein sollte. Ich werde mal das letzte Kristallweizen wegbringen und gleich darauf nach Hause gehen.“

„Aufs Klo muss ich auch mal. Ich komme mit.“

Wir erhoben uns beide und gingen zum hinteren Teil der Kneipe, wo sich die Toiletten befanden.

Als wir vom Pinkeln zurückkamen, machten wir noch ein paar Sprüche und kurz darauf verabschiedete sich Benjamin. Ich blieb und trank langsam und nachdenklich mein Bier aus. Dann bezahlte ich an der Theke, verabschiedete mich und überlegte nochmals, ob ich alles richtig gemacht hatte und Benjamin überzeugen konnte.

Es war die erste kalte Nacht in diesem Spätsommer.

Als ich vor der Kneipentür stand, merkte ich, dass sich etwas in mir veränderte. Es fiel mir schwer, meine Füße zu kontrollieren. Sonst ging das immer ganz einfach. Ich musste nicht darüber nachdenken, doch jetzt brauchten meine Füße klare konzentrierte Befehle.

Die erste Treppenstufe schaffte ich noch, dann verschwand langsam meine Konzentration, als wäre sie durch sachte Wellen fortgeschwemmt worden. Vor mir lag die kopfsteingepflasterte Straße.

So `ne Scheiße!

Was, was passierte hier?

Wo bin ich?, dachte ich noch, dann fiel ich nach vorne.

Mir war etwas aus dem Mund gefallen, warm und eklig.

Es lag vor meiner Nase auf dem Kopfstein.

Und stank.

Ich wollte meinen Kopf wegdrehen. Es klappte nicht.

Alles drehte sich. Kalt war es da, wo meine Hand lag.

Ich musste mich bewegen, es gelang nicht. Was war mit meinem Körper?

Ich musste mich aufrichten.

Eben war es noch dunkel gewesen. Nun brachen Lichter auf und stachen auf mich ein. Und da war noch ein Brummen, ein Dröhnen. Tief in mir wusste ich, was das bedeutete. Ich musste weg von hier, schnell ...

Es war zu spät. Die riesigen Reifen schossen heran. Ich schloss die Augen und wartete auf das Unausweichliche.

2.

Papier raschelte.

Alle Kommissare schwiegen.

Sieben *Handouts*, wie Kriminalrat Löwental die bedruckten Zettel neudeutsch nannte, lagen verstreut auf den Tischen. Die Anwesenden wirkten angespannt und schüttelten zum Teil mit dem Kopf. In dem Besprechungsraum hatte sich eine eigenartige Stimmung breitgemacht, nachdem Kriminalrat Löwental eine kurze Ansprache gehalten und die Papiere verteilt hatte.

Benjamin Dobermann saß etwas am Rand, wie es seinem Gefühl entsprach. Daniel Hartmann hatte den Stuhl neben ihm besetzt, ohne ein Wort zu verlieren. Alles war so schnell gegangen. Ein Anruf und der kurze Befehl: *Treffen in 10 Minuten im Besprechungsraum 1.*

Benjamin hatte sich seinen ersten Tag im Polizeipräsidium Südhessen anders vorgestellt. Er hatte gehofft, gemütlich sein Büro zu beziehen, einen Plausch mit dem Teamkollegen Daniel Hartmann halten zu können, um sich anschließend an seinem neuen Arbeitsplatz etwas einzurichten.

Doch das *Handout* von Kriminalrat Löwental berichtete von einem Doppelmord in der Nacht von Sonntag auf Montag. Im ehrenwerten Paulusviertel. Das war wohl auch der Grund, dass jetzt schon so viele Kollegen zusammensaßen, überlegte Benjamin und musste innerlich grinsen. Wenn die Tat in Eberstadt-Süd stattgefunden hätte, ob dann auch so ein Aufriss veranstaltet worden wäre?

Er schnappte nochmals das Handout und las darin. Es war die Rede von Mehrfach- und Intensivtätern, MIT genannt, die in diesem Jahr ein größer werdendes Problem darstellten. Benjamin hatte während seiner Ausbildung auch schon davon gehört. Diese, vor allem jugendlichen Täter, trafen sich in kleinen Gruppen und brachen in Wohnungen ein. Dafür war ein Villenviertel prädestiniert. Im Darmstädter Lokalblatt, dem Echo, war darüber berichtet worden und es gab einige, zum Teil reißerisch gehaltene Kommentare und natürlich der eine oder andere Leserbrief. Die Einbruchserie wurde intensiv, auch auf der Straße, diskutiert. Die vorwiegend ältere Bewohnerschaft im Paulusviertel bangte um ihre Sicherheit und einige prominente Darmstädter besprachen dies mit den Personen, die etwas bei der Polizei zu sagen hatten. Und nun dieser Doppelmord, bei dem auch ein Einbruch nicht auszuschließen war.

Kriminalrat Löwental hatte sofort reagiert und eine Sonderkommission eingerichtet, deren Mitglieder nun zusammensaßen. Neben den beiden Novizen Dobermann und Hartmann waren noch die Hauptkommissare Pia Stenger, Franz Glauberg, Hannes Petersen und Kriminaloberkommissarin Klara Potente in dem kleinen Raum versammelt.

Das Papier, das Löwental ausgeteilt hatte, berichtete über alle momentan vorliegenden Fakten und stellte darüber hinaus einige Vermutungen an. Die Palette war breit: Raubmord, ein Familiendrama, Erbschaftsstreitigkeiten oder heimtückischer Mord durch eine polnische Pflegekraft an ihren Schutzbefohlenen.

Benjamin legte das Papier auf den Tisch und dachte nach. Er hatte noch ein anderes Szenario vor Augen und spürte, wie sich alles in seinem Kopf drehte. „Ich muss mal schnell um die Ecke“, flüsterte er Hartmann zu und wollte sich erheben.

„Was ist los mit dir? Ist dir der Fall auf den Magen geschlagen? Du bist ja ganz weiß um die Nase“, zischelte Hartmann hinter vorgehaltener Hand. Benjamin machte eine abwehrende Handbewegung und verließ eilig den Besprechungsraum.

„Was is´ mit dem los?“, fragte Kriminalrat Löwental.

„Ist halt sein erster Fall und gleich ein Doppelmord. Das kann schon ein wenig wirr im Kopf machen“, bemerkte Kriminaloberkommissarin Klara Potente mit einem abfälligen Ton in ihrer Stimme.

Der Kriminalrat grunzte lediglich und fragte in die Gruppe hinein: „Haben Sie das *Handout* vollständig gelesen?“

Alle nickten.

„Noch Fragen?“

Alle schüttelten die Köpfe.

„Und, was halten Sie davon?“

Die Kommissare dachten nach und Kriminaloberkommissarin Klara Potente hob die Hand.

***

Währenddessen stürmte Benjamin durch den langen Flur. Er musste immer wieder an gestern Abend denken. Sein Freund hatte ihm von seinem Traum berichtet, der mit dem, was tatsächlich passiert war, einige Parallelen aufwies. Vielleicht war es gar kein Traum, dachte Benjamin. Vielleicht war es ein Geständnis.

Quatsch, das konnte nicht sein. Der junge Kommissar schüttelte den Gedanken ab, er konnte sich nicht vorstellen, dass sein Freund ein Mörder sein sollte.

Aber dennoch blieben Zweifel. Lange hatte er Fabian Breuer nicht mehr gesehen. Zufällig waren sie sich vor ein paar Tagen auf dem Darmstädter Wochenmarkt begegnet, hatten ein paar Worte und die Handynummern getauscht. Gestern früh hatte Fabian spontan angerufen und sich mit ihm verabredet.

Gedankenversunken rannte der junge Kommissar in Richtung Toilette. Er riss die Tür auf, ging in die nächstbeste Kabine und schloss gewissenhaft ab. Er kramte sein Handy heraus und wählte die Nummer seines Freundes.

„Mist“, grummelte Dobermann. „Noch nicht einmal die Mailbox.“

Er versuchte es auf dem Festnetz.

„... also melde dich auf meinem Handy, wenn du nach Hause kommst! Meine Nummer hast du ja, aber zur Sicherheit gebe ich sie dir nochmals ..."

Benjamin beendete die Nachricht auf dem Anrufbeantworter und steckte sein Handy zurück in die Hosentasche. Unwirsch stieß er die Tür der Toilettenkabine auf. Am Waschbecken schaufelte er sich zwei Hände mit eiskaltem Wasser ins Gesicht, ein Versuch, etwas besser denken zu können. Es half nichts. Noch immer drehten sich seine Gedanken wild im Kreis und sein Herz klopfte. Er musste schnell zurück in den Besprechungsraum, um nicht noch mehr kritischen Fragen ausgesetzt zu sein. Das war ihm klar. Also drehte er den Wasserhahn zu und verließ die Toilette.

Als er kurz darauf die Tür zum Besprechungsraum leise öffnete, hörte er die Worte des Kriminalrates: „... also wie gesagt, ich will bis morgen früh Ergebnisse haben. Dann wird es eine Pressekonferenz geben. Hartmann und Dobermann schauen sich am Tatort um, die anderen recherchieren im Umfeld. Alles klar?"

Die Beamten nickten und der Kriminalrat beendete die Sitzung mit den Worten: „Erheben Sie sich. Ran an den Feind." Die Kollegen, die den Besprechungsraum verließen, drückten Benjamin zur Seite. Auch Löwental verließ eilig den Raum und verschwand, ohne den jungen Kommissar eines Blickes zu würdigen.

Hartmann blieb neben seinem Kollegen stehen. „Lass uns in unser neues Büro gehen und erst einmal beratschlagen, wie es weitergehen soll", sagte er und lief los.

Benjamin folgte.

Das Büro war klein. Es roch intensiv nach frischer Farbe.

„Mach bitte das Fenster auf", bat Hartmann und nahm an seiner Schreibtischseite Platz. Benjamin gehorchte und setzte sich seinem Kollegen gegenüber. „Und jetzt?", fragte er auffordernd.

„Wir haben an der Polizeiakademie in Wiesbaden einiges gelernt. Wir haben zwar keine Erfahrung, aber unser theoretisches Wissen sollten wir jetzt nutzen", erwiderte Hartmann und es klang irgendwie überheblich. Er biss genussvoll in einen Schokoriegel, den er aus seiner Hose gezaubert hatte, und fügte sinnierend hinzu: „Lass uns mal eine Fallanalyse machen. Vielleicht sollten wir das hypothetico-deduktive Vorgehen bevorzugen oder die Sequenzierung des Tathergangs?"

Schwachkopf, dachte Benjamin und bemerkte vor lauter Ärger nicht das schelmische Grinsen, das sich auf Hartmanns Gesicht gebildet hatte. Vielmehr war er mit gehässigen Gedanken beschäftigt. Wie hatte Daniel die Sportprüfungen geschafft?, fragte er sich. Bei seiner Liebe zu Süßigkeiten und dem daraus resultierenden Bauchansatz. Und immer diese Gemütlichkeit, die er an den Tag legte. So konnte doch nichts aus ihm werden. Sie waren lediglich Beamte auf Probe. Sollte man sich da nicht ein wenig mehr engagieren? Wahrscheinlich hatte Hartmanns Vater, der bis vor ein paar Jahren noch gemeinsam mit seinem Vater ein sehr erfolgreiches Team gebildet hatte, seine Beziehungen spielen lassen. Bestimmt gab es auch in Südhessen gut gepflegte Seilschaften, um das eine oder andere auf dem *‚kurzen Dienstweg'* erreichen zu können. Sein eigener Vater, der alte Lothar Ludwig Dobermann, hatte ihm zwar immer wieder gepredigt, dass es so etwas nicht gäbe, aber Benjamin glaubte ihm in dieser Hinsicht nicht. Er glaubte vielmehr, dass sein Vater, aus einem übertriebenen Ehrgefühl heraus, ihm einfach nicht helfen wollte und das ärgerte ihn. Der alte Dobermann hatte niemals die Nähe zu seinen Vorgesetzten gesucht. Hartmanns Vater dagegen verstand sich privat ausgezeichnet mit Kriminalrat Löwental, so munkelte man. Bestimmt hatten die beiden etwas gedeichselt, sodass Hartmanns Sohn problemlos die Sportprüfung und vielleicht auch die anderen Prüfungen bestehen konnte.

In diesen Gedanken gefangen schüttelte Benjamin seinen Kopf. Mit diesem Kollegen sollte er nun erfolgreich zusammenarbeiten. Na, Prost Mahlzeit. Das könnte ja was werden.

Hartmann hatte die ganze Zeit weiter geplappert und referierte über die Möglichkeiten der Polizeiarbeit.

Benjamin fiel ein, dass er vorhin auf der Toilette tatsächlich kurz darüber nachgedacht hatte, Daniel von dem gestrigen Kneipengespräch zu erzählen und auch davon, dass er momentan seinen Freund Fabian nicht mehr erreichen konnte, aber jetzt ließ er es sein. Er konnte nicht einschätzen, wie Hartmann reagieren würde. Er hatte kein Vertrauen zu seinem neuen Teamkollegen. Benjamin stand von seinem Schreibtischstuhl auf und stakste langsam durch das kleine Büro. Hartmanns Blick folgte ihm neugierig, als könne er hinter seine Stirn schauen und seine Gedanken lesen. Das verunsicherte ihn. „Lass uns zum Tatort fahren. Du weißt ja, wo wir hinmüssen, oder?"

Daniel nickte und erhob sich ebenfalls. Beide schnappten ihre Jacken und sie verließen gemeinsam das Büro. Auf dem Hof angekommen fragte Hartmann trocken: „Hast du dich schon für einen Dienstwagen eingetragen?"

„Noch keine Zeit gehabt. Und du?“

„Hab alles geklärt, wir können fahren“, sagte Hartmann, strich sich genüsslich über den Bauch und grinste schon wieder. Benjamin öffnete die Fahrzeugtür und stieg ein. Die kurze Strecke bis zum Paulusviertel war schnell zurückgelegt. Die Kommissare sprachen kaum ein Wort miteinander. Hartmann fand einen Parkplatz direkt vor dem Tatort. Beide stiegen aus und waren verwundert. Die enge Straße war bevölkert mit Menschen. Überall parkten Transporter und Busse mit riesigen Parabolantennen auf dem Dach. Vereinzelt standen auch noch riesigere Parabolantennen auf dem Grünstreifen und armdicke Kabelstränge flossen über den Asphalt. Einige der hin und her flitzenden Menschen waren versteckt hinter Kameras, andere liefen suchenden Blickes und mit bepüschelten Mikrofonen durch die Gegend. Als sie Dobermann und Hartmann aus dem Auto aussteigen und auf die mit einem rot-weißen Tatort-Band umspannte Villa zulaufen sahen, war ihre Neugierde geweckt. Der Wettlauf begann und endete damit, dass Benjamin ein behaartes Mikrofon auf die Nase gedrückt bekam.

„Sind Sie vom K10?“, brüllte ihm ein Journalist entgegen.

Dobermann war so verblüfft, dass er spontan mit einem schlichten „Ja“ antwortete. Daraufhin bildeten die vielen Mikrofone einen Kreis um ihn und Fragen schossen ihm stakkatoartig um die Ohren.

„Wurden die beiden älteren Herrschaften ermordet oder war es Selbstmord?“

„Welche Rolle spielt die polnische Pflegekraft?“

„Gab es einen Einbruch oder war es womöglich ein Raubüberfall?“

„Gibt es erste Ermittlungserkenntnisse?“

Benjamin erlebte dieses mediale Interesse zum ersten Mal und war so verblüfft, dass er mit geöffnetem Mund stehenblieb und reihum in die Gesichter der Journalisten blickte. Das wiederum irritierte die Reporter, die unsicher von einem Fuß auf den anderen stiegen.

Hartmann indessen war auf das rot-weiße Flatterband zugelaufen, hatte es geschnappt und hielt es sich über seinen Kopf. „Benjamin, kommst du?“, fragte er und blickte seinen Kollegen auffordernd an.

Benjamin sagte leise in sich gekehrt: „Ich habe zu tun“ und stürmte auf Hartmann zu. Als sich die Kommissare hinter dem Absperrband befanden, war der Spuk vorbei, ebenso schnell, wie er begonnen hatte.

Das Haus war ein Bungalow aus den Sechzigern mit Moos auf den Dachpfannen, abgeblättertem Putz und vier Marmorstufen mit abgeplatzten Ecken, die zu einer kleinen Terrasse führten. Die jungen Kommissare erklommen die Stufen, um die massiv vergitterte Eingangstür zu erreichen. Sie klingelten und wurden gleich darauf eingelassen.

„Mann, was für ein Gestank! Kann jemand das Fenster öffnen?“ Hartmann war voller Elan an dem Beamten, der an der Hauseingangstür stand, vorbeigeschossen, hatte den mit Parkettboden belegten Flur durchschritten, die Bier und Wasserkästen wahrgenommen, die aufgetürmt herumstanden, und anschließend naserümpfend das Schlafzimmer betreten. Die ganz in weiß gekleideten Spurensicherer waren in ihrer Arbeit vertieft. Einer hatte das Zimmer ausgeleuchtet und machte Fotos, der zweite kratzte konzentriert Blut von der Tapete seitlich des Ehebettes und der dritte strich mit einem kleinen Pinsel über die Wunde am Kopf des alten Mannes, der unnatürlich zusammengekrümmt auf der Matratze lag, und steckte den Pinsel in ein kleines Plastiktütchen, welches er gewissenhaft verschloss.

Nach der laut geäußerten Bitte des jungen Kommissars allerdings, standen die Beamten wie angewurzelt da und der vierte, der augenscheinlich der Chef der kleinen Truppe war, hob langsam die Hand. „Hallo, ihr müsst die Neuen sein.“ Nach ein paar Sekunden fügte er mit ernster Stimme hinzu: „Da haben wir doch total vergessen zu lüften. Normalerweise räumen wir auch noch ein wenig auf und machen die Betten, bevor wir die Spuren sichern.“

Die Starre der anderen Mitarbeiter löste sich blitzartig und alle lachten lauthals. Hartmann wusste erst einmal nicht, wie ihm geschah. Benjamin trat aus seinem Schatten und stellte sich vor: „Dobermann mein Name, sorry, ist tatsächlich unser erster Mordfall. Sie müssen Karl Leuthner sein. Ich habe schon viel von Ihnen gehört.“

Der Spurensicherer bewegte sich einen Schritt auf die Kommissare zu und sagte: „Na, wenn dem so ist, will ich den Frischlingen mal erklären, was wir hier so treiben. Wir wollen euch ja nicht dumm sterben lassen.“ Benjamin überhörte den Spott und Daniel war damit beschäftigt, alles konzentriert zu begutachten. Mittlerweile hatte er die weißen Schutzhandschuhe aus seiner Hosentasche hervorgekramt und über seine Hände gezogen. Er bewunderte die Nummerntafeln, die überall herumstanden und die Besonderheiten markierten. Ein Kollege baute gerade eine speziell aussehende Kamera ab. Daniel kannte dieses neue Gerät nur aus Vorträgen, die er an der Polizeiakademie gehört hatte. Selbst in der Tatortstraße, wo die Auszubildenden ihre ersten Tatorte besichtigten, gab es so eine Kamera noch nicht. Daniel faszinierten neue Methoden. Neugierig sprach er den Kollegen an und Franz Jungherz gab stolz Auskunft. „Seit einigen Monaten arbeitet auch die Kriminalpolizei in Hessen mit einer Kamera, die den Tatort mit sämtlichen Details und in höchster Auflösung scannt. Wir haben vor Kurzem Spuren in einer Wohnung gesichert, in der eine Vergewaltigung stattgefunden hatte", erzählte er. „Da war es besonders wichtig, den Zustand des Betts genau zu dokumentieren. Wie sieht die Bettdecke aus? Gibt es Hinweise darauf, dass Täter und Opfer miteinander gekämpft haben? Solche Fragen sind entscheidend für den Gerichtsprozess. Deshalb stellten wir dort zum ersten Mal diese sogenannte Spheron-Kamera auf. Das Gerät dreht sich einmal komplett um die eigene Achse und nimmt ein vollständiges Bild des Raums auf, das die Kriminalbeamten später in ein Computerprogramm übertragen und am Bildschirm immer wieder aufrufen können. So können sich auch Kollegen ein Bild vom Tatort machen, die dort nie gewesen sind. Das ist sehr wichtig, weil die ermittelnden Kollegen normalerweise gar nicht selbst den Ort des Verbrechens besichtigen. Ihr scheint eine Ausnahme zu sein."

Franz Jungherz grinste. Hartmann sah sich genötigt, eine Erklärung zu liefern. „Kriminalrat Löwental bestand darauf, dass wir uns den Tatort anschauen." Kurz drauf fügte er noch verlegen hinzu, als ihn der Blick des Spurensicheres traf: „Na ja, vielleicht wurden wir auch hierher beordert, weil wir die beiden Neuen sind. Das ist nämlich unser erster realer Fall."

„Na, wenn das so ist", sagte Franz Jungherz mit einem Lächeln in der Stimme und stieg erneut in seinen Vortrag ein: „Für die Sicherung und die Dokumentation des Tatorts ist die Abteilung zuständig, in der ich arbeite. Ich gebe die Ergebnisse weiter an die Kollegen, die in dem Fall ermitteln. Jetzt muss definitiv kein Kriminaler mehr den Tatort besichtigen. Mit der neuen Technik sitzen die Kommissare gemütlich vor ihrem PC und gleichzeitig bewegen sie sich in dem Tatort hin und her. Auch die Richter bekommen eine genauere Vorstellung vom Geschehen. In dem Computermodell markiere ich die Spuren, die gesichert wurden – Haare oder Speichelspuren an einem Glas etwa. Wenn zum Beispiel eine Blutspur erst später durch eine chemische Bearbeitung sichtbar wird, können wir sie nachträglich in das Gesamtbild einfügen." Jungherz machte eine kleine Pause, um das Gesagte sacken zu lassen. Die gesamte Zeit hatte auch Benjamin interessiert zugehört. Leuthner hatte sich indessen kopfschüttelnd umgedreht und weiter die Leichen fotografiert. Er hatte Zeit und konnte den Kommissaren später noch erklären, was alles herausgefunden worden war. Er musste sowieso noch einen Bericht schreiben, in dem er alle Indizien fein säuberlich aufführen würde.

Franz bemerkte, dass ihm auch der andere Kommissar zuhörte und sprach weiter: „Und wenn wir ein Detail vom Tatort noch einmal genauer ansehen wollen, einen Blutspritzer an der Wand vielleicht, können wir ihn in der 3-D-Optik heranzoomen. Genial, was?“ Er wartete einen Augenblick, bis die Neuen ehrfürchtig nickten, und fuhr fort: „Doch nicht jede Polizeidienststelle kann sich die Spheron-Kamera leisten. Zusammen mit der passenden Software kostet sie mindestens 80.000 Euro. In ganz Hessen gibt es nur eine Kamera, die zwischen den einzelnen Polizeipräsidien hin- und hergefahren wird. Zum Glück war das gute Stück gerade bei uns im Südhessischen Polizeipräsidium in Darmstadt. Anscheinend ist dieser Fall von großer Bedeutung und so haben unsere Chefs beschlossen, dass wir die Kamera nutzen dürfen.“

„Faszinierend“, entfuhr es Daniel. „Bei unserer Ausbildung in Wiesbaden mussten wir auf den Spurensicherungsblättern alles dokumentieren. Wo genau wir im Raum die Haare und den Speichel oder auch Blutspuren entdeckt hatten. Wenn wir irgendetwas vergessen hatten, war es für immer verloren.“

„Tja, aber ihr habt euch nicht auf diesen neumodischen Kram verlassen, sondern all eure Sinne geschult und gelernt, genau zu arbeiten.“ Leuthner hatte sich angeschlichen. Anscheinend war es ihm wichtig, seine Sicht der Dinge beizusteuern. Der Kriminalist alter Schule stand den hochgerüsteten forensischen Methoden skeptisch gegenüber. Er war der Meinung, dass sich die jüngeren Kollegen meist blind auf die aufwendige Technik verließen. Der erfahrene Spurensicherer vertraute lieber seinen Augen und seinen Ohren und sammelte Fakten, die er zu einem Bild zusammensetzte. „Wollt ihr beiden Hübschen nicht doch erst einmal wissen, was eigentlich passiert ist, bevor ihr euch dem modernen Firlefanz hingebt?“, fragte er forsch.

Franz Jungblut verzog das Gesicht. Viel zu oft hatte er schon mit seinem Vorgesetzten diskutiert und gestritten. Er empfand die altbewährten Methoden überholt. Sein Argument war, dass sich die Verbrecher ebenfalls weiterentwickelten und somit die Polizei nicht stehenbleiben dürfe. Er wendete sich wieder der Kamera zu und vertiefte sich in seine Arbeit. Karl hingegen zog seine Augenbrauen hoch und fragte: „Also, was ist? Ich habe nicht den ganzen Tag Zeit, wollt ihr wissen, was wir herausgefunden haben?“

Benjamin und Daniel schwenkten ihre Köpfe in Richtung des Chefs der Spurensicherung und wirkten wie zwei frisch eingeschulte Schuljungen, die zum ersten Mal vor ihrem Klassenlehrer standen. Sie nickten gleichzeitig.

Karl Leuthner versuchte, den Blick zu ignorieren, um nicht überheblich lächeln zu müssen und begann: „Der Tod ist bei beiden älteren Herrschaften heute früh zwischen vier und fünf Uhr eingetreten. Die polnische Pflegerin, die das Ehepaar Höfner für wenig Geld beschäftigt hatte, bewohnt ein kleines Zimmer im ersten Stock und versorgte die beiden rund um die Uhr, wenn es nötig war. Sie machte den Haushalt, kochte, wusch, pflegte das Ehepaar und kaufte ein. Obendrein versorgte sie den Garten und das alles für 1.200 € im Monat. Das ist schon Wahnsinn, oder?“

Da die beiden jungen Kommissare einen merkwürdigen Gesichtsausdruck machten, merkte Leuthner, dass sie sich nicht sonderlich für die Belastung polnischer Pflegekräfte und deren Ausbeutung interessierten, sondern mehr über den aktuellen Fall wissen wollten. „Die Pflegekraft entdeckte heute Morgen gegen 7.30 Uhr den Schlamassel. Nach ihrer Aussage hat sie sofort den Hausnotruf verständigt, der den Hausarzt rief. Dieser dachte zuerst, es läge ein erweiterter Selbstmord vor.“

„Wie kommt er auf diese Idee?“, wollte Daniel wissen.

„Herr Höfner hielt eine Waffe in der Hand. Er hätte durchaus zuerst seine Ehefrau und kurz später sich selbst erschossen haben können. Bald kamen dem Arzt allerdings Zweifel, die Pistole, eine SIG Sauer Sandfarben, Kaliber 22, lag in der rechten Hand des alten Mannes. Der Arzt wusste, dass sein Patient Linkshänder war und unter Rheuma in den Händen litt. Nach seiner Einschätzung hatte der alte Höfner gar nicht die Kraft, um mit der Rechten die Waffe gezielt abfeuern zu können. Der Arzt handelte danach instinktiv richtig, stellte keinen Totenschein aus, sondern benachrichtigte die Polizei. Und nun sind wir altgedienten Spezialisten hier, beäugen jedes Detail und es wird immer klarer, dass es ein Doppelmord war.“

„Welche Indizien sprechen noch dafür?“, gab sich Hartmann professionell.

„Die wenigen Schmauchspuren an der Hand des alten Höfners deuten darauf hin, dass ein Fremder die Hand mit der Waffe geführt und abgedrückt hat.“

„Aha“, entfuhr es dem jungen Kommissar und Dobermann stand ziemlich verunsichert daneben.

„Wo ist die Pflegerin?“, wollte Hartmann wissen.

„In Gewahrsam“, antwortete Leuthner kurz.

„Und wann kommt der Pathologe, um die Leichen zu untersuchen?“, fragte Benjamin spontan dazwischen. Sowohl Karl als auch Daniel schauten den jungen Kommissar verwundert an.

Karl baute sich breitbeinig vor Dobermann auf. „Entschuldigung, aber ich habe lange Zeit mit Ihrem Vater zusammengearbeitet und auch er machte denselben Fehler wie Sie jetzt. Pathologen untersuchen Menschen, die im Krankenhaus gestorben sind und zwar mit Einverständnis der Angehörigen. Gerichtsmediziner benötigen diese Zustimmung nicht, ein Gerichtsmediziner obduziert einen Leichnam im Auftrag der Staatsanwaltschaft. Und deswegen haben wir auch einen Gerichtsmediziner beantragt. Unserer heißt Doktor Muffinski und arbeitet bei der Gerichtsmedizin in Frankfurt.“

Benjamin war Leuthners Ansage unangenehm und er entschuldigte sich leise. Er wollte noch erklären, dass er den Unterschied zwischen einem Gerichtsmediziner und einem Pathologen kenne, dass er aber gerne auch in einem Mordfall von einem Pathologen sprach, da es sich ja um die Obduktion einer Leiche handele, aber er kam nicht mehr dazu, denn sein Kollege trat lauthals ins nächste Fettnäpfchen. „Sie haben beide Leichen von Kopf bis Fuß im Abstand von wenigen Zentimetern mit kurzen Klebebandstreifen beklebt. Ist das Verfahren neu? Das kenne ich gar nicht.“

Der Spurensicherer wusste erst nicht, was er sagen sollte. Er schluckte und atmete tief ein und aus. „Das ist sogar ein relativ altes Verfahren“, begann er endlich, „mit Klebeband tasten unsere Beamten die Kleidung der Leichen ab, um Textilspuren zu sichten. Wenn der Täter das Opfer berührt hat, sind vielleicht Faserspuren seiner Kleidung an der des Opfers hängen geblieben. Haben die beiden miteinander gekämpft, sind die Fasern nach einem bestimmten Muster verteilt. Die Klebebändchen werden in beschrifteten Tütchen aufbewahrt und später in unserm Labor untersucht.“

„Gibt es schon erste Ergebnisse?“, preschte Hartmann vor.

Leuthner war so verblüfft, dass er konsterniert und mit vollkommen ruhiger Stimme feststellte: „In unserem Labor werden diese Klebebändchen später untersucht.“

„Können wir die Pflegerin befragen?“, wollte Benjamin Dobermann unvermittelt wissen und veranlasste Karl Leuthner, den Kopf ruckartig in seine Richtung zu drehen. „Können Sie gerne machen. Die Pflegerin sitzt in einem unserer Fahrzeuge."

„Na, dann", sagten die beiden Kommissare nahezu gleichzeitig und irritierten den Spurensicherer erneut. „Wir lassen euch nun in Ruhe weiterarbeiten", fügte Dobermann noch hinzu und beide verließen das Schlafzimmer.

Die Truppe rund um Karl Leuthner sagte kein Wort. Erst viel später wurde der erste Einsatz der beiden neuen Kommissare auf Betriebsausflügen immer und immer wieder zum Besten gegeben und schenkelklopfend mit lautem Gelächter quittiert. Als die jungen Kommissare ihre ersten Fälle erfolgreich abgeschlossen hatten, konnten auch sie darüber lachen.

Jetzt allerdings durchschritten sie den langgezogenen Flur des Bungalows und prüften an der Eingangstür, ob nicht doch Einbruchsspuren zu sehen waren, fanden aber keine. Sie tappten weiter die vier Stufen hinunter zum Gartenzauntürchen aus Holz und wunderten sich, dass es tatsächlich noch die vor sechzig Jahren in Mode gekommenen Jägerzäune gab. Sie überstiegen diesmal das rot-weiße Flatterband und fanden sich kurz darauf wieder in der medialen Realität. Reporter stürzten auf sie zu, bombardierten sie mit Fragen als auch mit vor die Nase gehaltenen Mikros. Benjamin schwieg diesmal und blickte zu Boden. Daniel ergriff die Initiative. „Kein Kommentar", sagte er mehrmals. „Kommen sie morgen zur Pressekonferenz."

Mit seinen Händen wehrte er die Mikros wie lästige Fliegen ab und kämpfte sich vor zu dem Polizeifahrzeug, das mit laufendem Motor und Blaulicht vor dem Haus stand. Die Reporter ließen von den Beamten ab und wandten sich wieder dem Gebäude zu.

Dobermann hatte inzwischen das Polizeifahrzeug erreicht und öffnete die Tür. Er setzte sich auf den Beifahrersitz und bat den Fahrer, den Motor abzustellen.

„Darf ich nicht", antwortete der Kollege.

„Weshalb?"

„Dienstanweisung."

Dobermann schüttelte den Kopf. Er hatte in der Polizeischule von der unsinnigen Vorschrift gehört. „So ein Quatsch", brummte er vor sich hin, beugte sich nach hinten und schaute die Frau auf dem Rücksitz an. Sie war ungefähr fünfundvierzig Jahre alt, vollschlank und hatte halblange, streng nach hinten gekämmte blonde Haare, die mit einer Haarklammer am Hinterkopf zusammengehalten wurden. Die Kleidung, die sie trug, wirkte etwas altbacken, aber gepflegt und sauber. Die Person machte den Eindruck, als könne sie gut zugreifen und würde sich auch nicht vor pflegerischen Arbeiten drücken, vor denen sich der eine oder andere Angehörige ekelte. Sie hatte tatsächlich etwas von einer Krankenpflegerin, wie man sie sich vorstellt. Dobermann wollte der Frau eine Frage stellen, war aber erstaunt darüber, dass sein neuer Kollege hinten eingestiegen und der Frau auf die Pelle gerückt war.

„Sie pflegen die Familie?“, begann Hartmann.

Ein schwaches „Ja“ war die Antwort. Die Frau ruckelte hin und her, anscheinend störten die Handfesseln.

„Seit wann?“

Die Frau blickte unter sich und sprach leise: „Ich arbeite für eine polnische Firma. Ich bin legal.“

Dobermann war erstaunt über ihr gutes Deutsch.

Als Daniel nicht gleich nickte, wiederholte die Frau ängstlich: „Ich bin legal hier in Deutschland, wirklich! Alle Papiere sind okay. Alles ist richtig. Ich bekomme viel Geld von meinem Verdienst abgezogen, damit alles in Ordnung ist. Verstehen Sie?“

Endlich nickte Daniel und die Frau entspannte sich ein wenig. „Ich war schon öfter in Deutschland, aber zum ersten Mal bei der Familie. Nette Familie. Ich habe nichts getan.“

„Seit wann arbeiten Sie in Darmstadt?“, insistierte Daniel.

„Seit fast fünf Wochen. Ich wollte noch drei Wochen bleiben“, kam die Antwort sehr zaghaft.

„Und was können Sie mir über Herrn und Frau Höfner erzählen?“

„Alle sehr nett. Gute Arbeit. Ich bin gerne hier, wollte in drei Monaten wiederkommen und ...“

„Schon klar“, unterbrach Daniel, „was war denn heute Nacht?“

„Ich habe geschlafen.“

„Haben Sie denn keine Alarmglocke oder so, wenn nachts etwas passieren sollte?“

„Natürlich. Ich habe ein Gerät. Darauf können die Herrschaften drücken, dann kommt ein Ton bei mir oben raus.“

„Hat denn das Gerät in der letzten Nacht angeschlagen?“

„Was heißt: angeschlagen?“, fragte die Polin verwirrt.

„Ich meine natürlich, hat das Gerät geläutet“, verbesserte sich der Kommissar.

„Nein, in der letzten Nacht hat gar nichts geläutet.“

„Haben Sie tief und fest geschlafen?“

„Ich schlafe meistens tief und fest, aber die Klingel höre ich immer. Der Mann hat oft nachts geläutet, wenn er auf die Klo musste."

Auf *das*, wollte Daniel verbessern, ließ es aber sein und fragte stattdessen. „Und, wie war es heute Nacht?"

„Alles ruhig", kam die spontane Antwort.

„Sie haben also in Ihrem Bett im ersten Stockwerk geschlafen und nichts gehört, auch kein Stöhnen und keine Schüsse?"

„Nein, gar nichts ich habe gehört. Bin heute Morgen um 7.30 Uhr wach geworden, wie immer."

„Haben Sie einen Wecker?", wollte Dobermann wissen, der sich noch immer den Hals verdrehte, um die Polin anschauen zu können.

Die Frau war verwirrt, sie hatte den anderen Kommissar, der auf dem Beifahrersitz saß, noch gar nicht wahrgenommen. „Nein", sagte sie nach einer kurzen Pause. „Ich stelle keinen Wecker. Ich werde immer um 7.30 Uhr wach. Da ist Beginn meiner Arbeitszeit."

„Erzählen Sie weiter", forderte Hartmann sie auf. „Heute Morgen kamen Sie die Treppe herunter und was geschah anschließend?"

Die Frau brauchte einige Zeit, bis sie antworten konnte. Irgendetwas kämpfte in ihr, so deutete zumindest Dobermann ihre Mimik.

„Ich kam herunter. Alles war so wie jeden Tag", begann die Frau zögernd. „Ich habe gerufen. Keine Antwort. Die Schlafzimmertür war ein wenig geöffnet, auch wie jeden Tag. Das haben die beiden Herrschaften so gewünscht. Ich habe nochmals gerufen und hatte ich so ein Gefühl, ganz eigenartig war es. Da wusste ich, ist was passiert."

Die Augen der Frau füllten sich und liefen über. Benjamin versuchte zu ergründen, ob sie schauspielerte.

„Habe ich die Tür aufgemacht und gerufen." Die Worte kamen zäh, stockend. „War dunkel in Raum. Habe ich Licht angemacht." Die Frau schluckte, bevor sie ihren letzten Satz aussprach. „Dann … habe ich laut geweint."

„Was haben Sie gesehen?", hakte Hartmann nach.

Die Frau schluchzte und versuchte, sich von Hartmann wegzudrehen, was ihr sichtlich schwerfiel. Tränen flossen über ihr Gesicht und sie konnte diese nicht abwischen. „Habe Licht gemacht. Herr und Frau Höfner lagen im Bett, ganz eigenartig. Köpfe sahen anders aus. Augen waren offen. Und Blut. Überall Blut", tropften die Worte träge aus ihrem Mund. „Bin ich in Flur gerannt und habe Hausnotruf gedrückt." Sie schien zu überlegen, verzog ihr Gesicht und presste stockend hervor: „Hat lange gedauert. In Deutschland dauert alles lange. Musste warten. Endlich hat Mann durch das Telefon gefragt, was los ist." Die Frau drückte das Kinn auf ihre Brust und Tränen benässten ihre Beine. „Ich habe geschrien, er muss kommen, sofort. Ich war ganz laut. Mann sagte endlich, er würde jemand schicken. Ich wieder warten. Ich nicht mehr ins Schlafzimmer gehen." Jetzt gab es kein Halten mehr. Die Frau heulte, schniefte und bebte. Benjamin fühlte mit ihr. Ihm war klar, sie war keine Tatverdächtige und ihre Fesselung war unnötig. Er wollte ihr die Handschellen abnehmen, sofort!

Nur sehr langsam beruhigte sich die Polin und stammelte leise vor sich hin: „Ich hätte nochmals in Schlafzimmer gehen sollen. Vielleicht haben die Herrschaften noch gelebt? Ich hab nicht geholfen. Ich hab mich nicht getraut." Plötzlich schoss ihr Kopf in Hartmanns Richtung und sie fragte lauter, als es nötig gewesen wäre: „Werde ich jetzt rausgeworfen? Sagen Sie meiner Agentur Bescheid? Bitte nicht, habe Fehler gemacht, habe viel Angst gehabt."

Hartmann reagierte nicht. Dobermann dagegen hielt es nicht mehr aus. „Haben Sie den Schlüssel für die Handschelle?", fuhr er den Beamten an, der auf dem Fahrersitz hing und stur nach vorne blickte. Ein zögerndes Nicken war die Antwort. „Rücken Sie ihn raus!"

Der Fahrer kramte widerwillig den Schlüssel aus seiner Hosentasche und reichte ihn dem jungen Kommissar. Der gab ihn an Hartmann weiter und befahl: „Mach sie frei!" Sein Kollege gehorchte. Die Frau wirkte dankbar und lächelte sogar ein wenig. Als sie von den Handschellen befreit war, rieb sie sich die Handgelenke.

„Haben Sie Ihren Ausweis dabei?", fragte Dobermann. Die Polin nickte. „Jetzt werden Sie zum Präsidium gefahren. Sie brauchen keine Bedenken zu haben. Wir wollen lediglich Ihre Personalien und ein Protokoll aufnehmen." Als Dobermann ausstieg und dem Fahrer ein Zeichen gab, dass er losfahren sollte, sah er, wie die Frau gedankenversunken durch das Seitenfenster stierte.

„Mann, Mann, Mann", sagte er leise vor sich hin, „und das alles an meinem ersten Arbeitstag."

3.

Das Ende der Nacht hatte Franziska auf der Bettcouch im Gästezimmer verbracht. Die Matratze war viel zu hart, aber hier hatte sie endlich ihre Ruhe gefunden. Stunden zuvor war sie neben Paul eingeschlafen, mehr aus Gewohnheit, als dass sie es wirklich gewollt hätte. Kurze Zeit später wurde sie durch sein Schnarchen geweckt und roch die widerliche Bierfahne, die seinen Körper umwehte. Mehrmals hatte sie sich noch hin und her gewälzt, hatte bald darauf das Kopfkissen und die Bettdecke gepackt und war wütend und glockenhellwach vor den Fernseher geflüchtet. Das Fernsehprogramm langweilte. Sie hatte eine lange glatte und rot glänzende Haarsträhne zwischen Daumen und Zeigefinger gedreht und sie unter ihre Nase gehalten. Sie mochte den Geruch und konnte durch das Drehen und Riechen besser nachdenken.

Soll es so weitergehen?

Was kann mir mein Leben noch bieten?

Sie fand keine Antworten, wusste aber, dass sie etwas verändern musste. Nur nicht mehr in dieser Nacht. Nach einiger Zeit war sie letztlich ins Gästezimmer verschwunden. Dort hatte sie ein wenig Schlaf gefunden. Vor dem Einschlafen hatte sie nochmals an den gestrigen Abend gedacht, als sie sich mit Paul gestritten hatte. Paul war eifersüchtig. Bei der Geburtstagsfeier hatte Franziska ihre alte Jugendliebe getroffen und sich gut unterhalten. Paul dagegen hatte nur dumm rumgestanden und zu viel getrunken. Erst auf der Heimfahrt hatte Franziska bemerkt, dass er ziemlich beschwipst war und wollte aussteigen. Paul hatte es nicht zugelassen und raste wie ein Wilder. Beinahe wäre es zu einem Unfall gekommen, hätte Franziska nicht rechtzeitig die Handbremse gezogen und ihren Mann angeschrien. Wutentbrannt war sie ausgestiegen und die letzten Meter nach Hause gelaufen. Paul hatte sie seinem Schicksal überlassen. Irgendwann hatte er es wohl ebenfalls geschafft und war schwer neben ihr ins Bett gefallen.

Am nächsten Morgen war Franziska um kurz nach 9 Uhr aufgewacht und aufgestanden. In der Küche traf sie auf Paul. Er hatte schon den Frühstückstisch gedeckt und schenkte ihr Kaffee ein, als sie sich setzte. Er löste Tabletten in kaltem Wasser auf und rieb sich die Schläfe.

„Auch eine?“

Franziska nahm einen Schluck Kaffee, blickte ihn aber nicht an. „Dicken Kopf?"

„Ja, war ein doofer Abend!"

Franziska hätte sich ein Wort der Entschuldigung gewünscht, eine nette Geste, aber es war wie immer: Es kam nichts. „Ach, hör doch auf", unterbrach Franziska ihn. „Du hast dich volllaufen lassen, wie tausend Mal vorher, und mich blamiert."

Paul wusste nicht, was er sagen sollte. Er spürte den stechenden Kopfschmerz. „Klar habe ich gesoffen, aber warum wohl?"

Franziska sprang auf. Die Kaffeetasse klimperte auf dem Unterteller. Mit beiden Händen stützte sie sich auf dem Küchentisch ab und keifte von oben herab: „Und in diesem Zustand noch Autofahren, das ist doch unverantwortlich."

„Immerhin bist du mitgefahren. Du warst doch nüchtern und Herrin deiner Sinne?", blökte Paul zurück.

„Ich hätte auf der Party bleiben sollen."

„Hättest du, aber dieser Georg hat dich einfach stehen gelassen, gell?"

Franziska löste sich von dem Küchentisch und verschränkte die Arme vor ihrer Brust.

„Hör doch auf. Du bist ja krankhaft eifersüchtig."

„Schwachsinn. Du hast doch gewusst, dass deine alte Jugendliebe zu dem Fest kommen würde. Du hast dich aufgebrezelt wie lange nicht mehr, das rote Kleid angezogen, das mit dem tiefen Ausschnitt und hast den gesamten Abend wild rumgeflirtet und diesem Georg schöne Augen gemacht. Das warst doch du! Das sind doch wohl die Fakten, oder?"

Franziskas Gesicht lief rot an. Zwischen zusammengekniffenen Zähnen hindurch zischte sie: „Wenn man ein Problem hat, kann man versuchen, sich ihm zu stellen oder man sucht einen anderen, der daran schuld sein soll."

„Und welche Probleme habe ich deiner Meinung nach?", presste Paul hervor.

„Fehlendes Selbstbewusstsein und ein Alkoholproblem", brach es aus Franziska heraus, bevor sie nach der Kaffeetasse schnappte, zur Spüle hinübereilte und die Tasse dort abstellte. Sie verschränkte die Arme vor ihrer Brust und sagte bedrohlich leise, aber bestimmend: „Ich denke, wir sollten uns eine Zeit lang aus dem Weg gehen."

Paul sagte nichts. Er schluckte und drehte sich zur Seite. Die Wut in ihm schien verpufft und einem Ohnmachtsgefühl gewichen zu sein. „Dann geh doch!“, sagte er weinerlich und rieb mit den Fingern beider Hände seine Schläfen.

Franziska verließ ohne ein weiteres Wort die Küche und verschwand im Schlafzimmer. Sie packte rasch ihren Koffer mit dem Nötigsten und verließ so schnell sie konnte das Haus. Draußen vor der Tür atmete sie tief durch. Gern hätte sie laut aufgeschrien, ließ es aber sein. Sie hatte keinen Plan. Sie war wütend und zwang sich dazu, den Schlüssel des gemeinsamen Autos aus ihrer Handtasche zu ziehen, die Beifahrertür zu öffnen und den Koffer auf den Sitz zu werfen. Auf der Fahrerseite stieg sie ein und fuhr los. Paul sollte sehen, wie er ohne Auto zurechtkam. Das war nur gerecht, dachte Franziska und lächelte böse. Das Fahrzeug rollte aus der Einfahrt und bog auf die Schloßgrabenstraße ein. Langsam fuhr die junge Frau weiter, bog rechts ab, an der nächsten Kreuzung links, wieder rechts, solange bis sie eine Idee hatte, wohin sie fahren konnte. Vor Monaten hatte sie durch Zufall den Vortex-Garten im Prinz-Christians-Weg unterhalb der Mathildenhöhe kennengelernt und seit dieser Zeit öfters besucht. Ein Privatgarten, der von Jedermann betreten werden durfte. In ihm haben sich viele Künstler verewigt und den Garten zu einem spirituellen Ort gemacht. Alles war geometrisch und numerologisch angelegt, überall floss und plätscherte Wasser durch unterschiedliche organisch geformte Brunnen. Diesen besonderen Ort benötigte Franziska jetzt. Dort wollte sie hinfahren, um etwas zur Ruhe zu kommen und Klarheit zu finden.

Nach wenigen Fahrminuten parkte die junge Frau direkt vor dem Anwesen, stieg aus und betrat den Garten. Schon oft war sie abends alleine hier gewesen, meist mit einem Buch und umgeben von vielen schweigenden Menschen, die ebenfalls spürten, dass hier ein besonderer Geist herrschte. Franziska bewegte sich auf engen Pfaden und sprang von einer zur anderen der 108 eiförmigen Gehwegplatten. Sie streifte an Kunstwerken vorbei, die Kornkreise symbolisierten, an kleinen Teichen mit Wasserspielen und sie sah den Bronzeengel aus dem Jahr 1903, den Alexander Salivontschick mit Tausenden Glasperlen beklebt hatte. Dahinter stand in einer Pergola ein bemalter Sessel in einem Pentagramm. Dies war ihr Lieblingsort. Zum Glück war der Sessel frei. Sie nahm Platz und atmete die besondere Stille und Atmosphäre ein. Atemzug für Atemzug wurde sie innerlich ruhiger und blickte in das Grün, das sich vor ihr ausbreitete. Sie sah Vögel, die erst auf einem dicken Ast saßen, herunterhüpften und sie mit ruckartigen Kopfbewegungen anschauten. Plötzlich war da ein Eichhörnchen, das ihre Aufmerksamkeit erregte. Das Tier kletterte auf einem Baum, der direkt vor ihr stand, hüpfte von Ast zu Ast und verharrte plötzlich auf einem dünnen Zweig, der etwa zwei Meter vor ihr auf und nieder schwang. Es schien sie zu beobachten. Franziska fühlte sich, als wäre sie Teil des Gartens, ein Teil der Natur. Sie war nicht mehr der Mensch, der alles unter Kontrolle haben musste und auch noch die Impertinenz besaß, genau dies zu glauben. Sie war einfach nur ein Teil des Ganzen und dies beruhigte sie so sehr, dass sie in ihr Inneres blicken konnte. Sie dachte an sich, ihre Situation und bald schon wurde ein Traum aus der letzten Nacht in ihr wach. Bilder und auch Worte drängten sich ihr auf.

Ja, nun wusste sie, wie es in ihrem Leben weitergehen sollte. Sie musste sich von Paul trennen. Es gab kein Zurück mehr. Sie wollte sich weiterentwickeln, Paul stand ihr im Weg. Der Sprung ins kalte Wasser der Veränderung wartete auf sie und sie wollte es wagen, jetzt sofort. Und sie wollte es jemandem mitteilen. Jemandem, dessen Namen und dessen Lächeln immer wieder in ihrem Kopf aufgetaucht waren. Auf dem Fest gestern Abend hatte er ihr einen Kuss auf die Wange gehaucht und ihr ins Ohr geflüstert, dass er ihr seine Telefonnummer und Adresse per SMS zuschicken würde. Auch hatte er ihr ein kleines Geheimnis über seinen Namen verraten, das ihr ein Kichern entlockt hatte. Anschließend war er schnell verschwunden. Er hätte noch einen dringenden Termin, hatte er gesagt. Spät nachts war seine Nachricht tatsächlich angekommen und Franziska hatte ein Kribbeln im Magen gespürt, als sie die SMS heute früh öffnete. Sie hatte aber auch ein schlechtes Gewissen und das Handy gleich wieder aus ihren Händen gelegt. Nun aber war sie sich in der besonderen Atmosphäre dieses Gartens klargeworden, dass es kein Zurück gab. Sie kramte ihr Handy hervor und wählte Georgs Nummer. Der Rufaufbau dauerte endlos lange. Endlich ertönte das Klingelzeichen, immer und immer wieder, bis eine Stimme verkündete, dass die angerufene Nummer momentan nicht erreichbar sei.

„Mist“, entfuhr es Franziska. Ihr Ausruf schien ihr in der Stille des Gartens so laut gewesen zu sein, dass sie sich verschämt nach rechts und nach links umschaute. Sie konnte nicht mehr ruhig hier sitzen. Sie hatte Georgs Adresse, sie musste ihn sehen, und zwar sofort. Sie würde nach Rüsselsheim fahren. Das hatte sie beschlossen, noch bevor es ihr tatsächlich bewusst geworden war. Also erhob sie sich von ihrem bequemen Stuhl und verließ den Garten.

Mittlerweile war es kurz nach 14 Uhr und da sie wusste, dass Georg zurzeit arbeitslos war, hoffte sie, ihn zu Hause anzutreffen. Die Verkehrslage war entspannt und so kam sie schon um kurz nach halbdrei in Rüsselsheim an. Den Schafsgrund 40 hatte sie bald gefunden und auch das Klingelschild Georg Schärfer. Die Wohnung lag nach der Anordnung der Klingeln zu urteilen im vierten Stock. Ihr Herz schlug wild und sie klingelte mehrmals. Es wurde nicht geöffnet. Schade, dachte Franziska, und sie konnte ihre Enttäuschung körperlich wahrnehmen. Jetzt war sie so weit gefahren, hatte endlich einen Entschluss gefasst und jetzt das. Im Inneren des Hauses erkannte sie einen älteren Mann, der aus dem Fahrstuhl kam, durch das Foyer stapfte und die Hauseingangstür öffnete. Als er das Haus verlassen hatte, dachte Franziska nicht nach. Sie schnappte nach dem Türgriff, drückte das Türblatt nach innen und betrat den Flur. Den Aufzug erwischte sie gerade noch, bevor sich die Tür schloss. Im vierten Stock stieg sie aus und suchte mit Herzklopfen die Wohnungstür mit dem Namensschild Schärfer. Links hinten fand sie die passende Klingel und drückte. Kein Läuten erklang. Sie drückte nochmals. Außer dem Klackern des Schalters war nichts zu hören. Kaputt, dachte Franziska, oder abgestellt.

Sie klopfte und das Türblatt gab quietschend nach. Die Tür öffnete sich einen Spaltbreit. Franziska überkam ein mulmiges Gefühl. Sie drückte das Türblatt ein wenig weiter auf, lugte in den Flur hinein und rief leise: „Georg? Georg, ich bin‘s, Franziska."

Der Flur erschien sehr lang und war in das Licht einer einfachen von der Decke hängenden Glühbirne getaucht. Es war ein schummriges Licht, ließ aber erkennen, dass die Wände schon sehr lange nicht mehr frisch tapeziert und gestrichen worden waren. Links und rechts gingen jeweils zwei Türen ab, am Ende gab es eine fünfte Tür. Alle waren geschlossen.

Franziska wunderte sich, dass die Wohnungstür offen gewesen war und das Licht brannte. Sie hörte ein leises Wimmern.

„Georg. Georg?" Die Stimme der jungen Frau klang unsicher. Ihr Herz klopfte bis zum Hals. Sie hätte die Wohnung verlassen müssen, und zwar sofort, das wusste sie, aber sie tat es nicht. Irgendetwas trieb sie immer weiter in den Flur hinein. Das Licht der Glühbirne flackerte, als würde der Glühfaden jeden Moment reißen. Und wieder dieses Wimmern.

„Georg!" Ihre Stimme wurde lauter und war mit Panik durchsetzt. Ihr Blick glitt durch den leeren Flur. Da war nichts, was sie als

Schlagwaffe nutzen konnte. Ihre Knie zitterten, aber die Füße schritten robotergleich weiter. Das Hirn hatte einmal den Befehl gegeben und nun war keine Zeit mehr, irgendetwas daran zu ändern. Franziska wollte die Tür öffnen, hielt aber kurz inne. Als sie kurz davor war, umzudrehen und wegzulaufen, hatte ihre Hand die Türklinke erreicht und drückte sie nach unten. Das unvermeidliche Quietschen ertönte und die Tür glitt zögerlich auf. Franziska atmete stoßweise. Ihre Augen brannten. Sie drang in das Zimmer ein und blickte hektisch hin und her. Im nächsten Moment sah sie es.

Vor dem Heizkörper, hinten rechts, kauerte ein blonder junger Mann auf dem Boden. An seinem rechten Handgelenk hing ein Teil einer Handschelle, der andere war mit dem Heizkörperrohr verbunden und zwang seinen Arm in eine unbequeme Haltung. Der Kopf des Mannes hing matt nach unten. Die Augen waren geschlossen, seine Haare nass, anscheinend voller Schweiß. Etwas Rotes glänzte an seiner Schläfe.

Blut, blitzte der Gedanke in ihr auf und ließ sie erschaudern. In diesem Moment kam jemand hinter der Tür hervor, der sich offensichtlich dort versteckt hatte. Der Fremde hielt etwas in Händen. Franziska nahm ihn lediglich aus ihren Augenwinkeln wahr, dann nur noch das Tuch, das ihr vor den Mund gehalten wurde, und den fürchterlichen Geruch, der sie kurz an Krankenhaus erinnerte. Sie wehrte sich, wollte schreien, war aber schon zu schwach. Keuchend atmete sie die Dämpfe ein, die aus dem Tuch quollen. Ihr wurde schummrig vor Augen und ihre Knie knickten ein.

4.

Was für ein Tag! Jetzt ein Bierchen?, überlegte Benjamin, als er die Tür zu seiner Wohnung aufschloss. Heute war er besonders froh, dass er diesen Rückzugsort besaß. Ein paar Tausender hatten ihm Lothar Ludwig und Veronika zugesteuert, ein wenig hatte er selbst angespart gehabt und den Rest hatte die örtliche Sparkasse dazugelegt. So konnte er vor zweieinhalb Jahren diese Wohnung mit tollem Blick ins Grüne und dennoch mitten in der Stadt, im schönen Darmstädter Martinsviertel gelegen, kaufen und endlich mit dreiundzwanzig Jahren seine Sachen packen und die elterliche Wohnung in Bessungen verlassen. Ausziehen wollte er schon länger, aber es war gemütlich in seinem Jugendzimmer und auch so bequem. Er wusste zwar, wie man eine Waschmaschine bediente und sich etwas zu essen zubereitete, aber wenn er im Hotel Mama etwas zu lange die dreckigen Klamotten im Wäschekorb im Bad stapeln ließ, wurden sie gewaschen und auch meist aufgehängt, um gebügelt vor seine Zimmertür gelegt zu werden. Wenn er mit hungrigem Blick nach Hause kam, fand er immer etwas im Kühlschrank oder es war für ihn mit gekocht worden. Seine Mutter war da sehr zuverlässig. All dies hatte er genossen. Doch im Laufe der Zeit wurde der Spott seiner Freunde lauter und sein Zimmer erschien ihm immer kleiner zu werden. So wurde er im Mai 2006 über Nacht vom Lapping zum Watzeverdler. Die Lappinge, Wildkaninchen, waren das Wahrzeichen Besungens. Der Legende zufolge scheiterte Landgraf Georg I. um 1570 mit seinem ersten Versuch der Ansiedlung von Wildkaninchen, da sie alle vom Fuchs geholt wurden. Ein zweiter Versuch schlug ins Gegenteil um, die Kaninchen vermehrten sich im nunmehr eingezäunten Schutzgebiet und wurden bald zur Plage. Eine Schmach für den Landgrafen.

Das Martinsviertel war ursprünglich eine kleine bäuerliche Ansiedlung außerhalb der Darmstädter Stadtmauer, in der die Bevölkerung noch Schweine hielt, die auf der Straße herumliefen – deshalb auch der Name Watzeviertel. So unterschiedlich die beiden Darmstädter Stadtteile auch waren, so gleichermaßen beliebt waren sie bei ihren Bewohnern. Nach wie vor gab es eingefleischte „Lappings" und eingefleischte „Watzeverdler". Zwischen beiden Quartieren wurde liebevoll eine offen gelebte Feindschaft zelebriert. Jeder hielt sein Viertel für das Schönste. Bei den alljährlichen Kerweumzügen besuchte man sich gegenseitig und führte stolz seine Wappentiere vor. All dies war Benjamin bekannt, er zog dennoch von Bessungen ins Martinsviertel. Grinsend erzählte er bei Freunden und Bekannten herum, er sei nun tatsächlich erwachsen geworden und habe sich mit dem Übergang vom Lapping zum Watzeverdler von seinen Eltern emanzipiert, was nicht alle verstanden.

Der junge Dobermann hatte sich sofort in seine Wohnung verliebt. Sie war zwar klein, aber sehr gemütlich und viele seiner Freunde hatten ihn schon besucht, dank der vielen Feste, die darin gefeiert wurden. Zum Glück bewohnte einer seiner Freunde die Wohnung, die unter seiner lag, und der Mieter in der Wohnung ein Stockwerk höher war ein alter und schwerhöriger Ur-Darmstädter. So kam es fast nie zu Beschwerden, wenn die Musik wieder einmal etwas lauter war. Dafür musste der Kriminalkommissar, der sich noch in Ausbildung befand, aber penibel darauf achten, dass er sowohl die kleine als auch die große Hausordnung pünktlich und ordentlich durchführte.

Jetzt ein Entspannungsbierchen! Benjamin schien in einer Gedankenschleife gefangen zu sein. Er schloss die Eingangstür, hängte die Jacke an den Haken und blickte auf das blinkende rote Lämpchen an seinem Anrufbeantworter. Die Straßenschuhe waren schnell abgestreift und flogen unter die Garderobe, die den kleinen offenen Flur dominierte. Die wenigen Meter hin zum Telefon, das mitten im Wohnzimmer auf dem Beistelltischchen neben dem Fernseher thronte, hatte der Kommissar schnell überwunden. Er drückte den Knopf und gleich danach ertönte die Stimme seines Vaters. „Na, Benjamin, wie war dein erster Arbeitstag? Wahrscheinlich ziemlich lang, oder? Hab gehört, ihr bearbeitet schon einen hochbrisanten Fall. Respekt! Ruf doch mal zurück, wenn du Lust und Zeit hast. Grüße auch von Veronika."

Ein Piepton und die Aufforderung einer Computerstimme, die 3 zu drücken, wenn man die Aufnahme löschen wollte, ließen Zeit für ein Lächeln und die Gedanken: Was der alte Mann alles so erfährt. Ich dachte, er wäre im Ruhestand.

Anschließend erklang der zweite Anrufer. Erst ein Piepen, dann eine Pause, in der jemand schwer zu atmen schien, anschließend eine müde klingende Stimme von ganz weit weg, unverständlich, aber gleich darauf eine Art Schrei, etwas wie „Hii ..." und ein Knacken, als wäre etwas Hartes gegen etwas anderes geschlagen worden und anschließend der Piepton und diese Computerstimme, die aufforderte, die Taste mit der Nummer 3 zu drücken. Benjamin drückte die 4 und die Aufnahme wurde nochmals abgespielt. Den Ablauf wiederholte er noch ein paarmal. Er starrte auf das Display, als hätte er die Zeit verloren, und sein Unterkiefer klappte nach unten. Er erkannte die Handynummer von Fabian Breuer, mit dem er gestern Abend im *Hotzenplotz* Bier trinkend zusammengesessen hatte. Ratlose Leere breitete sich in ihm aus. Stille umgab ihn, bis das Ticken der großen runden Küchenuhr an Benjamins Ohren drang und ihn aus seiner Starre löste. Wie spät war es? Viertel vor sieben zeigte die Küchenuhr. Und wann war der Anruf eingegangen? Seine Augen suchten das Display ab. Halb drei.

Vor etwa vier Stunden also. Mist! Was konnte er tun?

Er wollte seinen Vater anrufen. Warum, wusste er nicht. Er tat es einfach. Die Nummer war schnell gewählt und er hatte Glück. Schon nach dem zweiten Klingelton hob Lothar Ludwig ab. Benjamin meldete sich und plapperte los wie damals, als er in der Gesamtschule beobachtet hatte, wie zwei Klassenkameraden den Schulkiosk aufbrachen und er gefangen war zwischen der Gewissheit, es seinem Vater erzählen zu müssen und der Scham, Klassenkameraden zu verpetzen.

Der alte Dobermann hörte gespannt zu, fragte gezielt nach und gab seinem Sohn zwei Ratschläge: „Sprich mit Daniel und erzähl ihm alles. Er ist dein Teamkollege. Ihr könnt innerhalb der Soko nur mithelfen, den Fall zu lösen, wenn ihr euch vertraut und eng zusammenarbeitet. Ansonsten rate ich dir, immer mal wieder die Nummer von diesem Fabian Breuer zu wählen. Wann hast du es zum letzten Mal versucht?“

Gedankenversunken murmelte Benjamin ins Telefon: „Heute Vormittag.“ Etwas lauter fügte er hinzu: „Du hast recht, ich hätte es mehrmals versuchen sollen. Danke.“ Er beendete zögerlich das Telefonat und ein merkwürdiges Gefühl überkam ihn. Plötzlich spürte er so etwas wie Verantwortung für den Fall und den Druck bei der Aufklärung der Morde mit all seiner Kraft mitzuwirken.

„Tschakka“, ertönte der Kampfruf, der Benjamin endgültig aus seiner Lethargie riss. Schnell tippte er die Handy-Nummer seines Freundes und gleich darauf klingelte es, immer und immer wieder. Benjamin wollte gerade auflegen, als ein Knacken zu hören war.

„Ja. Wer ist da?“ Eine keuchende Stimme, schwer zu verstehen. Es rauschte, als würde ein starker Wind wehen.

„Hallo, hallo“, schrie Benjamin voller Hoffnung in den Hörer. Doch die Verbindung brach ab. Benjamin wählte erneut. Diesmal klingelte es nur einmal und wieder erklang eine verschwommene Stimme.

„Hallo, hallo“, versuchte es Dobermann erneut.

„Ja.“

„Wer ist da? Fabian, bist du es?“

Rauschen, bald darauf: „Mein Name ist Dietrich ... Hallo ... Hallo? Wer sind Sie?“

„Kriminalkommissar Dobermann“, schrie Benjamin. „Woher haben Sie das Handy?“

„Ich bin mit dem Fahrrad unterwegs. Moment. Ich steige da vorne ab, da ist es etwas windgeschützter. Kleinen Moment.“ Dobermann musste warten, Geduld war nicht seine Stärke. Schnell lief er in die Küche, die direkt an das Wohnzimmer grenzte und mit einer Schiebetür abgetrennt war und holte eine benutzte Kaffeetasse aus der Spüle. Er drückte den Knopf auf dem Kaffeeautomaten zweimal. Er hörte, wie sein Kaffee zubereitet wurde, als wieder die Stimme aus dem Handy erklang.

„So, nun müsste es besser sein." Benjamin erfuhr, dass ein gewisser Dietrich Thurau, den er gerne „Didi" nennen dürfe, mindestens dreimal die Woche, immer nach der Arbeit, mit dem Rennrad eine größere Runde drehe, um sich ein wenig fit zu halten. Er arbeite bei einer großen Darmstädter Firma im Büro. Das lange Sitzen und auf den Monitor glotzen, würde ihn mürbe machen und so müsse er ... Benjamin musste den redseligen Fahrradfahrer unterbrechen, um endlich zu erfahren, dass dieser heute auf der Straße in Richtung Mörfelden zufällig ein Blitzen im hohen Gras des Straßengrabens gesehen habe. Er sei neugierig geworden und habe nachgeschaut und dabei das Handy entdeckt. Er habe es eingesteckt und wollte es gleich am nächsten Tag zum Fundamt bringen, sagte er zumindest.

Benjamin bedankte sich und verabredete sich mit dem Fahrradfahrer in einer Viertelstunde in der amerikanischen Hähnchenbraterei wenige hundert Meter hinter der Darmstädter Stadtgrenze. Er legte auf.

Nachdem der Kommissar seinen Kaffee getrunken hatte, rief er Daniel an und bat ihn, zu dem Fast-Food-Restaurant zu kommen. Hartmann war not amused.

„Ich habe Feierabend und bin gerade dabei, eine gute Rotweinflasche zu öffnen. Der Film, den ich seit Tagen schauen will, liegt auch schon im Gerät", muffelte er herum.

„Komm, Daniel. Lass dich nicht so hängen. Vielleicht finden wir heute Abend noch `ne heiße Spur."

Hartmann überlegte nicht lange. Seine Neugier siegte. „Okay, ich komme. Was hast du gesagt: In einer Viertelstunde?"

„Ja, vielleicht schaffst du es auch in 10 Minuten."

Dobermann beendete das Telefonat, stellte die Tasse ab, zog die Schuhe an, schnappte sich den Schlüssel und ließ die Tür hinter sich ins Schloss fallen.

***

Nahezu gleichzeitig kamen die beiden Kommissare an dem Parkplatz der Hähnchenbraterei an und fanden sogar zwei Plätze direkt nebeneinander. Benjamin ließ seinen Kollegen in seinem Wagen einsteigen und erklärte ihm den Grund für dieses spontane Treffen. Daniel hörte aufmerksam zu und nickte ein paarmal. Am Gesicht seines Kollegen konnte Benjamin nicht ablesen, was dieser von der Geschichte hielt. Das ärgerte ihn.

„Okay, lass uns reingehen!“, sagte Daniel und öffnete die Fahrzeugtür. Benjamin folgte. Drinnen sah sich Daniel um. Er schien zum ersten Mal hier zu sein. Benjamin kannte sich aus. Auf der Heimfahrt von der Wiesbadener Polizeischule war er öfter hier eingekehrt. Noch hatten sich die fettigen Hähnchenteile und die zuckerhaltige Limo nicht an seinen Hüften abgesetzt, da er viel Sport trieb und häufig durch Darmstadts Wälder trabte.

Der junge Kommissar ließ seinen Blick durch den Raum schweifen. Am hinteren, rechten Tresen, der in tiefem Rot gehalten war, standen viele Leute in einer Schlange und warteten geduldig, um ihre Bestellung aufgeben zu können. Sie studierten die bunten Tafeln, die hinter dem Personal mit den roten T-Shirts und Schirmmützen aufgehängt waren. Dobermann bewegte sich zwei Schritte in den Raum hinein, stellte sich breitbeinig auf und rief mit durchdringender Stimme durchs Restaurant: „Didi – Didi Thurau – Fahrradfahrer.“

Einige Köpfe schnellten herum, Blicke trafen ihn. Von ganz weit hinten erklang eine leise Stimme: „Hier.“

Kurz darauf bahnte sich ein hoch beladenes Tablett, an dem ein kleiner Mann hing, den Weg durch die Menschenmenge. Der Mann balancierte vortrefflich das schwere Tablett vor seinem stattlichen Bauch, über dem ein schwarzes T-Shirt spannte. Als er etwas nähergekommen war, konnten die Kommissare die Aufschrift in grellem Weiß lesen: life is too short, to be small. Dobermann musste sich zusammenreißen, um nicht laut loszuprusten. Daniel Hartmann hatte sich besser im Griff. Als beide endlich ihren Blick von dem T-Shirt lösen konnten, sahen sie, dass der Mann eine enge gelbe Fahrradhose trug und eine grellgelbe mit roten Streifen versehene Funktionsjacke um den Bauch gebunden hatte. Die Ärmel baumelten herunter. Auf dem Kopf trug er einen roten Helm, auf dem eine kleine viereckige, gegen Regen in einem Plexiglaskasten eingeschweißte, Kamera thronte. Das laute Geräusch der Klick-Pedal-Schuhe, die über den Fliesenboden klackerten, rundete das Gesamtbild ab.

Der Mann stolzierte an den beiden Kommissaren vorbei und suchte sich einen freien Tisch.

„Sie haben ein Handy gefunden“, stellte Dobermann fest, als er sich zu dem Mann setzte. Dieser hatte schon alle Hände voll zu tun und schmatzte genüsslich. Hartmann nahm ebenfalls auf der mit rotem Kunstleder bezogenen Bank Platz und beobachtete den Freizeit-Fahrradfahrer amüsiert von der Seite.

„Können Sie sich ausweisen?“, hörte Dobermann von seinem Gegenüber.

„Äh, ja sicher.“ Er zückte seinen Dienstausweis und hielt ihn dem Mann vor die Nase. Hartmann tat es ihm gleich.

„Kann ich jetzt bitte das Handy sehen?“ Dobermann wirkte ungeduldig. Ohne aufzublicken, kramte der Fahrradfahrer mit den Fett verschmierten Fingern in seiner Jackentasche und legte endlich ein schwarz umrandetes Handy auf den Tisch. Der Kommissar holte einen Plastikbeutel hervor, den man oben verschließen konnte, und verstaute vorsichtig, eine Serviette nutzend, das Gerät darin. „Wir werden Sie ins Präsidium vorladen müssen, um Ihre Fingerabdrücke zu nehmen.“ Der Fahrradfahrer ließ sich aufgrund der Ankündigung in keiner Weise aus dem Konzept bringen, er nagte weiterhin genüsslich Fleisch vom Knochen ab.

„Guten Appetit übrigens“, grüßte Hartmann.

„Danke. Hab´s mir auch redlich verdient.“

„War wohl anstrengend, die Fahrt?“

„Können Sie laut sagen. Der Wind macht einen fertig. Sie verstehen. Ich fahre allein. Windschattenfahren ist ja so einfach und bequem, aber allein fahren, das ist die Kunst und ich fahre immer allein.“ Fett tropfte aus seinem Mundwinkel. Er wischte es sich mit dem Handrücken ab und biss in ein weiteres weiches Hähnchenteil. „Ich war so in mich gekehrt und trat in die Pedalen, als würde mich der Leibhaftige verfolgen, da sah ich plötzlich ein Aufblinken am Straßenrand“, erklärte er.

„Wo war das genau?“, schaltete Benjamin sich ein.

Der Mann schaute ihn erstaunt an und setzte für einen Augenblick das Hähnchen mit seinen verschmierten Fingern ab. „Kurz vorm Weiterstädter Weg.“

„Waren Sie auf der Fahrt nach Mörfelden oder schon wieder auf dem Nachhauseweg?“, hakte der Kommissar nach.

„Auf dem Weg nach Mörfelden“, antwortete der Fahrradfahrer und schien danach nicht mehr ansprechbar zu sein, da er sich wieder voll und ganz der Nahrungsaufnahme widmete.

„Okay“, sagte Dobermann, „wir müssen wohl gemeinsam dorthin fahren, damit Sie uns zeigen können, wo genau Sie das Handy gefunden haben.“

„Aber erst nach dem Essen. Bestellen Sie sich doch auch was! Vielleicht werden Sie dann ein wenig relaxter.“ Die Kommissare bestellten sich zwar nichts, schwiegen aber, solange der Fahrradfahrer aß. Bevor er den Nachtisch, einen Becher Softeis, verdrücken konnte, machte er eine kurze Pause und säuberte sich die Finger an einer Serviette. Dobermann nutzte die Pause und verlangte nach seinem Personalausweis. Als er kurz darauf den Namen las, war er nicht wenig erstaunt. „Dietrich Stempke? Jedenfalls laut Ihrem Ausweis. Ist das richtig?“

„Ja“, erwiderte der Angesprochene und leckte weiter sein Eis.

„Hatten Sie nicht Dietrich Thurau gesagt? Ich könne Sie auch Didi nennen ...“, fragte Dobermann etwas verunsichert.

„So lass ich mich immer nennen, wenn ich auf dem Rad sitze“, schmatzte der Mann konzentriert.

„Ah, so ist das“, erwiderte Hartmann und steckte den Personalausweis in seine Tasche. „Den behalten wir, bis Sie zu uns ins Präsidium kommen.“

Stempke beendete mit zufriedenem Gesichtsausdruck sein Menü, nicht ohne einen Rülpser loszulassen, und begleitete die Kommissare zu Dobermanns Fahrzeug. Gemeinsam fuhren sie in Richtung Mörfelden. Der Freizeitsportler zeigte den Beamten den mutmaßlichen Auffindeort des Handys.

„Hier also“, sagte Dobermann und sah sich die Gegend an. Daniel notierte sich etwas in seinem Notizbuch, das er immer dabei hatte. Sie fuhren zurück und ließen Herrn Stempke dort heraus, wo sein Fahrrad stand, nicht ohne ihn an seinen Termin zur Protokollaufnahme auf dem Präsidium zu erinnern. Nachdem er davon geradelt war, besprachen sie die Lage. Sie beschlossen, das „Hotzenplotz“ zu besuchen, um weiter nachzudenken. Jeder stieg in sein Fahrzeug und fuhr los. Da die Parkplatzsituation in der Lauteschlägerstraße, wie auch im restlichen Martinsviertel, prekär war, parkten die Kommissare auf dem Parkplatz der städtischen Obdachlosenunterkunft und liefen die wenigen Meter bis zur Kneipe. Bei zwei Kaffee und zwei Wasser, sie waren ja noch im Dienst, erzählte Dobermann von seinem Treffen mit Fabian und dessen Traum. Die beiden Kommissare verloren sie sich in der Interpretation der Geschehnisse. Dobermann bekräftigte nochmals, dass er nicht glaube, sein Freund Fabian habe etwas mit dem Doppelmord an dem älteren Ehepaar zu tun, zumal er ihm ja über seinen Traum berichtete, bevor die eigentliche Tat stattgefunden hatte. Hartmann war anderer Meinung. Er zog sogar in

Erwägung, dass Fabian nicht einen Traum, sondern einen Plan der Tat erzählt haben könnte, um diesen anschließend durchzuführen. Benjamin fand diesen Gedanken absurd, aber beide stimmten darin überein, dass es sehr wichtig sei, Fabian zu suchen und auch zu finden. Dobermann telefonierte mit den Kollegen der Soko, erreichte Kriminaloberkommissarin Klara Potente, die zu dieser späten Abendstunde weitere Spuren des Tatortes auswertete, und ließ eine Fahndung nach Fabian Breuer herausgeben: 25 Jahre alt, schlank, ca. 1,75 m groß, längere blonde glatte Haare, keine Brille und keinen Bart, aber mit einem auffälligen Tattoo auf der rechten Schulter: ein Adler mit einem Ölzweig im Schnabel.

Die beiden Kommissare bestellten sich noch ein Wasser und als es serviert wurde, fragte Benjamin aus einer Laune heraus den Wirt, ob er sich noch an den gestrigen Abend erinnern könne und wann Fabian die Kneipe verlassen habe. Der junge blonde Mann sei, nachdem der Kommissar gegangen war, nur noch ein paar Minuten geblieben, erzählte der Wirt und schien dabei immer aufgeregter zu werden. Anschließend habe der Gast bezahlt und sei gegangen. Anscheinend sei er sehr betrunken gewesen. Er habe gelallt, die Augen verdreht und musste sich abstützen, als er durch die Tür nach draußen torkelte.

Dobermann hakte ein und sagte, dies könne er nicht verstehen, da Fabian, als er ihn verlassen hatte, sich noch ganz normal verhalten und in seinem Beisein auch lediglich zwei Bier getrunken habe. Den Einwand wollte der Wirt nicht gelten lassen, sondern erzählte, dass er seinen Gast weiter beobachtet habe und sogar nach draußen gegangen sei. Da habe Fabian schon auf dem Kopfsteinpflaster gelegen und ein Auto sei auf ihn zugerast. Er, der Wirt, habe geschrien und mit den Armen wild herum gefuchtelt. Das Fahrzeug habe gebremst und sei gerade noch rechtzeitig vor dem jungen Mann zum Stehen gekommen. Als er auf das Fahrzeug zuging, sei eine Frau ausgestiegen und davon gelaufen. Der Fahrer habe den Rückwärtsgang eingelegt und sei mit quietschenden Reifen ein paar Meter gefahren, habe gewendet und sei in der Mauerstraße verschwunden. Als er sich wieder um Fabian kümmern wollte, habe ein anderes Auto angehalten, zwei Männer seien ausgestiegen, hätten links und rechts den Mann untergehakt und ins Auto gehievt.

Hartmann fragte, ob der Wirt das Kennzeichen erkannt hätte.

„Klar es war ein Groß-Gerauer Kennzeichen", antwortete der Wirt spontan.

„Haben Sie sich auch die anderen Buchstaben oder die Ziffern gemerkt?“

„Nö, darauf habe ich nicht geachtet.“

„Warum können Sie so bestimmt sagen, dass es ein Groß-Gerauer Kennzeichen war?“, fragte Dobermann.

„Das fällt mir gleich auf. Wenn man ein Auto mit dem Kennzeichen GG vor sich sieht, steht die Abkürzung für ‚Große Gefahr‘ und wenn es an einem vorbeigefahren ist, bedeutet es ‚Glück gehabt‘. Sie müssen mir glauben, ich habe da meine Erfahrungen.“

5.

Heute Nacht hatte Umut seinen ersten Einsatz. Ein wenig mulmig war ihm schon. Zwar war er, zumindest theoretisch, eingearbeitet worden und hatte einige nützliche Informationen und Handlungsanweisungen von einem Sozialarbeiter erhalten, aber dennoch fühlte er sich in das sprichwörtliche „kalte Wasser“ geworfen. Zum Glück stand an seiner Seite eine erfahrene Kollegin. Sie hatte ihm gleich ihren Vornamen – Isabella – verraten und ihm das Du angeboten. Das hatte ihm gefallen und außerdem fühlte er sich seit dem ersten Blickkontakt zu ihr hingezogen. So hatte er sich auf das Abenteuer eingelassen. Für die städtische Wohnbaugesellschaft arbeiteten sie als Team. Ihr Einsatzort war Rüsselsheim am Main und ihre Arbeitszeit lag täglich zwischen zwanzig und vierundzwanzig Uhr. Die Aufgabe bestand darin, das sogenannte Lärmtelefon zu bedienen. Zur Unterstützung der örtlichen Polizei und als Service für ihre Mieter, hatte die Geschäftsführung der Wohnbaugesellschaft beschlossen, dass ihre Mieter bei nächtlichen Lärmbeschwerden eine Hotline anrufen können. Mitarbeiter des Lärmtelefons nahmen das Gespräch entgegen und wenn es zum Zeitpunkt des Anrufes noch immer anhaltenden Lärm gab, fuhr ein Team bestehend aus zwei Personen vor Ort und besuchte den Lärmmelder in dessen Wohnung, um zu hören, ob es tatsächlich laut war. Anschließend dokumentierten sie ihre Wahrnehmung und die des Lärmmelders. Manchmal lagen beide Wahrnehmungen ziemlich weit auseinander. Wenn aber der Lärm wirklich störend war, besuchten die Mitarbeiter auch den Lärmverursacher. Ihre Aufgabe war es, für Ruhe zu sorgen und auch die Reaktion des Lärmverursachers zu dokumentieren. Schon oft hatten diese Aufzeichnungen zu mietrechtlichen Konsequenzen bis hin zur fristlosen Kündigung geführt, was die Mitarbeiter des Lärmtelefons bei den Lärmverursachern nicht gerade sympathisch machte. Umut hatte darüber in der örtlichen Presse gelesen und sich beworben. Nun saß er voller Erwartung in Isabellas Wohnung. Um kurz nach 21 Uhr klingelte das Telefon zum ersten Mal. Isabella nahm den Anruf entgegen und stellte das Telefon auf laut, damit Umut mithören konnte.

„Hier, hören Sie", quäkte eine Frauenstimme schrill aus dem Gerät. „Hier ist es schon wieder."

„Was denn?", unterbrach Isabella zaghaft. „Na hören Sie's ned? Da ruft man beim Lärmtelefon an und die hör`n den Lärm ned. Schreie. Schon seit gestern. Un des Klappern an den Heizungsrohre. Des nimmt ka End ned. Sie müssen herkommen, aber schnell." Ein Krachen in der Leitung ließ vermuten, dass die Anruferin den Telefonhörer wütend aufgelegt haben musste.

„Hallo, hallo?" Isabellas Stimme klang fragend und Umut schaute verdutzt.

„Hat sie einfach aufgelegt?", wollte er wissen.

„Anscheinend", sagte Isabella, „aber die kriegen wir." Sie nahm das Handy vom Ohr, blickte auf das Display, drückte zwei Knöpfe und frohlockte: „Voilà. Unsere genervte Lady hat ihre Rufnummer nicht unterdrückt. Ich werde sie jetzt mal zurückrufen."

Schnell betätigte sie die Wahlwiederholung und hielt sich den Hörer ans Ohr. Der Klingelton erklang.

„Wer issen dran?", keifte es ihr entgegen.

„Sie sind verbunden mit dem Lärmtelefon Ihrer Baugesellschaft", sagte Isabella angelernt sachlich und in neutralem Tonfall. „Sie hatten uns eben angerufen."

„Ei sicher, der Krach lässt ned nach. Wann komme Sie denn endlich?", schrillte es aus dem Handy.

„Bitte sagen Sie uns Ihren Namen und Ihre Adresse, so können wir auch zu Ihnen kommen."

„Helga Großhau, Sie müsse mich doch kenne. Sie warn doch schon oft bei mir un habbe immer gesagt, sie hörn nix. Des war immer so. Die hier im Haus, die sin ja so gerisse. Die kriege mit, wenn Sie bei mir klingeln dun, gebe schlachartisch Ruh und wenn Sie wieder weg sin, Sie glaube ned, was hier los ist. De Krach, ich halt des ned mehr aus!"

„Ah, die Frau Großhau aus dem Schafsgrund 40. Wir kommen zu Ihnen. In ein paar Minuten sind wir da. Am besten Sie erwarten uns vor der Haustür, damit wir nicht klingeln müssen." Isabellas Stimme wirkte freundlich. Dabei schaute sie Umut an, verdrehte ihre Augen und kreiste mit dem Zeigefinger ihrer rechten Hand um ihre Schläfe. Umut hätte beinahe laut losgelacht, konnte sich aber gerade noch zurückhalten. Die junge Frau beendete das Telefonat und gab das Zeichen zum Aufbruch.

Als beide im Fahrzeug saßen, erzählte Isabella, dass Frau Großhau in letzter Zeit häufig angerufen hatte. Verschiedene Teams seien vor Ort gewesen und hätten keinen Lärm feststellen können. Frau Großhau hätte aber jedes Mal Stein und Bein geschworen, dass es ständig laut sei. Sie habe sich immer über verschiedene Nachbarn beschwert. Die Baugesellschaft würde noch immer darauf bestehen, dass die Mitarbeiter des Lärmtelefons in den Schafsgrund 40 fahren sollten. „Ist mir recht", sagte Isabella und bog links ab, „immerhin gibt es 25 € pro Einsatz und bestimmt werden wir auch heute Abend nichts hören. Das wird ein kurzer Besuch, also schnell verdientes Geld."

Isabella hatte Glück, ein paar Meter neben dem Eingang zur 40 gab es eine schmale Stichstraße, dort fand sie sofort einen Parkplatz. Umut war froh, einer so erfahrenen und netten Kollegin zugeteilt worden zu sein und je länger er ihr zuschaute, wenn sie mit Augen und Händen gestikulierend erzählte, desto schöner und attraktiver fand er sie. Sein neuer Job machte ihm sichtlich Spaß und er stieg beschwingt aus dem zwar alten, aber gut gepflegten Mini-Cooper aus.

„Hier geht's lang", lockte ihn Isabella, nachdem sie ihr Fahrzeug abgeschlossen hatte und auf einen schmalen Gehweg zuging.

Als die beiden um die nächste Ecke bogen, stand eine kleine gebückte Gestalt vor ihnen. „Da sin Sie ja endlich", zischte die Mieterin. Sie hatte das Aussehen einer kleinen Hexe, so wie sie Otfried Preußler in seinem Buch beschrieben hatte, weder die Kittelschürze noch das Kopftuch fehlten.

Isabella wollte gerade etwas sagen und ihren neuen Kollegen vorstellen, da tippte die ältere Frau hektisch mit ihrem Zeigefinger gegen die Lippen und befahl ihr, still zu sein. Isabella gehorchte und folgte der Frau, die ein wenig hinkte und sich auf einen Gehstock stützte. Die Eingangstür zum Hochhaus wurde mit einem Keil aus Holz offen gehalten. Isabella fragte sich, ob dies erlaubt war. In letzter Zeit gab es in dieser Gegend einige Einbrüche und man sollte es dem Einbrecher ja nicht gar zu leicht machen. Sie entschied, auch diese

Sache in dem Protokoll festzuhalten, das sie nach jedem Einsatz ausfüllen musste.

Frau Großhau nutzte nicht den Fahrstuhl. Sie bugsierte die Mitarbeiter des Lärmtelefons durchs dunkle Treppenhaus. Zum Glück wohnte sie im dritten Stock und so mussten sie lediglich 48 Stufen überwinden. Isabella hatte sich angewöhnt, die Treppenstufen zu zählen, wenn sie einen Einsatz hatte und den Fahrstuhl nicht benutzen konnte. Als die Drei das dritte Stockwerk erreicht hatten, schaute Frau Großhau zuerst vorsichtig nach links, dann nach rechts, machte kein Licht an und humpelte ihrer Wohnung entgegen, die ganz hinten links lag. Die Tür war angelehnt. Sie glitt lautlos auf. Zaghaft drang aus dem langen Flur der Schein einer alten 40 Watt Lampe. Frau Großhau, Isabella und Umut verschwanden in der Wohnung, die Tür wurde leise geschlossen und Frau Großhau hielt schon wieder den Finger an die Lippen und flüsterte: „Hör`n Se des?"

Umut horchte angestrengt, konnte jedoch keinen Lärm feststellen.

Isabella ergriff das Wort: „Frau Großhau, wir können nichts ..."

„Pssst ...", zischte Frau Großhau. „Wenn man des Licht ausmacht, kann man es besser hörn. Basse Se uff." Schnell hüpfte sie zu dem Lichtschalter an der gegenüberliegenden Wand und betätigte ihn.

Verdutzt stand Umut im nächsten Moment im Dunkeln und lauschte noch immer.

„Da, hörn Se?"

Ein Klacken. Wenn er sich konzentrierte, konnte er es erahnen.

„Bitte machen Sie das Licht wieder an", forderte Isabella und als sich Frau Großhau nicht bewegte, tastete sich die Lärmtelefonmitarbeiterin durch den dunklen Flur und drückte den Lichtschalter. „Hörn Se denn nichts?", fragte Frau Großhau flehend. „So geht's die ganz Nacht. Oft ist es noch viel schlimmer als des, was Se grad hörn."

Isabella bemerkte, wie Frau Großhau krampfhaft versuchte, einigermaßen Hochdeutsch zu reden. Sie blieb ernst und versuchte einigermaßen mitfühlend zu reagieren. „Hier kann ich leider nicht viel hören, vielleicht ist es im Wohnzimmer oder in Ihrem Schlafzimmer lauter?"

Ein wütender Blick, den Frau Großhau aussendete, als wäre er eine Waffe, traf Isabella. Frau Großhau war nun so aufgeregt, dass sie vollends in ihren Dialekt zurückfiel: „Wenn Se hier nix hörn, dann aach ned in de annere Zimmern. Des hier is mei Reich. Ich hätt Se gar ned reilasse solle. Sie nemme mich doch ned für voll. Jetzt hab ich

Se schon so oft gerufe und was mache Se? Nix! Gehnse doch hoch zu dem Grawallmacher un losse mich in Ruh!"

Isabella wich zurück, atmete tief durch und kramte aus ihrer Tasche einen Zettel. „Wir werden alles protokollieren und Ihrem Vermieter melden", begann sie. „Hier habe ich noch ein vorgefertigtes Blatt Papier für Sie, ein sogenanntes Lärmprotokoll. Dort können Sie die genaue Uhrzeit eintragen, wenn es wieder laut ist, und den Lärm beschreiben."

Jetzt wurde Frau Großhau noch lauter und drängte mit rudernden Armen die beiden Lärmtelefonmitarbeiter aus dem Flur: „Was soll`n des? Was soll`n isch do reischreibbe? Es is immer laut. Verlasse Se mei Wohnung! Isch wer mich bei de Wohngesellschaft übber Se beschwern. Mache Se endlich wos! Gehn Se hoch zu dem Kerl und sage Se dem mal, dass es so ned weitergeht. Ich kann ned mehr. Sehn Se ned, wie isch ziddern du? Der mächt misch ferdisch. Der ..."

„Das verstehe ich ja", sagte Isabella beschwichtigend, „aber Sie müssen auch verstehen, dass Ihr Vermieter wissen muss, wer wann welchen Lärm verursacht, um ihn abmahnen zu können."

„Das ist de Georg Schärfer. Der wohnt erst seit Kurzem do obbe, abber seitdem der do wohnt, geht's ab. Un was der immer für Leut zu sich eilädt, aafach widderlich. Do sin bestimmt ach Drooge im Spiel. Manchmol riechts ganz komisch, wenn ich obbe vor dem seiner Tür steh und lausch."

„Sind Sie sich da ganz sicher, dass der Lärm aus der Wohnung des Herrn Schärfer kommt?"

„Naddürlich, wer soll`s denn sonst sei?"

„Führen Sie bitte das Lärmprotokoll, wir können leider momentan nichts hören und haben deswegen auch keinen Grund hoch zu gehen, um bei Herrn Schärfer zu klingeln. Ich wünsche Ihnen noch einen schönen Abend." Isabella nickte Umut zu, der noch immer mit offenem Mund in dem schmalen Flur stand und sich wunderte. Sie drehte sich zur Wohnungstür und ging. Frau Großhau hingegen brabbelte weiter vor sich hin: „Wie soll ich des nur aushalte? Die mache nix. Die mache nix! Un der macht mich ferdisch und die von de Wohnbau, die komme nur, schwätze dumm rum und mache aach nix." Beim letzten „nix" fiel die Wohnungstür ins Schloss.

Beide hörten Frau Großhau nicht mehr. Umut atmete laut auf. „Ist das immer so?"

„Sag ich dir, wenn wir im Auto sitzen. Hier haben die Wände Ohren“, erwiderte Isabella und drückte auf den Knopf neben der Aufzugtür.

In ihrem Mini-Cooper holte sie das Lärmtelefonraster hervor, füllte es aus und sprach laut vor sich hin: „Frau Großhau scheint arg lärmempfindlich zu sein, vielleicht ist sie auch psychisch labil. Auch bei dem heutigen Einsatz wieder Fehlanzeige. Wir konnten nichts Lautes hören.“ Als sie den gesamten Bogen ausgefüllt hatte, drehte sie den Schlüssel und startete den Motor.

Umut hatte die gesamte Zeit neben ihr gesessen und geschwiegen. Erst als der Motor lief, fragte er: „Und wie geht es jetzt weiter?“

„Tja, wir fahren zurück und warten auf den nächsten Anruf.“

„Nein, ich meine, wie geht es mit Frau Großhau weiter?“

„Gleich morgen werde ich das ausgefüllte Lärmtelefonraster an die Baugesellschaft schicken. Morgen Abend haben wir Supervision, bei der wir alle Fälle besprechen. Die Baugesellschaft soll entscheiden, ob sie einen Sozialarbeiter zu Frau Großhau schickt. Vielleicht kann der ihr helfen. Ich glaube nicht, dass dieser Georg Schärfer Lärm verursacht.“

6.

„Halt“, schrie Benjamin dem rennenden Mann hinterher und als er nicht reagierte: „Halt, stehenbleiben, Polizei!“ Der Flüchtende rannte weiter und Dobermann stupste seinen Kollegen an.

Als die Kommissare vor der Kneipe standen, war erst langsam, dann immer hektischer ein junger Mann, bekleidet mit löchriger Jeans und Karohemd, näher gekommen. Er trug eine Batschkappe und einen dichten Bart, der die Hälfte des Gesichtes bis zu den Wangenknochen mit rötlicher Wolle bedeckte.

Kurz zuvor war der Mann, der Dobermann an einen Wikinger erinnerte, neben ihm stehengeblieben und hatte geraunt: „Willste was kaufen?“ Dabei streckte er dem Kommissar ein kleines metallisch aussehendes Etwas entgegen.

Dobermann reagierte spontan, denn er wusste, dass momentan die Darmstädter drogenaffinen Jugendlichen nur eines im Kopf hatten und zwar *Spice*, der Kräutermix, vor dem die Drogenbeauftragte der Bundesregierung erst kürzlich gewarnt hatte. Seit die Medien über die

Modedroge berichteten, rollte über Deutschland und Österreich_eine regelrechte *Spice*-Welle hinweg. Die Kräutermischung sollte eine ähnliche Wirkung haben wie Cannabis, war aber für die Behörden schwer fassbar. Niemand wusste, welche Inhaltsstoffe wirklich in den bunten, metallisch glänzenden Tütchen steckten und welcher davon die berauschende Wirkung erzeugte. Auch die rechtliche Situation war verzwickt: Die Modedroge wurden zwar geraucht, aber im Laden geschickt als Räucherwerk verkauft, mitsamt Warnaufdruck: ‚Nicht zum Verzehr geeignet'. Somit galt sie als Bedarfsgegenstand und unterlag keiner Regulierung. Die Hilflosigkeit der Behörden warf die grundsätzliche Frage auf, wie mit einem Stoff umzugehen sei, über dessen Risiken so gut wie nichts bekannt war, den aber immer mehr Jugendliche konsumierten. Nicht nur die Behörden waren überfordert. Mit dem Hype hatten offenbar weder Hersteller noch Verkäufer gerechnet. Die Londoner Lieferfirma mit dem programmatischen Namen *Psyche Deli* kam mit dem Nachschub nicht mehr nach. „Wir verdienen pro Tag allein mit *Spice* etwa 1000 Euro", hatte Sven K., der in Darmstadt_einen Headshop betrieb, ausgesagt. „Der Verkauf läuft so gut, dass ich eine zweite Filiale in Mainz eröffnet habe." Dobermann hatte nur mit dem Kopf geschüttelt, als er im Darmstädter Echo den Artikel gelesen hatte. Parallel dazu hatten Fahnder in Darmstadt zwei Studenten festgenommen und mehr als 14 Kilogramm Haschisch und Marihuana, 700 Gramm Amphetamin, 50 Gramm Kokain und 2000 Ecstasy-Tabletten sichergestellt.

Benjamins Jagdtrieb war geweckt. Er schnappte nach dem Päckchen, das ihm eben noch hingehalten worden war, doch in diesem Moment jagte der junge Mann bereits davon.

„Komm, Daniel!", forderte er seinen Kollegen auf und hechtete hinterher, entlang der kopfsteingepflasterten Straße in Richtung des Kopernikusplatzes. Der Flüchtende kreuzte die Fahrbahn und rannte an dem kleinen Café vorbei und in die Einfahrt hinein, die zum Hoff-ART Theater führte, einem bekannten Kulturbetrieb im Martinsviertel. Am Ende der Hofeinfahrt befand sich neben alten Garagen aus den Fünfzigern eine ehemalige Werkstatt, in der Theater für Kinder, Comedy und Konzerte aufgeführt wurden. Heute Abend gab es keine Aufführung und auch kein Konzert. Die Räume des Hoff-ART Theaters lagen verwaist im Hinterhof und versprühten den morbiden Charme des Improvisierten. Es bildete damit einen krassen Gegensatz zu dem direkt daneben befindlichen Neubau eines Sechsfamilienhauses, ein Waschbetonquader mit klaren Kanten und großen

Fenstern, eingehüllt mit einem riesigen Gerüst. Der bärtige Mann sprang über den Bauzaun, der vor Eindringlingen schützen sollte, und verschwand in einem schmalen Gang, der zu einer Treppe in den Kellerbereich des Neubaus führte.

Benjamin versuchte, ihm auf den Fersen zu bleiben, Kollege Hartmann folgte in einigem Abstand. Er war außer Atem, auch weil er schon zum zweiten Mal schrie: „Lass uns die Kollegen vom Drogendezernat holen. Das ist nicht unsere Baustelle."

Dobermann stürmte die schmale Rohbautreppe hinunter. Im Dunkeln musste er aufpassen, die engen gebogenen Betonstufen zu treffen, um nicht zu fallen. Unten angelangt musste er erst einmal schwankend innehalten. Die Betonwände rochen nach Feuchtigkeit. Er hörte in die Nacht hinein, vernahm aber keine Schritte, weder von dem Flüchtenden noch von seinem Kollegen. Er nahm einen zarten Schimmer hinter einem Durchgang wahr und ein leises Geräusch. Das Schließen einer Tür? Ruhig griff er unter seine Jacke und befreite seine Dienstwaffe aus dem Schulterholster. Schritte auf der Kellertreppe ließen ihn herumfahren. „Daniel", wisperte er.

„Ja. Alles klar?"

„Leise! Folge mir."

Dobermann schlich auf den Durchgang zu, Hartmann hinterher. Kurz darauf wurden beide wie durch ein riesiges Maul verschluckt und als sich ihre Augen etwas an die Dunkelheit gewöhnt hatten, erkannten sie hinten links einen großen Raum, der noch nicht abgegrenzt war. Hier sollte wohl einmal ein Kellerraum für eine der Wohnungen entstehen. Im hinteren Bereich flackerten Teelichter. Die Kommissare schlichen weiter. Im matten Feuerschein konnten sie eine Matratze erkennen, daneben so etwas wie eine Wasserpfeife, leere Flaschen, Papier- und Plastikmüll sowie einige Pizzakartons.

„Irgendwo hier muss er doch sein", wisperte Benjamin.

„Hast du deine Taschenlampe dabei?", wollte Hartmann wissen.

„Mist, zu Hause vergessen. Du?"

„Ich auch."

„Na, dann", sagte Dobermann resigniert und sah Hartmanns Silhouette in dem schwachen Lichtschein. Er griff nach einer Pizzaschachtel, hob sie hoch und stellte zwei Teelichter oben drauf. Er kam zurück, begleitet von einem sanften Schein.

„Da vorne ist eine Tür."

Langsam, Schritt für Schritt, näherte er sich ihr, tastete nach dem eisernen Griff und zog die Tür langsam auf. Es musste sich um eine

Feuertür handeln, so schwer, wie sie war. Dobermann sicherte seinen Kollegen mit der Waffe und folgte ihm mit geringem Abstand. Als die Tür offen war, erahnten sie einen schmalen Gang, der sich in endloser Dunkelheit zu verlieren schien. Dobermann lauschte und hörte ein schweres Atmen. Er schob seinen Kollegen in den Gang hinein, Zentimeter für Zentimeter. Hartmann bewegte den Pizzakarton langsam hin und her, um den Gang ein wenig auszuleuchten, aber es nutzte wenig. Knallend fiel die Tür ins Schloss. Beide Kommissare erschraken. Dobermann war unvorsichtig und hatte nicht daran gedacht, dass die Tür einen Mechanismus hatte, der sie unweigerlich zukrachen ließ.

„Scheiße", entfuhr es Hartmann, was so gar nicht seine Art war. In diesem Moment traf ihn das grelle Licht mehrerer Taschenlampen. Vor Schreck glitt ihm der Pizzakarton mitsamt den Teelichtern aus der Hand und krachte auf den Boden. Dobermann hielt sich den Ellenbogen des linken Armes schützend vor die Augen und machte zwei Schritte nach vorne. Die Taschenlampen verloschen. Es war plötzlich wieder stockdunkel. Er spürte einen heftigen Schmerz an seiner rechten Hand und ließ die Dienstwaffe fallen. Mit einem metallischen Geräusch schlug sie auf dem Betonboden auf und verschwand in der Dunkelheit.

***

Das Lärmtelefon klingelte kurz nach 23 Uhr. Isabella reichte Umut das Handy. Diesmal musste er ran. Der neue Mitarbeiter meldete sich, wie er es gelernt hatte, mit „Guten Abend, Sie sind verbunden mit dem Lärmtelefon Ihrer Wohnbaugesellschaft. Was kann ich für Sie tun?"

Es war der fünfte Anruf an diesem Abend. Vier Einsätze hatte das Team schon hinter sich gebracht. Das übliche eben, Frau Großhau mit ihrer Lärmmeldung kurz nach 21 Uhr, eine Gruppe grölender und saufender Jugendlicher in einer Tiefgarage, ein Hund, der bellend und winselnd alleine in der Wohnung zurückgelassen worden war und eine Party, deren Gäste nach der Ansprache der Lärmtelefonmitarbeiter die Wohnung verließen, um an anderer Stelle weiter zu feiern.

Eine schrille Stimme schwappte Umut entgegen: „Isch werd noch wahnsinnisch. Immer widder die Schreie un des Geschepper. Kommen Se schnell, aber parke Se diesmol werklisch um die Eck."

„Gehe ich recht in der Annahme, dass ich mit Frau Großhau spreche?“, fragte Umut und war selbst überrascht über seine Wortwahl.

„Ei naddürlich. Mit wem denn sonst? Komme se schnell, sonst werd ich werklich verrügt.“ Das Gespräch wurde unterbrochen.

Umut konnte sich ein Grinsen nicht verkneifen. „Frau Großhau muss sehr aufgeregt sein“, meinte er trocken.

„Na, dann mal los“, drängelte Isabella, „damit wir pünktlich um zwölf zum Dienstende wieder zurück sind.“

„Jetzt fahr ich mal. Den Weg kenne ich ja schon“, bestimmte Umut, kramte seinen Autoschlüssel aus der Tasche, warf ihn demonstrativ in die Höhe und fing ihn wieder auf.

***

Lähmende Schwärze umgab die beiden Kommissare. Dobermann suchte vorsichtig mit der Fußspitze den Boden nach seiner Dienstwaffe ab. Konzentriert horchte er in die Dunkelheit hinein und glaubte, Atemgeräusche wahrzunehmen. Kollege Hartmann machte sich indessen an der schweren Eisentür, die vor wenigen Sekunden krachend in Schloss gefallen war, zu schaffen und drückte sie ein wenig auf.

„Dobermann ist mein Name, Kommissar bei der Darmstädter Kripo“, versuchte Benjamin den offiziellen Weg und verlieh seiner Stimme einen selbstbewussten Klang.

„Alter, klingt echt spannend“, ertönte eine jugendlich wirkende Stimme aus wenigen Metern Entfernung, „aber ihr seid nur zu zweit. Wir sind mehr. Hahaha.“

Im nächsten Moment blendete erneut der Schein einer Taschenlampe Dobermanns Augen. Wieder legte er den Arm schützend vor sein Gesicht. „Oh, nein, so eine Scheiße“, hörte er Hartmann sagen und blickte auf. Erst war da nur gleißendes Licht, kurz drauf konnte er immer mehr Umrisse wahrnehmen und spürte auch, wie Hartmann, der anscheinend die Tür aufreißen wollte, gegen ihn geschubst wurde.

Dobermann zwang sich, die Augen ganz zu öffnen. Vier Gestalten, die schwarze Tücher vor Mund und Nase gebunden hatten, standen vor ihnen und hielten Eisenstangen in den Händen. Weiter hinten im Gang konnte Dobermann seine Dienstwaffe liegen sehen. Sie schien unerreichbar.

„Hände hoch!“, schrie derjenige, der eben schon einmal gesprochen hatte, Hartmann an. „Finger weg von deiner Waffe!“

Hartmann gehorchte, ohne zu zögern, und bewegte seine Hände nach oben.

***

„Gibt es mehr so Kaliber wie diese Frau Großhau?“, wollte Umut wissen, als er sein Fahrzeug durch Rüsselsheims breite zweispurige Straßen lenkte.

„Och jo“, erklang Isabellas launische Antwort.

„Was war denn dein heftigster Fall?“

Isabella musste nicht lange überlegen. „Wir wurden vor etwa einem halben Jahr häufig von einer älteren Frau angerufen, die sich über Belästigungen anderer Mieter beschwert hatte. Sie teilte uns mit, dass sie immer wieder beschimpft werden würde und alle Mieter um sie herum laut seien. Am Telefon klang sie glaubwürdig, vor Ort hat sie uns aber nicht die Tür geöffnet, jedenfalls nicht am Anfang. Sie sagte, sie sei schon im Schlafanzug, aber wir sollten zu den Nachbarn gehen. Da wir aber keinen Lärm hörten und ringsherum alles dunkel war, haben wir nicht geklingelt. Die Frau hat öfter angerufen, irgendwann hat sie uns sogar in ihre Wohnung gelassen. Anscheinend hatte sie etwas Vertrauen gefasst. Als wir im Dunkeln im Flur standen, bat sie uns zuerst darum, unsere Handys auszuschalten, später teilte sie uns mit, dass sie auf Handystrahlungen reagiere und von allen Nachbarn mit diesen Strahlen terrorisiert werden würde. Gleich darauf schlich sie in der Dunkelheit zwei Schritte in Richtung ihres Bads und bediente den Lichtschalter. In der Badewanne lag Bettzeug und sie sagte, sie könne nur noch darin schlafen, da dieser Metallkäfig die Strahlung abhalten würde. Sie drehte sich herum, zog ihre Hose herunter und bückte sich, damit wir besser die Verbrennungen an ihrem Hinterteil sehen konnten, die angeblich die Handystrahlung der Nachbarn verursacht hätten. Wir verabschiedeten uns so freundlich wie möglich und meldeten alles der Wohnbaugesellschaft.“

„Das ist ja ein Ding! Und was ist daraus geworden?“

„Keiner konnte ihr helfen. Selbst ihr Betreuer schaffte es nicht, sie in ein psychiatrisches Krankenhaus einweisen und behandeln zu lassen. Sie fühlte sich weiter von den Nachbarn bedroht, klopfte nachts als Gegenmaßnahme mit einem Besenstiel gegen die Wände und irgendwann fühlte sie sich so belästigt und auch wütend, dass sie auf den Balkon ihrer Wohnung im siebten Stock ging und so lange gegen die Balustrade trat, bis sich ein Quadratmeter großes scharfkantiges Plastikstück löste und zwanzig Meter in die Tiefe fiel. Zum Glück wurden keine Passanten erschlagen."

„Hammer!", sagte Umut und bog in eine schmalere Straße ab.

„Und wie wurde der Fall gelöst?"

„Der Vorfall reichte aus, um die Frau aus der Wohnung zu klagen. Sie hat von ihrem Betreuer einen Wohnwagen zur Verfügung gestellt bekommen, den sie in ein nahes Waldgrundstück stellte, um darin zu wohnen."

„Na prima, so konnte ihr doch geholfen werden!" Isabella verzog ihr Gesicht zu einem bösen Lächeln, was Umut veranlasste nachzufragen: „Oder?"

„Erst mal ja", begann Isabella langsam. „Die Frau fühlte sich im Wohnwagen mitten im Wald sehr wohl. Es gab ja keine Handystrahlung. Aber plötzlich benötigte der Betreuer seinen Wohnwagen und überredete die Frau, in eine Wohnung am anderen Ende der Stadt einzuziehen. Und da fing alles von vorne an. Sie fühlte sich erneut von Handystrahlen bedroht, aber unsere Wohnbaugesellschaft war für den Wohnblock nicht zuständig." Isabella lachte nun laut. „Bis sie auf die Idee kamen, auch diesen Wohnblock aufzukaufen. Und das Spiel begann für uns von Neuem."

Nun lachte Umut schallend. „Augen auf beim Wohnungskauf", sagte er.

„Und bei dir?", fragte Isabella, „gibt es in deinem Leben auch etwas zum Lachen?"

„Ich wohne im Stadtteil mit dem schönen Namen: Dicker Busch II", antwortete Umut zögerlich.

„Äh ... ja und?", erwiderte Isabella und grinste freundlich.

„Ich arbeite dort mit dem Religionspädagogen im KiDiBu zusammen."

„Häh, was das denn?"

„Die Abkürzung für *Kirche im Dicken Busch*. Kennst du die nicht?"

„Nee!"

„Egal, eines Tages hat uns unser Religionspädagoge folgende Geschichte erzählt: Im Rahmen der Kinderkulturwochen Kindskopp war unsere Theatergruppe mit der Probe zu dem Stück „Ei an Bord" beschäftigt. Es war eine Probe in Kostümen. Zwei als Bordratten verkleidete Schauspielerinnen wollten für die Requisite noch etwas aus dem Büro holen. Bei der Rückkehr zur Bühne fragte einer der Bordratten: ‚Hast du dein Bürofenster offen gelassen?'

Ich verneinte und fragte, warum sie das wissen wolle. Sie antwortete: ‚Als wir in dein Büro kamen, haben wir einen Mann überrascht, der sich an deinem Schreibtisch zu schaffen machte. Als er herumfuhr und uns – zwei erwachsene Bordratten – erblickte, schrie er: ‚Hilfe, wo bin ich hier gelandet?' Danach rettete er sich mit einem gewaltigen Sprung durch das Fenster."

Isabella lachte laut los und Umut fühlte sich gut dabei. Irgendwann entstand eine Pause und Isabella wirkte nachdenklich. „Du hast also bei der evangelischen Kirche mitgearbeitet?"

„Klar. Ich bin zwar Muslim, aber die Kirche im Dicken Busch hatte die beste Theaterarbeit in der gesamten Stadt."

„Find ich klasse", sagte Isabella und wurde gleich darauf geschäftig: „Lass uns da vorne in der Nebenstraße parken, Frau Großhau will es so."

***

Die beiden Kommissare standen mit erhobenen Händen im Keller des Neubaus. Ihre Augen hatten sich mittlerweile an das Licht der Taschenlampen gewöhnt, die ein junger Typ hielt, der etwas im Hintergrund breitbeinig aufgebaut hatte. Vor ihm standen drei Jeansträger mit langen Haaren, deren Gesichter unter den Tuchmasken verborgen waren. Sie schwenkten ihre Eisenstangen.

Dobermanns Hand schmerzte. Jetzt war ihm auch klar, was ihn so hart getroffen hatte.

Mein erster Einsatz und schon die Dienstwaffe weg, schoss es ihm durch den Kopf. Er wollte nicht an die Konsequenzen denken, sein Bauch verkrampfte sich. Wie konnten sie aus dieser vertrackten Situation rauskommen? Er musste etwas tun. Musste irgendwie an seine Dienstwaffe kommen. Er atmete tief ein, hob den Kopf und blickte seinen Widersachern in die Augen. Mit hoch erhobenen Händen rief er: „Jungs, jetzt seid doch mal vernünftig! Ihr habt euer ganzes Leben noch vor euch. Was soll der Scheiß?"

Ein kehliges Lachen erklang.

Hartmann stand ein Schritt hinter ihm. Auch er hatte die Hände erhoben und scannte die drei Angreifer mit den Eisenstangen und den vierten mit den beiden Taschenlampen. Dieser schien der Jüngste zu sein. Er wirkte unsicher und stieg immer wieder von einem Fuß auf den anderen. Die anderen wirkten cool. Der Mittlere war der Größte und anscheinend der Anführer. Seine Augen strahlten große Sicherheit aus und schienen zu lächeln. Mit ruhiger Stimme fragte er: „Das Leben noch vor uns. Was soll'n das heißen?"

„Na ja, wir sind Polizisten und ihr bedroht uns. Wenn wir euch verhaften, kann das einige Jährchen Gefängnis bedeuten."

Der Anführer kam ein paar Schritte näher und tippte mit der Eisenstange zweimal leicht auf Dobermanns Schulter. „Festnehmen? Dass ich nicht lache! Außerdem geht's hier um viel mehr, als du denkst, Benjamin ..."

„Woher kennst du meinen Namen?", fuhr ihm Dobermann ins Wort.

„Ich weiß noch viel mehr von dir und glaub mir, ich könnte dich jetzt schon zerstören, wenn ich wollte." Wieder klopfte die Eisenstange zweimal auf seine Schulter.

***

„Da vorne steht sie schon." Umut parkte gekonnt ein und öffnete die Fahrertür.

„Sogar mit Taschenlampe", erwiderte Isabella mit reichlich Spott in der Stimme und stieg ebenfalls aus.

Frau Großhau sprang ihnen entgegen und presste den Zeigefinger der rechten Hand gegen ihre Lippen. Wieder bemühte sie sich, Hochdeutsch zu sprechen. Vielleicht, dachte Isabella, glaubt Frau Großhau, dass wir sie dann ernster nehmen.

„Pssst", zischelte die Mieterin, „der Schärfer soll nicht wissen, dass Sie da sind. Wir laufe durchs Treppenhaus, aber ohne Licht zu mache, dafür hab ich die Lampe dabei. Zuerst gehen wir in meine Wohnung. Da können Sie hören, was oben bei dem so abgeht und sie könne den zur Rede stelle." Sie drehte sich um und lief los, ohne auf eine Antwort zu warten. Umut und Isabella stapften gehorsam hinterher. Auch das gehörte zu ihrer Art des Geld Verdienens. Im dritten Stockwerk angekommen schlichen alle drei in Frau Großhaus schlecht beleuchtete Wohnung und horchten. Erst war gar nichts wahrzunehmen und alle Drei standen wie angewurzelt da, plötzlich jedoch erklang ein Klappern, kurz darauf wieder Stille.

„Hörn Se?", raunte die Mieterin.

„Ist das ständig so?", fragte Isabella so ernst wie nur irgendwie möglich.

„Ganz oft. Manchmal auch schlimmer. Des klingt, als wenn jemand an nem Heizkörper festgebunne is un versuche dud, sich zu befreie."

Welch blühende Fantasie, dachte Isabella und notierte etwas auf dem Melderaster in der Spalte *Eindrücke der Lärmtelefonmitarbeiter.*

„Sie müsse oben nach dem Rechten schauen. Des müsse Se dun und dem die Meinung geige. So kann des ned weitergehn. Das müsse Se dun und zwar jetzt!"

Umut und Isabella stimmten fast gleichzeitig zu, aber nicht, weil sie die Notwendigkeit einsahen, sondern weil sie möglichst rasch Frau Großhaus Wohnung verlassen wollten.

Ein Stockwerk höher brannte Licht im Flur und es schien eine andere, normale Welt zu sein. Hinten links befand sich die Wohnungstür, die ordnungsgemäß mit dem Namen Georg Schärfer versehen war. Die Klingel funktionierte und das „Didelli-Didelling" verhallte langsam. Nichts geschah. Isabella drückte nach einiger Zeit nochmals die Klingel. Die beiden Mitarbeiter des *Lärmtelefons* warteten und horchten. In der Wohnung rumpelte es und ein kurzes Gespräch flammte auf. Es klang, als gäbe jemand Befehle. Danach war es wieder ruhig.

Umut war es unangenehm, so spät noch zu klingeln, wenn kein akuter Grund bestand. „Komm, lass uns gehen!"

Isabella klopfte an die Tür und schien etwas ratlos. Nach etlichen Sekunden wollte sie aufgeben und gehen, als sich ein Schlüssel im Schloss drehte und die Tür langsam einen Spaltbreit geöffnet wurde. Ein junger Mann, bekleidet mit einem Bademantel, schälte sich aus dem Dunkel der Wohnung. Er wirkte verschlafen. „Was ist denn los?" Er hielt sich am Türblatt fest.

Isabella machte einen Schritt auf den Mann zu. „Wir sind Mitarbeiter des Lärmtelefons Ihrer Wohnbaugesellschaft. Sie kennen bestimmt den Aushang unten im Eingangsbereich. Hier ist mein Ausweis." Isabella hielt ihm ein Stück eingeschweißtes Papier entgegen, auf dem das Logo der Baugesellschaft und ihr Bild zu sehen waren. „Sind Sie Georg Schärfer?"

„Ja."

„Nachbarn haben sich beschwert, dass aus Ihrer Wohnung oft laute Geräusche kommen würden. Was sagen Sie dazu?"

Der Mann lachte. „Bestimmt die Frau Großhau! Wohnt direkt unter mir. Die war schon tausendmal hier und hat sich beschwert, meist spät in der Nacht, wenn ich schon geschlafen habe. Außerdem klopft sie in ihrer Wohnung oft mit einem Besenstiel gegen die Decke."

„Und sind Sie laut?“, fragte Isabella spitz.

„Ich bin allein und bis eben hab ich geschlafen.“ Er klopfte mit der Handfläche auf den Bademantel, den er trug und sagte etwas schnippisch: „Haben Sie denn was gehört?“ Als Isabella nicht gleich antwortete, fügte er hinzu: „Also sagen Sie schon?“

„Wir konnten keinen Lärm feststellen, aber ein leises Klacken“, antwortete Isabella zögerlich.

„Dann ist ja gut“, sagte Schärfer und ließ die Wohnungstür ins Schloss fallen.

Isabella zuckte leicht zusammen, musste aber lächeln. „Recht hat er ja“, meinte sie. „Komm, wir verschwinden und machen Feierabend.“

Umut nickte und die beiden fuhren mit dem Fahrstuhl nach unten. Isabella schwieg. Verschiedene Gedanken kämpften in ihr. Sie war sich sicher, in der Wohnung noch eine zweite Stimme gehört zu haben. Dennoch wirkte der Mieter glaubhaft und es schien, als habe er geschlafen.

***

„Und jetzt umdrehn, schön langsam! Arme oben lassen und die Handflächen an die Tür!“

Dobermann und Hartmann blieb nichts anderes übrig, als zu gehorchen. Sie befolgten die Anweisung.

„Gut“, lobte der Anführer und klopfte mit der Eisenstange leicht auf Dobermanns Rücken. „Und jetzt, Füße nach hinten, Beine auseinander! Das habt ihr doch sicher auf der Polizeischule gelernt. Ich glaube, ihr nennt es *einen Adler machen* oder? Hahaha!“

Dobermann spürte Wut in sich aufsteigen, aber er hatte keine Idee, was er tun konnte. Er fühlte sich ohnmächtig. Unruhig schwankte er hin und her. Von draußen hörte er leise Schritte die enge steinerne Treppe, die zum Keller führte, hinunterkommen. „Die Kollegen vom K34, endlich! Hab sie draußen angerufen, als du vorgestürmt bist“, raunte ihm Hartmann ins Ohr.

„Hier noch ein kleiner Hinweis“, sagte der Mann mit der Eisenstange. Etwas platschte zwischen Dobermanns Füßen auf den Betonboden.

„Und jetzt, tschüss! Deine Dienstwaffe lasse ich dir, damit du nicht gleich an deinem ersten Arbeitstag alles verlierst.“

Dobermann spürte ein letztes Mal die Eisenstange auf seinem Rücken, anschließend erloschen die Taschenlampen. Vier Paar Füße liefen los. Die Dunkelheit war plötzlich undurchdringbar, bis die Tür von außen aufgerissen wurde und der Schein mehrerer Taschenlampen in den Flur drang. Alles ging sehr schnell. Die beiden Kommissare, die mit den Händen an der Tür gelehnt hatten, fielen nach vorne. Direkt in die Arme der Kollegen vom Drogendezernat, womit diese nicht gerechnet hatten. Im nächsten Moment bildeten mehrere Polizisten einen Knäuel. Sie fluchten und es verging einige Zeit, bis es einer schaffte, die Verfolgung der Geflüchteten aufzunehmen. Mehrere Taschenlampenstrahlen durchforsteten hektisch den Flur. Dobermann rappelte sich auf und stürmte hinterher. Ein paar Meter weiter lag seine Dienstwaffe. Plötzlich war der Kommissar erfüllt von einer Dankbarkeit, die er so noch nicht gespürt hatte. Er schnappte sich die Waffe und verstaute sie in seinem Schulterholster. Ein Kollege folgte ihm und leuchtete den Flur entlang. Er hatte eine Länge von ungefähr fünfzehn Metern und am Ende befand sich eine weitere eiserne Tür, an der sich gerade ein Kollege zu schaffen machte. „Verschlossen, Mist", rief er. „Wir müssen die Kellertreppe hoch. Vielleicht können wir die Jungs draußen noch schnappen."

Die Kollegen vom K34 und Hartmann drehten um, liefen zurück und stürmten die enge Treppe hinaus.

Dobermann drehte sich und wollte loslaufen, als seine Fußspitze gegen etwas stieß. Ein kleiner schwarzer Gegenstand rutschte über den Boden. Im schummrigen Licht hob er den Gegenstand auf, den ihm der Maskenmann zwischen die Beine geschoben hatte. Es war ein Geldbeutel aus Leder. Dobermann ließ ihn sofort wieder fallen, als er plötzlich merkte, was er falsch gemacht hatte. Aus seiner Jackentasche nahm er zwei Gummihandschuhe, streifte sie über, griff erneut nach der Geldbörse und öffnete sie. Er durchsuchte die einzelnen Fächer. Kein Geld, keine Ausweise, nur in einem versteckten Seitenfach fand er ein kleines Plastiktütchen mit einer gräulich weißen, kristallinen Substanz. Im Fach, in dem man Geldscheine aufbewahren konnte, war ein kleines Bild eingesteckt. Er kramte es heraus und hielt es ins Licht. Das Foto zeigte das Gesicht seines Freundes Fabian Breuer. Dobermanns Hände zitterten. Das alles ergab keinen Sinn.

Zweites Kapitel – Ermittlung

Prolog

Der junge Mann spazierte durch den Park, langsam und wie auf Wolken. Überall grünes Blattwerk und Sonnenschein. Plötzlich erblickte er eine Gestalt, die lässig an einem Baum lehnte. Er schaute sie an und hatte das Gefühl, sie winke ihn herbei. Alles wirkte friedlich. Der Winkende sah fremd aus, aber das störte nicht. Vielleicht hatte die Gestalt eine Frage, kannte den Weg nicht oder wollte einfach nur die Uhrzeit wissen. Dem jungen Mann war es egal. Er bewegte sich langsam auf den Fremden zu. Er lächelte. Als er kurz vor ihm stand und eine Frage erwartete, sah er etwas aufblitzen. Im nächsten Moment durchtrennte kalter Stahl den Stoff seiner Jacke und fand blitzartig den Weg in sein Fleisch. Der junge Mann erschrak, ansonsten war da kein weiteres Gefühl. Schmerz fühlte er nicht. Der Fremdkörper zog sich zurück, nur um gleich darauf an anderer Stelle wieder in seinen Körper einzudringen.

Der Mann fiel nach vorne. Sein Gegenüber hatte seine linke Hand um seinen Nacken gelegt und zog ihn an sich heran. Die Knie gaben nach. Alle Kraft war aus ihnen gewichen. Noch einmal traf der Stahl. Es war der erste Stich, den er spürte. Irgendetwas war in seinem Kopf angekommen. Der Fremde ließ seinen Nacken los und der junge Mann glitt langsam nach unten. Der Boden war weich und nass. Sein Körper floss hinein. Er musste ihn krümmen. Er hatte keine andere Wahl. Seine Hände umklammerten den Bauch. Es fühlte sich warm und feucht an. In seinem Kopf waren plötzlich viele Gedanken gleichzeitig. „Komm großer, schwarzer Vogel, hilf mir doch! Press deinen feuchten, kalten Schnabel auf meine Wunde ... Dann fliegen wir rauf, mitten in den Himmel rein, in a neue Zeit, in a neue Welt ...“ Ludwig Hirsch sang in seinem Kopf und er spürte, wie sich der Fremde an seiner Hose zu schaffen machte und seinen Geldbeutel aus der Tasche zog.

So viel Aufwand für 50 €, dachte der junge Mann und spürte den Schmerz in seiner Körpermitte. Er konnte nichts dagegen tun, also umarmte er den Schmerz. Er war nun ein Teil von ihm, jetzt und vielleicht für immer. Sein Atem wurde langsamer und ruhiger. Tränen klopften an, er konnte sie fließen lassen. Warm liefen sie über seine Wangen und es gab kein Halten mehr. Alles floss heraus. Er lag auf dem Boden, gekrümmt und weinend. Langsam atmete er weiter und dachte: Das Schönste ist die Stille, wenn ich sie aushalte.

***

Tränen kitzelten. Als wolle er nervende Fliegen wegwischen, rieb er mit dem Handrücken über sein Gesicht. Die leere Rotweinflasche, die kurz zuvor noch wie ein Baby in seinem Arm gelegen hatte, kullerte zu Boden, schlug hart auf dem Stein auf und rollte mit einem Klirren fort. Der kleine Raum ließ das Geräusch an den Wänden abprallen wie ein hart geschlagener Squash-Ball. Der Mann erschrak und wurde jäh aus seinem Traum gerissen. Kurz nur dauerte der Schreck, bald schon übermannte ihn wieder die Gleichgültigkeit, die der Konsum der Flasche Rotwein herbeigeführt hatte. Er kuschelte sich in die große Decke ein, die er in der Reisetasche unter den 50 €-Scheinen gefunden hatte, gab sich seinem Schicksal hin und schloss die Augen. Langsam glitt er zurück in den Schlaf und begann den Traum erneut an der Stelle, an der der kalte Stahl in seinen Körper drang. Mit Entsetzen erwachte er wieder und wurde kurz darauf erneut in das Traumland gezogen. Kalter Stahl, Entsetzen und Erwachen wechselten solange ab, bis die Panik das einlullende Gefühl des Alkohols überwunden hatte und sein Herz so heftig schlug, dass an Schlaf nicht mehr zu denken war. Der Mann riss die Augen auf. Dunkelheit umgab ihn und im nächsten Augenblick war ihm bewusst, wo er sich befand. Hektisch beugte er seinen Oberkörper nach vorne und tastete mit beiden Handflächen den steinigen Boden ab. Irgendwo musste die Taschenlampe liegen. Er wusste, sie war ihm aus der Hand geglitten. Sie musste irgendwo sein. Atemlos tastete er um sich herum, fand sie endlich, packte sie und betätigte den kleinen Schalter an der Seite. Der Lichtstrahl traf auf Mauersteine und der Anblick bewirkte, dass der junge Mann aufsprang. Die Decke, die um seine Beine geschlungen war, hinderte ihn daran, einen Schritt zu machen, er stolperte und fiel nach vorne auf beide Knie. Die Taschenlampe glitt aus seiner Hand und schlug hart auf dem steinernen Boden auf. Das Licht erlosch. „Scheiße", brüllte der Mann, krabbelte vorsichtig nach vorne und tastete erneut den Boden ab. Den Schmerz, der von den Knien kommend in seinem Hirn einschlug, missachtete er. All seine Sinne waren geschärft, die Augen hatte er weit aufgerissen. Hektisch arbeiteten Hände und Beine, bis ihn ein Geräusch innehalten ließ. Ein Rauschen und ein monotones Schlagen waren zu hören. Es klang, als wäre ein Zug angefahren. Das Rauschen und das Wummern verflogen und gerade als der Mann weiter in der Dunkelheit herumkriechen und fühlen wollte, war da so etwas wie eine Durchsage. Er konnte zwar die Worte nicht verstehen, aber es klang wie eine Ansage. Er musste sich in der Nähe eines Bahnhofs befinden. Neue Hoffnung keimte in ihm auf. Da mussten Menschen in der Nähe seines Gefängnisses sein. Menschen, die ihn hören konnten. Menschen, die ihn befreien konnten.

Schnell kroch er weiter, bis er endlich die Taschenlampe gefunden hatte, und knipste sie erneut an. Mit dem Lichtstrahl suchte er den zugemauerten Eingang und eilte darauf zu. Mit beiden Fäusten trommelte er gegen die Steine und schrie um Hilfe.

1.

„Meinst du wirklich, er weiß, wo die Päckchen sind?"

„Ganz bestimmt!", sagte Frank mit lauter, aufgebrachter Stimme. Er stampfte wie ein Berserker durch das kleine Wohnzimmer. Seine Halsschlagader war geschwollen. Allzu gerne hätte er geschrien, um diesen Druck loszuwerden, der ihm die Kehle zuzuschnüren drohte, aber er durfte nicht, durfte nicht ausrasten.

„Er hat sie irgendwo versteckt, wir müssen es nur aus ihm heraus prügeln!"

„Frank, warte mal!", versucht ihn Georg zu beruhigen. „Fabian ist noch total ausgeknockt. Es würde keinen Sinn machen, auf ihn einzuprügeln. Beruhig dich erst mal!"

„Ich will mich aber nicht beruhigen!" Frank atmete wie ein Stier durch die Nase und zog eine weitere Runde durch das Zimmer. Langsam wurde ihm klar, dass Georg recht hatte. Er versuchte, vernünftig zu sein. Er wollte sich zu gern selbst kontrollieren, merkte aber jetzt schon wieder, wie viel Kraft dies kostete. Warum sollte er eigentlich nicht schreien? Ihm konnten doch die verrückten Nachbarn egal sein. Gut, er war mitverantwortlich für die Situation, in der sie steckten, und er hatte in den vielen Therapiesitzungen, die sein Suchtverhalten verändern sollten, einiges darüber gelernt, wie er cooler sein konnte, wie er sich die Situation so zurecht denken konnte, dass er nicht emotional handeln musste. Tief atmete er ein und aus und versuchte daran zu denken, dass er ruhiger würde und wollte in den Sog ‚Alles-wird-gut' eintauchen, aber es gelang ihm nicht. Viel zu schnell kehrten seine Gedanken zu den Päckchen zurück, die er um alles in der Welt haben wollte. Auch wusste er, wie arg Georg danach gierte. Immerhin konnten sie viel Geld damit machen. Gleich darauf sagten ihm seine Gedanken, dass er die lärmempfindlichen Mieter berücksichtigen musste, die hier im Haus lebten. Er durfte seine Wut nicht herausschreien und je mehr er sich bewusst wurde, dass er es nicht durfte, desto drängender wurde sein Bedürfnis. Er spürte das kribbelnde Gefühl, das sich in ihm aufblähte, umso deutlicher. Er tigerte weiter durchs Zimmer und überlegte krampfhaft, wie er seine Wut und dieses beschissene Gefühl in den Griff bekommen konnte. Schnell ging er in den angrenzenden Raum. Dort hing ein Box-Sack, den Georg abends des Öfteren wüst malträtierte, um sich abzureagieren.

Er fixierte den Sack, boxte und trat wie wild gegen ihn.

Georg ließ ihn, er wusste, es würde helfen.

Frank kämpfte, bis er außer Atem war und den Sack mit beiden Armen umklammerte. Er wusste, er hatte in seinem Leben schon viele Fehler begangen und ihm war klar, er würde wieder welche begehen, wie unter einem Zwang. Vielleicht auch nur, um erneut erleben zu müssen, dass er eigentlich ein Loser war, der immer wieder an seinem kläglichen Leben scheiterte. Ja, er wollte Geld, er wollte Ansehen, hatte aber nicht die nötige Geduld dazu, dies durch ehrliche Arbeit zu erreichen. Auf der anderen Seite fehlte ihm die kriminelle Energie und die Skrupellosigkeit, um über Leichen zu gehen.

Er war gefangen zwischen seiner Gutmütigkeit und der Ungeduld, alles sofort und ohne große Kraftanstrengung haben zu wollen, und deswegen stolperte er jedes Mal mit der Nase vorneweg ins nächste Fettnäpfchen. Frank hatte lediglich eine Sache in seinem Leben gelernt und verinnerlicht: Er wollte nicht mehr ins Gefängnis. Das letzte Mal hatte er vor elf Jahren eingesessen, damals in der Justizvollzugsanstalt Eberstadt. Dieses Eingesperrtsein hatte ihm für alle Zeiten gereicht. Diese andere Welt, diese Hierarchien und diese Gepflogenheiten, an die man sich nie würde ganz gewöhnen können. Damals ließ es sich noch recht locker leben im Knast, vorausgesetzt man hielt sich strikt an die Regeln. Heutzutage, nach dem neuen Strafvollzugsgesetz, ging es um einiges strenger zu, hatte ihm sein Informant, der lange Jahre Knasterfahrung aufweisen konnte, erzählt. Und er glaubte ihm. Längere Verschlusszeiten, verschärfte Kontrollen, verminderter Sozialdienst und höhere Hürden beim Kontakt zur Außenwelt, natürlich auch bei den Ausgängen. Darauf konnte Frank gut verzichten. Zudem sei die Drogenversorgung im Knast massiv eingeschränkt worden, hatte er erfahren. Früher, als er gesessen hatte, kam es häufig vor, dass Tennisbälle, gefüllt mit verschiedenen Drogen, über die Gefängnismauern geworfen wurden. Damals wurde noch viel Tennis gespielt, immerhin war es das Hobby des ehemaligen Anstaltsleiters. Und so fiel ein Tennisball mehr erst einmal gar nicht auf. Natürlich waren die Bälle, die von außen kamen, speziell markiert. Klar war natürlich auch, wer die Lieferung bestellt hatte und wer sie im Knast zu Geld machen durfte und wehe dem, jemand hob einen Tennisball auf, der ihm nicht gehörte. Die Folgen waren meist ein oder mehrere gebrochene Finger. Die Regeln waren eindeutig und jeder Inhaftierte hielt sich daran. Aber immerhin gab es Drogen, auch wenn sie noch so gestreckt waren. Es gab die eine oder andere Abwechslung für die langen Winterabende in der Einzelzelle und es gab die Vorfreude darauf, die das Absitzen der Strafe etwas erträglicher machte. Das war nun allerdings vorbei. Die Gefängnisleitung hatte gewechselt, es wurde kein Tennis mehr gespielt und an den Gefängnismauern waren Kameras angebracht worden, die auch nachts aufzeichneten, was sich in dem kleinen Wald rund um die Anstalt bewegte. Eine traurige Geschichte. Tja, früher war alles easy und auch lustiger, dachte Frank. Die gute alte Zeit eben. Natürlich hatte auch er einiges zu erzählen. Gerne dachte er an die Geschichte, die sich an einem Rosenmontag ereignet hatte. Frühmorgens kam ein Betrunkener an die Pforte der Justizvollzugsanstalt gewankt und sprach den Diensthabenden lallend an: „Feiern Sie auch Fastnacht?“

„Wie meinen Sie das?“, war die sachlich gehaltene Gegenfrage.

„Na, ich dachte, Sie hätten die Anstalt verkleidet. Hinten im Wald da hängen mehrere zusammengeknotete Bettlaken über die Mauer.“

Das folgende Gerenne und Geschrei war groß. Der Geflüchtete wurde zwar am selben Tag noch gefangen und nach Butzbach verlegt, die Geschichte aber blieb und wurde wieder und wieder erzählt.

Oder die Geschichte, die zu Franks Lieblingen gehörte: Im Februar 1996 wurde eine wunderschöne Frau in die JVA eingeliefert. Sie hatte bronzene Haut, unendlich viele dünn geflochtene Zöpfe auf dem Kopf, ausdrucksvolle Augen und einen Mund, der zum Träumen anregte. Dazu kamen ein beachtlicher Brustumfang und ein Outfit, das ihren Körper noch betonte. Die Frau kam aus Brasilien, war am Frankfurter Flughafen verhaftet worden, da sie Unmengen von Kokain-Kapseln in sich trug. Offiziell war die Schmugglerin allerdings ein Mann, jedenfalls wenn man ihrem Reisepass Glauben schenken konnte. Sie wollte sich durch diesen Drogentransport die letzte und teuerste Operation finanzieren, um endlich als vollständige Frau zu gelten. Die Schritte zuvor, wie Namensänderung, psychologische Gespräche, Hormonbehandlung und, und, und, hatte sie schon hinter sich gebracht. Nur diese letzte Operation war nötig, um sie zu einer vollendeten Frau werden zu lassen. Das hatte nicht geklappt und so wurde der Noch-Mann mit dem weiblichen Körper und den vielen Reizen in den Männerknast verlegt. Was für ein Juchee und Holla! Die Männer in der JVA-Eberstadt flippten aus, auch die, die die Frau niemals zu Gesicht bekamen. Geschichten wurden erzählt und regten die Fantasie an. Die junge Frau bekam natürlich eine Einzelzelle und wurde von allen Gefangenen auf ihrem Gang hofiert. Viele Geschäfte wurden gemacht, Tabakpackungen, Koffer genannt, und auch Instant-Kaffee, Bombe genannt, wechselten den Besitzer, meist nur für eine kurze Berührung, einen Klaps auf den Po oder einen Griff an den Busen. Zum Arbeiten konnte die braungebrannte Brasilianerin nicht eingesetzt werden, zu groß wäre die Aufruhr in dem Werkbetrieb gewesen und beim wöchentlichen Duschen musste der Duschbereich weiträumig abgeriegelt werden. Mindestens vier Beamte beschützten sie bei ihrem Duschgang, nicht ohne den einen oder anderen Blick zu riskieren. Auch hier kam es zu Geschäften, sogar zwischen der Inhaftierten und den Beamten, denn Beamte sind auch nur Menschen und vor allem Männer. So beendete die Justizbehörde nach zwei langen Wochen den Spuk. Die junge Frau mit dem männlichen Namen im Reisepass wurde aus dem Strafvollzug entlassen und nach Brasilien ausgewiesen. Was mit ihr geschah, erfuhr niemand. Die Geschichten blieben, allerdings wurden sie von Mal zu Mal mehr ausgeschmückt.

Tja, dachte Frank wehmütig, so war der Knastalltag im alten Jahrtausend. Nun aber wehte ein anderer Wind und er hatte große Angst, wieder einzufahren. Dies hinderte ihn aber nicht daran, krumme Geschäfte zu machen. Und so hing er momentan in der Wohnung seines Freundes herum, einen Boxsack umarmend, und war zur Ruhe gekommen. Langsam trabte er zurück ins Wohnzimmer, wo Georg noch immer nachdenklich auf Fabian starrte, der mit zur Seite geneigtem Kopf und geschlossenen Augen auf dem Boden und mit dem Rücken an den Heizkörper gelehnt saß.

„Wir müssen rausfinden, wo er die Päckchen versteckt hält. Wir haben ne Menge Geld investiert und das will ich zurück haben und zwar mit ner guten Rendite. Verstehst du, was ich meine?“, begann Frank, als er direkt hinter Georg stand.

Georg zuckte zusammen und schreckte herum. Er glaubte zwar zu wissen, dass sein Kumpel im Grunde seines Herzens ein guter Kerl war, seine innere Grenze hatte und bestimmt keinen Mord verüben würde, dennoch hatte er Angst vor ihm und genau diese Angst verhinderte, dass er eine Idee entwickeln konnte. Entnervt brabbelte er vor sich hin, ohne auf Franks Worte zu reagieren: „Was machen wir nur mit Fabian und Franziska? Die können jeden Augenblick wieder zu sich kommen und wenn die herumschreien, was dann? Gestern Abend war schon der Vermieter da. So ne Scheiße, so ne verdammte Scheiße! Ich hätte der Franziska niemals meine Adresse geben sollen, aber wer konnte schon ahnen, dass sich alles so entwickelt?“

„Hör endlich auf mit deinem Selbstmitleid“, keifte Frank. „Wir müssen Franziska hier raus schaffen. Fabian wird noch eine Zeit lang ausgeknockt bleiben. Ich habe ihm vorhin noch ne Tablette eingeflößt, als er rumkrakeelen wollte."

„Ja, alles nur wegen dir", jammerte Georg. „Hättest du Franziska nicht betäubt, hätten wir jetzt kein Problem."

„Hätte, hätte", wurde Frank laut. Er kam ganz nah vor Georgs Nase zum Stehen und fuchtelte mit seinem Zeigefinger wild vor Georgs Augen herum. „Hättest du die Wohnungstür anständig verschlossen, wäre die junge Dame gar nicht reingekommen."

„Scheiße, was kann ich denn dafür, dass das Schloss nicht richtig schließt und man den Schlüssel einmal rumdrehen muss, um sicher zu sein, dass die Tür verschlossen ist."

„Hättest du der Baugesellschaft schon lange melden müssen, du Versager. Aber jetzt ist es zu spät. Tja, und als Franziska Fabian gesehen hatte, wie er am Heizkörper hing, musste ich was unternehmen. Oder wie hättest du ihr das erklärt?"

„Da wäre mir bestimmt etwas eingefallen und so spitz, wie die auf mich ist, hätte sie es vielleicht sogar geglaubt", schimpfte Georg zaghaft zurück.

„Das glaubst du doch selbst nicht. Ich will nicht mehr in den Bau einfahren. Drogen sind eine Sache, aber Entführung ist ne ganz andere. Willst du etwa in den Knast?"

Die letzten Worte ließen Georg nachdenklich werden.

„Okay, schaffen wir sie hier raus. Ewig können wir sie nicht betäuben. Nur wohin mit ihr?", fragte Georg unsicher.

„Kann es sein, dass sie mit ihrem Auto gekommen ist?", fragte Frank.

„Weiß nicht?", erwiderte Georg.

„Na, dann schau halt nach, ob sie einen Autoschlüssel in ihrer Tasche hat." Als Georg nicht gleich reagierte, legte Frank nach: „Na los! Auf was wartest du?"

Georg ging hinüber zur Couch, auf der Franziska lag. Neben ihr fand er ihre Handtasche, öffnete und durchsuchte sie. „Lauter unnützes Zeug." Er stieß auf etwas Brauchbares. „Sie fährt einen Renault." Er klimperte mit dem Schlüsselbund.

„Na, prima", erwiderte Frank, „ich weiß, was wir machen. Wir setzen Franziska in ihr Auto, fahren an den Main und stellen das Fahrzeug irgendwo ab. Anschließend informieren wir anonym die Polizei. Wenn wir ihr noch ein Päckchen Koks in die Tasche stecken, wird sie nicht nur versorgt werden, sondern hat auch ein Verfahren am Hals. Die hessische Polizei wird schon wissen, was zu tun ist. Obendrein wird man ihr bestimmt nicht glauben, wenn sie irgendetwas von dir faselt."

Georg dachte nach und versuchte herauszufinden, ob der Plan seines Kollegen funktionieren könnte. „Und wenn jemand sie gesehen hat, als sie ins Haus kam?", fragte er unsicher.

„Glaub ich nicht", erwiderte Frank unwirsch.

„Okay, lass es uns versuchen." Georg ging langsam zurück zur Couch. Er nahm Franziskas rechten Arm und legte diesen über seine Schulter. Mit seiner rechten Hand hielt er ihre Hand fest und hievte ihren Körper nach oben. „Komm hilf mir", sagte er, als er neben Franziska auf der Couch saß und ihr Kopf auf seine linke Schulter fiel, als hätte sie keine Muskeln und Sehnen. Er drehte seinen Kopf und berührte mit der Nase ihren Haaransatz. Der Geruch gefiel ihm und ließ ihn kurz an ihr süßes Lächeln von gestern Abend denken. Dann schob er den Gedanken zur Seite wie eine nervende Fliege und beobachtete, wie sich Frank auf Franziskas andere Seite setzte, ihren linken Arm um seine Schultern legte und zählte: „Also, eins, zwei, drei."

Bei „drei" erhoben sie sich und ruckelten ihren und Franziskas Körper so zurecht, dass die Schuhspitzen der jungen Frau ganz knapp über dem Boden schwebten. Schritt für Schritt durchquerten sie den Flur und die Wohnungstür. „Halt, den Wohnungsschlüssel", raunzte Georg, torkelte einen Meter zurück, griff mit der freien Hand umständlich an das Schlüsselbrett und pflückte den passenden Schlüssel herunter. Kurz später knallte die Wohnungstür zu, der Schlüssel drehte sich einmal im Schloss und das Dreiergespann schlurfte zum Fahrstuhl. Es war ein wenig *tricky,* Franziska in die enge Kabine zu bugsieren, zu drehen und den Knopf *E* für Erdgeschoss zu drücken. Der Fahrstuhl fuhr ein Stockwerk nach unten, hielt an und die Tür glitt auf. Georg schaffte es nicht rechtzeitig den Knopf zu drücken, dass sich die Tür wieder schließen würde. Im nächsten Moment stand er Aug in Aug mit Frau Großhau. Das Kinn der alten Dame fiel nach unten, einen kurzen Augenblick stand sie mit offenem Mund da. „Ach schau an, der Herr Nachbar", keifte sie plötzlich los. „Habe mer widder gefeiert. Was war'n eben fürn Krach bei Ihne? Desdewesche bin ich aach hier raus gekumme und wollt gugge, was Se so dreibe. Am Dach kann ma ja ned viel mache, hats gehese. Abber, wenn's heut Nacht widder laut is, ich versprechs Ihne, ich werd der Baugesellschaft Bescheid sache. Immer die ständische Barties. Das nimmt ja kaa End ned."

Georg und Frank verstanden kaum ein Wort. Frau Großhau zeigte mit spitzem Finger auf die Frau zwischen den beiden Männern. „Des Mäddche is ja todal besoffe. Isch werd des bei de Baugesellschaft melde, glaube Se ..." In diesem Moment schloss sich die Fahrstuhltür und Georg war unendlich dankbar, dass Frau Großhau nicht mit eingestiegen war. Als sie allerdings langsam die restlichen drei Stockwerke hinunterglitten, wurde ihm plötzlich klar, was dieses kurze Treffen für ihn bedeuten konnte, selbst wenn er es schaffen würde, Franziska mit ihrem eigenen Auto am Main abzustellen und ihr noch ein paar Tütchen Drogen unterzujubeln, damit ihre Glaubwürdigkeit bei der Polizei in Frage gestellt werden würde. Frau Großhau, diese Blockwartin, wie sie Georg gerne nannte, hatte nicht nur Franziska sondern auch Frank gesehen, also musste ein anderer Plan her. Jetzt würde jeder Polizist und jeder Richter wissen, dass Franziska bei ihm gewesen war.

Der Fahrstuhl hatte das Erdgeschoss erreicht. Georg drückte den Knopf mit der Vier auf der Taste und hoffte, dass sie diesmal heil übers dritte Stockwerk kommen würden.

„Was machst du?", fragte Frank erstaunt. Georg erklärte seine Bedenken. Frank verstand, blökte aber gleich los: „Und was hast du jetzt vor, verdammte Scheiße?" Genervt trat er gegen die Wand im Aufzug.

„Hör auf!", kreischte Georg. „Ich mache Franziska zu meiner Komplizin. Ich muss ihr ja nicht die ganze Wahrheit erzählen. Ich glaube, ich kann sie auf meine Seite ziehen. Du weißt ja, wie charmant ich sein kann."

Frank grunzte abfällig und spürte, wie sich die Angst in seiner Körpermitte spiralförmig ausbreitete. So ne Scheiße, dachte er. „Wir müssen uns zuerst um Fabian kümmern und den wegschaffen. Die Frage ist nur, wie?", sagte er laut.

„Das lass mal mein Problem sein", erwiderte Georg und die Fahrstuhltür glitt im vierten Stockwerk zur Seite. Georg atmete hörbar auf. Beide schleppten die junge Frau in die Wohnung und legten sie wieder auf der Couch ab. „Wenn Franziska wach ist", meinte Georg, „rollen wir Fabian in einen Teppich ein und schaffen ihn hier raus. Franziska kann Schmiere stehen, dann haben wir sie im Sack. Wie heißt es so schön: Mitgegangen, mitgefangen."

2.

POL-DA: Doppelmord im Paulusviertel

Darmstadt (ots) – In den frühen Morgenstunden des gestrigen Montags (8.9.) wurde in einer Villa im Darmstädter Paulusviertel ein älteres Ehepaar tot aufgefunden. Die Darmstädter Kriminalpolizei ermittelt. Auf Antrag der Staatsanwaltschaft Darmstadt soll eine Obduktion Aufschluss über die genauen Todesumstände geben. Derzeit gibt es die Vermutung, dass Fremdeinwirkung vorliegt, sagte Kriminalrat Löwental bei der heutigen Pressekonferenz im Polizeipräsidium Südhessen. Einbruchspuren wurden keine gefunden, erklärte Löwental auf Nachfrage. Die Todesfälle hätten augenscheinlich nichts mit den marodierenden osteuropäischen Jugendbanden zu tun, die derzeit durch die Stadt zögen, betonte er.

Die beiden Leichen befinden sich derzeit in der Gerichtsmedizin in Frankfurt. Die polnische Pflegerin, die das Ehepaar versorgte, wurde von der Polizei verhört und ist noch immer in Polizeigewahrsam.

Das Polizeipräsidium Südhessen bittet um Mithilfe. Nachbarn der Hobrechtstraße 17a, die in der Nacht von Sonntag auf Montag etwas gehört oder eine Beobachtung gemacht haben, werden gebeten, sachdienliche Hinweise an die Kriminalpolizei in Darmstadt (Kommissariat 10) zu melden.

Dobermann und Hartmann lasen die Kurzmeldung im Internet auf ihren Computerbildschirmen. Nachdem Benjamin zum Ende gekommen war, grinste er. Er musste an die Pressekonferenz denken. Gemeinsam mit seinem Kollegen durfte er daran teilnehmen. Beide saßen aber nicht auf dem Podium, sondern in einer der hinteren Reihen. Es war Dobermanns erste offizielle Pressekonferenz und so sog er jedes Wort und jede Bewegung aller Beteiligten in sich auf wie ein trockener Schwamm.

Kriminalrat Löwental hatte die Konferenz geleitet. Am meisten hatte Dobermann das Outfit des Kriminalrats fasziniert, elegant aber sportlich. Anscheinend war er extra vorher zum Friseur seines Vertrauens gegangen und hatte sich nicht nur die Haare fein säuberlich abgestuft schneiden, sondern auch mit Strähnchen durchziehen lassen. Der Kriminalrat hatte nahezu die gesamte Zeit geredet und meist die Frauen im Saal angeschaut.

Kriminaloberkommissarin Klara Potente und Hauptkommissar Petersen waren in der ersten Viertelstunde nicht zu Wort gekommen. Löwental, den Dobermann im Geiste gerne Geheimrat nannte und dies nicht nur wegen der haarlosen Ecken an der Stirn, hatte besonders betont, es seien keine Einbruchspuren festgestellt worden, somit seien auch die marodierenden Jugendgruppen, die in letzter Zeit in Darmstadt ihr Unwesen getrieben hätten, hierfür nicht verantwortlich zu machen, außerdem hätte die Deliktgruppe „Einbrüche" im Vergleich zu den Zahlen im Bund eine überdurchschnittliche Aufklärungsrate. Er wies zudem mit Nachdruck darauf hin, dass die Darmstädter Polizei alles dafür tun würde, damit die Bürger sicher leben könnten. Auch im Fall des Doppelmordes würden sie alles daran setzen, schnellstens für Aufklärung zu sorgen. Er hatte geredet und geredet und sich von Niemandem unterbrechen lassen.

Ein Journalist vom Darmstädter Echo hatte sich schon seit längerer Zeit gemeldet. Der Kriminalrat hatte ihn geflissentlich übersehen, bis dies nicht mehr möglich war. Nachdem er zum dritten Mal einen Einbruch ausgeschlossen hatte, bat er ihn zu Wort.

„Gibt es mittlerweile weitere Erkenntnisse zum Doppelmord? Verfolgen Sie eine bestimmte Spur?"

„Dazu informiert Sie nun Frau Kriminaloberkommissarin Potente, die die Leitung der Sondereinsatzgruppe innehat", hatte der Kriminalrat erwidert und gab mit einer Handbewegung das Wort an seine Kollegin weiter.

Klara hatte sich aufgerichtet und das Mikrophon zurecht gerückt. Anschließend hatte sie noch eine kleine Pause zelebriert, um sich auch der Aufmerksamkeit aller im Saal sicher sein zu können. „Gestern in den frühen Morgenstunden wurden wir zum Anwesen *Hobrechtstraße 17a* gerufen. Dort fanden wir Herrn und Frau Höfner, 82 und 84 Jahre alt, in ihrem Bett vor. Beide waren mit Kopfschüssen getötet worden. Der anfängliche Verdacht auf einen erweiterten Suizid erhärtete sich nicht. Nach derzeitigem Stand der Dinge müssen wir von einem Gewaltverbrechen ausgehen. Es wurde eine sechsköpfige Sondereinsatzgruppe gebildet. Wir ermitteln in alle Richtungen. Haben Sie weitere Fragen?"

Einzelne Finger waren nach oben geschnellt. Der Vertreter der Frankfurter Rundschau kam zu Wort. „Gibt es noch Angehörige der beiden Ermordeten?"

„Wir konnten noch einen Sohn identifizieren. Fotografien, die wir am Tatort sichergestellt haben, weisen darauf hin. Diese sind allerdings sehr alt und wir wissen derzeit nicht, wie der Sohn heute aussieht", hatte die Kriminaloberkommissarin nüchtern berichtet, „anscheinend hatte er keinen Kontakt mehr zu seinen Eltern. Wenn wir ermittelt haben, wo er wohnt, werden wir mit ihm Kontakt aufnehmen."

„Welche Rolle spielt die polnische Pflegekraft?", wollte der Mitarbeiter der BILD-Zeitung wissen, als Klara Potente eine kleine Pause einlegte. „Hat sie womöglich aus finanziellem Interesse heraus ihre Schutzbefohlenen ermordet, um sie auszurauben?"

Klara hatte es kurz die Sprache verschlagen, bevor sie geantwortet hatte: „Wir gehen davon aus, dass die polnische Pflegekraft nichts mit dem Mord an dem Ehepaar zu tun hat. Es gibt keine Anzeichen für einen Raub."

Der Mitarbeiter der BILD-Zeitung hatte nur spitz erwidert: „So, so!" Anschließend hatte er geschwiegen und eifrig Notizen gemacht.

Als Dobermann an diese Szene zurückdachte, überlegt er, wie wohl die morgige Schlagzeile aussehen würde, verwarf aber den Gedanken im nächsten Moment und fragte seinen Kollegen: „Na, Daniel, wie fandest du die Pressekonferenz?"

Hartmann blickte auf und antwortete nach einem kurzen Moment des Überlegens. „Löwentals Gehabe und die Fragen der Journalisten waren amüsant. Weitergebracht hat mich das allerdings nicht. Mich interessiert, wie all die Puzzleteilchen zusammenpassen, die wir bisher gefunden haben."

„Lass uns die Fakten nochmals zusammentragen", schlug Dobermann vor.

„Okay, du fängst an", sagte Hartmann, richtete sich auf seinem Stuhl auf und verschränkte beide Hände hinter seinem Kopf. „Zwei alte Menschen, 82 und 84 Jahre alt, tot im häuslichen Ehebett, beide Kopfschuss", begann Dobermann.

„Der Tatzeitpunkt lag zwischen vier und fünf Uhr in der Nacht von Sonntag auf Montag. Darüber hinaus noch ein weiterer Schuss, der auf die Wand abgegeben wurde. Anscheinend hat niemand etwas gehört. Die Waffe konnten wir sicherstellen, eine SIG Sauer 1911.22 Sandfarben, Kaliber 22. Tatsächlich wurden von ihr drei Schüsse abgefeuert."

„Na, wenn wirklich niemand etwas gehört hat", nahm Hartmann den Gesprächsfaden auf, „muss der Mörder die Waffe in ein Kissen eingeschlagen haben, was aber sehr unwahrscheinlich ist, wir haben nichts gefunden, was darauf hinweist, oder die Waffe war mit einem Schalldämpfer ausgestattet. Gibt es denn für diese Waffe einen passenden Schalldämpfer?"

„Ja, ich habe recherchiert. Der Vorderlauf ist mit einer Mutter versehen, die gegen einen Schalldämpfer ausgetauscht werden kann“, warf Dobermann ein.

„Dann muss ihn der vermeintliche Mörder oder die Mörderin mitgenommen haben, denn an der Waffe war keiner montiert. Auch muss er oder sie sehr behutsam vorgegangen sein. Wir haben lediglich Herrn Höfners Fingerabdrücke auf der Waffe gefunden. Der Täter muss demnach Handschuhe getragen haben und beim Abmontieren des Schalldämpfers akribisch aufgepasst haben, um Herrn Höfners Fingerabdrücke nicht zu verwischen. Ich denke, es war einer, der sich damit auskennt.“

„Ein Profi oder was meinst du?“, fragte Dobermann.

„Glaube ich nicht, aber auf alle Fälle jemand, der Ahnung von Waffen hat und der auch wusste, dass Herr Höfner eine Waffe besaß.“

„Stimmt, wir haben ja Herrn Höfners Waffenbesitzschein gefunden. Die SIG Sauer war definitiv auf ihn eingetragen.“

„Dazu passt auch, dass die Hauseingangstür zweimal abgeschlossen war. Es gab keine Einbruchsspuren, also muss der Täter über einen Schlüssel verfügt haben oder eingelassen worden sein.“

„Wenn wir jetzt mal logisch denken, können ihn die Höfners nicht in die Wohnung gelassen haben. Zum einen waren beide nicht mehr gut zu Fuß und zum anderen hätten sie den Mörder nach den Schüssen wieder rauslassen müssen, um die Tür ordnungsgemäß zweimal abschließen zu können.“

„Da waren sie aber schon mausetot. Also war es entweder die Pflegerin oder der Täter hatte selbst einen Schlüssel.“

„Daniel, jetzt überleg mal, welches Interesse hätte die Pflegerin? Es wurde nichts gestohlen und nach dem Tod des alten Ehepaares ist sie arbeitslos. Ich denke, jemand, der der Familie bekannt war, hatte einen Schlüssel und hat die Tat verübt.“

„Prima, so sind wir wieder an dem Punkt, an dem wir auch schon gestern angesetzt hatten. Die Höfners haben einen Sohn. Er könnte der Täter sein, ist aber momentan nicht zu ermitteln. Sobald wir ihn gefunden haben, werden wir ihn ausgiebig befragen.“

Dobermann schwieg kurz, bevor er grübelnd sagte: „Vielleicht war es doch ein Profi.“

„Wie meinst‘n das?“, wollte Hartmann wissen.

Dobermann lehnte sich auf seinem Stuhl zurück und ließ die Füße übereinandergeschlagen auf den Schreibtisch knallen: „Na ja, wenn der Sohn einen Killer beauftragt hat. Er hätte ihm den Haustürschlüssel geben und erzählen können, dass sein Vater im Besitz einer Waffe war."

„Sind eigentlich die Vermögensverhältnisse der Höfners schon geklärt?", fragte Hartmann und blätterte in der Akte, die auf seinem Schreibtisch lag und die er heute früh schon einmal durchgeblättert hatte. Er beantwortete seine Frage selbst. „Auf den Konten befinden sich um die sechzigtausend Euro, die wohl für die Finanzierung der Pflege gedacht waren. Ansonsten gibt es noch das Haus, in dem die Höfners lebten. Es ist zwar alt und seit Jahren ist nichts mehr daran gemacht worden, aber es hat schon einen gewissen Wert, allein schon wegen des Grundstücks."

„Das ist doch ein Motiv, oder?", sagte Dobermann.

„Aber doch nicht für den Sohn. Er ist der alleinige Erbe, soweit wir wissen. Irgendwann wird er das Haus erben und den Rest, der auf den Konten ist", gab Hartmann zu bedenken.

„Irgendwann", grübelte Dobermann, „aber vielleicht brauchte er das Geld sofort. Das könnte ein Grund sein, oder?"

„Ein solcher Aufwand für so wenig Kohle? So ein Auftragskiller kostet ja auch einiges und die Herrschaften waren 82 und 84 Jahre alt und nicht mehr bei guter Gesundheit. Da braucht man doch nur ein bisschen Geduld und alles löst sich auf natürliche Art und Weise."

Hartmann schüttelte heftig den Kopf. „Nee, glaub ich nicht", sagte er endlich. „Vergiss den Auftragskiller!"

Dobermann hatte seine Beine vom Schreibtisch entfernt und sich nun wieder aufrecht auf seinen Schreibtischstuhl gesetzt. Mehrmals fuhr er sich durch die Haare und schüttelte ebenfalls den Kopf. „Das passt alles nicht zusammen."

„Und dann kommt noch dein Freund Fabian Breuer ins Spiel", nahm Hartmann den Gesprächsfaden auf und öffnete ein weiteres Fass, das ebenfalls mit einer Menge Fragen gefüllt war. „Er hat dir von seinem Traum über den Mord an seinen Eltern berichtet. Nach seiner Erzählung verfügte er über einen Schlüssel und nutzte einen Schalldämpfer. Das ist Täterwissen, oder? Damit macht er sich doch verdächtig, oder täusche ich mich?"

„Quatsch!", entfuhr es Dobermann. „Er hat mir von der Tat erzählt, bevor sie stattgefunden hat. Obendrein wohnen seine Eltern im tiefen Odenwald und leben auch noch. Sie sind noch relativ jung mit Ende sechzig und benötigen keine 24-Stunden-Pflege."

„Aber warum hat er dir die Geschichte erzählt? Und wo, verdammt nochmal, hält er sich momentan auf?"

„Weiß ich auch nicht! Aber anscheinend ist ihm etwas zugestoßen. Wer wirft schon freiwillig sein Handy zwischen Darmstadt und Mörfelden-Walldorf in den Straßengraben? Ich würde das nicht tun.“

„Da hast du recht“, gab Hartmann klein bei. „Aber irgendeine Rolle spielt dieser Fabian Breuer. Denk nur an die kleine Verfolgungsjagd in der Lauteschlägerstraße. Ich glaube, der Typ, der dir das Tütchen andrehen wollte, kannte dich!“

„Wie kommst du denn da drauf?“

„Zumindest wusste er, dass du Fabian kennst und vielleicht sogar, dass du dich mit ihm getroffen hast. Er hat uns in den Keller des Neubaus gelockt, damit dir dieser maskierte Schwachkopf, der mit den Chefallüren, das Portemonnaie mit Fabians Bild zuspielen konnte. Und was hat er zum Schluss noch gesagt?“ Hartmanns Stimme wurde theatralisch: *„Momentan will ich dich noch nicht zerstören.* Er hat dir deine Dienstwaffe zurückgelassen. Das lässt doch tief blicken, oder?“

„Auf alle Fälle lässt es mich, und im Endeffekt auch dich, nicht gut aussehen. Anscheinend weiß hier in Darmstadt jeder, dass wir die Neuen sind und noch nicht viel Erfahrung haben. Alle wollen uns vorführen.“ Benjamin war laut geworden. Er wollte wütend klingen, seine Stimme hörte sich allerdings eher verzweifelt an.

Hartmann konnte ihn gut verstehen. Nach einer kurzen Pause fragte er: „Weißt du schon, was die KTU zu dem Portemonnaie sagt?“

Dobermann musste kurz nachdenken und beruhigte sich etwas. „Rein gar nix! Fingerabdrücke Fehlanzeige! Es handelt sich um einen porentief reinen Geldbeutel, der nur dieses eine Bild enthält, auf dem Fabian dumm grinst. Anscheinend wurde das Foto an einem Passfoto-Automaten gemacht. Mehr wissen wir nicht.“

„Könnte bedeuten, dass alles von langer Hand geplant und vorbereitet worden ist, oder?“, fragte Hartmann und sein Kollege merkte, wie gut es tat, dass sein Hirn neue Fragen und somit neues Futter bekam.

„Hey Daniel, kluges Kerlchen! Dieser Kleindealer mit der Maske muss mich kennen. Er spielt ein Spiel mit mir, das könnte ein Ansatz sein.“

„Problem ist nur“, relativierte Hartmann, „wir bewegen uns gerade im Drogenmilieu und das ist der Aufgabenbereich des K34. Wir sind ganz weit entfernt von dem Doppelmord im Paulusviertel. Die Frage ist nun, ist dieser Fabian Breuer tatsächlich die Verbindung zwischen den Drogengeschäften und dem Doppelmord?“

Beide schwiegen. Dobermann rutschte solange auf seinem Stuhl hin und her, bis seine Faust auf den Schreibtisch schlug. Danach raufte er sich die Haare und presste die Worte heraus: „Ich komme nicht weiter. Nichts passt zusammen. So eine Scheiße.“

Hartmann lächelte spitzbübisch. „Nur eines ist mir momentan klar.“ Der Satz verklang in dem kleinen Büro und Dobermann musste eine Zeit lang darüber nachdenken, bevor er fragte: „Was denn?“

Hartmann schaute seinem Kollegen direkt in die Augen: „Dass wir ein gutes Team sind! Wir gehen zwar unterschiedlich vor, aber der Schlagabtausch eben hat mir Spaß gemacht.“

Dobermann verschlug es die Sprache, aber auch er musste zugeben, dass er mittlerweile eine andere und um einiges bessere Meinung von seinem neuen Kollegen hatte. Er konnte sogar das damit verbundene Gefühl genießen.

Das Telefon läutete. Er griff zum Hörer. Karl Leuthner von der Spurensicherung war am anderen Ende der Leitung. Seine genervte Stimme klang überdreht. „Ihr seid nicht die einzigen Dumpfbacken“, blökte er und Dobermann verstand nicht, was er meinte. Hartmann wurde aufmerksam. Nicht nur, weil sein Kollege ein dümmliches Gesicht machte, sondern auch wegen der lauten Stimme, die bis zu ihm drang. Mit einem Fingerzeig deutete er seinem Kollegen an, dass er ‚makeln‘ sollte, sodass er das Telefonat mithören konnte. Dobermann drückte zwei Tasten und Hartmann hielt sich ebenfalls seinen Telefonhörer ans Ohr.

Dobermann schwieg ein Moment zu lange. Das nutzte Hartmann aus. „Wie meinen Sie das, Herr Leuthner?“, fragte er. „Sie wissen doch, jedem Anfang wohnt ein Zauber inne.“

„Lassen Sie mich mit dem Hesse-Zitat in Ruhe“, knurrte Leuthner und fügte in sarkastischem Ton hinzu: „Immerhin sind Sie ja schon soweit in Ihren Recherchen gekommen, dass Sie die Feinheiten unserer Telefonanlage verstanden haben. So kann ich jetzt mit beiden Neulingen gleichzeitig telefonieren, welche Ehre. Aber sei‘s drum.“ Er schwieg kurz, um anschließend genauso laut, aber etwas sachlicher zu sagen: „Zurück zu unserem aktuellen Fall. Unser neuer Kollege hat leider die Geldbörse, die Herrn Dobermann vor die Füße geworfen wurde, nicht vollständig und gewissenhaft untersucht. Tja, die junge Leut! Stehen immer auf die neuste Technik, können aber die einfachsten Dinge nicht und haben keinerlei handwerkliche

Fähigkeiten. Und so passiert es halt."

„Was denn?", fragte Dobermann nach.

„Na, unser Neuzugang, der Franz, der kennt sich zwar mit diesem neumodischen Spheron-Kamera-Dingsda aus, aber ein einfaches Portemonnaie ausreichend zu befühlen, das kann er anscheinend nicht."

„Die meisten großen Taten, die meisten großen Gedanken haben einen belächelnswerten Anfang", erwiderte Hartmann kühl. Kurz verschlug es den beiden Kollegen die Sprache.

„Von wem ist das jetzt schon wieder?", fragte der Spurensicherer atemlos.

„Camus, ein Philosoph von früher, als die Philosophie noch besser war als heute. Da stimmen Sie doch mit mir überein, oder?"

Dobermann gestikulierte seinem Kollegen, nicht weiterzureden. Es war ihm peinlich, wie vorwitzig Hartmann war.

An Karls Tonfall konnte man hören, dass er jetzt definitiv keine Lust mehr auf Sprüche hatte. Jetzt schrie er: „Seid ihr eigentlich in irgendeiner Weise an dem interessiert, was uns in dem Fall weiterhelfen würde, oder wollt ihr nur philosophisch dumm rumschwätzen?"

Die beiden Kommissare hielten aus einem Reflex heraus den Telefonhörer etwas weiter vom Ohr entfernt.

Dobermann lenkte ein. „Was hat denn Ihr Kollege in der Geldbörse gefunden?"

„Einen eingenähten Chip."

„Einen was?"

„Einen elektronischen Chip. Sieht aus wie eine Speicherkarte für Fotos. Interesse?"

„Klar", antworteten beide Kommissare nahezu gleichzeitig und mit aufgerissenen Augen.

„Dann sollte einer von euch Schwätzern seine Füße in die Hand nehmen und zu mir rüber spurten, um das Teil abzuholen." Mit einem lauten Klacken wurde das Telefonat beendet.

Dobermann und Hartmann schauten sich erstaunt an.

3.

Es wird sich alles zum Guten wenden. Ich weiß es. Ich werde der Gewinner sein. Gestern Nachmittag bin ich kurz aufgewacht, später am Abend wieder weggenickt. Aber ich habe die Zeit genutzt, als ich bei Bewusstsein war.

Verdammt! Ich hatte tatsächlich die Wirkung der Drogen unterschätzt, die mir Georg am Sonntagabend ins Bier geschüttet hatte, als ich mit meinem geliebten Kommissar Dobermann junior im Hotzenplotz war.

Ich kann nur vermuten, was genau geschehen ist, Georg und sein Kumpane, dieser Ex-Knacki Frank, haben mich anscheinend bewusstlos hierher verschleppt und am Heizkörper festgekettet. Damit hatte ich nicht gerechnet. Aber egal, mein Plan wird aufgehen. Alles wird so werden, wie ich es von langer Hand vorbereitet habe. Vielleicht dauert es ein wenig länger, aber was soll's? Ich bin ein Genie. Ich habe alles im Griff. Keiner wird mir die Butter vom Brot klauen, dafür habe ich gesorgt. Natürlich habe ich mitbekommen, dass diese junge Frau, die von allen Franziska genannt wurde, gestern Nachmittag unverhofft in die Wohnung eingedrungen war, mich gesehen hatte und deswegen aus dem Verkehr gezogen werden musste. Sie schrie irgendetwas von wegen Blut oder so, als sie mich erblickte. Das wunderte mich. Ich habe nicht geblutet, aber man weiß ja nie, was sich in der Fantasie junger Frauen abspielt, wenn sie in fremde Wohnungen eindringen. Womöglich war sie liebestoll. Wahrscheinlich muss ich sehr leidend ausgesehen haben, das Handgelenk festgebunden, den Kopf gesenkt und das rote Taschentuch am Hinterkopf, das ich mir dorthin geklemmt hatte, um etwas bequemer schlafen zu können.

Schon interessant, wie sich die Dinge drehen und wenden können. Frank kam blitzschnell hinter der Tür hervor und drückte der Frau ein Taschentuch auf die Nase. Anscheinend war es mit Chloroform oder Äther getränkt. Der Frau sackten auf alle Fälle die Beine weg nach einem ausgedehnten Ringkampf, während sie versuchte, den Angreifer zu packen und sich das Taschentuch von der Nase zu reißen. Es nutzte nichts. Ein leises Stöhnen begleitete das Schlappwerden der Muskulatur und das Heruntergleiten des Körpers. Irgendwie drollig, wenn ein Mensch seine Kontrolle verliert.

Anschließend konnte ich Georg und Frank diskutieren und streiten hören. Ein paarmal musste ich lächeln, als ich die Argumente hören musste, die ihren begrenzten Horizont offenbarten. Einfach nur primitiv! Und mit sowas hab ich früher Geschäfte gemacht! Aber das wird sich jetzt ändern. Ich werde ein neues Leben beginnen und kann endlich so leben, wie es mir passt.

Abends habe ich mitbekommen, wie von unten gegen die Decke geklopft wurde, wenn ich kurz mit den Handschellen gegen den Heizkörper geschlagen habe. Prima, wenn einfache Aktionen für vorhersehbare Reaktionen sorgen. Da weiß ich zumindest, woran ich bin und kann die örtlichen Gegebenheiten nutzen. Später klingelte es an der Tür und zwei Personen kamen in den Flur. Ich glaube, sie waren nicht von der Polizei. Sie konfrontierten allerdings Georg mit dem Lärm, den die Untermieterin gehört hatte. Tolle Sache so ein Engagement des Vermieters.

Ich stellte mich schlafend und erfuhr so einiges von den beiden Freizeitganoven. Ich freue mich schon, wenn ich sie endlich überwältigt habe. Ich weiß schon, was ich mit ihnen mache. Das wird ein Spaß werden.

Ja, ich werde meinen Plan durchziehen. Da bin ich ganz sicher.

Heute früh versuchte Frank, mir wieder eine Tablette in den Mund zu schieben. Ich tat so, als sei ich im Halbschlaf und hätte sie runtergeschluckt. Als er weg war, spuckte ich sie einfach auf den Boden und zertrat sie.

Womit ich nicht gerechnet habe: Georg und Frank schnappten sich die junge Frau und verließen die Wohnung. Ich habe solange mit der Handschelle gegen das Heizkörperrohr geschlagen, bis ich sicher war, dass die Mieterin von unten reagieren würde. Das tat sie wohl auch. Ich nutzte die Zeit und schaute mich nochmals genau in der Wohnung um. Das Wohnzimmer, in dem ich angebunden saß, hat eine Größe von etwa zwanzig Quadratmetern. Spartanisch eingerichtet, schon lange nicht mehr renoviert. Den Raufasertapeten würde etwas mehr Weiß gut tun. Der schmale Wohnzimmerschrank mit dem Ambiente der 80iger Jahre scheint bald zusammenzufallen und auch die Couch ist alt und speckig. Zwei große, dünne Teppiche liegen unter der Couch und dem Wohnzimmertisch. Anscheinend sind sie auch schon so zerschlissen, wie sie aussehen. Das Einzige, was neu wirkt, ist der große Flachbildfernseher, der an der Wand gegenüber hängt. Das alles passte in keiner Weise zu Georgs Lebensstil. Vielleicht hat er diese Wohnung als Zweitwohnung angemietet, um hier einen Standort für seine Geschäfte zu haben. Normalerweise lebt er in Norddeutschland. Ich hatte mich schon gewundert, dass er vor ein paar Wochen wieder in Darmstadt aufgetaucht war.

Als ich mir alles angeschaut hatte und noch in Gedanken war, kamen die beiden mit ihrem maximal sedierten Anhang zurück und legten die Frau auf die Couch. Nicht gerade behutsam, die Spackos!

4.

„Jetzt müssen wir warten, bis Franziska wach wird“, sagte Georg.

Frank schüttelte gedankenverloren den Kopf. Leise klapperte es an dem Heizkörper. „Fabian kommt zu sich.“

„Hol einen Waschschlappen und wickle ihn um das Heizkörperrohr, damit die Handschellen nicht so scheppern“, reagierte Georg blitzschnell, „wir wollen Frau Großhau nicht weiter auf die Palme bringen.“

Frank sprang auf, eilte ins Bad und kam mit einem Stofflappen zurück. Er hechtete zum Heizkörper. Gerade als er ihn um die Handschelle und das Heizkörperrohr binden wollte, öffnete Fabian die Augen. Sie strahlten blau und wach. Frank achtete nicht darauf.

„Ihr habt gewonnen“, presste der Gefangene heraus. „Ich verrat euch, wohin ich die Päckchen gebracht habe. Ich will endlich raus hier und frische Luft schnuppern.“

Georg war verblüfft. Damit hatte er nicht gerechnet. Sofort merkte er, wie Wut in ihm heranwuchs. „Das könnte dir so passen“, blaffte er und kam mit nur drei Schritten zum Heizkörper geeilt. „Sag uns, wo du sie versteckt hast. Wir holen die Päckchen und wenn du nicht gelogen hast, lassen wir dich laufen.“

Fabians Kopf sank auf die Brust, er verdrehte die Augen und ließ den Mund offenstehen, sodass die Zunge etwas heraushing und Speichel heraus tropfte.

„Hol Wasser!“, befahl Georg.

Frank rannte los, als wäre er Georgs Leibsklave. Mit einer Schüssel Wasser kehrte er zurück. Ohne auf weitere Befehle zu hören, schüttete er das Wasser über den Kopf des Gefesselten.

Der Gefangene prustete erschrocken und riss die Augen auf.

„Na, wieder wach?“, witzelte Frank.

„Also, wo hast du die Päckchen versteckt?“, fragte Georg kühl.

„Vergraben vor einer großen Eiche“, quollen die Worte langsam aus Fabians Mund.

„Und wo steht der beschissene Baum?“, wollte Georg wissen und kam etwas näher an Fabian heran, dessen Kinn noch immer auf seiner Brust lag. Er hatte wieder die Augen geschlossen, seine linke Hand im Schoß, das rechte Handgelenk hing in der Handschelle fest.

„Im Wald“, hauchte er unvermittelt.

„Was?“ Anscheinend war auch Georg in seinen Gedanken abgeschweift, weil Fabian eine längere Zeit geschwiegen hatte.

„Irgendwo im Wald, kurz vor Mörfelden."

„Wo genau?"

„Ich hab mir den Weg gemerkt", brachte der Festgekettete mühsam über die Lippen. „Ich kenn mich da aus."

Georg zitterte vor Wut: „Das hättest du uns gestern Abend schon sagen können."

„Ich zeig euch den Weg, ihr habt mich weichgekocht. Macht mich los!" So schlaff und matt wie seine Stimme wirkte auch sein Körper.

Von jetzt auf gleich war Georgs Wut verflogen. Er war kurz vorm Ziel. Er glaubte seinem Widersacher. Fabians Worte verliehen ihm eine Art Omnipotenz. Fabian würde ihn zu den Päckchen führen. Er könnte sie nochmals verkaufen und so viel Geld scheffeln, dass er die nächste Zeit sorgenlos leben könnte, selbst wenn er Franks Anteil ausbezahlte. Vielleicht würde er seinen Gewinn in ein Geschäft investieren, ein legales. Das wäre was. Schon länger hatte er mit dem Gedanken gespielt, eine kleine Kneipe zu eröffnen. Ideen hatte er genug, wie seine Gaststätte zu etwas Besonderem werden könnte, zumindest für eine ganz bestimmte Klientel. Jetzt wäre der perfekte Zeitpunkt, dachte er und nickte leicht mit dem Kopf.

„Frank, mach ihn los!", sagte er plötzlich.

„Aber ...?"

„Mach ihn los!"

„Wenn der uns einfach wegrennt, was dann?", intervenierte Frank.

„Der hängt wie ein Schluck Wasser in der Kurve. Wir müssen ihn hoch zerren und ins Auto schleppen. Dort können wir ihn ja wieder festbinden." Georg war ungeduldig und als Frank nicht gleich reagierte, sagte er genervt. „Gib schon den Schlüssel her. Du bist zu nix zu gebrauchen. Ich mach's selber."

Frank fuhr zögerlich in seine Hosentasche, brachte einen kleinen Schlüssel zum Vorschein und legte ihn in Georgs offene Hand. Anschließend ging er einen Schritt zur Seite, damit Georg besser an Fabians Handgelenk herankam. Ein Schließgeräusch. Fabians Arm fiel schlaff zu Boden.

„Komm hilf mir, ihn aufzurichten!", bellte Georg. Frank gehorchte widerwillig.

Georg schnappte Fabians rechten Arm, stellte sich neben ihn und legte den Arm um seine Schultern. Frank war herbeigeeilt, tat es ihm gleich. Bei „drei" hoben sie Fabian hoch.

„Der macht sich absichtlich schwer", bemerkte Frank ärgerlich.

„Quatsch, der ist einfach nur ..."

‚Ohnmächtig‘ konnte Georg nicht mehr sagen, denn in diesem Moment öffnete Fabian seine Augen, stellte beide Füße fest auf den Boden, drückte die Knie durch und schlug mit den Armen um sich. Seine Gegner waren so verdutzt, dass sie ihn nicht festhalten konnten. Er verpasste Frank mit der Faust einen Kinnhaken, dass dieser seitlich wegkippte und hart auf den Boden schlug. Als er sich Georg zuwenden wollte, hatte dieser sich schon von seinem Schrecken erholt, schnappte nach Fabians linkem Arm und verdrehte ihn nach Polizeimanier hinter dessen Rücken nach oben in Richtung der Schulterblätter. Schmerzen explodierten in Fabians Kopf. Er merkte, dass ihn der letzte Tag, gefesselt an dem Heizkörper, ungelenkig und schwach gemacht hatte. Er beugte seinen Oberkörper nach vorne, um den Schmerz etwas abzumildern und stolperte zwei Schritte vorwärts. Georg folgte. In dem Moment richtete Fabian seinen Kopf auf und sagte plötzlich sehr klar: „Scheiße, was ist denn mit Franziska?“

Der Satz irritierte Georg, sodass er reflexartig den Kopf herum riss und die Couch begutachtete, auf der Franziska friedlich schlummerte. Diesen Sekundenbruchteil nutzte Fabian, um seinen Arm zu befreien und vergrub im nächsten Moment seine Faust in Georgs Solarplexus. Stöhnend sank Georg zusammen. Fabian schlug sicherheitshalber weiter auf Georgs Gesicht ein, sodass dessen Kopf von der einen auf die andere Seite schnellte, bis er reglos mit geschlossenen Augen und blutender Nase auf dem Rücken lag. Frank war noch immer ausgeknockt.

Fabian spürte Adrenalin durch seine Venen peitschen. Wie ein wilder Stier atmete er aus und stürzte hinaus in die Küche. Endlich fand er, was er gesucht hatte. Die kleine Glasflasche mit der Aufschrift ‚Chloroform‘ stand auf der Anrichte. Er schnappte sie, holte ein Geschirrhandtuch vom Haken und spurtete zurück ins Wohnzimmer. Dort tränkte er mit ausgestreckten Armen das Tuch mit der Flüssigkeit und hielt es Frank einige Atemzüge lang vor die Nase. Fabian beträufelte das Geschirrtuch erneut und band es Frank vors Gesicht. So konnte er den Gehalt des Chloroforms in der Atemluft erhöhen und somit auch die betäubende Wirkung.

Dieselbe Behandlung führte er auch bei Georg durch und stellte die sorgfältig verschlossene Glasflasche zurück an ihren Platz. Als er beim Zurückkommen an der Couch vorbeiging, hielt er kurz inne. Er kniete sich am Kopfende hin und tätschelte mit einiger Kraft Franziskas Wangen. Als sie leise aufstöhnte und begann, die Augen zu öffnen, stand er ohne Eile auf, ging zurück in die Küche, holte das

Glasfläschchen und das Geschirrspültuch erneut und band auch der jungen Frau ein Tuch vors Gesicht. Anschließend stellte er sich mitten in das Wohnzimmer, reckte die Hände in die Höhe, bildete Fäuste, jubelte eine Zeitlang und begann lauthals zu lachen.

5.

Endlich bin ich wieder in der Spur. Mein Plan geht auf, zwar etwas verzögert, aber jetzt läuft alles rund. Ich bin genial. Ich habe es verdient! Ich werde mich bald in ein gemachtes Nest setzen, um das Leben in vollen Zügen genießen zu können. Aber jetzt werde ich erst einmal eine kurze Pause machen, vielleicht sollte ich etwas trinken. Ein Kaffee käme gut. Ich werde auch noch einen Blick in den Kühlschrank werfen, vielleicht finde ich etwas Essbares oder ich kaufe mir nachher was Leckeres. Da fällt mir ein, ich könnte bei den beiden schlafenden Jungs nachschauen, ob sie Geld einstecken haben. Ein paar kleine bedruckte Scheinchen könnten mir nutzen. Auf das eine oder andere musste ich in den letzten eineinhalb Tagen verzichten.

Ich weiß, was ich zu tun habe. Ich werde Franz an die Stelle setzen, an der ich gesessen habe. Ich werde sein rechtes Handgelenk in die Handschelle legen und den anderen Teil der metallischen Acht mit dem Heizkörperrohr verbinden. Er kann randalieren, wenn er später wieder aufwachen wird. Das passt in meinen Plan. Georg und Franziska allerdings muss ich wohl oder übel in diese einfachen Teppiche, die ich im Wohnzimmer gesehen habe, einwickeln und einzeln nach unten in Franziskas Auto tragen. Das wird mich wohl einige Kraft kosten, aber zum Glück habe ich lange genug bei einem Teppichreinigungsunternehmen gearbeitet und musste dort die gereinigten Teppiche ausfahren. Das war ein harter Job, aber auch sehr lustig und lehrreich. Ich kam in viele Wohnungen und Häuser, konnte sehen, wie die Leute leben und mit welchen Wertgegenständen sie sich umgeben. Den einen oder anderen Tipp habe ich, natürlich gegen Bezahlung, an meine Bekannten weitergegeben, die den Familien einen nächtlichen Besuch abgestattet hatten.

Es gab auch Besonderheiten. Ich habe mich immer gewundert, dass gerade die schwersten Teppiche in die obersten Stockwerke geliefert werden mussten und zwar meist in Häuser ohne Aufzüge. Aber ich habe es immer geschafft, alle Teppiche auszuliefern und so werde ich auch die beiden mit Menschen gefüllten Teppiche zum Auto schleppen können.

Den Schlüssel des Fahrzeugs von Franziska habe ich schon in ihrer Tasche entdeckt und sichergestellt. Handschuhe habe ich auch gefunden, so wird keiner merken, dass ich das Auto gefahren habe.

Ich schaffe alles, was ich mir vornehme. Denn ich kann die Realität mit meinen Gedanken lenken. Jeder kann das. Man muss nur die Kraft und die Fähigkeit haben, zu visualisieren, was man sich wünscht. Ich habe gelernt, mich auf mein Ziel zu fixieren und seitdem bin ich der Meister meines Selbst.

Keiner kann mir etwas anhaben.

Ich bin einfach nur genial!

6.

Paul saß auf der Couch und versuchte krampfhaft die quälenden Gedanken mit Alkohol zu betäuben. Fünf leere Bierflaschen standen auf dem niedrigen Wohnzimmertischchen, aber noch immer kreiste es in seinem Kopf und dieses nervende Gefühl durchbohrte seine Eingeweide. Franziska war schon seit gestern Mittag weg, hatte die Nacht irgendwo verbracht und sich auch heute den gesamten Tag nicht gemeldet. Sie hatte eine Reisetasche mitgenommen und ihn zurückgelassen. Paul litt unendlich und hatte sich heute früh bei seinem Arbeitgeber krankgemeldet. Er konnte es sich nicht vorstellen, die Wohnung zu verlassen. Womöglich wäre Franziska wieder nach Hause gekommen, vielleicht nur, um neue Sachen zu holen. Das wäre seine Chance. Er könnte mit ihr reden, sich entschuldigen und ihr seine Liebe gestehen. Vielleicht hätte sie ja ein offenes Ohr für ihn und alles würde wieder so werden wie früher.

So hatte er den gesamten Morgen am Essenstisch verbracht und darauf gelauert, dass die Wohnungstür aufgeschlossen wurde. Mittags hatte er sich kurz vor den Fernseher verzogen und als die Unruhe immer nervender wurde, hatte er die erste Bierflasche geöffnet. Seinen Wahlspruch *Kein Bier vor Vier* hatte er heute nicht so ernst genommen. Besondere Tage verlangten besondere Vorgehensweisen. Und jetzt war es schon später Nachmittag und noch immer kein Lebenszeichen von Franziska. Das Handy lag neben dem Festnetztelefon auf dem Tischchen vor der Couch. Sie hätte anrufen können, er hätte das Klingeln bestimmt nicht überhört.

Er hätte ihr zugehört, er hätte Franziskas Wünsche registriert und er hätte sich verändert.

Auf die Idee, dass sie nicht mit ihm reden wollte, kam er nicht. Er war sich sicher, dass er das Ruder herumreißen könnte und plötzlich ebenso sicher, dass Franziska etwas zugestoßen sein musste. Er musste mit jemandem darüber reden. Hannes fiel ihm ein, aber er verwarf den Gedanken gleich wieder. Hannes war ein schwieriger Zeitgenosse, ein Gespräch mit ihm würde bestimmt anstrengend werden, dachte Paul, aber vielleicht ging es Hannes wider erwarten einigermaßen gut und er konnte zuhören.

Paul hatte nicht viele Freunde und Hannes war der Einzige, der erreichbar war.

Sollte er ihn anrufen?

Er wusste es nicht. Um eine Entscheidung treffen zu können, verließ Paul schwankend die Couch, griff nach der leeren Flasche, ging zum Kühlschrank und tauschte sie gegen eine volle aus. Warum er die leere in den Kühlschrank stellte, würde er sich bestimmt fragen, wenn er wieder nüchtern geworden war. Zurück im Wohnzimmer nahm er einen kräftigen Schluck und griff nach dem Telefon.

Hannes nahm das Gespräch schon nach dem ersten Läuten entgegen. Anscheinend hatte er ebenfalls Redebedarf.

„Na Hannes, wie geht es dir?“, fragte Paul belanglos und merkte, dass allein diese kurze Frage ein großer Fehler gewesen war. Ein Redeschwall traf ihn unvermittelt mitten ins Ohr.

„Oh Mann! Ich komme gerade aus dem Klinikum, bin gestern Abend eingeliefert worden. Der Notarzt musste kommen. Es war ganz knapp.“

„Klingt ja schrecklich. Was war denn los?“, fragte Paul mit vernebelter Stimme, ging zurück zur Couch und legte sich darauf.

„Gestern Abend hatte ich plötzlich so ein Ziehen auf der linken Bauchseite. Zuerst dachte ich, es wäre eine Blinddarmentzündung, vielleicht sogar schon ein Blinddarmdurchbruch, habe gegoogelt und schnell wurde mir klar, dass das nicht sein konnte. Später fand ich eine Seite im Netz und ich wusste, was ich habe: Darmkrebs. Also rief ich sofort den Notarzt an. Der kam auch und wollte mich nicht mitnehmen. Erst als ich vor seinen Augen kollabiert bin, hat er mich eingeladen ...“

Pauls Gedanken schweiften ab. Ihm kam eine Frage in den Sinn: Was passiert, wenn man Bier mit Cola verunreinigt? Man Colabiert.

„Kicherst du etwa?“, fragte Hannes und holte Paul zurück.

„Nein, nein, ich bin nur gegen die Bierflasche gestoßen, hat wohl gescheppert. Und ... haben die im Krankenhaus etwas rausgefunden?“

„Ach hör doch auf, die haben alles durchgecheckt, sagten sie zumindest. Auch eine Darmspiegelung, nichts! Sie glauben aber, dass ich eine Entzündung im Dickdarm habe. Da wollen die nochmals nachschauen. Ich soll demnächst einen Termin bekommen. Beruhigen kann mich das nicht."

‚Oh Mann, Hannes der Hypochonder', dachte Paul und sagte: „Hannes, ich muss dir auch eine Katastrophe erzählen."

„Bist du etwa auch krank?", fragte Hannes erschrocken. „Es wird doch nichts Schlimmes sein."

„Nein, aber Franziska ist verschwunden."

„Wie? Verschwunden?" Hannes Stimme hatte sich verändert. Anscheinend hatte ihn Pauls Vermutung kurzzeitig aus seinem inneren Tümpel voller Selbstmitleid gezogen. Gespannt hörte er zu, anschließend sagte er ohne Umschweife: „Franziska muss etwas zugestoßen sein. Das ist klar. Du musst was unternehmen!"

„Was soll ich denn tun?", piepste Paul Mitleid erregend.

„Du musst zur Polizei gehen und ich begleite dich. Wir schaffen das schon. Glaube mir."

„Da muss ich wohl zum 1. Polizeirevier in die Bismarckstraße laufen?", erwiderte Paul mit schwerer Stimme.

„Ach Quatsch", grätschte Hannes in Pauls Worte. „Am besten gleich ins Polizeipräsidium in der Klappacher-Straße. Dort sitzt das K10. Die Kommissare sind nicht nur für Gewaltverbrechen zuständig, sondern auch für Vermisstenanzeigen."

„Warum kennst du dich so gut aus?"

„Alles gegoogelt, man weiß ja nie, für was man das braucht und schwupps, jetzt nutzt es uns."

„Auf dich ist Verlass", lallte Paul mit Tränen in den Augen.

„Soll ich dich abholen?", fragte Hannes.

„Ach lass mal, ich fahre selbst."

„Kannst du überhaupt noch fahren? Deine Stimme klingt so komisch. Hast du was getrunken?

„Quatsch", wurde Paul laut. „Warum sollte ich kein Auto fahren können? Blödsinn, natürlich fahr ich selbst. Das lass ich mir von Keinem verbieten."

„Okay, okay, wir treffen uns in einer Viertelstunde auf dem Parkplatz vorm Präsidium."

„Alles klar", entgegnete Paul und beendete das Gespräch. Das Telefonat war anstrengend für ihn. Er musste sich erst einmal davon erholen und trank die Bierflasche leer. Er überlegte, was zu tun war. Er wollte mit dem Auto zum Polizeipräsidium fahren. Franziska war in Gefahr. Ein Adrenalinstoß pushte ihn. Er erhob sich und ging schnurstracks zum Schlüsselkasten, der direkt neben der Eingangstür hing. Etliche Male kramte er durch die dort hängenden Schlüsselbunde, bis er realisierte, dass der Autoschlüssel fehlte. Zerknirscht öffnete er die Tür, ging nach draußen und blickte auf den Parkplatz. Kein Auto weit und breit. Franziska musste es mitgenommen haben. Im nächsten Moment wunderte er sich, dass er keinen Groll empfand. Seine Sorge war größer, aber auch seine Ratlosigkeit. Grübelnd lief er in dem kleinen Wohnzimmer hin und her. Wo konnte er ein Fahrzeug herbekommen? Lediglich Hannes fiel ihm ein, aber mit dem wollte er sich am Präsidium treffen. Plötzlich hatte Paul eine Idee, die ihn glücklich machte: Hannes könnte ihn abholen. So wäre alles okay.

Behäbig schlurfte er zum Telefon und wählte Hannes Nummer. Das Freizeichen war der einzige Erfolg. Mist, der war schon losgefahren. Die Erkenntnis. Anschließend kam die Unruhe. Hannes wartete, Franziska musste geholfen werden, er benötigte ein Fahrzeug, dringend! Wie ein Tiger im Käfig durchkämmte er die Wohnung. In der Küche fiel ihm die book-n-drive–Karte in die Hände. Wo befand sich die PIN dafür? Paul lehnte sich gegen die Küchenzeile und überlegte. Zuerst fiel ihm der kalte Kaffee ein, der noch in der Glaskanne vor sich hin alterte. Er schenkte sich ein und trank einen kräftigen Schluck. Irgendwie musste er munter werden. Nach dem er sich wegen des ekligen Geschmackes geschüttelt hatte, wusste er, der Zettel mit der PIN hing am Pinbrett neben dem Kühlschrank. Paul lachte kurz auf, als er glaubte, die Komik darin erkannt zu haben, dass der PIN am Pinbrett hing. Langsam schlurfte er ins Arbeitszimmer, startete den PC und buchte ein Fahrzeug, nicht ohne mehrmals lauthals zu fluchen. Kurz darauf machte er sich auf den Weg. Als die Wohnungstür zugeschlagen war, erkannte er, dass er noch seine Pantoffel an den Füßen trug, dafür aber den Wohnungsschlüssel vergessen hatte. Über diese Kleinigkeiten wollte er sich jetzt aber keine weiteren Gedanken machen. Er hatte eine Aufgabe zu erfüllen. Behäbig wankte er über den Hof zum nächsten öffentlichen Parkplatz, an dem die Leihwagen standen.

***

„Mann, Mann, Mann, das ist ja ein Ding!"

Hartmann und Dobermann saßen eng aneinander gepresst auf ihren Schreibtischstühlen und glotzten auf den Bildschirm. In kurzen

Abständen flogen Bilder vorbei. Auf allen war Fabian Breuers Körper und Gesicht zu sehen, mal irgendwo in Südamerika, anscheinend auf einer Coca-Plantage, stolz grinsend mit zwei großen Packungen Koks auf dem Arm, mal posierte er mit verschiedenen Waffen oder er stand am Frankfurter Kaisersack und reckte mit Zeige- und Mittelfinger das Victory-Zeichen in Richtung der Banktürme.

„Du hast ja tolle Freunde", bemerkte Hartmann lakonisch.

„Manchmal bin auch ich überrascht, aber eines ist wohl klar."

„Was denn?"

„Geldprobleme hatte Fabian wohl keine", bemerkte Benjamin, ohne eine Gefühlsregung auf seinem Gesicht zu zeigen.

„Das glaube ich auch, aber warum hat uns jemand diese Bilder zugesteckt und was will man uns damit sagen?"

„Na ja", begann Dobermann. „Auf alle Fälle hat Fabian etwas mit Drogen zu tun und ich glaube, er hat jemanden dermaßen auf die Füße getreten, dass ihn dieser ans Messer liefern will und uns daher diese Bilder zugespielt hat."

„Das bedeutet aber, dass der *Zuspieler* dich kennen muss und weiß, dass du Fabian kennst. Womöglich sogar weiß, dass du dich am Sonntagabend mit Fabian getroffen hast."

„Warum das denn?" Dobermann verstand nicht und musste es sich von seinem Kollegen erklären lassen. Er hasste dieses Gefühl.

„Na ja, es kann doch kein Zufall sein, dass gerade dich gestern Abend dieser Kleindealer angesprochen hat, als wir das *Hotzenplotz* verlassen haben. Und weißt du noch, was später dieser Kapuzenmann, der sich als Anführer aufspielte, gesagt hat, als er geflüchtet ist?"

Dobermann dachte nach. „Stimmt." Der Kommissar kratzte sich am Kopf. „Er meinte, er will mich zerstören."

„Vielleicht hat der ein Hühnchen mit dir zu rupfen? Hast du aktuell besondere Feinde?"

Dobermann schaute Hartmann nachdenklich an, aber es fiel ihm niemand ein.

Hatte er irgendetwas mit der Drogenszene zu tun oder womöglich mit seiner Vergangenheit? Fragen, die in ihm keimten. Natürlich gab es seine besondere Kindheit. Immerhin war er der Sohn eines Junkiepaares, die tief in der Scene vernetzt gewesen waren. Er schüttelte den Gedanken ab. Er konnte es sich nicht vorstellen. Aber vielleicht sollte er heute Abend mit seinen Adoptiveltern reden. Womöglich konnten die ihm weiterhelfen.

„Ja", sagte Benjamin und sein Kollege fragte neugierig: „Und wer ist es? Wen hast du im Verdacht?"

„Nein", antwortete Dobermann, „ich habe aus einem anderen Grund *ja* gesagt. Ich war in Gedanken."

Der junge Kommissar benötigte einige Sekunden, bis er weiterreden konnte: „Nein, ich kenne niemanden, der mir ans Angemachte will."

Hartmann lachte. „Du meinst bestimmt, der dir ans Eingemachte, also an die Wäsche will. Das erinnert mich an die falsch zitierten Sprichwörter, wie zum Beispiel: *Ich zeig dir, wo der Nagel hängt* oder *Wer Straßen sät, wird Autos ernten* oder *Das Ziel ist im Weg.*" Hartmann kicherte vor sich hin. Er war selbst erstaunt, wie viele *falsche* Sprichwörter ihm einfielen. Er konnte gar nicht mehr aufhören: „Oder, *Ewig wehrt am Längsten* oder *Die Stoßstange ist aller Laster Anfang* oder *Früher war alles früher.*"

Dobermann lachte nicht. Er war zu sehr mit sich selbst beschäftigt.

„Schade", bemerkte Hartmann, resigniert darüber, dass sein Kollege seine Witze nicht verstand und mit albern wollte. Er schob weiter Sprichwörter, die sich ihm aufdrängten, zur Seite, wurde widerwillig ernst und fragte: „Und was machen wir jetzt?"

„Tja, Dreh- und Angelpunkt ist wohl mein Freund Fabian. Den müssen wir finden!"

„Da sind wir uns einig", erwiderte Hartmann. „Was weißt du über ihn?"

„Nicht viel. Wir waren gemeinsam auf der Schule, in der Oberstufe, ein oder zwei Jahre lang, kurz darauf ist er gegangen und wir haben uns aus den Augen verloren. War damals schon ein echter Chaot, sehr liebenswürdig, aber auch sehr bestimmend. Er bekam immer alles, was er wollte, zumindest wenn es sich um das andere Geschlecht handelte. Da habe ich ihn damals sehr beneidet.

Letzte Woche habe ich ihn zufällig in der Stadt auf dem Wochenmarkt getroffen. Wir haben geschwätzt und er war sehr lustig drauf. Er hat mir erzählt, er wäre lange Zeit in Norddeutschland gewesen und wolle nun wieder zurück nach Darmstadt, weil er dieses *Heiner-Flair* vermisst habe. Ja, so hat er es tatsächlich genannt. Wir haben lange gequatscht und gelacht. Anschließend haben wir unsere Telefonnummern getauscht und am letzten Sonntag hat er angerufen, war sehr aufgeregt und wollte mich dringend abends treffen."

„Wir müssen ihn finden", grummelte Hartmann nachdenklich vor sich hin. „Ich glaube, nur so kommen wir weiter."

„Da hast du verdammt recht", verstärkte Dobermann Hartmanns Aussage, „und wir sollten auch dringend den einzigen Sohn unseres ermordeten Ehepaars ausfindig machen. Auch da sind unsere Kollegen nicht viel weitergekommen."

„Wieso nicht?"

„Die Kollegen haben noch keinen Hinweis gefunden, wo sich der Sohn aufhält, obwohl er die 24-Stunden-Pflege für seine Eltern organisiert haben soll. So sagte es die Vermittlerin der Pflegekraft zumindest.

Er hat sich immer im Hintergrund gehalten, hat sich nur als Sohn vorgestellt und niemals einen Namen genannt. Alle Verträge haben die Eltern unterschrieben und wir wissen noch nicht einmal seinen Vornamen, er erscheint nirgends, noch nicht einmal in den Patientenverfügungen der alten Herrschaften oder in den Vollmachten. Immer haben sich die Höfners gegenseitig als Betreuer eingesetzt. Es gibt auch kein Testament. Zumindest haben die Spurensicherer keines gefunden.

Ist ja auch egal, er ist der einzige Sohn und wird wohl alles erben."

„Bist du dir sicher, dass Höfners kein weiteres Kind hatten?"

„Nichts weist darauf hin. Im ganzen Haus hängen zwar Bilder, aber nur von einem Sohn. Übrigens sind es nur Kinderbilder. Scheint so, als sei in den Augen des Ehepaares ihr Sohn niemals erwachsen geworden. Ist schon eine interessante Sache, aber von den Eltern können wir nichts mehr erfahren, die liegen beide in der Gerichtsmedizin.

Die Befragung der Nachbarschaft steht noch aus, allerdings kann es sein, dass die Kollegen da auch nur wenig herausfinden."

„Wieso?"

„Die Höfners hatten kaum Kontakt zu ihren Nachbarn, scheint es. Sie lebten zurückgezogen und wollten sich nicht in ihre Karten schauen lassen." Benjamin hob beide Arme abwehrend in die Höhe und fügte an: „Es gibt schon merkwürdige Familienkonstellationen, aber wir werden den Sohn finden."

Das Telefon klingelte. Hartmann griff nach dem Hörer und lauschte dem Anrufer. Sein Gesichtsausdruck spiegelte zuerst Erstaunen, später Ärger und schließlich Entsetzen. Mit jedem „Ja", das er leise in den Hörer sprach, klappte sein Unterkiefer weiter nach unten.

Dobermann wurde hellhörig und beobachtete seinen Kollegen genau. Er konnte nicht hören, was gesagt wurde, merkte aber, dass es etwas Bedrohliches zu sein schien. Als Hartmann weiter die Gesichtsfarbe verlor, machte sich Dobermann ernsthaft Sorgen und fragte zweimal: „Was ist denn los?“

Hartmann winkte ab, drehte seinen Kopf zur Seite und hörte weiter zu. Nach ein paar weiteren Sätzen war das Telefonat beendet und Hartmann legte den Hörer auf. Und schwieg beharrlich. Nur um irgendwann leise „Scheiße“ vor sich hin zu brabbeln. Plötzlich sprang er auf und verkündete: „Ich muss zu meinem Auto. Dort habe ich wohl mein Handy liegenlassen.“ Als Hartmann direkt vor seinem Kollegen stand und ihn mit gesenktem Blick umschiffen wollte, griff Dobermann nach seinem Unterarm und hielt ihn fest: „Kollega, jetzt sag schon! Wer hat angerufen und was ist passiert?“

Hartmann blickte mit glasigen Augen auf und antwortete leise: „Mein Vermieter war am Telefon. Er sagte mir, das Abflussrohr sei verstopft und aus meiner Toilette sei die ganze Scheiße ausgelaufen. Die Brühe hat sich bis ins Wohnzimmer und in die Küche ausgebreitet. Er hat mir Bilder auf mein Handy geschickt. Ich muss sie mir anschauen und komme gleich zurück.“

„Wie kann das denn passieren?“, fragte Benjamin erschrocken. „Wohnst du etwa im Keller?“

„Bei der Wohnungsbesichtigung sprach keiner von einer Kellerwohnung. Diese Art von Behausung heißt nun Souterrain. Dunkel und klein, aber die einzige Wohnung, die ich mir in Darmstadt leisten konnte“, sagte Hartmann sarkastisch und fügte an: „So, jetzt lass mich durch. Ich muss gehen!“

Dobermann ließ sich von seinem Kollegen zur Seite schieben und schon im nächsten Augenblick schlug die Bürotür zu.

***

In einem Abstand von mehreren Minuten fuhren zwei Fahrzeuge auf den Parkplatz am Polizeipräsidium. Das eine etwas gradliniger als das andere. Hannes stieg aus einem hellblauen 2CV, auch Ente genannt. Das Kennzeichen trug am Ende ein H und wies somit auf das Alter des Gefährtes hin. Paul schwankte merklich, als er es endlich geschafft hatte, die Tür des book-n-drive Fahrzeugs aufzudrücken und herauszukrabbeln.

„Na, auch schon hier?“, fragte Paul mit belegter Stimme.

Hannes stürmte auf ihn zu. „Mann, du bist ja total besoffen. Was hast‘en da für‘n Auto?“

„Is geliehen. Musst ich machen. Franziska hat unser Auto mitgenommen."

„Na, dann ist ja gut."

„Warum das denn?", nuschelte Paul.

„Es wird nicht so teuer, wenn du ein Unfall baust."

Paul verstand nicht und schaute ziemlich dümmlich drein.

Hannes nutzte den Moment und fragte aufgeregt: „Haste schon mal deine Leber checken lassen? Würd ich aber machen. Die können noch einiges wieder gerade biegen, wenn sie den Krebs nur frühzeitig entdecken."

„Hab kein Krebs, will aber Franziska zurückhaben", greinte Paul und fiel seinem Freund mit nassen Wangen um den Hals.

„Okay, okay", sagte der, „hier, ich habe einen Kaugummi für dich. Der macht den Atem frisch. Sonst kriegst du vielleicht Stress." Hannes kramte etwas, das in Stanniol eingepackt war, aus seiner Hose und reichte es Paul. „Und wenn die dich fragen, wie du hergekommen bist, musst du sagen, ich hätte dich gefahren."

„Warum das denn? Ich kann doch Auto fahren, oder glaubst du etwa, ich kann kein Auto fahren, häh?", wurde Paul plötzlich laut, als habe man ihm etwas ganz Schlimmes unterstellt.

„Klar Alter kannst du, aber sag trotzdem, dass du mit mir gekommen bist, okay?"

„Okay", erwiderte Paul leise und steckte sich den Kaufgummistreifen in den Mund. Das Stanniolpapier warf er achtlos auf den Boden. Hannes schaute sich um und hob den Müll auf. Danach gingen sie Arm in Arm auf die breiten Treppenstufen zu, die in Richtung der riesigen mit blauen Stahlträgern eingerahmten Tür führte. Der Eingangsbereich des Präsidiums wirkte wie ein offenes Maul, das alles zu verschlingen drohte, was sich ihm näherte. Als die beiden davor standen, öffnete sich die zweiflüglige Glastür geräuschlos wie von Geisterhand. Gleich rechts dahinter befand sich ein Glaskasten, in dem der Pförtner saß. Hannes konnte seinen Freund nicht daran hindern, durch die geöffnete Tür zu stürmen und gegen die Glasscheibe zu klopfen.

„Wie kann ich Ihne helfe?", wollte der Pförtner wissen. Man musste ihm lediglich ins Gesicht schauen, um zu sehen, dass er keinen Spaß verstand.

„Ich muss mit `nem Kommissaren reden und zwar pronto, also sofort!" Paul legte seine Stirn in Falten und grummelte weiter: „Vielleicht sogar besser mit `nem Hauptoberkommissaren, halt einem, der mir hilft, meine Franziska wiederzufinden."

„Was wolle Se?", fragte der Pförtner und erhob sich bedrohlich langsam von seinem Sitz.

Paul hämmerte jetzt gegen die Glasscheibe des Pförtnerhäuschens und schrie: „Die Franziska ist verschwunden, verstehen Sie, die Franziska ist fort. Und das schon ganz, ganz lang ..."

„Na hätte Se ma besser uffbasse müsse", war die Antwort des Pförtners, die Paul frontal traf und kurz zum Nachdenken anregte.

Hannes grätschte in die Schweigesekunden und versuchte es etwas sachlicher. „Guten Tag, mein Name ist Hannes Schulze, ich begleite meinen Freund, den Paul. Der ist etwas aufgebracht, weil er sich solche Sorgen um seine Lebensgefährtin macht, die schon seit gestern Mittag verschwunden ist. Auch ich mache mir wirklich Sorgen. Sie haben doch hier im Haus das K10 und ..."

„Hörn Se", unterbrach der Pförtner, „wenn mer hier jeden reilasse würde, dem sei Frau weggelaafe is, wär des Präsidium schon morgens um 9 bis unners Dach voll von Mensche. Wadde Se nochmol ein, zwee Tache un wenn Se ned uffgedaucht is, kenne Se nochmals herkumme."

Paul verfiel in Schnappatmung. Hannes wollte ihn von der Glasscheibe trennen. Paul riss sich los. Spucke lief aus seinem Mund.

Hannes schrie: „Lass uns gehen. Macht ja keinen Sinn."

Paul klebte förmlich an der Scheibe und tobte: „Ich will meine Franziska wiederhaben. Bringen Sie die zurück und dieser Georg Höfner, der alte Drecksack, der muss ins Gefängnis. Der hat garantiert meiner Franziska was angetan."

Der Pförtner reagierte prompt. Er stürmte auf die Tür zu, öffnete sie und im nächsten Augenblick stand er wutschnaubend vor dem Glaskasten und brüllte: „Haue Se ab! Sonst lass ich Sie von dem Gelände entfernen!" Dabei streckte er den Zeigefinger seiner rechten Hand im sechzig Grad Winkel von einem Körper ab und streckte den gesamten Arm steif durch. Es sah erschreckend aus, wenn man noch den hochroten Kopf des Pförtners mit beachtete. Paul beachtete ihn nicht. Er ließ sich nicht so einfach vertreiben. Er wollte seine Franziska und er wollte Gerechtigkeit. „Der Höfner muss in den Knast, der Georg Höfner muss in den Knast", schrie er immer wieder und bewegte sich mit geballter Faust stampfend in Richtung des Pförtners. Hannes hing an seinen Schultern und versuchte krampfhaft, ihn zum Gehen zu bewegen.

***

Weder Hannes noch Paul bemerkten, dass sich von außen ein junger Mann mit schwarzen Locken näherte, der intensiv auf sein Handy starrte und immer wieder mit dem Kopf wackelte und irgendetwas vor sich hin brummelte. Er beachtete nicht den Pförtner, der mit hochrotem Kopf auf zwei Männer losstürmte. Er war beschäftigt mit den Bildern, die ihm aus dem Display seines Handys entgegen strahlten. Nur zögerlich drang der so oft wiederholte Satz: *Der Höfner muss in den Knast* an sein Ohr und er begriff langsam die Bedeutung der einzelnen Worte. Als er sie endlich einordnen konnte, versuchte der Pförtner gerade den aufmüpfigen Schreihals am Hals zu packen, um ihn vor die Tür zu setzen.

„Halt“, schrie Hartmann und stellte sich zwischen die beiden Streithähne. Er drückte sie mit seinen Armen auseinander und vergaß für kurze Zeit die Bilder auf seinem Handy. „Auseinander!“, schrie er und hatte Erfolg.

Der Pförtner erkannte ihn und sagte unterwürfig: „Der Besoffene randaliert. Ich wollt ihn gerad entferne.“

„Sehr gut Jakobsen“, bauchpinselte ihn der junge Kommissar, wohlwissend, dass er die Reaktion des Pförtners eigentlich nicht gutheißen durfte. „Jetzt lassen sie ihn aber los. Ich nehme ihn mit rein und werde ihn befragen.“

„Und was ist mit mir?“, fragte Hannes kleinlaut.

„Sie können uns gerne begleiten“, antwortete Hartmann freundlich und kurze Zeit später ging er mit den beiden durch die nächste Tür, die der Pförtner diensteifrig entriegelt hatte und links den langen Gang entlang, solange bis Hartmann vor einer Tür stehenblieb. „Warten Sie einen Moment, bitte!“

Der Kommissar verschwand in seinem Büro und schnippte mit den Fingern, als Dobermann erschrocken aufblickte: „Schau mal nach, welcher Verhörraum frei ist!“

Dobermann unterdrückte seine Neugierde und klapperte weiter auf der Tastatur herum. „Raum 2 ist frei“, sagte er nach ein paar Sekunden. „Du wirkst so aufgeregt. Wen hast du mitgebracht?“

Hartmann reagierte nicht auf die Frage seines Kollegen und sagte in Gedanken versunken: „Okay, wir treffen uns dort in zehn Minuten. Ich befrage die beiden, und du kannst hinter der Glasscheibe zuschauen. Bin auf deinen Eindruck gespannt.“

7.

„So, es ist kurz nach fünf. Lasst uns starten."

Friedrich Foß, Leiter der einmal im Monat stattfindenden Lärmtelefon-Supervisionssitzung, schaute in die Runde und begann wie immer: „Guten Abend, liebe Lärmtelefonler und Lärmtelefonlerinnen. Habt ihr wieder interessante Fälle mitgebracht?" Er saß vor einem Stapel Papier und lächelte. Den Ärger, den er eben noch verspürt hatte, schluckte er professionell hinunter. Beginn der Veranstaltung war um 17 Uhr. Die Abteilungsleitung der Baugesellschaft pochte darauf, dass pünktlich begonnen wurde. Die Mitarbeiter des Lärmtelefons allerdings nahmen es mit der Pünktlichkeit nicht so genau. Foß fühlte sich in der Zwickmühle, natürlich wollte und musste er die Erwartung des Auftraggebers erfüllen, natürlich war er aber auch froh, dass sich die Mitarbeiter Abend für Abend dieser nervenaufreibenden Aufgabe stellten und er wollte sie nicht gleich maßregeln, wenn sie mal ein paar Minuten später kamen.

Aber jetzt war der Anfang gemacht und es konnte losgehen. Er hatte die Lärmtelefonprotokolle der letzten vier Wochen chronologisch vor sich auf dem Tisch liegen und lächelte nochmals kurz in die Runde. „Zu Beginn möchte ich unseren neuen Kollegen, Umut Cakmak, begrüßen. Er hatte gestern seinen ersten Bereitschaftsdienst gemeinsam mit Isabella gehabt. Umut, na wie war es?"

Der junge Türke war kurz zusammengezuckt, als er seinen Namen so unerwartet gehört hatte. Isabella, die neben ihm saß, bemerkte es und antwortete für ihn: „Lief sehr gut. Den können wir gebrauchen."

Umut grinste und hoffte, dass die anderen seine roten Wangen nicht sehen würden.

„Na, dann ist ja alles im Lot", sagte Herr Foß, schaute kurz auf seine Papiere und wurde geschäftig: „In der ersten Woche nach unserer letzten Supervision hatten Ismail und Violetta Dienst. Der erste Einsatz war am Dienstag. Frau Großhau aus dem Schafsgrund 40 rief an und beschwerte sich über laute Geräusche aus der Wohnung, die über ihrer liegt. Was konntet ihr in Erfahrung bringen?"

Ismail, ein junger Berufsschullehrer, der auch abends noch Herausforderungen suchte, ergriff das Wort: „Frau Großhau rief um 21.45 Uhr an und meldete laute Geräusche. Wir waren um kurz vor 22 Uhr in ihrer Wohnung und konnten keinerlei Lärm feststellen."

„Frau Großhau kennen wir auch", warf Christian, Student der Sozialwissenschaften, ein, „in der Woche danach hatten wir Einsatz und da meldete sich Frau Großhau zweimal und beschwerte sich über Lärm. Nur einmal konnten wir leises Getrampel hören."

„Uns ging es ebenso", meldete sich jetzt auch Isabella zu Wort, „gestern Abend bestellte uns Frau Großhau gleich zweimal. Einmal rief sie kurz nach 20 Uhr an und das zweite Mal ..." Sie blätterte kurz in ihren Unterlagen: „... um 23.30 Uhr. Nach beiden Telefonaten sind wir rausgefahren. Frau Großhau wirkte aufgeregt und schwor, dass es sehr laut sei. Auch sagte sie, der Unruhestifter würde wissen, wenn wir kämen und wäre sofort leise. So parkten wir beim zweiten Einsatz um die Ecke in einer kleinen Seitenstraße, damit der Lärmverursacher nicht merkt, dass wir gerufen worden waren. Frau Großhau holte uns schon vor dem Haus ab und leitete uns durch das unbeleuchtete Treppenhaus nach oben in den dritten Stock. Sie führte uns in den schlecht beleuchteten Flur ihrer Wohnung. Dort konnten wir nur einmal ein leises Gepolter hören, als habe jemand mit einem festen Gegenstand gegen den Heizkörper geschlagen. Danach war es wieder so lange ruhig, bis das nächste Flugzeug vorbei donnerte. Ist ja hier in Rüsselsheim keine Seltenheit. Ich persönlich finde es immer verrückt, wie die Leute diesen Fluglärm akzeptieren können. Wenn aber der Nachbar einen Pups lässt, werden wir sofort gerufen."

„Ja", sagte der Vertreter der Baugesellschaft, „deswegen sind Sie auch so wichtig für uns. Sie sollen herausfinden, wer wirklich unter Lärm leidet und wer sich das nur einbildet. Bei ‚echtem' Lärm können und werden wir mietrechtlich vorgehen, bei eingebildetem Lärm können wir nur wenig tun."

Herr Foß ergänzte: „Das Lärmtelefon ist aber auch dafür da, herauszufinden, wer in einer Hausgemeinschaft leidet, aus welchen Gründen auch immer. Ich gehe davon aus, dass Frau Großhau tatsächlich Lärm hört und sich darüber aufregt, sonst würde sie nicht immer wieder anrufen. Die Frage ist nur, warum sie sich so gestört fühlt. Die Baugesellschaft könnte einen Sozialarbeiter vor Ort schicken, der sich auch tagsüber die Situation etwas genauer anschaut und gegebenenfalls Hilfe anbieten kann."

„Also Hilfe benötigt Frau Großhau auf alle Fälle", grätschte Ismail in die kurze Gesprächspause.

„Wie meinst du das?", wollte der Supervisor wissen.

„Da sollte mal jemand nach dem Rechten schauen. Mir ist aufgefallen, dass uns die Mieterin lediglich in den Flur gelassen hat. Als ich einmal fragte, ob ich auch in den anderen Räumen nachschauen und hören könnte, da wurde sie aggressiv. Das kam mir komisch vor. Vielleicht hat die alte Dame etwas zu verbergen oder sie ist vereinsamt, vielleicht auch psychisch krank. Sie macht auf alle Fälle den Eindruck, als würde sie sehr unter ihrer Situation leiden."

„Wie denken Sie darüber, Herr Hamm?", gab Friedrich Foß die Frage an den Abteilungsleiter der Baugesellschaft weiter.

Dieser überlegte nicht lange: „Ich denke, es macht Sinn in den nächsten Tagen jemanden zu Frau Großhau zu schicken. Der könnte auch gleichfalls den Mieter besuchen, der über Frau Großhau wohnt und nachschauen, wie es in dessen Wohnung aussieht." Er blickte hinüber, zu dem Kundenbetreuer, der bei der Supervisionssitzung mit dabei war, um den PC, der mit einem großen Flachbildschirm verbunden war, zu bedienen. Darauf lief ein Programm und alle konnten sehen, was in den besprochenen Fällen seitens der Baugesellschaft schon alles unternommen worden war.

Der Abteilungsleiter fragte: „Wie heißt dieser Mieter?"

„Schärfer, Georg Schärfer", antwortete der Mitarbeiter nach kurzer Suche. „Herr Schärfer hat sich alleine eine Dreizimmerwohnung angemietet. Er wohnt dort erst seit knapp einem halben Jahr. Es kam noch niemals zu Mietrückständen und außer Frau Großhau hat sich noch niemand aus der Hausgemeinschaft über ihn beschwert."

„Okay geben Sie bitte eine Notiz an unser Beschwerdemanagement weiter, dass ein Sozialarbeiter zu Frau Großhau und Herrn Schärfer geschickt wird", bemerkte Herr Hamm und machte sich selbst ebenfalls eine kurze Notiz.

„Okay", griff Herr Foß den Faden auf, „wie soll das Lärmtelefon weiter in diesem Fall vorgehen?" In Herrn Hamms Gesicht bildete sich ein Fragezeichen. Friedrich Foß bemerkte es sofort und wurde konkreter: „Äh, ich meine, sollen die Mitarbeiter des Lärmtelefons weiterhin zu Frau Großhau fahren, wenn sie anruft, oder sollen sie ihr einfach nur sagen, ihr Fall sei bekannt und in Arbeit. Sie können Frau Großhau noch auffordern, ein Lärmprotokoll zu führen."

Herr Hamm fragte zurück: „Was meinen Sie Herr Foß?"

„Die Mitarbeiter des Lärmtelefons waren in der Vergangenheit schon öfters bei Frau Großhau. Es konnte außer ein paar Rumpelgeräuschen nichts festgestellt werden. Ich denke, man kann das Geld für weitere Einsätze sparen. Die Mitarbeiter sollten nicht mehr rausfahren, aber nach dem Telefonat mit Frau Großhau das Gespräch dokumentieren und direkt am nächsten Tag zu uns schicken."

„Ja, so machen wir es", sagte Herr Hamm.

„Okay, gehen wir zum nächsten Fall", beeilte sich der Supervisor.

„Dabei handelt es sich um Herrn und Frau Wörner, die sich durch Fußball spielende Kinder um 21.10 Uhr belästigt fühlten."

In der nächsten dreiviertel Stunde wurden alle Einsätze der letzten vier Wochen durchgesprochen und pünktlich um 18 Uhr war die Sitzung beendet, nachdem noch die Einsatzzeiten für den nächsten Monat festgelegt worden waren.

Als sich Isabella und Umut noch kurz vor der Tür trafen, sagte Umut: „Ganz schön zackig der Supervisor. Gegen Ende der Sitzung überschlugen sich seine Worte regelrecht. Ist der immer so hektisch?"

Isabella lächelte. „Ja, es gibt hier ein Gesetz bei der Wohnbaugesellschaft. Wir müssen spätestens um 18 Uhr fertig sein."

„Warum das denn?"

„Der Betriebsrat will es so."

Umut wollte ein lautes „Häääh" formulieren, hatte aber lediglich seinen Mund geöffnet.

Isabella lächelte noch breiter, als sie antwortete: „Es ist immer ein Kundenbetreuer mit anwesend und wenn der voraussichtlich länger als 18 Uhr arbeiten müsste, muss die Geschäftsführung dafür einen Antrag beim Betriebsrat stellen und deswegen hat der Supervisor die strikte Auflage, die Sitzung pünktlich zu beenden. Mir soll´s recht sein. Ich bin froh, wenn ich nach `ner Stunde wieder raus bin, obwohl es manchmal auch ganz lustig ist, was die Kollegen so erleben." Isabella machte eine kurze Pause und lächelte verschmitzt in sich hinein, als sei ihr gerade ein besonderer Einsatz in ihren Gedanken erschienen.

„Mach´s gut. Wir treffen uns in zwei Stunden bei mir Zuhause. Da beginnt unser nächster Dienst", sagte sie mit ihrer weichen warmen Stimme, drehte sich um und ließ Umut stehen.

8.

„Es ist schon toll, wie uns Kommissar Zufall manchmal unter die Arme greift“, freute sich Benjamin, als er das gemeinsame Büro betrat. Hartmann folgte und machte sich sofort nach dem Schließen der Tür an der Kaffeemaschine zu schaffen.

„Du bist ja ein ganz cleveres Kerlchen mit sehr sensiblen Ohren“, schmeichelte ihm Benjamin. „Schon toll, wie du gleich reagiert hast, als du den Namen *Höfner* gehört hast.“

„Danke für dein Lob. Aber wir suchen ja die ganze Zeit nach dem verschollenen Sohn der Höfners und als ich den Namen gehört habe, dachte ich, das kann kein Zufall sein. Den Namen gibt es ja nicht so häufig in Darmstadt ... Aber mal was anderes, was hältst du von unseren Befragten, diesem Paul Hillershausen?“

„Ganz schön verkorkste Type“, antwortete Dobermann spontan.

„Glaubst du, er sagt die Wahrheit?“

„Hmmh. Ich habe nicht so sehr viel von seinen Aussagen gehört. Aber ich denke schon, dass er sich um Franziska sorgt.“

„Warum hast du nichts gehört, war der Lautsprecher im Beobachtungsraum kaputt?“, fragte Hartmann irritiert.

„Nein, ich habe hinter der Glasscheibe längere Zeit den Ton weggedrückt und einfach nur die Gestik und Mimik beobachtet“, war die überraschende Antwort. „Die Körpersprache finde ich sehr spannend. Die Mimik erzählt so einiges und das Beste ist, mit ihr kann man nur ganz schwer lügen.“

„Interessant“, bemerkte Hartmann und kratzte sich am Kinn. „Muss ich mir merken, wenn ich das nächste Mal im Beobachtungsraum stehe und eine Befragung mitverfolge. Und, was ist dir aufgefallen?“

„Klar ist ja, dass Paul Hillershausen ganz schön betrunken war, oder?“

„Der hatte eine Fahne, Mann oh Mann! Ich glaube, wenn der noch `ne Weile in dem kleinen Verhörraum gewesen wäre und wir hätten ein Feuerzeug entzündet, wäre es zu einer riesigen Explosion gekommen.“ Daniel lächelte schelmisch.

Mittlerweile war der Kaffee fertig. Hartmann nahm die beiden, nun mit heißer schwarzer Flüssigkeit gefüllten, Tassen und reichte eine davon seinem Kollegen.

„Jetzt übertreibst du aber“, lachte Benjamin.

„Du warst ja nicht bei der Befragung dabei! Mir wurde ganz übel von seinem Mundgeruch. Noch eine halbe Stunde länger und ich wäre auch besoffen gewesen. Aber genug damit. Ist dir noch was aufgefallen?“

„Ja, anfangs bewegte sich der Hillershausen unsicher und seine Gesichtszüge waren verkrampft, aber je länger er geredet hatte, desto verzweifelter wurde er. Ich war verwundert, dass er sich nicht am Ende der Befragung in deinen Arm geworfen und sich ausgeheult hat.“

„Stimmt. Ich denke, das hat er später bei seinem Freund, diesem Hannes, getan. Der war ja ebenfalls sehr eigenartig. Welche Rolle er wohl spielt?“, fragte Hartmann nachdenklich.

„Ich glaube, der hat Paul Hillershausen einfach nur begleitet und ich hoffe inständig, dass er ihn tatsächlich zu uns gefahren hat, wie er immer wieder betonte ... Hätten wir nicht doch die beiden auf den Parkplatz begleiten sollen, um zu sehen, ob beide in dasselbe Fahrzeug steigen?“, fragte Dobermann besorgt.

„Ach Quatsch, wir sind von der Mordkommission. Das ist nun wirklich nicht unsere Aufgabe.“

„Na ja, wenn der wirklich gefahren wäre und einen schweren Unfall verursacht hätte, spätestens dann könnten wir zuständig werden.“

„Hör auf, so pessimistisch zu denken, Benjamin.“

„Okay, jetzt erzähl mir nochmal, was dieser Hillershausen ausgesagt hat. Was genau hat ihn zu uns geführt?“

„Tja, ich konnte seine Panik deutlich spüren. Er glaubt tatsächlich, dass seiner Frau etwas passiert sein könnte. Sie hat gestern Mittag nach einem Streit ihren Koffer gepackt und ist mit dem gemeinsamen Auto abgehauen.“

„Ärgerlich, aber nichts Besonderes“, kommentierte Dobermann. „Dafür ist die Polizei nicht zuständig, oder was sagst du dazu?“

„Ich denke, diese Franziska kommt wieder. Viel wichtiger scheint mir zu sein, dass Herr Hillershausen Georg Höfner kennt und was er über ihn erzählt hat. Er sagte, dass seine Frau am Sonntagabend bei einer Geburtstagsfeier ihren alten Schulfreund, Georg Höfner, wieder getroffen und heftig mit ihm geflirtet hat.“

„Und du meinst tatsächlich, dass es sich bei diesem Georg um den Sohn unseres toten Ehepaares handelt.“

„Gut möglich. Paul Hillershausen sagte, Franziska habe darüber gesprochen, dass ihr Jugendfreund früher im Paulusviertel in einer Villa gelebt habe. Das passt doch, oder?“

Dobermann nickte nachdenklich.

„Danach sei dieser Georg aus Darmstadt und ihrem Leben verschwunden und nicht mehr aufgetaucht, bis zu dieser Geburtstagsfeier am letzten Sonntag."

„Wusste Paul, wo Georg derzeit wohnt?"

„Nee, er hat nur erzählt, Georg habe kurz vor elf einen Anruf bekommen, danach habe er Franziska etwas in Ohr geflüstert, sie auf die Backe geküsst und sei ganz schnell gegangen", beendete Hartmann seinen kurzen Bericht.

„Tja und wie bringt uns das jetzt weiter?"

„Na, immerhin wissen wir jetzt, dass Georg wahrscheinlich der Sohn unserer beiden Leichen ist und er sich in Darmstadt aufhält oder zumindest am letzten Sonntag in Darmstadt aufgehalten hat", sagte Hartmann ohne Blickkontakt zu seinem Kollegen zu halten.

Die beiden Kommissare saßen sich gegenüber und nippten an ihren Kaffeetassen.

„Weißt du, was mir Spanisch vorkommt", unterbrach Benjamin die Stille.

„Was denn?"

„Na, wenn dieser Georg Höfner tatsächlich der einzige Sohn unseres toten Ehepaares ist, warum ist er noch nirgends aufgetaucht?"

„Wie meinst`n das?", wollte Hartmann wissen.

„Na, dieser Georg war sonntagnachts in Darmstadt. Was hat er mit all dem zu tun und wo, verdammt noch mal, hält er sich momentan auf?" Dobermann schwieg einen kurzen Moment. Kurz fasste er sich an die Nase und ließ seinen Zeigefinger im linken Nasenloch verschwinden. Entweder juckte es ihn oder er glaubte tatsächlich, dort würde sich die Antwort auf seine letzte Frage verstecken. Er schüttelte mit dem Kopf und sagte: „Der Tod der Höfners war am Montag Stadtgespräch. Wenn sich der junge Höfner hier aufgehalten hat, müsste er es erfahren haben. Da stell ich mir doch die Frage, warum er sich nirgends gemeldet hat. Was würdest du denn tun, wenn du erfahren würdest, dass deine Eltern ermordet wurden?"

Hartmann murmelte vor sich hin: „Sonntagnacht hat er auf der Party einen Anruf erhalten und kurz drauf eilig das Fest verlassen. Der Doppelmord geschah ein paar Stunden später, so gegen vier in der Nacht, wie unser Gerichtsmediziner, der altehrwürdige Dr. Muffinski, in seinem Bericht geschrieben hat."

„Na, dann haben wir doch einen Tatverdächtigen", frohlockte Dobermann.

„Klar, aber nur im Geiste ...“, relativierte sein Kollege.

„Okay, da hast du recht. Die Fahndung läuft, genau wie bei Fabian Breuer, aber das einzige, was wir tun können ist, warten, warten und nochmals warten. Wir können hier rumsitzen, uns den Kopf zerbrechen und noch bis in die späten Abendstunden Kaffee trinken. Das macht aber keinen Sinn und dazu habe ich auch keine Lust. Lass uns Feierabend machen. Vielleicht bringt morgen der Tag ein Lichtchen am Ende des Tunnels?“

„Ich mach kein Feierabend“, motzte Hartmann und man merkte ihm an, dass ihm eine riesige Laus gerade über die Leber gelaufen war.

„Was ist denn los?“, wollte Dobermann mitfühlend wissen.

„Ich kann nicht in meine Wohnung.“

„Ach, stimmt ja, hab ich total vergessen. Du hast mir vorhin von dem Wasserschaden erzählt. Zeig mir mal die Bilder. Du hast doch Bilder geschickt bekommen, oder?“

„Glaub mir, die willst du gar nicht sehen“, antwortete Hartmann, kramte aber dennoch sein Handy aus der Hosentasche. „Mann, was bin ich froh, dass die Dinger hier noch nicht so weit sind und über eine Bildergeruchserkennungsfunktion verfügen. Das würde mir ganz schön stinken.“ Er rief die Fotogalerie auf. „Anscheinend ist das Hauptrohr dermaßen verstopft, dass nicht nur durch meine Toilette, sondern auch über die Dusche und die Waschbecken der ganze Scheiß herausgedrückt wurde und sich in meiner Wohnung verteilt hat.“

„Na, gib schon her“, sagte Dobermann auffordernd und streckte seine Hand aus. Hartmann legte das Handy hinein und eine Sekunde später riss er seine Augen auf: „Oh Mann, da kannst du nicht übernachten.“

„Sag ich doch“, erwiderte Hartmann resigniert.

„Was hältst‘n davon, wenn du zu mir kommst?“

Hartmann blickte erstaunt auf.

„Wirklich?“, fragte er vorsichtig.

„Ja klar, kannst auf der Couch schlafen. Die kann man ausziehen und frisches Bettzeug habe ich auch. Fehlen nur eine Zahnbürste und frische Unterhosen.“

„Für eine Nacht geht’s auch mal ohne“, sagte Hartmann vergnügt.

„Okay, lass uns Feierabend machen, Kollege.“

„Okay“, wiederholte Hartmann und ließ nach ein paar Klicks seinen PC herunterfahren.

Auf dem Parkplatz vor dem Polizeipräsidium kramte Dobermann den Schlüssel seines alten Opel Kadetts aus der Hosentasche. „Kannst bei mir mitfahren."

Er freute sich auf die Heimfahrt. Er liebte den alten Blechhaufen, wie er ihn selbst gerne nannte. Er hatte ihn gebraucht gekauft, seit drei Jahren kurvte er mit ihm durch die Gegend. In der Ausbildungszeit in Wiesbaden wollte er nicht mit der Bahn fahren, wie viele andere. Er sagte von sich selbst, er sei ein bekennender Nahverkehrsgegner und hatte auch einige Argumente für diese Meinung. Die dreiviertel Stunde vor und nach dem langen Studientag nutzte er zur Entspannung. Er genoss seine Lieblingsmusik in ohrenbetäubender Lautstärke und, wenn er im Stau stand, trommelte er mit den Fingern headbangend auf dem Lenkrad herum und machte sich nichts daraus, wenn andere Verkehrsteilnehmer zu ihm herüberblickten und verständnislos mit dem Kopf schüttelten.

9.

Umut stand pünktlich um 20 Uhr vor Isabellas Wohnungstür und klingelte. Er freute sich, als seine neue Kollegin öffnete, diesmal in einem eng anliegenden grünen Kleid. Der Anblick gefiel ihm. Er fühlte, wie aufgekratzt er war. Irgendetwas schwirrte in seiner Magengegend herum. Umut war nicht nur neugierig darauf, welche Einsätze er in dieser Nacht zu absolvieren hatte, sondern auch wie der Abend mit Isabella verlaufen würde. Eigentlich hätte er ihr gerne gesagt, wie toll sie aussah, seine Schüchternheit verbat es ihm allerdings. Dennoch schaute er sie viel länger an, als dies üblich war und Isabella sah das Blitzen in seinen Augen. Lächelnd sagte sie: „Komm rein, oder willst du da draußen Wurzeln schlagen?"

Umut betrat die gemütlich eingerichtete Wohnung, legte seinen Mantel ab und schon kurze Zeit später klingelte das Lärmtelefon. Diesmal nahm Isabella das Gespräch entgegen und erfuhr, dass es in einer Wohnung von der Decke des Bades tropfte. Sie diktierte dem Anrufer die Notrufnummer und legte wieder auf. „Schnell verdientes Geld", sagte sie und füllte gleich ein Lärmtelefonraster aus.

Danach schwieg das Telefon. Umut und Isabella unterhielten sich angeregt. Umut erfuhr einiges über Isabellas Leben, was ihm gut gefiel. Isabella interessierte sich auch für sein Heimatland und er konnte einiges von den blütenweißen Kalkterrassen, einem bizarren Wunderwerk der Natur, erzählen. Ganz in der Nähe davon war er geboren worden und als kleines Kind konnte er sogar noch darin schwimmen. Später wurde das Naturereignis zum UNESCO Weltkulturerbe ernannt und die Touristen strömten in Massen und verdrängten die planschenden Kinder. Hotels entstanden und nach und nach wurde das Naturwunder immer mehr zerstört und verkam zu riesigen gräulichen Badewannen.

Die Zeit verging schnell und als das Telefon wieder klingelte, war es schon kurz nach neun.

Isabella griff danach und meldete sich. Die Antwort kam prompt. „Mein Name ist Dr. Hohenstein. Ich wohne in der Rubensstraße 44, im schönen Hassloch-Nord. Unsere Nachbarn, eine marokkanische Familie, hat einen ganzen Haufen Schuhe vor der Tür stehen. Kommen Sie bitte vorbei und kümmern Sie sich darum."

„Sind denn die Schuhe sehr laut?", fragte Isabella ernsthaft.

Auf der anderen Seite der Verbindung herrschte eine Zeit lang Stille, bis der Anrufer sagte: „Ich verstehe nicht. Wie meinen Sie das?"

„Herr Dr. Hohenstein, Sie haben die Nummer des Lärmtelefons gewählt, hierbei handelt es sich, wie der Name schon sagt, um eine Lärmmeldung. Die vielen Schuhe im Treppenhaus sind zwar auch ein Verstoß gegen die Hausordnung, haben aber nichts mit Lärm zu tun. Bitte rufen Sie morgen früh Ihren Ansprechpartner bei der Baugesellschaft an." Als Franziska aufgelegt hatte, prustete sie laut los. „So, den nächsten Anrufer bedienst du", sagte sie und lehnte sich mit verschränkten Fingern hinter ihrem Kopf bequem auf der Couch zurück. Ihre Füße ließ sie auf dem Wohnzimmertisch ruhen.

Gerade als Umut etwas sagen wollte, klingelte das Telefon erneut. Er hob das Gerät hoch und meldete sich.

„Isch halts nemmer aus. Ich halts werklich nemmer aus", waren die ersten Worte und Umut verdrehte so die Augen, dass seine Kollegin sofort wusste, wer am anderen Ende der Leitung sein musste.

„Guten Abend, Frau Großhau", begann Umut und entfernte das Handy etwas von seinem Ohr, so laut schimpfte die Anruferin.

„Hören Sie", versuchte er es erneut, diesmal etwas lauter. Er hatte keine Chance. Er musste warten, bis die Mieterin ihren Ärger gefühlt zwanzig Mal erzählt und sich endlich etwas beruhigt hatte. „Frau Großhau, ich verstehe Sie ja. Sie müssen aber auch verstehen, dass wir momentan nichts unternehmen können. Wir waren jetzt so oft in ihrer Wohnung und niemals konnten wir Lärm wahrnehmen, verstehen Sie, richtigen Lärm ...“ In diesem Moment heulte Frau Großhau so laut los, dass Isabella jedes Wort verstehen konnte: „Isch werd noch verrügt, isch werd noch verrügt. Hier is ein Lärm, des könne Sie sich gar ned vorstelle.“

„Hören Sie, wir können nicht zu Ihnen rausfahren. Wir haben in unserer heutigen Supervisonssitzung über Ihren Fall gesprochen, die Baugesellschaft möchte nicht, dass ...

„Was Sie ned saache. Ich werd mich bei dene beschwern. Sie müsse wisse, ich kenn de Chef von dene. Der soll mir mal e paar Deutsche schicke, die hörn wenigstens, wenns laud ist, ned so Type wie Sie, mit so komische Nome. Da wes mer gar ned, wo die herstamme. Sin Sie überhaubt in Deutschland geborn, odder ...“

„Frau Großhau, jetzt ...“

Isabella schaute ihren Kollegen unmissverständlich an. Sie forderte mit ihren Augen das Telefon und zwar: sofort!

Umut gehorchte. Er reichte es ihr. Isabella lächelte kurz, anschließend hielt sie das Gerät an ihr Ohr und sagte laut, aber sehr ruhig: „Frau Großhau, jetzt ist aber Schluss mit Ihrem Gezeter. Hören Sie auf, meinen Kollegen zu beleidigen, da verstehe ich keinen Spaß. Führen Sie ein Lärmprotokoll und geben Sie es bei Ihrem Vermieter ab. Ich wünsche Ihnen noch einen schönen Abend.“

Sie unterbrach das Telefonat und reichte Umut das Handy. Der hatte rote Ohren bekommen und senkte lächelnd seinen Blick.

„Magst du noch ein Wasser?“, fragte sie fürsorglich. Umut nickte und Isabella verschwand in der Küche. Das Lärmtelefon klingelte erneut. Umut atmete tief durch und schaute auf das Display. Zum Glück war es eine andere Nummer. Er meldete sich.

„Hier spricht Herr Müller“, drang ihm eine tiefe Männerstimme entgegen, „ich wohne Im Schafsgrund 40 fünftes Obergeschoss. In der Wohnung unter meiner haut seit etwa einer Viertelstunde jemand wie wild auf den Heizkörper ein und schreit dazu wie blöd.“ Umut fiel die Kinnlade herunter. Er stellte das Handy auf laut. „Im Schafsgrund 40, sagen Sie?“

„Ja, hören Sie nur.“ Durch das Handy konnte man tatsächlich ein Hämmern hören.

***

Isabella klingelte bei Herrn Müller. Der Türsummer erklang. Die Lärmtelefonmitarbeiter fuhren mit dem Fahrstuhl in den fünften Stock, wo sie ein Mittvierziger in Boxershorts und blauen T-Shirt bekleidet empfing. *Bier macht schön. Ich bin der Beweis*, prangte auf seiner Brust. Isabella konnte ein Grinsen nicht unterdrücken. Der Mann schien das zu merken und streckte nochmals kurz seinen Bauch heraus. Anschließend lächelte auch er und sagte: „Kommen Sie rein!"

Schon im Flur war ein rhythmisches Schlagen zu vernehmen. Bald schon machte das eintönige Klacken eine Pause und kurz darauf schrie ein Mann.

„Das müssen wir überprüfen", bestimmte Isabella. „Wir gehen durchs Treppenhaus. Das geht schneller."

Umut folgte ihr. Ein Stockwerk tiefer fragte er: „Das ist doch die Wohnung von diesem Georg Schärfer, wo wir gestern Abend auch schon waren."

Isabella nickte und betätigte die Klingel. Das Rufen in der Wohnung wurde lauter. Die beiden konnten aber nicht verstehen, was der Mann sagte. Isabella klopfte gegen das Türblatt und bemerkte, dass ein Schlüssel im Schloss steckte. Sie öffnete die Tür und ließ sie leise aufgleiten. Die junge Frau machte einen Schritt in den dunklen Flur hinein, suchte nach dem Lichtschalter und betätigte ihn. Das Licht nahm etwas die Spannung. Isabella lief weiter, Umut folgte ihr vorsichtig, das Handy hielt er in seiner rechten Hand, als wäre es eine Waffe. Die Rufe wurden lauter und plötzlich hörten sie ein „Hilfe, Hilfe" und ein lautes Gepolter und Geschepper.

Isabella hatte zuerst die Tür am Ende des langen Flures erreicht und griff nach der Klinke.

Ist überhaupt nicht ängstlich, dachte Umut und bewunderte sie noch ein wenig mehr.

Im nächsten Moment hatte sie das Türblatt langsam nach innen geschoben und wurde gleich darauf von dem Zimmer verschluckt. Umut spürte die Gänsehaut auf seinem Rücken und den unangenehmen Schauder. Er beeilte sich, stürmte in das Zimmer und wäre beinahe gegen Isabella gestoßen, denn sie war plötzlich stehengeblieben und blickte nach rechts. Umut ebenso. Beide schienen wie eingefroren zu sein.

10.

„Ich mach noch `ne Flasche auf. Willst du auch noch einen Schluck Rotwein?"

Daniel überlegte nicht lange und nickte schon, bevor er seinen Entschluss in Worte fassen konnte. Er hatte es sich auf der hellen Couch gemütlich gemacht, nachdem er Dobermanns Wohnung kurz inspiziert hatte. „Gern. Du hast da ein edles Tröpfchen vorrätig. Respekt!"

„Sieh es als Einstieg in eine gute Partnerschaft."

„Willst du mich etwa heiraten?", grinste Hartmann und hielt sein Glas in die Höhe. Dobermann schenkte ein und sagte: „Quatsch, ich mein natürlich auf eine gute Kollegenschaft." Er prostete Hartmann zu. Dieser prostete zurück und beide nahmen einen kräftigen Schluck.

„Danke, dass ich hier übernachten kann", begann Hartmann und lehnte sich wieder bequem zurück. „Finde ich echt prima und natürlich auch die Idee, diese leckeren Chicken-Teile Thai-scharf vom Asiaten zu bestellen. Jetzt fühl ich mich rundherum wohl und kann gemütlich über die ganze Scheiße in meiner Wohnung nachdenken."

„Weißt du schon, wie es weitergeht?", wollte Benjamin wissen.

„Es ist ein Versicherungsschaden. Morgen kommt der Sachverständige, sagt mein Vermieter. Ich denke, dann kann eine Fachfirma beauftragt werden, um die Wohnung zu säubern. Ich muss melden, was alles zu Schaden gekommen ist. Da ich aber nicht so viel Krimskrams rumstehen habe, wird das überschaubar sein."

„Prima, also alles halb so wild", sagte Dobermann und kümmerte sich um die Reste seines Essens. Er spürte jetzt schon die Wirkung des Alkohols und war überrascht, dass er die trübsinnigen Gedanken, die in ihm aufstiegen, nicht zur Seite schieben konnte.

„Das war wohl nix heute, oder?", begann er und schob stellvertretend den leeren Teller zur Seite.

„Wie meinst du das?", fragte sein Kollege.

„Na, wegen unserem Doppelmord. Wir haben nichts in Händen und keine Ahnung, wie alles zusammenpasst."

„Mach mal halblang. Immerhin haben wir zwei Leichen und drei Personen, die verschwunden sind", argumentierte Hartmann und knabberte noch immer an einem der letzten Hähnchenknochen.

„Glaubst du tatsächlich, dass neben Fabian und dem Sohn der Höfners auch diese Franziska untergetaucht ist?"

„Kann schon sein", nuschelte Hartmann, der eigentlich nicht weiter über den Fall sprechen wollte.

„Okay, aber ich meine, wir sollten uns darauf konzentrieren, was wir haben, und nicht darauf, was wir nicht haben. Nur so kann unsere Leistung bewertet werden. Dumm nur, dass wir nix haben", sinnierte Benjamin frustriert.

Hartmann schaute verwirrt, legte den abgeknabberten Knochen zur Seite und nahm noch einen tiefen Schluck, um nicht genauer über Benjamins Worte nachdenken zu müssen. Anschließend sagte er: „Lass uns einfach mal entspannen und nicht andauernd an Leistung denken. Wir haben erst begonnen und schon `ne Menge geschafft."

„Dass ich nicht lache!", sagte Benjamin verbittert. „Wir haben uns am Tatort stümperhaft aufgeführt und kein Fettnäpfchen ausgelassen."

„Wir sind neu im Geschäft und müssen uns erst einmal profilieren. Jeder macht mal Fehler. Wird schon werden. Da bin ich optimistisch."

„Quatsch, gestern war schon kein guter Tag und auch heute haben wir versagt und zwar auf ganzer Linie. Wir müssen bald beweisen, dass wir unser Geld wert sind." Dobermann leerte sein Glas und schenkte gleich darauf nach.

„Sag mal, bist du wirklich so pessimistisch? Meinst du das ernst?" Hartmann richtete seinen Oberköper auf und stützte seine Hände auf den Knien ab. „Was ist denn los mit dir? Ich kenn dich zwar noch nicht so lange, aber mein Vater hat mir erzählt, dass du ganz umgänglich wärst."

„Ach, lass deinen Vater aus dem Spiel, als ob der `ne Ahnung hätte."

„Immerhin hat er auch beim Südhessischen Polizeipräsidium gearbeitet und kennt deinen Vater. Soweit ich weiß haben sich die beiden gefreut, als sie erfahren haben, dass wir Kollegen werden."

„Na und, siehst doch, was daraus geworden ist. Zwei Witzfiguren."

„Ich glaub der Wein bekommt dir nicht, solltest lieber aufhören."

Benjamin tat das Gegenteil und leerte erneut sein Glas. Gleich darauf füllte er es wieder.

Hartmann beobachtete seinen Kollegen, nippte vorsichtig an seinem Glas und überlegte. Er saß ganz still. Benjamin rutschte immerzu auf der Couch hin und her, als habe er Hummeln im Hintern.

„Ich weiß, dass du einer der besten in deinem Ausbildungsjahr warst. Dein Vater ist bestimmt stolz auf dich."

„Pffft!" Verächtlich presste der junge Dobermann Luft durch seine zusammengekniffenen Lippen. Seine Backen bliesen sich auf und er machte eine abfällige Handbewegung. In seinem Kopf schwirrten die Gedanken. Sein Kollege konnte nicht ahnen, wie wichtig ihm die Kriminalistik war. Er wusste nicht, warum er seinem Vater unbedingt nacheifern musste.

Du hast es gut, dachte Benjamin bitter, du hast die Scheiße nur in deiner Kellerwohnung. Das kann man beseitigen. Ich dagegen hatte eine beschissene Kindheit. Da gibt es keine Fachfirma, die einfach vorbeikommt und alles schön ordentlich saubermacht und aufräumt.

Der junge Kommissar ließ sich von der Lehne der Couch auffangen. Kraft floss aus seinem Körper, als sei er ein Gefäß mit einem großen Loch und gleichzeitig war da eine innere Unruhe. Immer wenn die alten Gefühle in ihm aufstiegen, fühlte es sich an, als sei da ein glühender Brocken in seinem Bauch. Er hasste es und wusste nicht, damit umzugehen. Benjamin raffte sich auf und griff erneut nach dem Rotweinglas, um einen kräftigen Schluck zu nehmen.

„Du denkst also, wir hätten eine tolle Arbeit abgeliefert?", sagte er so plötzlich wie ein Cowboy aus der Hüfte schießt.

„Natürlich nicht!"

„Du glaubst, wir hätten uns am Tatort nicht blamiert?"

„Klar haben wir uns blamiert!"

„Du glaubst deine dummen Sprüche hätten dazu beigetragen, dass wir in der Kollegenschaft akzeptiert und angesehen werden?"

„Benjamin, Stopp! Jetzt mach aber mal halblang." Hartmann unterdrückte das Bedürfnis, hart mit der Faust auf den Tisch zu schlagen, richtete sich auf und schaute seinem Kollegen direkt in die Augen. Lauter als er wollte sagte er: „Komm raus aus deinem Selbstmitleidstümpel. Das nutzt doch niemandem."

Benjamin stellte das Glas auf den Tisch, lehnte sich erneut zurück und verschränkte seine Arme vor der Brust.

„Na, wenn du meinst, dann hör ich halt auf mit dem Saufen", sagte er leise und wirkte wie ein kleiner trotziger Junge.

„Wenn du nur ein klein wenig von deinem Vater vererbt bekommen hast, wirst du ein guter Kriminalist werden", versuchte Hartmann seinen Kollegen aufzubauen.

Benjamin reagierte prompt und lautstark: „Wenn du nochmals meinen Vater erwähnst, war's das mit unserer Kollegenschaft."

Daniel schwieg. „Soll ich lieber gehen?", sagte er nach einer kurzen

Pause.

Benjamin spürte, dass er jetzt auf keinen Fall allein sein wollte. Kleinlaut antwortete er: „Nein, bitte bleib. Ich werde mich wieder einkriegen. Okay?"

Hartmann nickte.

„Aber du musst zugeben, dass wir uns in den letzten beiden Tagen nicht gerade mit Ruhm bekleckert haben."

Daniel entspannte sich ein wenig. „Da gebe ich dir vollkommen recht. Auch ich habe Scheiße gebaut."

Benjamin sagte nichts. Die beiden Kommissare schwiegen sich an. Benjamin bemerkte die innere Zerrissenheit, die nicht verschwinden wollte. Er erhob sich schwerfällig und räumte den Wohnzimmertisch auf. Als er mit einem feuchten Lappen aus der Küche zurückkehrte, sagte Daniel: „Kennst du das? In dem Moment, wo ich eine saudumme Frage gestellt oder einen dummen Spruch rausgehauen habe, könnte ich mir selbst auf die Zunge beißen. Dann ist es aber zu spät."

Benjamin ließ den Lappen liegen, setzte sich und hörte zu.

„Und das Schlimme ist, ich kann damit nicht aufhören."

Benjamin schaute seinen Kollegen an, der seinen Blick mit dem Lappen auf dem Tisch verhakt zu haben schien.

„Ich glaube, ich mache das aus Unsicherheit."

Benjamin nickte leicht. Hartmanns Worte berührten ihn. Sie sorgten für so etwas wie Verständnis, ja sogar mehr, für einen kurzen Moment glaubte Benjamin, es wären seine eigenen Gedanken.

Scheiß Unsicherheit, kam es ihm in den Sinn und er überlegte tatsächlich, seinen Kollegen heute Abend noch die Geschichte seiner traumatischen Kindheit zu erzählen.

Ach was, lass es, war da eine andere Stimme in ihm. Diese war stärker. Er folgte ihr, schnappte nach der Rotweinflasche und schenkte nach. Er nahm einen kleinen Schluck und ließ die rote Flüssigkeit in seinem Gaumen kreisen.

Hartmann tat ihm gleich. Auch er füllte sein Glas, aber nur bis zur Hälfte und nippte daran. Er musste über seine eigenen Worte nachdenken.

Die beiden schwiegen wie ein altes Ehepaar.

„Und jetzt?", grummelte Benjamin endlich.

„Morgen ist ein neuer Tag und morgen machen wir es besser", erwiderte Daniel voller Überzeugung.

„Ja, lass es uns besser machen."

Benjamin lächelte. Ein Bann war gebrochen.

Beide Kommissare beugten sich nach vorne, beide Rotweingläser stießen aneinander und wurden nacheinander geleert.

Danach unterhielten sich die Kommissare noch eine ganze Weile angeregt. Sie erzählten sich einige Anekdoten aus ihrer Ausbildungszeit und konnten wieder lachen. Beide fanden es schade, dass sie nicht damals schon in einer Lehrgruppe gewesen waren. Sie waren so vertieft in ihren Erzählungen und so hörten sie nicht das Klingeln ihrer Handys. Vielleicht hätten sie sich gefreut, die Neuigkeiten aus Rüsselsheim zu erfahren. Wahrscheinlich aber waren sie schon so betrunken, dass sie die Tragweite der Nachricht gar nicht begriffen hätten. So leerten sie genüsslich noch eine weitere Flasche Rotwein, erzählten und tranken sich dem neuen Arbeitstag entgegen.

Irgendwann machte es sich Daniel auf der Couch gemütlich und Benjamin wankte in sein Schlafzimmer. Vor dem Einschlafen dachte er noch kurz an seinen Vater und dass er ihn anrufen wollte. Aber das konnte bis morgen warten.

Drittes Kapitel – Unterstützung

Prolog

Die Angst, lebendig begraben zu werden, durchzieht die gesamte Menschheitsgeschichte. Viel wird darüber geschrieben und viele Ideen entwickelt, wie so etwas verhindert werden könnte. Und wenn es doch passieren sollte, wurde immer wieder überlegt, wie der Begrabene auf sich aufmerksam machen könnte. Jede Zeit hat ihre eigenen Möglichkeiten. Neuerdings gab es sogar Beerdigungsinstitute, die anboten, dass der Verstorbene bei der Beerdigung ein funktionstüchtiges Handy, natürlich mit leistungsstarkem Akku, in die zum Gebet verschränkten Hände eingeklemmt bekam. Auf Knopfdruck leuchtete das Display auf und der von den Toten erwachte konnte mit der 110 Hilfe rufen. Die Frage war nur, ob er zwei Meter unter der Erde Empfang haben würde, aber daran wurde bestimmt auch gedacht.

Der Mann, der im Dunkeln lag, hatte kein Handy parat. Es war ihm abgenommen worden. Das war schlecht, aber es gab auch die andere Seite der Medaille. Die absolute Dunkelheit hatte etwas Beruhigendes, etwas Endgültiges. Sie umspannte den jungen Körper des Mannes, der sich vor einiger Zeit erneut die Decke um den Unterkörper gewickelt und mit dem Rücken an die Wand gelehnt um das Leeren der nunmehr zweiten Rotweinflasche gekümmert hatte. Die wohlige Beruhigung des Alkohols spendete ihm Trost. Seine negativen Gedanken wurden eingelullt, die wohltuende Trägheit hatte ihn weggetragen und wegdösen lassen. Jetzt kam er nach einem Schläfchen langsam wieder zu Bewusstsein. Gedanken kreisten in seinem Kopf, ohne Motivation. Bruchstücke eines Traumes setzten sich zu einem undurchdringlichen Brei zusammen und das Einzige, was blieb, war das Gefühl, sich nicht mehr erinnern zu können. Hinzu kam eine starke Gleichgültigkeit. Obendrein umgab ihn Zeitlosigkeit und erst ganz langsam wurde ihm erneut bewusst: Er war eingemauert.

Dieser Gedanke müsste ihm Angst machen, glaubte er einen kurzen Moment lang.

Aber er saß im Trocknen, es war einigermaßen warm und er hatte noch Rotwein, den er in der nächsten Zeit Schluck für Schluck genießen würde. Was wollte er mehr?

Strafe muss sein, dachte er. Er hatte Bockmist gebaut und musste nun die Konsequenzen tragen. Auch wenn es den sicheren Tod bedeutete.

Tod bedeutete ..., Tod bedeutete ..., hallte es in ihm nach.

Er konnte den Gedanken nicht abschalten, ähnlich wie man das mit einem immer wiederkehrenden Traum kurz vor Tagesanbruch nicht kann. Der Gedanke nervte nicht, er war einfach da, er war auch nicht einschläfernd, sondern machte eher wach, wie ein Mantra, das in tiefere Schichten des Selbst trägt. Die Worte kratzten an seinem Lebenswillen, aber nur ganz zaghaft. Der Mann spürte, dass er momentan mehr Erfüllung in der Lethargie empfand, die ihm eine tiefe innere Ruhe bescherte. So gab er sich wieder mehr der Wirkung des Alkohols hin und schloss die Augen. Erinnerungen kamen und gingen. Er war vor einem halben Jahr vierunddreißig Jahre alt geworden und hatte ein rauschendes Fest gefeiert. Sein Leben musste zelebriert werden, es war vielfältig und bunt. Gut, der Zeiger des Seins schlug in jegliche Richtung extrem aus. Er hatte keine erfüllte Kindheit und mit dem Erwachsenwerden kamen die Ängste und Grenzen, die ihm gesetzt wurden. Als er allerdings alle Mauern, die ihn umgaben, nach und nach eingerissen hatte und er endlich diese lähmende Angst verlieren konnte, begann das Leben und es war hart, wild und schnell. In den letzten Jahren hatte er alles ausprobiert, zu was ein menschlicher Körper fähig war und was er ertragen konnte. Er hatte Drogenexzesse hinter sich gebracht, sich sexuell bis an die Grenzen seiner Körperlichkeit verausgabt, die heißen und auch die eiskalten Teile der Welt bereist, Fallschirmsprünge absolviert, Bungee-Jumping zelebriert, getaucht, geflogen, gelaufen, gefahren, gekämpft und er hatte auf Hawaii geheiratet. Anschließend hatte er sogar mit dem Gedanken gespielt, eine Familie zu gründen und zur Ruhe zu kommen. Die Liebe war so groß und auch der Wunsch, mit dem alten Leben abzuschließen, dass er den Namen seiner Frau annahm. So konnte er sich von seiner Herkunftsfamilie absetzen und es fühlte sich an, als hätte er ein neues Leben begonnen. Das Glück war vollkommen, bis zu dem Tag, als der mächtige Baum bei der rasend schnellen Motorradfahrt im Weg stand. Die nächsten drei Wochen waren die Hölle für ihn. Seine Frau lag im Koma und nachdem klar war, dass sie niemals mehr erwachen würde, wurden die Geräte abgestellt. Nach der Beerdigung kehrte er zu seinem alten, ‚fast and furios'-Leben zurück. Von diesem Tag an war ihm alles egal, leben machte keinen Sinn mehr und so tat er Dinge, noch verrücktere als vor der Heirat. Über Konsequenzen hatte er niemals nachgedacht. Aber letztendlich hatten sie ihn in diese Dunkelheit geführt und er musste sich damit abfinden, dass er lebendig eingemauert worden war. Jetzt saß er hier und musste sich wohl oder übel entschleunigen.

Er hatte die Zeit, über alles nachzudenken.

Er döste vor sich hin.

Tod bedeutete ..., Tod bedeutete ..., hallte es erneut in seinem Kopf.

Einige Sekunden später waren seine Hände so entspannt, dass sie die Rotweinflasche losließen und diese mit einem scheppernden Geräusch auf dem harten Boden aufschlug. Zum Glück hatte er den Schraubverschluss so fest gedreht, dass nichts von der wertvollen Flüssigkeit auslaufen konnte. Das Geräusch und die Befürchtung, die Flasche könnte zersplittern ließen den jungen Mann hochschrecken und Adrenalin durch seine Adern strömen. Ein lebenserhaltender Instinkt aus den Anfängen des Menschseins bewirkte, dass sich alle Muskeln zusammenzogen und seinen Körper dazu zwangen, aufzuspringen. Er stand im Dunkel und seine Sinne waren bis aufs Äußerste geschärft. Ganz aus der Ferne drang ein leises Hupen an sein Ohr. Wieder der Bahnhof, den er damit assoziierte. Soweit war er schon einmal. Dies bedeutete Menschen. Menschen, die ihm vielleicht helfen könnten, wenn sie ihn hören würden. Er hatte schon einmal laut geschrien und die steinerne Wand solange mit beiden Fäusten bearbeitet, bis der Schmerz zu groß wurde. Es hatte nichts gebracht, er wurde nicht erhört. Aber wenn er das Hupen von Draußen wahrnehmen konnte, müsste auch er gehört werden, überlegte er erneut und es erschien ihm plötzlich logisch, um sein Leben zu kämpfen. Er fühlte sich hellwach. Hoffnung keimte auf. Er starrte in die Dunkelheit und vermisste seine Taschenlampe. Diese benötigte er jetzt, um sich in seinem Gefängnis einigermaßen zurechtfinden zu können.

Er ertastete sie auf dem Steinboden, aber bevor er sie anschalten konnte, vernahm er noch etwas, ganz leise und kaum wahrnehmbar. Er horchte angestrengt in die Schwärze, die ihn umgab. Sekunden verstrichen. Seine Neugierde war geweckt.

Da! Da war es wieder, ein leises Stöhnen und ein ... Der junge Mann musste sich anstrengen. Er drehte den Kopf in die Richtung, aus der das Geräusch zu kommen schien. Er hörte auf zu atmen und lauschte. Da war es wieder. Es klang wie ein: „mmh, mmh“ und anschließend ein kaum wahrnehmbares Stöhnen.

Beherzt schnappte er die Taschenlampe und schaltete den, die Schwärze durchschneidenden Strahl an. Kurz musste er seine Augen schließen, um sie erst einen Spalt weit und anschließend etwas weiter zu öffnen. Der Lichtstrahl durchstach das etwa vier Quadratmeter große Verlies so schnell, dass die Schlieren des Strahls noch in der Luft zu hängen schienen. Hektisch schaute er um sich und sah nichts außer Boden, Gestein, Gewölbe und ein Strauch im hinteren Eck, genau gegenüber der zugemauerten Tür.

Ein Strauch?

Der junge Mann war verblüfft. Ein Strauch war ihm beim letzten Absuchen gar nicht aufgefallen. Seine Augen noch immer leicht zusammengekniffen, ließ er den Taschenlampenstrahl zurück auf das Grün gleiten. In der Tat, es waren einige Äste, die aus dem Boden kamen. An dieser Stelle musste der Boden nicht aus Stein, sondern aus Erde bestehen. Der Strauch trug grüne Blätter und war ungefähr 1,50 m hoch. Sehr eigenartig. Der Mann eilte auf den Strauch zu und untersuchte ihn. Es musste vor nicht allzu langer Zeit Licht in dieses Verlies gekommen sein, sonst hätten an dem Strauch keine Blätter wachsen können. Ah klar, dachte er. Gegenüber dem Strauch befand sich eine Tür, die wahrscheinlich offen gestanden hatte. Nun würde es für immer und ewig dunkel sein und auch der Strauch würde verkümmern. Da war sie wieder, diese alles auffressende Lethargie. Elende Schwere überfiel den Gefangenen und er wollte gerade wieder zurück zu seiner Rotweinflasche gehen, als er erneut dieses Stöhnen und danach ein „mmh, mmh“ wahrnahm. Er beleuchtete das Grün, bückte sich und fuhr mit seiner Hand zwischen den Ästen hindurch. Dahinter war eine Öffnung und, als er sich dem Busch von der Seite näherte, sah er, dass sich dort ein großes Loch in der Wand befand. Anscheinend gab es noch einen zweiten Raum. Eilig bog er die Äste zur Seite und konnte im Entengang mit etwas Mühe durch das Loch kriechen. Die Taschenlampe hielt er wie eine Waffe vor sich und seine Augen folgten neugierig dem Lichtstrahl. Er erkannte einen weiteren Raum, ähnlich groß wie der, in dem er sich eben noch befunden hatte. Wild flimmerte der Lichtstrahl im Steingewölbe hin und her, über die Wände und den braunen Boden und blieb abrupt an einem länglichen Gegenstand hängen, der sich bei genauerem Hinschauen zaghaft aufzubäumen schien. Hektisch suchte der Lichtstrahl das Bündel ab, das auf dem Boden lag. Es schien ein Körper zu sein, ein schlanker. Er war in eine Decke oder etwas ähnliches eingewickelt. Lediglich der Kopf schaute heraus. Als der Lichtstrahl auf die

Haare fiel, stockte der Mann und die Taschenlampe in seiner Hand zitterte. Die langen rotbraunen Haare erinnerten ihn an Franziska.

„Franziska“, rief er laut aus und ein leidendes „mmhhen“ war die Antwort.

So schnell er konnte eilte er auf den Körper zu und kniete im nächsten Moment schwer atmend neben dem Kopf, den er mit dem Lichtstrahl abtastete. Der Mund war mit Klebeband verschlossen. Die Augen weit aufgerissen und panisch. Er strich vorsichtig über ihre Wange.

„Keine Angst, ich bin da“, rief er und legte einen warmen, einfühlsamen Ton in seine Worte. „Keine Angst, ich bin bei dir. Moment!“

Er legte die Taschenlampe auf die Brust der Frau und löste mit beiden Händen vorsichtig den Klebestreifen von ihrem Mund. Ein intensives Einatmen war die Folge, anschließend ein Aufrichten, ein Stöhnen und ein lautes „Georg“.

Der Mann schreckte zurück, die Taschenlampe kullerte von der Brust der Frau hinunter auf den Boden und der wirre Lichtstrahl ließ lange Schatten auf den Wänden tanzen. Der Mann, der Georg genannt worden war, beeilte sich, die Taschenlampe wieder in die Hände zu bekommen. Er beleuchtete den Körper nun von oben herab und sah, dass Franziska in einem dünnen Teppich eingewickelt war, der ihren Körper wie in einem Kokon gefangen hielt. Er befreite sie davon. Er sah, dass auch ihre Unterarme mit Klebeband aneinander gebunden waren. Er löste auch diese und anschließend noch den Klebestreifen, der ihre Beine zusammenhielt.

Franziska schnellte hoch und fiel Georg um den Hals. Laut schluchzend drückte sie ihre Nase an seinen Hals und es schien, als wolle sie niemals wieder loslassen.

1.

Das Geräusch nervte.

Er wollte es nicht hören, wollte nicht weggeschwemmt werden. Er wollte versunken bleiben in der Tiefe der Nacht und ihrer bleiernen Zeitlosigkeit, aber er hatte keine Chance. Das Geräusch wiederholte sich wie der Zahnarzt seine Bohrattacken, um endlich, tief unten, den Nerv zu treffen. Immer mehr drängte es ihn aus seiner Tiefschlafphase heraus und plötzlich setzten gleichzeitig Gedanken, Herzschlag und der Schrecken ein, etwas verpasst zu haben. Plötzlich war ihm klar, er musste sofort reagieren. Sein Oberkörper fuhr hoch und im nächsten Moment saß Benjamin in seinem Bett und riss die Augen auf. Seine Atmung galoppierte, sein Mund stand offen und schon klingelte es wieder, lang anhaltend und es klang irgendwie dringlich. Der junge Kommissar schwang den rechten Fuß aus dem Bett und stieß gegen die Weinflasche, die lautstark über den Boden kullerte.

Hoffentlich habe ich sie gestern vor dem Einschlafen leer getrunken, sonst muss ich nachher auch noch das Schlafzimmer putzen, dachte er und als er das andere Bein aus dem Bett ziehen wollte, explodierte der Schmerz in seinem Kopf. Er ließ den Rücken krumm werden und das Kinn auf die Brust fallen. Anschließend riss er, einem Reflex folgend, beide Hände hoch, rieb sich die Schläfen und stöhnte auf.

Es klingelte erneut.

Dobermann benötigte mehrere Atemzüge, um den Schmerz in seinem Kopf erträglicher zu machen und bald schon drängte ihn der Wunsch, aufzustehen, das Schlafzimmer zu verlassen und die Tür zu öffnen. Außerdem meldete sich seine Blase und in seinem Kopf arbeitete es.

Wie spät war es?

Was war geschehen?

Weswegen stand eine Rotweinflasche neben seinem Bett?

Stück für Stück musste er sich die Ereignisse des letzten Abends zurückerobern. Es gelang, nur das andauernde Klingeln störte, obwohl, wenn er es genauer bedachte, hatte er es schon seit ein paar Sekunden nicht mehr gehört. Jetzt kamen Stimmen aus dem Flur und prallten an seiner Schlafzimmertür ab, dass er kein Wort verstand.

Er unternahm einen weiteren Versuch, um auf die Beine zu kommen. Diesmal bewegte er sich langsamer und schaffte es. Den Kopf haltend schwankte er zur Schlafzimmertür und öffnete diese mit einer beträchtlichen Willensleistung. Im Flur war es hell, sehr hell, und der junge Kommissar musste sich die Hand vor Augen halten, um die kleinen Explosionen in seinem Kopf zu kontrollieren. So konnte er allerdings nicht sehen, wer im Flur stand, zu wem die Stimmen gehörten, die lauter geworden waren. Außerdem hatte er andere Probleme. Durch den einigermaßen aufrechten Gang war der Blasendruck weiter angestiegen und quälte ihn jetzt so, dass er vornübergebeugt die wenigen Schritte bis zur rettenden Toilettentür überwinden musste. Hastig erreichte er sein Ziel. Er ließ die Hose nach unten gleiten und setzte sich.

***

Benjamins Vater, der pensionierte Kriminalhauptkommissar Lothar Ludwig Dobermann, kam zu Besuch, stand in der Haustür und knurrte leise vor sich hin. An Hartmann gerichtet sagte er: „Was habt ihr denn gestern Abend getrieben?"

Hartmann hatte geöffnet, mit verwuschelten Haaren und ganz bleich im Gesicht. „War spät gestern, hab auf der Couch geschlafen", antwortete er vorsichtig. „Wir haben Wein getrunken und Benjamin konnte nicht genug kriegen und hat noch eine Flasche entkorkt und mit ins Schlafzimmer genommen."

Der alte Dobermann verschränkte die Arme vor seiner Brust. „Aha. Ich hoffe, dass mein Sohn seine Verdauung rasch in den Griff bekommt."

Ein Klodeckel fiel herunter und ein lautes „Mist" drang durch die geschlossene Toilettentür. Wasser rauschte, es platschte, als würde es handflächenvoll in ein Gesicht geschaufelt werden.

Daniel merkte, dass wohl gleich ein Vater-Sohn-Gespräch geführt werden würde und zog sich langsam auf seine Couch zurück.

Erst wurde die Toilettentür vorsichtig geöffnet, anschließend kroch Benjamin mit gesenktem Haupt in den Flur und rieb sich noch immer seine Schläfen. Ein kurzer Blick genügte und er sagte: „Papa, was machst du denn hier um diese nachtschlafende Zeit?"

„Benjamin, wir haben sieben Uhr. Dein Dienst beginnt in einer Stunde und ich frage mich: Willst du schon an deinem dritten Arbeitstag zu spät kommen?"

Benjamins Mund klappte auf und zu, wie bei einem Fisch, der gewaltsam aus seinem Element herausgerissen worden war. Kurz bäumte er sich auf und wollte lautstark eine Rechtfertigung in Worte packen, ließ es aber gleich wieder sein und versank in seinen Kopfschmerzen. „Wir haben uns gestern die ersten beiden Arbeitstage schöngetrunken“, sagte er leise. „Wir kommen in unserem Fall nicht weiter, drei Menschen sind verschwunden, wir haben noch keine heiße Spur und ich glaube, die ganze Welt ist hinter mir her.“

Benjamin redete plötzlich wie ein Wasserfall und hoffte auf Mitleid. Der alte Dobermann stand mit seiner Größe von nahezu zwei Metern, einem gut trainierten Körper und ergrauten kurzen Harren vor ihm und wollte ihn in keiner Weise bedauern. Kühl sagte er: „Da kannst du recht haben, da gibt es anscheinend einige, die es auf dich abgesehen haben.“

„Willst´en Kaffee?“, fragte Benjamin und umschiffte seinen Vater schwerfällig auf dem Weg zur Küche.

„Ich auch“, rief Hartmann, „und wenn du noch ein Wasser hättest?“

„Klar, Wasser mit viel Aspirin. Ich glaube, mein Vater hat uns irgendwas zu sagen. Warum sollte er sonst so früh in meine Wohnung eindringen?“, antwortete Benjamin und verschwand in der Küche.

„Jawohl, mein Sohn“, sagte der alte Dobermann und setzte sich auf die Couch. „Ich nehme auch einen Kaffee.“

Benjamin bemühte sich, so wenig wie möglich mit den Tassen zu klappern und sich nur so schnell, wie unbedingt notwendig zu bewegen. Als er sich bückte, um die Aspirin-Tabletten aus der untersten Schublade des Küchenschrankes zu holen, musste er kurz stöhnen und solange ausharren, bis er den Schmerz wieder in den Griff bekommen hatte. Langsam richtete er sich wieder auf und ließ die Tabletten in zwei mit Wasser gefüllte Gläser gleiten. Die Kaffeemaschine arbeitete.

Daniel kam in die Küche gewankt, grinste Benjamin verschmitzt an und griff sich ein Wasserglas. „Wie viele hast du drin?“, fragte er.

„Drei“, war die Antwort. „Wird wohl reichen? Oder was meinst du?“

„Will ich hoffen“, erwiderte Daniel und hielt ihm mit einem schwerfälligen Grinsen das Glas zum Anstoßen entgegen.

„Wir sind schon wie ein altes Ehepaar“, grinste Benjamin zurück. Glas klirrte gegen Glas und beide tranken die trübe Flüssigkeit in einem Zug.

Benjamin stellte die Kaffeetassen auf ein Tablett und verließ, gemeinsam mit seinem Kollegen, die Küche. Die Männer nahmen rund um den kleinen Wohnzimmertisch Platz, nippten an ihren Getränken und schwiegen einen Augenblick. Bis es aus Benjamin herausplatzte: „Also, Papa, was ist? Schieß endlich los! Warum bist du hier?“

„Ich habe heute früh einen Zettel im Briefkasten gefunden“, sagte der pensionierte Kommissar unvermittelt und warf ein Stück zerknittertes Papier auf den Wohnzimmertisch.

Sein Sohn griff danach und hielt es sich vor die Augen. Erst las er die wenigen darauf geschriebenen Worte leise vor, danach wiederholte er sie lauter, vielleicht, um deren Sinn besser verstehen zu können: *„Sag Deinem Sohn, er soll seine Arbeit machen und endlich Fabian Breuer hinter Gitter bringen. Wir warten nicht mehr lange. Wenn er versagt, werden wir ihn zerstören. Peets Erben.“*

„Was hältst du davon?“, fragte der alte Kommissar ernst.

„Scheiße, was soll das denn?“, flüsterte Benjamin und sank noch mehr in sich zusammen. „Was wollen die von mir? Können die nicht meine Vergangenheit endlich ruhen lassen?“ Er spürte die schmerzenden Gefühle in sich aufsteigen und musste an den gestrigen Abend denken.

„Ach, Benjamin“, sagte Lothar Ludwig, „nur wenn du mit deiner Vergangenheit Frieden schließt, kannst du eine eigene Zukunft haben.“

Hartmann saß mit großen Augen dabei und verstand kein Wort. „Was erzählt ihr da? Ich versteh kein Wort“, sagte er folgerichtig.

„Mein Vater ist nicht mein Vater“, quoll es aus Benjamins Mund heraus.

„Dein Vater ist doch dein Vater“, plapperte Hartmann leise vor sich hin. „Soweit ich weiß, bist du bei ihm aufgewachsen. Er sitzt dir gerade gegenüber. Was erzählst du da?“

Benjamin und Lothar Ludwig schwiegen, schauten sich aber gegenseitig an und der alte Kommissar machte mit den Augen klar, wer nun antworten sollte. Endlich begann Benjamin: „Ich bin der Sohn zweier Junkies. Beide sind mittlerweile tot. Meine Mutter starb am HI-Virus, mein Vater an einer Überdosis, soweit ich weiß. 1986 haben mich Lothar und Veronika adoptiert, nachdem meine richtigen Eltern einen Apo-Einbruch gemacht haben und sich vorm Gericht rechtfertigen mussten. Seit dieser Zeit habe ich neue Eltern ...“ Benjamin schwieg verlegen und Daniel merkte, dass Gefühle in ihm aufstiegen.

Lothar Ludwig beobachtete seinen Adoptivsohn liebevoll. Nach einigen Sekunden vervollständigte Benjamin seinen Satz: „„... und bin sehr dankbar, dass ich bei ihnen aufwachsen durfte.“

„Wow", entfuhr es Daniel. „Das ist ja eine heftige Geschichte."

„Erzähl ich auch nicht überall rum", sagte Benjamin, nun etwas gefühlsneutraler.

„Davon habe ich nichts gewusst."

„Klar, ist ja auch keine Erfolgsgeschichte, die man überall herumerzählt."

„Aber eine Geschichte, die das Leben geschrieben hat und eine Geschichte über die ich froh bin, dass du sie mir erzählt hast. Wir sind ein Team und immerhin wollen wir beide in der nächsten Zeit zusammenarbeiten und die Gesellschaft von ein paar bösen Buben befreien. Und da hilft schon ein wenig Offenheit zwischen uns, oder?"

„Klar", erwiderte Benjamin spontan und merkte, dass er rot geworden war.

Lothar Ludwig lächelte. Alle Drei nippten an ihrem Kaffee.

„Was meinst du, warum hat man mir den Zettel in den Briefkasten gesteckt?", fragte der pensionierte Kommissar.

„Hmm", war die einzige Reaktion seines Adoptivsohns.

„Überlege doch mal", sprang Daniel in die Bresche und schnappte sich den zerknitterten Zettel, der noch immer auf dem Wohnzimmertisch lag. „Unterschrieben haben Peets Erben. Ich denke, dein biologischer Vater hatte den Vornamen Peet, oder?"

Benjamin nickte kurz und schaute Hartmann neugierig an. „Klar, aber ich bin fünfundzwanzig Jahren alt und habe meinen Vater das letzte Mal vor etwa zweiundzwanzig Jahren gesehen. Außerdem ist der schon lange tot, soweit ich weiß. Warum sollen sich Freunde von ihm über so lange Zeit ruhig verhalten und sich gerade jetzt melden und mich mit so einem Schwachsinn bedrohen?" Benjamin schaute hilflos Daniel an, anschließend seinen Vater und merkte sofort an dessen Gesichtsausdruck, dass er mehr wusste, als er bisher gesagt hatte.

„Was ist?", platzte Benjamin heraus.

Lothar Ludwig rutschte auf der Couch hin und her. Er schien mit sich zu kämpfen. „Da gab es vor Jahren schon einmal ein paar Drogler, die uns mit Zetteln bombardiert haben."

„Das hast du mir nie erzählt", sagte Benjamin etwas lauter, als er eigentlich wollte.

„Habe ich nicht, stimmt. Schien Veronika und mir auch nicht so wichtig zu sein ..." Lothar Ludwig schwieg erneut einen kurzen Augenblick und blickte an Benjamin vorbei durch das große Wohnzimmerfenster nach draußen. „Wir wollten es dir verheimlichen, genau wie wir dir lange Zeit nicht gesagt haben, dass wir dich adoptiert hatten. Das hast du ja selbst mit neunzehn Jahren herausgefunden und uns – zu Recht – die Hölle heiß gemacht."

Daniel konnte nicht fassen, was er an diesem Morgen alles erfuhr und saß erstarrt mit offenem Mund auf seinem Platz. Benjamin dagegen hatte seinen Oberkörper nach vorne gelegt, als wolle er gleich mit der Faust auf den Tisch hauen und wurde nun wirklich laut: „Erzähl schon, was habt ihr mir noch alles verschwiegen?"

Der alte Kommissar lehnte sich zurück und stierte nach wie vor aus dem Fenster. Daniel fühlte förmlich, wie die Luft zwischen den beiden pulsierte. „Dein Vater ...", begann der alte Dobermann. „Damals vor fünfzehn Jahren hat dein Vater einige Versuche unternommen, um von den Drogen wegzukommen. In einer Therapieeinrichtung war er anscheinend auf die Idee gekommen, dass er auch noch einen Sohn hatte. Er wollte dich sehen, obwohl wir vor deiner Adoption etwas anderes ausgemacht und er auch keinerlei Rechte mehr hatte. Dennoch wollte er dich sehen und hat uns erst mit Briefen bombardiert und eines Tages sogar vor unserer Wohnungstür gestanden. Klar wusste er, wo wir wohnen. Er musste nur ins Telefonbuch schauen, so viele Dobermänner gibt es in Darmstadt nicht."

Die Worte, die aus dem pensionierten Kommissar herausdrangen, schienen ihn zu schwächen. Tief atmete er durch, etwas später wurde sein Blick wieder härter und er sprach weiter: „Damals warst du acht Jahre alt. Du warst nun unser Sohn und ich jagte deinen Vater fort. Ich sagte ihm, wenn er noch einmal zu uns käme, würde ich schon einen Grund finden, um ihn sein Leben lang einzubuchten." Kurz schaute er zu Benjamin hinüber. „Das hat mir in dem Moment leidgetan, als ich es gesagt hatte. Peet zog aber ab und dann weiß ich nur, dass er sich wieder den Drogen hingegeben hat und ungefähr zwei Jahre später verstorben ist."

Benjamin schwieg und schaute zu Boden.

„Peet hatte seine Geschichte bei seinen Drogenfreunden rumerzählt", fuhr der alte Kommissar fort, „einige fanden es wohl gar nicht lustig, dass Peets Sohn von einem Polizisten und dessen Ehefrau großgezogen wurde. Peet hatte denen wohl auch unsere Adresse verraten und so haben die uns mehrfach geschrieben. Anfänglich verlangten sie Geld, ansonsten wollten sie es an die große Glocke hängen, dass ein Darmstädter Kommissar einen Drogensohn aufzog. Als sie aber merkten, dass das bei mir nicht zog und ich auch einen verdeckten Ermittler aus dem K34 gebeten hatte nochmals mit den Jungs Klartext zu reden, hörten die Bedrohungen auf und wir konnten unbehelligt weiterleben."

Lothar Ludwig hatte sich bei den letzten Sätzen seinem Sohn zugewandt, dieser erwiderte seinen Blick und lächelte sogar zaghaft, was den alten Kommissar glücklich machte.

Daniel hatte gespannt gelauscht und Gefühle stiegen in ihm hoch. Aber auch er hatte gelernt, immer alles sachlich zu nehmen und Gefühle, soweit wie möglich, zur Seite zu schieben. Diesen Lehrsatz hatte er immer sehr ernst genommen, da er ihn davor schützte, zu tief in sein Inneres einzutauchen und darin gegebenenfalls zu ertrinken. Er sagte analytisch denkend: „Peet war ein Drogler und kannte sich in der Szene aus. Er hatte anscheinend viele Freunde und einige seiner Freunde wissen, dass du sein Sohn bist, also müssen das auch alte Drogler sein. Wenn wir mal davon ausgehen, dass das ‚*maturing out*' tatsächlich existiert ..."

„Das was?", fragte Benjamin.

Lothar Ludwig nippte nochmals an seinem Kaffee. Er schien ebenfalls froh, wieder auf der Kopfebene zu sein. Er erklärte: „Drogenforscher haben herausgefunden, dass es einen gewissen Prozentsatz Suchtmittelabhängiger gibt, die nach dem 30igsten Lebensjahr aufhören, illegale Substanzen zu konsumieren. Manche drehen dem ganzen Drogenkarussell den Rücken zu und führen ein ganz und gar angepasstes oder sogar spießiges Leben. Andere nutzen ihre Kontakte in die Szene und dealen hin und wieder. Ein kleiner Teil wiederum bleibt mit der Szene verwurzelt, konsumiert noch und ist abhängig vom Dealen. Die sind natürlich *not amused*, wenn irgendjemand ihnen das Geschäft vermasselt. Angenommen, Fabian ist denen in die Quere gekommen und die Jungs haben sich wieder dran erinnert, dass du bei der Kripo beschäftigt bist. In deren Denke kann es Sinn machen, dich auf diesen Fabian zu hetzen."

„Klingt irgendwie logisch", erkannte Benjamin, „mein alter Freund Fabian Breuer muss denen ganz schön in die Suppe gespuckt haben und jetzt wollen die Alt-Junkies, dass ich meinen Freund nicht nur finde und verhafte, sondern auch vor Gericht und ins Gefängnis bringe."

„So wird ein Schuh draus", bemerkte Daniel.

„Wenn man das so sieht, macht es auch Sinn, dass wir im Keller des Neubaus in der Lauteschlägerstraße von den Maskierten zwar bedroht, aber nicht weiter angegangen worden sind. Auch die wollten uns auf die Spur von Fabian bringen, als sie uns den Geldbeutel mit der Speicherkarte zugespielt haben."

„Ist das nicht ein wenig dick aufgetragen?", meldete sich Lothar Ludwig zu Wort. „Ich habe immer ein Problem damit, wenn die Pfeile, die auf den vermeintlichen Täter zeigen, allzu deutlich sind."

„Ach was", winkte Benjamin ab, der sich jetzt wach und tatenfroh fühlte. Das Aspirin in Kombination mit dem Kaffee hatte mittlerweile gewirkt. Er saß aufrecht und seine Augen funkelten, als er sagte: „Die Bilder, die wir auf dem Datenträger vorgefunden haben, zeigen eindeutig, dass mein alter Freund etwas mit Drogen am Hut hat. Ob er auch an dem Tod der beiden älteren Herrschaften im Paulusviertel beteiligt war, kann ich noch nicht sagen, glaube aber, das ist eine ganz andere Baustelle."

„Mag sein", erwiderte Daniel, „aber ich denke, dein Vater hat recht, wir sollten vorsichtig mit voreiligen Schlüssen sein. Wir sind erst ganz am Anfang unserer Ermittlungen." Hartmanns Gesichtsausdruck ließ erkennen, dass er nachdachte. „Wie sollen wir weiter vorgehen?", fragte er endlich.

„Gute Frage", sagte Lothar Ludwig grinsend. „Ich denke, eine Dusche und etwas Frisches zum Anziehen wäre jetzt für euch beide ein guter Start."

„Ich meine natürlich danach", erwiderte Hartmann lachend.

Benjamin schaute verkniffen. „Was kannst du für uns tun?", warf er seinem Vater entgegen.

Das Grinsen auf dem Gesicht des pensionierten Kommissars verflog und auf seiner Stirn erschienen Falten. „Benjamin, du wirkst so ernst. Was ist los?"

„Ach, mir ist gerade nicht zum Lachen. Dass wir noch Duschen müssen, ist klar. Dass wir aber unsere Arbeit machen müssen und da draußen noch Gestalten herumlaufen und mich fertig machen wollen, das ist ebenso klar. Was kannst du denn für uns tun? Du hast doch immer noch gute Kontakte, oder?"

Lothar Ludwig sagte nach einem kurzen Moment des Nachdenkens: „Tja, ich werde wohl nochmals mit dem K34 Kontakt aufnehmen und bei den richtigen Leuten nachfragen. Vielleicht gibt es dort neue Erkenntnisse."

„Was soll das helfen?"

„Na ja, wenn klar wäre, wer den Zettel geschrieben hat, könnte unser Mann in der Szene mit demjenigen Kontakt aufnehmen und herausfinden, was dessen Motiv ist."

„Sag mir Bescheid, wenn du etwas herausgefunden hast", sagte Benjamin und griff nach der Kaffeetasse.

„Mache ich", antwortete sein Vater und nippte ebenfalls an seinem Kaffee. „Habt ihr eigentlich schon Kontakt zum Sohn der Höfners?", wollte der alte Kommissar wissen.

„Haben wir nicht. Ist auch eine eigenartige Geschichte", begann Daniel. „Kollegen haben die nähere und weitere Nachbarschaft des ermordeten Ehepaares befragt. Keiner wusste etwas. Das mag auch daran liegen, dass alle Nachbarn erst vor einigen Jahren zugezogen sind. Die Höfners waren wohl die einzigen, die auch schon im letzten Jahrtausend hier gelebt hatten."

„Im letzten Jahrtausend?"

„Na halt schon vor 1999."

„Ach so", erwiderte Lothar Ludwig, der kurzzeitig nichts verstanden hatte.

„Die Höfners lebten sehr zurückgezogen und hatten in der Vergangenheit mit einigen Nachbarn Streit, meist wegen Kleinigkeiten, ein böser Apfelbaum, der seine Früchte auf den Rasen der Höfners fallen gelassen hatte oder ein Maulwurf, der sich nicht an die Grundstücksgrenzen hielt oder auch der angeblich zu hohe Strauch auf dem Nachbargrundstück, der den Höfners die Abendsonne stahl. Dieser Fall wurde sogar vor Gericht verhandelt. So waren die beiden Alten und so ist es auch nicht verwunderlich, dass die Nachbarn nichts mit ihnen zu tun haben wollten. Das einzige, was wir allerdings wissen, ist, dass es einen Sohn geben muss."

„Das ist klar. Soweit ich weiß hingen in der Wohnung überall Bilder, auf denen die Höfners in jungen Jahren mit einem kleinen Jungen abgebildet sind", sagte der alte Kommissar. „Und, warum konntet ihr den Sohn noch nicht befragen."

„Er ist wie vom Erdboden verschluckt und wir haben nur einen Ansatzpunkt."

„Welchen?" Der pensionierte Kommissar horchte auf.

„Wir haben einen Besoffenen aufgegriffen und befragt. Der sucht nicht nur seine Frau, sondern sagte auch aus, seine Frau hätte am letzten Sonntag mit einem Georg Höfner angebändelt. Ob es unser gesuchter Sohn ist, konnten wir noch nicht bestätigen. Aber immerhin scheint er in seiner Jugend im Paulusviertel gewohnt zu haben. Er hielt sich am Abend vor den Morden in Darmstadt auf und ist wohl untergetaucht. Wir wissen derzeit nicht, wo wir ihn suchen sollen."

„Sachen gibt´s", murmelte der alte Dobermann vor sich hin.

Alle nahmen noch einen Schluck und keiner sagte mehr etwas, bis Benjamin fragte: „Papa, ich hab da so ein eigenartiges Gefühl."

„Ein Gefühl", brummelte Lothar Ludwig.

„Mein Gefühl sagt mir, dass es noch einen anderen Grund gibt, warum du mich so früh besucht hast. Komm sag schon, was beschäftigt dich?"

Der alte Kommissar wärmte sich ausgiebig die Handflächen an seiner Kaffeetasse, bevor er antwortete. „Ja, eigentlich schon, aber ich wusste ja nicht, dass dein Kollege heute Nacht hier geschlafen hat." Nach kurzer Überlegung ergänzte er: „Aber das ist jetzt auch egal. Im Endeffekt geht es ja auch um ihn."

„Um mich?" Daniel war erstaunt.

Der alte Kommissar wandte sich Hartmann zu. „Ja, auch um dich. Daniel, dein Vater war ziemlich dicke mit Kriminalrat Löwental gewesen. Das weißt du?"

„Ja, ich weiß, finde das aber gar nicht gut. Ich will meinen Weg alleine gehen, ohne von irgendjemand auf unlautere Weise unterstützt zu werden, nur weil mein Vater mit einem Kriminalrat gemeinsam einen trinken geht", polterte es aus Daniel heraus. Erst als er zu Ende gesprochen hatte, fiel ihm auf, dass der alte Dobermann in der Vergangenheitsform gesprochen hatte. „Warum war?", fragte er.

Lothar Ludwig druckste ein wenig herum, als er sagte: „Na ja, die beiden waren wirklich mal gute Freunde, bis dein Vater ein Auge auf Löwentals Frau geworfen hat."

„Waaas, mein Vater? Ich weiß zwar, dass er, nachdem meine Mutter ihn verlassen hatte, sehr gelitten hat, aber ich dachte, er hätte sich gefangen und käme mittlerweile auch allein ganz gut klar." Daniel schüttelte seinen Kopf. „Ausgerechnet mit der Frau des alten Kriminalrates. Das glaube ich nicht."

„Ist aber so. Da leuchtet es doch ein, dass der Löwental ein Auge auf dich sowie auf Benjamin geworfen hat und ich kann dir sagen, keinesfalls ein wohlwollendes." Lothar Ludwig ließ das Gesagte wirken. Anschließend setzte er neu an: „Außerdem gibt es noch einen Grund."

„Welchen?", wollte Benjamin wissen.

Der alte Kommissar schaute jetzt seinen Sohn an, als er erklärte: „Kriminalrat Löwental steht wegen des Doppelmordes ganz schön unter Druck. Im Paulusviertel leben viele nicht nur reiche, sondern auch einflussreiche Bürger der Stadt und jetzt will die Politik Ergebnisse und zwar *pronto*. Es werden auch bei der Polizei Schuldige gesucht und wen trifft es meist als ersten?“

Daniel und Benjamin zuckten nahezu gleichzeitig mit den Schultern.

„Natürlich die Neuen, die sich noch keine Sporen verdient haben und sich obendrein auch nicht gut wehren können. Ihr steht unter Beobachtung und außerdem habt ihr euch an eurem ersten Tag auch nicht gerade mit Ruhm bekleckert.“

„Warum das denn?“, fragte Benjamin aufmüpfig, obwohl er bereits die Antwort kannte.

„Was man in Kollegenkreisen so über euren ersten Tatortbesuch erzählt ...“

„Okay, da waren wir vielleicht ein wenig ungeschickt“, versuchte Benjamin zu relativieren.

Daniel verschluckte sich beinahe an seinem Kaffee. „Das spricht sich aber schnell rum. Na ja, aller Anfang ist schwer. Die werden uns doch daraus keinen Strick drehen wollen?“

„Mer waas es ned“, war die launische Antwort des alten Kommissars. „Ich kann es schon verstehen, es war euer erster Arbeitstag und gleich ein echter Tatort mit echten Leichen und Blut an den Wänden. Ich denke, ihr seid hoffnungslos überfordert gewesen. Da stellt man schon mal dumme Fragen und verhält sich auch so. Aber, ob das die Kollegen auch so sehen?“

„Und was sollten wir jetzt deiner Meinung nach tun“, hakte Benjamin kleinlaut nach.

„Passt gut auf euch auf und redet mit mir, wenn euch einer quer kommt oder wenn ihr irgendwelche Gerüchte aufschnappt.“

Der alte Kommissar stellte unvermittelt die Kaffeetasse auf dem Wohnzimmertisch ab und erhob sich. „Jetzt solltet ihr euch aber wirklich mal eiskalt abduschen. Die Arbeit ruft.“

Die Angesprochenen nickten.

Benjamin begleitete seinen Vater zur Tür. Aus alter Gewohnheit heraus umarmte er ihn zum Abschied.

„Mach`s gut, mein Sohn. Du bist ein Toller! Du wirst gemeinsam mit Daniel den oder die Mörder finden, da bin ich ganz sicher. Ich bin jetzt schon stolz auf dich.“

Benjamin schloss langsam die Haustür. Er stand noch eine ganze Zeit lang in dem kleinen Flur und kämpfte mit den aufsteigenden Tränen.

„Mein Papa schenkt mir immer das Gefühl, nicht alleine zu sein", plapperte er vor sich hin, als er zurück zur Couch ging. Er war überrascht, dass Daniel auch aufgestanden war und ihm im Weg stand. Es war ihm anfangs peinlich, dass sein Kollege die Worte gehört hatte. Als er aber in Daniels offenes Lächeln blickte, war er plötzlich sehr froh, mit ihm an seinem ersten Fall zusammenarbeiten zu können.

2.

In dieser Nacht gab es Sturmböen. Immer wieder zerrte der Wind an dem nicht vollständig heruntergelassenen Rollladen des Schlafzimmerfensters und ließ ihn rappeln. Heftige Regengüsse schlugen dagegen. Paul störte dies nicht. Er lag zusammengekauert in dem jetzt viel zu großen Doppelbett und schnarchte. Auf dem Nachttisch stand ein Wecker mit Digitalanzeige. Als die Ziffern auf 3.47 Uhr umschlugen erwachte Paul schlagartig, sein Herz klopfte wild und der Blasendruck zwang ihn, das Bett zu verlassen. Er kannte das. Immer wenn er abends zu viel getrunken hatte, und das kam momentan regelmäßig vor, schreckte er um diese nachtschlafende Zeit auf und musste raus. Wenn er wieder ins Bett zurück wankte, war er hellwach oder fiel in einen unruhigen von Albträumen geplagten Schlaf. Manche Ärzte sagten, es hinge mit der Leber zusammen und das Phänomen sei leicht erklärbar. Die Bettschwere verkehrte sich in der zweiten Nachthälfte in Unruhe.

Paul verfluchte seinen Alkoholkonsum und wusste zugleich, dass er gefangen war in dem Suchtkreislauf. Er fühlte sich zu schwach, auch nur ein paar Tage lang keinen Alkohol zu trinken, dafür war sein Körper schon zu lange daran gewöhnt, dass tagtäglich die Droge kam und ihn beschäftigte. Er war gefangen in sich selbst und konnte es jetzt nicht mehr ertragen, weil er allein war und erkennen musste, dass er nicht nur zu schwach dazu war, dem Alkohol zu entsagen, sondern obendrein zu schwach, eine Beziehung zu führen. Natürlich könnte er weiter saufen, um auch diesen Schmerz zu vergessen, dann müsste er aber ein paar Fläschchen pro Tag zulegen, denn der Schmerz saß tief.

In Paul kämpfte es. Er wollte einen anderen Weg einschlagen. Gestern Abend hatte er eine Entscheidung getroffen, nachdem sein hypochondrischer Freund Hannes ihm fein säuberlich erklärt hatte, dass man eine Fettleber im Anfangsstadium gar nicht merken würde, da dieses Organ an sich schmerzunempfindlich sei. Erst viel später, wenn eine Leberzirrhose, auch vernarbte Schrumpfleber genannt, diagnostiziert würde, wären die Symptome so schlimm, dass man sie nicht mehr ignorieren konnte. Letztendlich müsste er lange Zeit leiden, bis ihn endlich der Tod erlösen würde. Hannes konnte die Erkrankung so plastisch schildern, dass es Paul eiskalt den Rücken hinunter gelaufen war. Da hatte er beschlossen, etwas zu unternehmen, um diesem leidvollen und fremdbestimmten Leben ein Ende zu bereiten.

Gestern hatte er viel erleben müssen. Nachdem er den Leihwagen zurückgebracht hatte, musste er sich etwas erholen und zur Besinnung kommen. Er machte, noch immer in Hausschuhen, einen längeren Spaziergang, anschließend hatte er auch noch Hannes besuchen müssen, obwohl er den Abend nach dem sinnlosen Gang aufs Polizeipräsidium viel lieber allein und in Selbstmitleid versunken verbracht hätte. Tags zuvor hatte er den Schlüssel in seiner Wohnung liegen lassen und die Tür zugezogen. Außerdem war er noch immer ohne Auto und brauchte dringend eins, um sein Vorhaben in die Tat umsetzen zu können. Paul hatte Hannes vor mehreren Monaten einen Zweitschlüssel zu seiner Wohnung übergeben. Damals hatte er ihn gebeten, die Blumen zu gießen, als er und Franziska auf ihrem letzten Frankreichurlaub gewesen waren. Als sie zurückgekommen waren und den Schlüssel abholen wollten, hatte Hannes wieder einmal im Krankenhaus gelegen. Danach hatte er nicht mehr daran gedacht, den Schlüssel abzuholen.

Nach einem gemeinsamen Kaffee, darauf hatte Hannes bestanden, hatte er ihm den Wohnungsschlüssel ausgehändigt. Paul hatte seinen Freund umarmt und ihn gebeten, sein Auto ausleihen zu dürfen. Erst hatte sich Hannes geweigert, aber als Paul unter Tränen seine Freundschaft zu ihm beschworen hatte, war Hannes eingeknickt. Paul hatte kein schlechtes Gewissen, als er in das Auto eingestiegen war, obwohl er bemerkt hatte, dass Hannes noch immer an der Haustür gestanden hatte und ihn wehmütig beobachtete. Er war durch den Hof auf die Straße gefahren und hatte sich zum ersten Mal an diesem Tag einigermaßen gut gefühlt.

Als er endlich allein war, hatte er bis spät in die Nacht am Computer gesessen und recherchiert und sich letztendlich für die Europabrücke bei Innsbruck entschieden. Von dort sprangen viele Menschen, auch Menschen, die sich in seiner Situation befanden. Im Netz wurde einiges darüber berichtet.

Die Entscheidung, ausgerechnet von dieser Brücke zu springen, hatte er vielleicht auch deswegen gefällt, weil die Fahrt dorthin einige Stunden dauern und er so noch ein wenig Zeit gewinnen würde. Doch er glaubte in diesem Moment, den einzig logischen Entschluss gefasst zu haben, und ihm war plötzlich klar geworden, dass es kein Zurück mehr geben konnte.

Nun lag er wach in seinem Bett und als er sich etliche Male umgedreht hatte, kletterte er heraus, zog sich an, schnappte Jacke und Geldbeutel und verließ die Wohnung. Eine lange Autobahnfahrt in den erwachenden Tag hinein, das erschien ihm plötzlich erstrebenswert und der Restalkohol in seinem Körper hielt das Herzklopfen und unsinnige Gedanken fern.

Die Autobahn war wenig befahren und die Zeit verging, obwohl er in einer Ente saß, wie im Fluge. Zum vierten Mal hatte Paul Hillershausen die CD mit Beethovens Neunter in voller Lautstärke gehört. Sein Kopf fühlte sich leer an wie eine achtlos weggeworfene Bierdose. Die Reflexe, die er zum Autofahren benötigte, lagen irgendwo versteckt im Kleinhirn. Sie waren durch Jahre der Übung tief eingebrannt worden und garantierten eine sichere Fahrt. Er erwachte erst wieder aus seiner Lethargie, als er das gewaltige, aus grauem Beton gefertigte Bauwerk, sah.

Die Europabrücke war das Kernstück der österreichischen Brenner Autobahn. Mit einer Höhe von 192 m war sie zum Zeitpunkt ihrer Fertigstellung 1963 für rund 10 Jahre die höchste Brücke Europas. In einem weiten Bogen überspannte sie das Wipptal und erweckte gleichermaßen den Eindruck von Einsturzgefahr und Beständigkeit. Paul parkte auf einem ausgeschilderten Platz direkt hinter der Brücke und lief zurück. Er benötigte eine Zeit lang, aber irgendwann stand er auf der Brüstung und die Brücke erschien ihm nun noch höher, als er sie aus dem Auto heraus wahrgenommen hatte. Sie hatte eine starke Anziehungskraft auf Menschen jeden Alters, allerdings sprangen viel mehr Männer als Frauen, warum wusste Paul nicht, es war ihm in diesem Moment auch egal. Er stand hier oben, spürte seinen Herzschlag und war in sich versunken. Es wehte stark. Seine langen Haaren zerzausten. Der Wind war so mächtig, dass er sich an ihm anlehnen konnte, ohne gleich in die Tiefe zu stürzen. Paul blickte in die Ferne.

Die Zeit verging.

Er stand da und ließ die letzten einunddreißig Jahre seines Lebens an sich vorbeigleiten.

Plötzlich war sie da, die Angst. Sie hatte sich schlagartig in Pauls Körpermitte zu einer großen Kugel zusammengeballt. Sein Herz jagte, das flaue Gefühl im Magen erhob sich zu einem Brechreiz und trieb ihm Schweißperlen auf die Stirn. Die Augen weit aufgerissen, war er wie gelähmt kurz vor der Entscheidung, endlich zu springen.

Zweifel stiegen in ihm auf.

Sollte er es wirklich tun?

Ein Fußbreit trennte ihn vor der Endgültigkeit. In dem Moment, in dem ihn lediglich Luft von der harten Erde trennen würde, gäbe es kein Zurück mehr. Er würde fallen. Immer schneller und schneller.

Jetzt eine Zigarette.

Wie ein Wetterleuchten an einem dunklen Gewitterhimmel zeichnete sich dieser Gedanke in seinem Kopf ab.

Eine letzte Zigarette.

Vor Monaten schon hatte er aufgehört zu rauchen. Immer wieder hatte er damit ein Ende gemacht, neu begonnen, um einen weiteren Versuch zu starten, wieder aufzuhören. In dieser Zeit hatte er die Macht des Zwiespaltes zwischen Gefühl und Gedanken kennengelernt. In Momenten, in denen das Bedürfnis nach einer Zigarette immer deutlicher wurde, hatte sein Kopf in schöner Regelmäßigkeit vernünftig klingende und vermeintlich logische Argumente bereitgehalten. Meist hörte er sich diese an, gab ihnen recht und ließ sich, auch in schöner Regelmäßigkeit, von seinem Gefühl verführen und stopfte die nächste Zigarette zwischen seine Lippen.

Wie er es dennoch geschafft hatte, aufzuhören, wusste er nicht mehr. Irgendwann war der Moment gekommen. Erst waren es Tage, bald eine Woche und nach ein paar Wochen wurde das Verlangen seltener und weniger intensiv.

Jetzt war es wieder da. Der trockene Mund und dieses leichte Kribbeln im Rachen sowie der Druck auf seinen Lungen. Auch wusste er sofort, die Symptome würden beim ersten tiefen Inhalieren des blauen Dunstes verschwinden.

Er hatte aber keine Zigaretten.

Wie ein Bühnenbildner einen Stimmungshintergrund wegschob, schob er das Bedürfnis zur Seite. Er richtete seinen Blick geradeaus in die Ferne und konzentrierte sich.

Blondes Haar, blaue Augen. Plötzlich sah Paul in Gedanken das Gesicht seiner ersten großen Liebe. Sie war Französin und sprach kein Wort Deutsch, er sprach kein Wort Französisch. Kennengelernt hatte er sie in Taíse, einem Jugendtreffpunkt in Mittelfrankreich. Er schon achtzehn, sie sechzehn Jahre alt. Er hatte ihr sogar ein Gedicht gewidmet. In der ersten gemeinsamen Nacht allerdings hatte er sie enttäuscht. Sie war weniger nachtragend, als er sich selbst gegenüber. Eine weitere Nacht folgte nicht, die Zeit der Abreise war gekommen. Außer ein paar Briefen und dem tief in ihm vergrabenen Gefühl des Versagens war nichts zurückgeblieben. Aber das war nur der Anfang. Immer wieder wurde er vom Leben enttäuscht, oder enttäuschte er das Leben?

Er trat von „Fettnäpfchen" zu „Fettnäpfchen", verfing sich und knallte auf die Nase. Vor Kurzem erst hatte er die Chance seines Lebens gehabt und auch diesmal hatte er versagt.

Paul Hillershausen fühlte die Tiefe.

Ich kann noch umkehren, dachte er.

Nein!

Alles würde beim Alten bleiben!

Will ich ein Leben führen wie in den letzten Jahren?, fragte er sich zum tausendsten Mal.

Nein, schrie verzweifelt eine innere Stimme und gab ihm Mut.

Jetzt!

Hier!

Die Angst, das rasende Herzklopfen und das flaue Gefühl in der Magengegend nahm er nur noch entfernt wahr. Ihm war, als habe er seinen Körper verlassen. Und dennoch war er sich seiner bewusst. Klarheit und Wachheit durchströmten ihn.

Er richtete zum letzten Mal seinen Blick in die Ferne, streckte die Arme seitlich aus und verlagerte den Schwerpunkt seines Körpers nach vorne. Von Weitem ähnelte er dem Bild des gekreuzigten Jesus.

Ein Schritt, er fiel.

Tatsächlich hatte er auch im Augenblick des Fallens das Gefühl, alle Schuld seines kläglichen Lebens auf sich nehmen zu können.

Den Körper hielt er gestreckt. Alle Muskeln waren angespannt.

Er fiel erst langsam, gleich drauf immer schneller. Das hormonelle Feuerwerk in seinem Kopf erreichte einen Höhepunkt. Sein Hirn badete in Molekülen von Adrenalin, Endorphin, Serotonin und anderen chemischen Substanzen. In Massen umspülten sie die Rezeptoren des limbischen Systems und buhlten darum, ihren Schlüssel in die vorgegebenen Schlösser stecken zu können. Je mehr Schlösser geknackt wurden, desto lauter ertönte das Zusammenspiel der Hormone gleich einem riesigen Orchester und erfüllten den Stürzenden mit anscheinend unendlich vielen Gedankenblitzen und damit verbundenen Gefühlsmomenten. Sein Zeitgefühl war verändert. Mit der Langsamkeit, in der ein Film erscheint, wenn man die einzelnen Bilder des Filmstreifens nacheinander betrachtet, glitt er dem steinigen Boden entgegen.

Die Angst vor dem Sprung vom Dreimeterbrett.

Der Blick seiner Eltern, als er sein eigenes Leben leben wollte.

Die Freude bei seinem Examen.

Der Tod seines besten Freundes.

Das Gefühl der ersten Liebesnacht und das Gefühl der Verlassenheit, als sich seine Frau für einen anderen Mann entschieden hatte.

Freude, Leid, Trostlosigkeit, Hoffnung alles verschmolz zu einer Einheit. Ihm wurde bewusst: Alles ist gegensätzlich. In allem ist alles enthalten. Das Eine kann nur durch das Andere erkannt werden. Schwarz oder weiß, stark oder schwach, gut oder böse. Gegensätze sind eine Illusion.

Alles ist gleichzeitig. Die Krankheit muss durchlebt werden, um die Gesundheit zu fühlen. Der Frühling kann nur genossen werden, wenn der Winter durchlebt wurde.

Jeder Mensch hält sein Schicksal in eigenen Händen, jeder hat die Macht zur Veränderung. Der Dreh und Angelpunkt aller „Schicksale" ist die Wahrheit im Kopf dessen, der den Schicksalsschlag erdulden musste.

Paul wusste in diesem Moment, dass er lediglich seine eigenen Wahrheiten positiv verändern musste, um das vermeintliche Schicksal zu beeinflussen. Alles, was geschah, war beeinflussbar durch eigene Gedanken und Wertvorstellungen. Plötzlich war der Stürzende überzeugt davon, selbstverantwortlich sein zu können. Er konnte sein Schicksal verändern, seine Zukunft frei gestalten, alles zum Guten wenden.

Er hatte die Macht.

Das Bungee-Gummiband an seinen Füßen straffte sich und ließ den Fall erst verlangsamen, bald darauf stoppen und umkehren. Als Paul nach oben gerissen wurde, machte sich ein solches Glücksgefühl in ihm breit, dass er es durch einen lauten Schrei ausdrücken musste.

3.

Nachdem Benjamin gemeinsam mit Daniel seine Wohnung verlassen hatte, das graue Treppenhaus herunter gestapft war, um die schwarze Eingangstür zu öffnen, stand er kurz darauf auf der Mauerstraße. Er trug seine schwarze Lederjacke und mehr Fragen als Antworten in sich. Daniel trug einen schweren Kopf zwischen den Schultern und der Himmel trug Trauer. Die dicken grauschwarzen Wolken warteten nur darauf, ihre gespeicherten Wassermassen ausgießen zu können. Die Temperatur war unangenehm und wegen des Nebels gefühlt noch niedriger, als es das Thermometer anzeigte. Der Herbst war über Nacht mit voller Macht in die südhessische Stadt eingedrungen und Dobermanns Kollege, der junge Hartmann, hasste diese Jahreszeit. Für ihn bestand sie lediglich aus Halloween und Totensonntag und in ihm stiegen die Bilder auf, die er so gerne verdrängt hätte, die aber ein Teil von ihm bleiben würden, so sagte es zumindest seine Therapeutin, die er vor langer Zeit über mehrere Monate regelmäßig besucht hatte. Widerwillig schüttelte Daniel seinen Kopf, wie ein nasser Hund den Körper, um das Fell zu trocknen. „Ich wusste echt nicht, dass du ein Adoptivsohn bist", begann er, um auf andere Gedanken zu kommen.

Benjamin muffelte neben ihm herum: „Ja, so ist das."

„Find ich prima", sagte Hartmann und wusste im nächsten Moment nicht mehr, warum er dies gesagt hatte.

„Jede Familie hat so ihre Geheimnisse", grummelte Benjamin missmutig und plapperte in dieser Stimmung weiter: „Und wenn wir schon so offen damit umgehen: Welches Tabuthema gibt es in deiner Familie?"

Daniel blieb abrupt stehen, als hätte sich vor ihm ein riesiger Abgrund aufgetan.

Benjamin bemerkte es, wurde aus seiner Stimmung und seinen Gedanken gerissen und blieb ebenfalls stehen. „Was ist los? Hast du ein Gespenst gesehen?"

Daniel konnte nicht antworten. Die Bilder in seinem Kopf waren plötzlich wieder so präsent, dass er sogar den Geruch in der Nase spürte, den er damals in sich aufgesogen hatte, wie ein Ertrinkender den Sauerstoff, wenn er kurz den Kopf über Wasser halten konnte.

„Ich musste an meine erste Leiche denken. Während meiner Ausbildung wurde ich von der Spusi an einen Tatort mitgenommen. Eine junge Frau mit langen blonden Haaren. Sie lag versteckt im Wald, nahe der Prinz-von-Hessen-Grube", log Daniel und schämte sich in Grund und Boden, dass er nicht den Mut aufbrachte, von seiner kleinen Schwester zu erzählen, die überfahren worden und die in seinen Armen gestorben war. Damals hatte er seine Nase fest in ihren Haaren vergraben, um letztmalig ihren Geruch aufzusaugen, um sie nicht loslassen zu müssen. Er war so beschäftigt gewesen, dass er sich nicht das Kennzeichen des Unfallflüchtigen gemerkt hatte. Auch kein anderer Zeuge hatte es getan und so konnte der Mörder seiner Schwester nicht zur Rechenschaft gezogen werden.

Er hatte lange Zeit nicht glauben können, was seine Therapeutin ihm vermitteln wollte. Immer wieder hatte sie betont, dass aus einem Schicksalsschlag nicht nur Lethargie und Depression geboren werden können, sondern auch Stärke, Veränderung und ein Ziel. Damals war er sechzehn Jahre alt und nach einiger Zeit wurde ein Wunsch in ihm immer drängender. Er wollte Polizist werden, so wie andere Menschen reich und berühmt werden wollen, und das hatte er nun nach vielen Jahren der Schule und Ausbildung erreicht. Nun konnte er nachholen, was er beim Tod seiner Schwester nicht geschafft hatte. Er konnte alles genau beobachten, sich alles merken und zu einer Wahrheit zusammensetzten, die vielleicht den einen oder anderen Täter überführen würde.

Genau das ist meine Aufgabe und mein Ziel, hatte er während seiner Ausbildung immer wieder gedacht und daraus von neuem Mut und Zuversicht geschöpft. Am schwierigsten waren ihm die sportlichen Anforderungen gefallen, aber er schaffte sie alle. Er war stolz darauf, nun Kommissar zu sein, merkte aber gerade eben, dass er anscheinend noch nicht den Mut gefunden hatte, sich zu öffnen und über seinen Schicksalsschlag offen zu reden und ihn vielleicht gerade dadurch etwas erträglicher zu machen.

„Wie kommst du jetzt darauf?", wollte Benjamin wissen.

„Worauf?", fragte Daniel erschrocken und fand sich plötzlich wieder zurück auf der Straße, neben seinem Kollegen stehend. Mittlerweile tröpfelte es ein wenig und die Kälte kroch durch Hartmanns Kleidung wie eine Schlange durch leichtes Gestrüpp.

„Na, auf deine erste Leiche?"

„Ach, kam mir grad so, vielleicht wegen dem Wetter. Letztes Jahr, als ..."

Weiter kam Daniel nicht.

Am Fahrzeug, das direkt vor ihnen stand, blinkten rhythmisch die Blinker und die Schließanlage rastete durch ein Klacken ein und öffnete sich danach wieder.

Dieses eigenartige Geräusch fesselte die Aufmerksamkeit der beiden Kommissare. Sie näherten sich schweigend und langsam dem mettalicgrauen Fahrzeug. Es war eine Mercedes B-Klasse mit Darmstädter Kennzeichen. Das Auto stand am Seitenrand schräg zum Bordstein, als habe der Fahrer für das Einparken wenig Zeit und noch weniger Erfahrung gehabt. Die Windschutzscheibe war von innen beschlagen, sodass die Kommissare nicht ohne weiteres in das Innere blicken konnten. Dobermann beugte sich als erster nach vorne, lief zur Fahrertür und lugte durch die Scheibe. Auf dem Fahrersitz hing eine Gestalt, blond mit längeren glatten Haaren. Der Kopf war zur Seite gekippt und klebte mit der Stirn an der Scheibe. Die Haare waren ins Gesicht gefallen, sodass der junge Kommissar nicht erkennen konnte, wer dort, wie der Volksmund so schön sagt, *wie ein Schluck Wasser in der Kurve hing*. Es musste ein Mann sein. Benjamin erkannte dies an der Körperform und der Kleidung. Wieder blinkten die Blinker und die Zentralverriegelung klackte.

Dobermann griff nach dem Türöffner und zog daran. Die Tür war verschlossen. „Mist“, rief er und sein Kollege war nun an seiner Seite. Er schlug gegen die Scheibe, warum wusste er selbst nicht so genau. Als wenn es irgendeinen Effekt ausgelöst hätte, blinkten wieder die Blinker und die Verriegelung klackte. Benjamin zog erneut an dem länglichen metallenen Stab, der in einer Vertiefung im Blech lag und konnte die Tür öffnen. Im nächsten Moment fiel ihm der Blondschopf entgegen. Mit Mühe hielt er ihn an der Schulter fest. Der Körper fühlte sich spannungslos und schwer an, als gäbe es keine Muskeln in ihm.

„Das gibt es doch nicht“, fasste Benjamin sein Entsetzen in Worte und Daniel ergänzte etwas lauter: „Das glaube ich jetzt nicht!“

Behutsam schob er den Körper zurück auf den Fahrersitz, griff sofort nach dem Handgelenk und tastete nach dem Puls. Er konnte ihn nicht fühlen.

„Fabian, Fabian!“, schrie der Kommissar, holte mit seiner rechten Hand aus und ließ sie als schallende Ohrfeige auf die Backe des blonden Mannes niederklatschen. Der Ohnmächtige kam etwas zu sich. Seine Augenlider zuckten. Es schien Leben in ihm zu sein. Benjamin verspürte Hoffnung. Er packte die Schultern des blonden Mannes und schüttelte sie, als er schrie: „Aufwachen! Verdammt, komm zu dir!“

Daniel verfolgte die Szene genauer. Er sah, dass die Gestalt auf dem Fahrersitz einen Schlüssel in Händen hielt.

„Schnell! Schnapp dein Handy und ruf einen Rettungswagen“, riss Benjamin Daniel aus seinen Gedanken.

Mittlerweile hatte sich Dobermann über den Körper gebeugt, den Sicherheitsgurt gelöst und die Lehne des Fahrersitzes vorsichtig nach hinten geklappt. Er wischte dem Ohnmächtigen die Haare aus dem Gesicht und sah, dass seine Augen offen waren. Die Augäpfel waren nach hinten geklappt, er konnte das Weiße sehen. Die Lippen waren leicht geöffnet und Spucke tropfte aus dem Mundwinkel. Eine zweite schallende Ohrfeige knallte auf die Wange und ein kurzes Luftschnappen sowie ein kaum merklicher Ruck des Kopfes waren diesmal die Reaktionen.

„Hast du jemanden erreicht?“ Benjamins panische Worte hingen noch in der Luft, als Daniel ihm zunickte, das Handy wegsteckte und sich an der hinteren Tür auf der Fahrerseite zu schaffen machte. Er öffnete sie, stieg ein und kniete auf dem Rücksitz, krabbelte weiter in das Wageninnere und begutachtete über die Lehne gebeugt den Beifahrersitz.

„Hier liegen einige Ampullen mit Flunitrazepam und eine Spritze“, sagte er atemlos. „Rohypnol. Er hat sich Rohypnol gespritzt, womöglich eine Überdosis. Achte auf seine Atmung. Ich hoffe der Notarzt kommt bald.“

Benjamin wusste nicht genau, was sein Kollege meinte. Er drehte aber den Körper seines Freundes auf die Seite, so gut dies auf dem Autositz möglich war. Anschließend hielt er sein Ohr an die Lippen des Ohnmächtigen und lauschte. Er vernahm ein Atmen, ganz schwach nur, aber er konnte es wahrnehmen.

Währenddessen fand Daniel neben den Ampullen ein kleines Heftchen. Hektisch kramte er ein Papiertaschentuch aus seiner Jackentasche, entfaltete es und legte das Tuch in die Handfläche seiner rechten Hand. Er griff nach dem Heftchen und hob es an. Geschickt öffnete er es. Handgeschriebene Notizen fand er. Er las darin einige Seiten, steckte das kleine Büchlein in seine Jackentasche und schaute sich im Fußraum um. Dort lag ein Reisepass. Er versuchte, ihn mit seiner rechten Hand zu erreichen, schaffte es aber nicht. Aus diesem Grund stieg er aus der hinteren Tür aus und schlug sie zu. Als er die Beifahrertür öffnen wollte, blinkten wieder die Blinker und die Zentralverriegelung klackte. „Mist“, schrie er. „Benjamin, nimm Fabian endlich diesen verdammten Autoschlüssel aus der Hand!“

„Hab gar nicht gemerkt, dass er drauf gedrückt hat“, versuchte sich Benjamin zu rechtfertigen, ohne genau zu wissen, warum er sich rechtfertigen sollte. Er hatte ganz anderes zu tun.

Er musste seine Gedanken sortieren. Musste seinen Freund am Leben halten. Musste seine Panik in den Griff bekommen und die Unendlichkeit überbrücken, bis Hilfe eintreffen würde.

Benjamin atmete schwer und hörte erst das Signalhorn, als der Rettungswagen mit quietschenden Reifen mitten auf der Fahrbahn zum Stehen gekommen war und zwei Männer in Weiß heraussprangen.

„Ist er bei Bewusstsein?“, fragte der eine, eigenartig gelassen, als er neben Benjamin stand.

„Sie können jetzt gehen“, sagte der andere und schob den jungen Kommissar beiseite.

Daniel ergriff das Wort: „Wahrscheinlich Rohypniol intravenös“, und hielt die Ampulle in die Höhe, die er auf dem Beifahrersitz gefunden hatte.

„Scheiße“, entfuhr es dem einen Rettungssanitäter, „hoffentlich kommt Dr. Koller bald. Kurt, hol schon mal die Trage!“

In diesem Augenblick hielt der Notarztwagen und ein athletisch wirkender jüngerer Mann stieg aus. Ein paar Blicke und wenige Worte und er wusste Bescheid. Kurt kam mit der Trage und der Ohnmächtige wurde behutsam draufgelegt. Der Arzt kümmerte sich, zog eine Spritze auf und stach in den Unterarm des Patienten. Langsam drückte er die trübe Flüssigkeit in die Vene. Gleich darauf wurde er hektisch. „Schnell“, sagte er und die Trage wurde angehoben und zum Rettungswagen getragen. Wenige Sekunden später waren die drei Helfer außer Reichweite.

Benjamin konnte nur noch fragen. „Wo bringen Sie ihn hin?“

„Elisabethenstift“, war die Antwort. Die Türen schlugen zu und beide Fahrzeuge brausten davon.

Benjamin kam es vor, als hätte er geträumt. Es ging alles so schnell. Er hatte sich um seinen alten Schulkameraden kümmern müssen und dafür gesorgt, dass er weiter atmete. Er verstand nicht, was Daniel mit Rohhypnol-Vergiftung sagen wollte und er hatte auch nicht mitbekommen, was Daniel noch alles im Fußraum des Fahrzeuges gefunden hatte. Jetzt stand er an der offenen Fahrzeugtür und sein Kollege redete auf ihn ein. Die Worte erreichten ihn nicht. Irgendwann merkte es Daniel und er hörte auf, weiter zu reden. Er griff nach seinem Handy, verständigte die Spurensicherung und informierte Klara Potente, die Leiterin der Sondereinsatzgruppe, die zur Aufklärung des Doppelmordes eingesetzt worden war und den naheliegenden Namen „Paulus" erhalten hatte. Paulus – Saulus, ob wir nun wirklichen Saulus in Gewahrsam haben, überlegte Daniel und grinste schief.

Benjamin hatte sich zwischenzeitlich auf den Fahrersitz plumpsen lassen und stierte abwesend durch die Windschutzscheibe.

„Benjamin, raus da", schrie Daniel, rannte um das Auto herum und schnappte seinen Kollegen am Kragen. „Du musst raus hier. Wir dürfen keine Spuren verwischen. Die Spusi kann jeden Moment da sein."

Benjamin reagierte träge, gehorchte aber schließlich doch und krabbelte umständlich aus dem Mercedes.

„Mann, siehst du bleich aus", stöhnte Daniel, als er seinen Kollegen noch immer am Kragen packend aufgerichtet hatte und gegen den Türholm drückte. Kurz darauf kamen auch schon die Kollegen von der Spurensicherung und Daniel dachte, Mann, sind die heute schnell. Auch Klara Potente meldete sich per Handy zurück und wollte das Kennzeichen des Fahrzeuges wissen, in dem der Ohnmächtige gesessen hatte. Mittlerweile konnte Benjamin alleine stehen und Daniel übermittelte die Buchstaben und Zahlenfolge des Nummernschildes. Klara forderte ihn auf, er solle umgehend, gemeinsam mit Benjamin, ins Präsidium kommen, um Bericht zu erstatten.

„Komm Benjamin, lass uns fahren", forderte Daniel, stützte und begleitete ihn zu seinem Auto, das nur ein paar Meter entfernt stand. „Gib mir deinen Autoschlüssel."

Benjamin tat es ohne Widerworte.

„Setz dich", forderte Daniel seinen Kollegen auf, als dieser die Fahrzeugtür geöffnet hatte. Benjamin ließ sich in den Wagen gleiten, als werde er wie eine Marionette bewegt. Die Augen hielt er noch immer starr geöffnet, als hätte er vergessen, regelmäßig zu blinzeln. Hartmann schlug die Tür zu, umrundete das Fahrzeug und machte es sich auf dem Fahrersitz bequem. Erst steckte er den Schlüssel ins Schloss, drehte sich hin zu seinem Kollegen und fragte: „Hast du Gummihandschuhe einstecken?" Als er keine Antwort bekam, rütteltet er an Benjamins Schulter. „Gummihandschuhe?", sagt er eindringlich.

„Das war Fabian", tröpfelte es aus Benjamins Mund.

„Ja, das war dein alter Freund Fabian Breuer, vollgestopft mit Rohypnol, und er kann froh sein, dass wir ihn noch rechtzeitig gefunden haben“, erwiderte Daniel nicht sehr einfühlsam.

Langsam bewegte Benjamin den Kopf. „Was bewirkt das Medikament und warum kennst du dich so gut damit aus?“, wollte er wissen.

„Rohypnol, im Junkie-Jargon *Rosch* genannt, ist eines der erfolgreichsten Produkte der Grenzacher Pharma-Firma Hoffmann-La Roche. Es imitiert nicht nur die beruhigende Wirkung von Heroin, es kann auch paradoxerweise oft zu unkontrollierter Gewalttätigkeit führen, zu völligem Gedächtnisausfall – und zum Ruin der Persönlichkeit“, dozierte Hartmann. „Es wird bei schweren Schlafstörungen, Angstzuständen und zur Vorbereitung von Narkosen eingesetzt.“

„Langsam, langsam“, bat Benjamin und hob beide Hände, als wolle er den Wortschwall seines Kollegen abwehren. Dieser hatte sich aber warm geredet und war nicht mehr zu stoppen: „Heroinsüchtige entdeckten jedoch schon vor Jahren, dass in *stoffarmen* Zeiten auch Rohypnol einen Kick beschert, vor allem wenn man es verflüssigt und in die Venen spritzt. Noch vor zehn Jahren nahm nur jeder hundertste Drogenabhängige zusätzlich Rohypnol. Inzwischen sind es, hochgerechnet, zwei Drittel aller schwerst Drogenabhängigen in Deutschland. Rohypnol ist billig, rein, einfach zu beschaffen und macht keine Probleme mit uns Bullen.“

Benjamin versuchte, mit geöffnetem Mund und weit aufgerissenen Augen den Worten zu folgen.

„Zwei Nebenwirkungen des Medikaments können allerdings tödliche Folgen haben, die Arznei dämpft, ebenso wie Heroin, den Atemantrieb und verdoppelt so das Fixer-Risiko zu ersticken. Zum anderen kann der Rohypnol-typische Blackout dazu führen, dass ein Fixer seine kurz zuvor gesetzte Injektion vergisst und ein zweites Mal Heroin drückt – den goldenen Schuss.“

Als Hartmanns Sprechdurchfall zum Ende gekommen war, genoss Dobermann erst einmal die Stille. Nach einigen Sekunden fragte er ungläubig: „Woher weißt du das alles?“

„Ich finde Drogen faszinierend und in meiner Ausbildung habe ich das Thema als Schwerpunktfach gewählt und eine längere Hausarbeit darüber verfasst“, erklärte Hartmann kurz und sagte gleich darauf: „Ich glaube, Fabian wollte sich mit dem Zeug umbringen.“

„Umbringen?“, Benjamin reagierte erneut so langsam wie ein hoffnungslos überlasteter Computer.

Daniel startete den Motor und ließ den Scheibenwischer langsam hin und her gleiten. Mittlerweile regnete es sanft, aber gleichmäßig.

Der junge Kommissar beobachtete durch die frei gewischte Frontscheibe die Kollegen von der Spurensicherung, die den Mercedes umschwärmten wie Wespen ein Marmeladenglas, legte den ersten Gang ein und fuhr langsam aus der Parklücke die Straße hinunter bis zur nächsten Kreuzung. Er bog links ab, fuhr noch ein paar Meter und parkte gleich darauf, direkt neben einer Bäckerei.

„Hast du Gummihandschuhe einstecken?", fragte Hartmann nochmals und drehte den Zündschlüssel, sodass der Motor aufhörte, sinnlos Benzin zu verbrennen. „Ich habe meine nämlich vergessen", fügte er hinzu, als Dobermann noch immer nicht reagierte.

„Ja, ich hab welche", kam die Antwort schleppend, aber erst nach einigen Sekunden, als habe die Frage Benjamins Kopf mehrmals umrunden müssen, um den Weg durch das Ohr zum Gehirn zu finden.

„Rück sie raus! Ich will dir etwas Spannendes zeigen."

Benjamin bewegte sich langsam. Nach und nach nahm seine Neugierde überhand und er konnte klarer denken und sich auch wieder koordinierter bewegen. Selbst die leichenblasse Gesichtsfarbe hatte ihn verlassen und endlich schaffte er es, zwei Paar Einmalhandschuhe aus der Seitentasche seiner Lederjacke heraus zu puhlen.

Hartmann griff ungeduldig danach, nahm sich zwei, gab zwei an seinen Kollegen zurück und ließ mit einem klatschenden Geräusch das Latex erst über die eine dann über die andere Hand gleiten. Anschließend griff er in seine Jackentasche und holte den Reisepass und das Notizbuch hervor. „Das habe ich im Fußraum des Mercedes gefunden", sagte er.

„Du hast Beweismaterial geklaut", schrie Dobermann entsetzt.

„Stimmt", erwiderte Hartmann, als habe er sich bisher darüber keine Gedanken gemacht. „Das klären wir später", sagte er. „Jetzt pass auf, was ich dir zu zeigen habe." Er legte das Notizbuch in seinen Schoß und öffnete den Reisepass. Auf der hintersten Doppelseite waren keine Stempel, stattdessen stand dort etwas Handschriftliches. „Hier lies", forderte Hartmann und hielt das Dokument seinem Kollegen vor die Nase.

Es macht alles keinen Sinn mehr. Ich gehe ..., stand dort in krakeligen Buchstaben geschrieben.

„Ist dies die Handschrift von Fabian?", fragte Hartmann und schaute Dobermann an, dessen Kinnlade schon wieder nach unten gekippt war.

„Weiß ich nicht. Aber du weißt hoffentlich, dass du Beweismaterial geklaut hast", wiederholte Dobermann stupide. „Mann, lass mich endlich damit zufrieden." Hartmann klopfte auf das Notizbuch. „Zurück zum Reisepass. Du hast mir erzählt, Fabian habe dir seine Telefonnummer aufgeschrieben. Hast du den Zettel einstecken? Lass uns die Schriften vergleichen."

Dobermann reagierte langsam. Mechanisch befreite er den Geldbeutel aus seiner hinteren Hosentasche, öffnete ihn und holte einen Zettel hervor, auf dem der Name *Fabian Breuer* stand und eine Handynummer.

„Könnte dieselbe Handschrift sein", bemerkte Hartmann. „Werden später die Kollegen nochmals ein Auge drauf werfen müssen. Soweit so gut. Jetzt lass uns das Notizbuch genauer anschauen. Ich habe beim ersten Aufblättern schon eine interessante Textstelle gefunden."

„Warum sollte sich Fabian selbst umbringen wollen?", murmelte Dobermann vor sich hin. Anscheinend war er noch immer nicht soweit, um neue Informationen aufnehmen zu können. „Das macht doch alles keinen Sinn", sagte er mehrmals nacheinander und glotzte durch die vom Regen verspritze Windschutzscheibe nach draußen auf das glänzende Kopfsteinpflaster.

„Das macht doch alles keinen Sinn ..."

4.

„Bitte noch ein Bier."

Ich schnippe mit den Fingern und werde gesehen. So ist das Leben zu mir, so wird es auch bleiben. Die Bedienung nickt und verschwindet. Nach der leckeren Forelle und den weich gegarten Frühkartöffelchen muss das sein. Ich kann es mir gönnen, hier auf der überdachten Terrasse an der Fischerhütte zu sitzen und den Anglern an den angrenzenden Fischteichen zuzuschauen. Das Wetter ist zwar nicht sehr angenehm, aber der fischfangenden Zunft scheint es nichts auszumachen und ich trage eine dicke Jacke. Der große Vorteil ist, dass heute am Mittwoch kaum Gäste hier sind und ich somit schnell mein Essen bekommen habe und nun auch gleich mein zweites Pils vor mir stehen wird, das ich genüsslich in mich hineinlaufen lassen werde. Danach vielleicht noch einen schwarzen Kaffee und eine kleine süße Schweinerei, da ist noch ein wenig Hunger in mir. Ich habe meine Aufgaben erledigt. Jetzt habe ich Zeit. Gestern Nachmittag und auch heute früh musste ich noch einiges erledigen und plötzlich kam die Lust auf eine frisch gebratene Forelle und etwas Alkohol. Ich erinnerte mich an Georgs Erzählungen, als er von den vielen Ausflügen zur Fischerhütte, gelegen im Darmstädter Wald, schwärmte.

Hier wird mich niemand vermuten und hier kennt mich auch niemand. Die dicke Jacke, die Brille aus Fensterglas, der angeklebte Bart und die Schirmmütze tief in die Stirn gezogen, geben mir die Gewissheit, inkognito sein zu können.

Ah, da kommt es schon, mein Bier. Es muss wohl vorgezapft worden sein, für ein echtes Sieben-Minuten-Pils ging es zu schnell. Zeit wird wohl immer mehr zum Luxusgut. Na ja, die Bedienung sieht ebenfalls gestresst aus. Sie stellt das Getränk vor mir auf den Tisch ab und will gleich wieder verschwinden.

„Vielen Dank, könnten Sie mir noch einen Espresso und einen Eisbecher bringen", störe ich ihr Fortgehen.

„Mit oder ohne Sahne?"

„Heute gerne mit!"

Die Bedienung eilt weiter. Warum nur? Es sind doch kaum Gäste da. Vielleicht hat sie neben dem Bedienen noch andere Aufgaben. Oder sie ist einfach nur schüchtern? Müsste sie gar nicht sein. Sie sieht recht gut aus. Vielleicht sollte ich sie mal zu mir nach Hause einladen, um sie ein wenig aufzulockern. Vielleicht später einmal, wenn ich mein neues Leben lebe.

Ich rücke mein Bier zurecht, schaue auf die weiße Krone, hebe das Glas in die Höhe und trinke einen großen Schluck. Den Mund wische ich mir am Ärmel der Jacke ab. Danach krame ich eine Zigarette aus meiner Tasche, entzünde sie und inhaliere einen kräftigen Zug.

Ah, das tut gut. Das Leben ist schön. Alles ist an seinem Platz und ich kann es genießen – für jetzt und für immer!

Nachdem ich meinen Plan geschmiedet hatte, dachte ich zuerst, mein Vorhaben sei nicht zu verwirklichen, alles seien lediglich Hirngespinste und ich könnte so etwas nicht umsetzen. Ich wurde mir aber bewusst, dass ich alles erreichen werde, was ich denken kann. Ich kann mit der Kraft meiner Gedanken, meiner Vorstellungskraft, die Welt um mich herum gestalten. Wenn ich etwas wirklich will und mich entspannen kann, erhalte ich zur rechten Zeit die notwendigen Gedanken und Ideen, um meinen Plan umzusetzen und außerdem spielt irgendwann auch das sogenannte Schicksal mit. Dinge fügen sich und gereichen mir zum Vorteil. So auch in Georgs Wohnung. Nachdem ich ihn und Frank überwältigt und Frank am Heizkörper fest gekettet hatte, konnte ich mich um Franziska kümmern und sie ebenfalls noch ein wenig sedieren.

Der Rest war denkbar einfach. Ich bin körperlich gut trainiert, was man auf den ersten Blick gar nicht so sieht. Ich habe keine großen Muskelpakete, aber wenn ich etwas bewegen will, schaffe ich das auch. Zuerst wickelte ich Georg in den dünnen aber recht großen Teppich, der im Wohnzimmer lag, wuchtete ihn über meine Schulter und trug ihn zum Aufzug. Unten angekommen schleppte ich ihn in Franziskas Auto, entrollte ihn und verstaute den Körper im Kofferraum. Dasselbe tat ich mit Franziska. Anschließend fuhr ich nach Darmstadt.

In Georgs Wohnung musste ich nicht aufpassen. Meine Fingerabdrücke können gefunden werden. Frank wird alles erzählen, wenn er von dem Heizkörper befreit worden ist. Natürlich wird er bei der Polizei aussagen, dass ich der böse Bube bin. Und genau das soll er auch tun. Das ist der Plan und der Plan ist genial. So genial, dass ich alle meine Gegner solange an der Nase herumführe, bis sie wirr im Kopf sind und meiner Wahrheit folgen werden. Am Ende werde ich gewinnen und ein Leben führen, wie ich es mir gewünscht habe. Aber bis dahin braucht es noch etwas Zeit. Zeit, die ich eingeplant habe, um die Sache gut werden zu lassen, wie dies eigentlich auch für das Zapfen eines 7-Minuten Pilses notwendig wäre.

Aber, was soll`s!

Gestern bin ich nach Darmstadt gefahren und zwar zum Ostbahnhof. Dort hatte ich vor ein paar Wochen zufällig herausgefunden, dass ein Berber öfters in einem unterirdischen Verlies mit zwei Räumen genächtigt hatte. Mitarbeiter des Ordnungsamtes hatten Wind davon bekommen, weil der alte Obdachlose so unvorsichtig oder auch dreist gewesen war, dass er tagsüber die Fläche vor seiner Schlafstätte als Wohnzimmer genutzt, eine Couch aufgestellt und die Wäsche getrocknet hatte. Dies hatte der Anwohnerschaft nicht gefallen und ein älterer Herr hatte das Ordnungsamt informiert. Der Berber wurde danach solange in einer städtischen Obdachlosenunterkunft versorgt, bis er abhaute und sich einen anderen Schlafplatz suchte. Seitdem war dieser Unterschlupf mit einem Vorhängeschloss gesichert und stand leer.

Der Ort ist absolut genial für meine Zwecke. Er liegt zentral, direkt an einem öffentlichen Bahnhof, kann gut gefunden werden und ist dennoch geschützt. Eine hölzerne Tür verschließt den Zugang. Dahinter liegen sieben steinerne Stufen und unten endet die Treppe in einem ersten Gewölbekeller. Es war ein Leichtes, das Schloss zu knacken, meine beiden Freunde in die unterirdischen Räume zu wuchten, sie vorsichtig abzulegen, die hölzerne Tür zu schließen, um gemütlich und ohne Eile am unteren Ende der Treppe eine Wand zu mauern. Hohlblocksteine hatte ich schon vorher dort gestapelt. Sie sind groß und leicht, zwei Vorteile. Den Speis transportierte ich in einer Wanne und kurz darauf konnte es losgehen. Nach gerade mal 90 Minuten, der Länge eines guten Tatorts am Sonntag, hatte ich den Eingang zugemauert. Oben verschloss ich die Holztür mit einem kleinen, leicht zu knackenden Vorhängeschloss. Damit war meine Arbeit beendet.

Der Raum zwischen gemauerter Wand und Holztür ist ein guter Schalldämpfer und ich kann davon ausgehen, dass die beiden dort unten niemand hört und ihnen auch nicht geholfen wird, solange bis ich, wenn ich wirklich verhaftet werden sollte, das Versteck preisgeben werde, nicht ohne dafür meine Belohnung zu erhalten. Zwei Menschenleben für meine Freiheit, ein guter Deal.

Aber das liegt noch in der Zukunft. Momentan vermutet mich niemand an der Fischerhütte und so kann ich gemütlich mein Bier zu Ende trinken, mich auf meinen Nachtisch freuen, vor mich hin philosophieren und auf den Klingelton meines Handys warten. Es wird mich rechtzeitig informieren, wann ich zurück nach Darmstadt fahren soll. Ich habe noch etwas zu tun. Noch muss ich an die Zukunft denken, aber es wird der Tag kommen, an dem ich in mein neues Leben schlüpfe und mir fortan keine Gedanken über den nächsten Tag machen muss.

5.

Paul war hellwach und zu allem bereit. Noch ein paar Mal war er an dem langen Gummiseil nach oben gezogen worden, um mit immer weniger Schwung erneut in die Tiefe zu fallen. Für ihn hätte das Auf und Ab nicht enden müssen, dennoch hing er irgendwann in Ruhe mit dem Kopf nach unten und wurde langsam abgelassen, bis ihn zwei starke Arme unter den Achseln packten und ihn so drehten, dass er auf dem Rücken lag. Sofort hatte er die Arme von seinem Körper weg gestreckt und den Augenblick genossen. Nur beiläufig hatte er bemerkt, dass sich irgendjemand an seinen Füßen zu schaffen gemacht und das Bungee-Seil gelöst hatte. Anschließend hatte man ihn ein paar Meter zur Seite getragen und ihn einfach in der Sonne liegengelassen.

Paul war dankbar dafür und erlebte in der nächsten Viertelstunde das Feuerwerk der Hormone, das in ihm tobte. Er kam langsam zurück zur realen Welt. Er hatte so viele Gefühle und Gedanken durchlebt, sie kamen und gingen, aber dennoch konnte er eines mitnehmen, eine Erkenntnis, die sich an ihm festgebissen hatte. Er wollte sich verändern, nicht die Welt um ihn herum. Jetzt wollte er sein Leben selbst in die Hand nehmen. Er spürte dies fast schon körperlich und wusste, er würde es schaffen. Ohne weiter nachzudenken, richtete er sich auf, kramte sein Handy aus der mit einem Reißverschluss gesicherten Jackentasche und schaute nach, ob er eine SMS erhalten hatte. Enttäuscht schüttelte er den Kopf. Franziska hatte ihm noch immer nicht geantwortet. Komisch, dachte er und blickte verträumt auf das Bild von ihr, das er auf seinem Display eingerichtet hatte. In dem Moment wusste er, er wollte sein Leben nicht allein leben. Er wollte es gemeinsam mit seiner Frau verbringen, er wollte um Franziska kämpfen. Verträumt dachte er an gemeinsame Erlebnisse, gemeinsame Gespräche und auch an gemeinsame Nächte. Schleichend kam die Angst näher wie eine neugierige Schlange. Sie erreichte seine Füße, ließ diese zu Eiszapfen werden und spürte, wie das unangenehme Gefühl langsam in Richtung seines Herzens kroch. Franziska musste etwas zugestoßen sein, das war plötzlich erneut so klar wie der Himmel über ihm. Etwas Schreckliches musste geschehen sein, ging es ihm durch den Kopf und er realisierte, dass er 480 Kilometer oder mehr als fünf Autostunden von ihr entfernt war.

Er sprang auf.

Er konnte nicht mehr ruhig hier rumsitzen.

Er musste etwas tun und plötzlich hatte er auch einen Plan. Im Laufschritt erreichte er das geliehene Fahrzeug, öffnete die Tür und ließ seinen Körper auf den Fahrersitz fallen. Er griff nach seinem Handy. Schnell war Hannes´ Nummer gewählt. Jetzt waren ihm die teuren Roaming-Gebühren vollkommen egal. Geld hatte keine Bedeutung.

„Hallo Hannes. Na, wie geht es dir?" Schon als die Hälfte der Worte seinen Mund verlassen hatte, war ihm klar, dass er schon wieder denselben Fehler begangen hatte. Seine Floskel, die als Frage formuliert war, nahm Hannes ernst und antwortete nicht, wie dies vielleicht emotional gefestigte Menschen tun würden mit: „Am liebsten gut", sondern: „Ich komme gerade aus dem Krankenhaus, bin wieder entlassen worden, die Kopfschmerzen sind aber noch da, das ist bestimmt ein Hirntumor. Das CT war zwar ohne Befund, sagten die Ärzte, aber was wissen die schon, die haben ja gar keine Zeit mehr für ihre Patienten und ernst genommen habe ich mich auch nicht gefühlt ..."

Mist, dachte Paul, Hypochonder können sich nur gut fühlen, wenn es ihnen schlecht geht, genauso wie Masochisten erst Schmerz empfinden, wenn der Schmerz nachlässt.

Er hielt das Handy etwas von seinem Ohr entfernt und konnte dennoch jedes Wort gut verstehen. „... die haben mich gar nicht beachtet, als ich heute Nacht um drei eingeliefert wurde. Hätte ich mir den Arm aufschneiden sollen, damit Blut fließt und die Notärzte reagieren? Erst als ich von einem Hirntumor sprach und log, dass auch meine Eltern beide daran verstorben seien, wurde ich ins CT geschickt ..."

Mann, Mann, Mann, dachte Paul, was der die Krankenkasse für ein

Geld kostet. Bald darauf fiel ihm wieder ein, was er vorhatte und er schrie den Namen seines Freundes ins Handy. Hannes erschrak und unterbrach seinen Redefluss.

„Hör´ jetzt mal gut zu“, begann Paul atemlos, „wenn ich wieder zurück bin, kümmere ich mich um deinen Hirntumor, jetzt brauche ich aber deine Hilfe.“

„Wo bist du denn?“, war die Gegenfrage.

„Innsbruck.“

„Mit meinem Auto? Was machst´ du denn da?“

„Lange Geschichte. Erzähl ich dir später. Jetzt pass´ mal auf: Du hast doch auch so ein neumodisches iPhone wie Franziska?“

„Klar, kam in diesem Herbst raus. Ich hatte schon lange darauf gewartet und fand es dreist, dass es nur über T-Mobile Deutschland vertrieben wurde und dass ich einen Zweijahresvertrag unterschreiben musste, der mir nur erlaubt, über das Telekom-Netz zu telefonieren, aber ich wollte es dennoch haben, nicht nur wegen des Designs. Es ist etwas ganz Neues. Man nennt es nicht mehr Handy, sondern Smartphone. Ganz schön teuer zwar, aber das war es mir wert.“ An Hannes´ Stimme konnte man erkennen, dass er stolz auf dieses neumodische Gerät war und obendrein, dass er neugierig geworden war.

„Das ist mir alles grad egal“, sagte Paul unwirsch. „Franziska hat auch so ein Teil.“

„Mann Paul, was ist denn los?“, reagierte Hannes. „Da erzählst du mir nichts Neues. Wir waren beide scharf darauf und waren die ersten in Darmstadt, die beim Shop waren, um ein Gerät zu kaufen. Aber was soll das alles? Nun komm mal zur Sache, was willst du denn von mir?“

„Genau das ist der Punkt“, erwiderte Paul ungeduldig, musste aber innerlich grinsen, als er kurz dachte: Na immerhin habe ich ihn ein wenig von seinem Hirntumor abgebracht. „Franziska hat mir erzählt, dass es auf diesen Apple-Handys eine App gibt, mit der man das iPhone orten kann. Du hattest dich doch schon mal mit ihrem Handy verbunden, irgendwas mit einer IP-Anmeldung oder so ein Kram ist notwendig, dass die App funktionieren kann.“

„Weiß ich“, sagte Hannes, „aber ich versteh noch immer nicht, was du von mir willst.“

„Mann, kapier doch! Du sollst Franziskas Handy orten. Wenn du es gefunden hast, ruf mich an. Vielleicht hat es Franziska ja in ihrer Tasche stecken. Wenn ja, bitte sie, mich anzurufen. Ich habe ihr etwas ganz Wichtiges zu sagen. Ich setze mich jetzt ins Auto und fahr zurück nach Darmstadt."

„Und warum rufst du Franziska nicht einfach an", wollte Hannes wissen mit einem großen *Häääh* in der Stimme."

„Was denkst du denn?", reagierte Paul genervt. Das habe ich schon längst getan und zwar mehrmals. Sie geht nicht dran. Ich habe ihr schon auf den AB gesprochen und ein paar SMS geschrieben. Sie meldet sich einfach nicht."

„Okay, wenn der Anrufbeantworter anspringt, ist das Handy noch angeschaltet. Ich kann es nämlich nur orten, wenn es an ist, ist logisch, oder?"

Paul reagierte nicht auf die technischen Erklärungen seines Freundes, vielmehr wurde seine Stimme leiser und flehender: „Tu es bitte für mich, orte ihr Handy und melde dich bei mir. Ich weiß, dass ihr etwas Schreckliches passiert ist."

6.

Benjamin beugte sich konzentriert über das kleine Notizbuch, blätterte mit durch Einmalhandschuhe geschützten Fingern und las einige Passagen. Sein Kollege saß schweigend neben ihm. Nieselregen bekleckerte die Windschutzscheibe, große Tropfen nahmen immer mehr die Sicht nach außen.

Das Notizbuch war kleiner als ein DIN A5-Blatt, sah alt und gebraucht aus und der Einband war gräulich-braun und trug die Aufschrift *Notizen*. Die Worte darin waren so akkurat Altdeutsch gezeichnet, wie man dies nur in der Schule der 40iger Jahre mit Hilfe von Linealen lernen konnte, die immer in dem Moment auf die Handrücken klatschten, wenn der Schüler einen Bogen oder einen Aufschwung unsauber auf das Papier gebracht hatte.

„Das hat bestimmt unsere Leiche aus dem Paulusviertel, dieser alte Höfner, geschrieben", sagte Benjamin nach einiger Zeit.

„Denke ich auch", antwortete Hartmann und ließ kurz den Scheibenwischer einmal hin und her gleiten.

„Schau mal, hier schreibt er, dass er seinen Sohn enterbt hat, weil dieser vor ein paar Jahren bei der Heirat den Namen seiner Frau, die Claudia Schärfer heißt, angenommen hatte. Verstehst du das?"

„Ja, das muss ihn tief verletzt haben."

„Warum das denn?“

Daniel trommelte mit den Fingern auf dem Lenkrad herum, bevor er zu erklären begann: „Na selbst wenn der Herr Sohn Kinder haben würde, würden diese nicht mehr den Namen Höfner tragen. In der Vorstellung des alten Höfners wäre sein Name ausgestorben. Ist doch logisch.“

„Dann ist jetzt alles klar. Der Sohn heißt seit seiner Hochzeit nicht mehr Georg Höfner, sondern Georg Schärfer“, erwiderte Benjamin und schlug sich mit der flachen Hand vor die Stirn, „wir hatten die ganze Zeit den Sohn der Familie unter einem falschen Namen gesucht.“

„Und jetzt überleg mal, was uns gestern die Polizeidienststelle in Rüsselsheim gemeldet hat“, forderte ihn Daniel auf.

Benjamin fasste kurz zusammen, was er in dem Protokoll gelesen hatte, das ihm zugefaxt worden war: „Durch die Mithilfe des sogenannten *Lärmtelefons* wurde in einer Wohnung in Rüsselsheim ein Frank Meinhardt, festgebunden an einem Heizkörperrohr, aufgefunden und dieser berichtete, dass Fabian Breuer nicht nur ihn, sondern auch Georg Schärfer und Franziska Hillershausen bedroht und drangsaliert hätten.“

„Hast du das FAX schon an Klara weitergeleitet? Bei ihr als Leiterin der Soko sollten alle Informationen zusammenfließen“, fragte Hartmann.

„Scheiße, hab ich total vergessen, mach ich gleich nachher. Lass uns erst mal ein paar Vermutungen anstellen. Vielleicht kommen wir damit weiter?“, erwiderte Benjamin und legte seine Stirn in Falten.

„Okay“, grummelte Daniel vor sich hin: „Es kann doch sein, das Georg Schärfer unser vermisster Sohn der Höfners ist, oder? So oft gibt es den Namen *Schärfer* auch wieder nicht.“

„Das wäre ja ein Ding“, platzte es aus Benjamin heraus, der in den letzten Minuten wieder sehr munter und aufnahmefähig geworden zu sein schien. „So hätten wir mehrere Fliegen mit einer Klappe geschlagen.“

„Hätte, hätte, Fahrradkette, aber so einfach ist es nicht“, lenkte Hartmann ein. „Anscheinend sind Georg Schärfer und Franziska Hillershausen verschwunden und Fabian Breuer überlebt womöglich seine Rohypnol-Spritze nicht. Frank Meinhardt, der in der Rüsselsheimer Wohnung am Heizkörper hing, ist zwar von den Kollegen befragt worden, weiß aber angeblich nichts. Keiner kann uns also sagen, was tatsächlich passiert ist.“

„Fabian stirbt schon nicht so schnell."

„Okay, aber immerhin ist Georg Schärfer nicht der Mörder seiner Eltern", mutmaßte Benjamin.

„Woraus schließt du das?"

„Na, lies doch. Hier steht, dass er vor Jahren enterbt wurde, da er seinen Namen abgelegt hatte. Er hatte keinen Grund. Das Vermögen seiner Eltern fällt jetzt an den Staat."

„Bist du dir da sicher?", fragte Daniel. „Soweit ich weiß, steht auch einem Enterbten nach § 2303 BGB der Pflichtanteil zu und der beträgt immerhin die Hälfte des gesetzlichen Anteils. Der Erbe muss allerdings seinen Pflichtteil beim Nachlassgericht einfordern und wenn Georg Schärfer dies tut, haben wir ihn am Wickel."

„Mann, du kennst dich aber aus, hast du neben den besonderen Seminaren über Drogen auch noch Erbrecht belegt?"

„Nein, ich habe einfach nur gegoogelt", erwiderte Hartmann trocken.

„Verstehe. Das Vermögen der Höfners beläuft sich auf ca. 60.000 €, zudem ist da noch die Villa, in der die Höfners gelebt haben."

„Na ja, die ist aber schon in die Jahre gekommen."

„Allein das Grundstück im Paulusviertel hat einen beträchtlichen Wert. Es ist zwar nicht sehr groß, aber es könnten bestimmt 300.000 € erwirtschaftet werden, plus die 60.000 € und davon die Hälfte. Wir reden immerhin von 180.000 €. Das lohnt sich doch, oder?"

„Ich weiß nicht", erwiderte Hartmann. „Das ist mir alles zu einfach gedacht. Ich glaube, da steckt etwas ganz Anderes dahinter."

7.

Hannes hatte Feuer gefangen und den Auftrag seines Freundes sehr ernst genommen. Irgendetwas war in ihm erwacht. Es erinnerte ihn an früher. Damals, als er noch Kind war, spielte er am liebsten Verstecken und auch *Räuber und Gendarm*. Meist war er in der Gruppe der Polizisten und suchte die anderen Kinder, die sich verkleidet und versteckt hatten. Eine Verkleidung gehörte immer dazu. Einige seiner damaligen Freunde hatten dabei ein besonderes Talent. Sie fanden in den Häusern ihrer Eltern, vor allem auf den Dachböden, vieles und waren so geschickt, dass es manchmal fast unmöglich war, sie auf der Straße wieder zu erkennen. Er versuchte es dennoch, folgte seiner

Nase und seinem Bauchgefühl und hatte häufig Erfolg. Das hatte ihm Spaß gemacht und die Erinnerung trug ihn weg von der Vorstellung, dass er höchstwahrscheinlich todkrank war und womöglich die nächsten Wochen nicht überleben würde.

Nachdem er das Telefonat beendet hatte, schaute Hannes auf die Uhr und überschlug die Zeit, wann sein Freund Paul nach Darmstadt zurückkehren würde. Gegen 14 Uhr. Bis dahin wollte er das Handy von Franziska gefunden haben. Viel lieber wollte er natürlich Franziska selbst aufgespürt haben, um sie stolz zu Paul bringen zu können. Das war er seinem Freund schuldig. Immerhin hatte Paul ihn vor vielen Jahren gerettet. Damals war Hannes beim Spielen ausnahmsweise bei den Räubern gewesen und hatte sich in einem Keller verstecken wollen. Die Tür schlug hinter ihm zu. Innen gab es lediglich einen Knauf und er hatte keinen Schlüssel. Paul hatte ihn frierend und verängstigt gefunden, da er immer wieder mit seinem Schlüssel am Türknauf das SOS-Zeichen gemorst hatte und wusste, dass sich Paul mit dem Morse-Alphabet auskannte. Seit dieser Zeit wollte er kein Ganove mehr sein, sondern nur noch Polizist.

Nun starrte Hannes auf sein Handy und startete die App *Suche mein Handy*. Er musste Franziskas Email-Adresse eingeben, ihre Handynummer und ein Passwort. Danach hatte er Paul beim letzten Telefonat gefragt. Es war natürlich, wie bei vielen, der Name und das angehängte Geburtsdatum. Nach wenigen Sekunden wurde ein Stadtplan Darmstadts sichtbar und in der Mitte blinkte ein roter Kreis auf. Hannes zog den Stadtplan größer und sah den innerstädtischen See, den die Darmstädter *Großer Woog* nennen. Um den See führte ein Weg und in Richtung des daneben liegenden Ostbahnhofes blinkte es.

Hannes wusste, was zu tun war.

***

Benjamin blätterte weiter in dem Notizbuch und hielt es so, dass Hartmann mitlesen konnte. „Der alte Höfner muss seinen Sohn durch und durch gehasst haben. Schau mal, hier schreibt er, dass er bereue, ihn gezeugt zu haben. Als kleines Kind sei er noch süß und unschuldig gewesen, aber als er begonnen habe, sich selbstständig in der Welt zu bewegen, habe er sich – wie es der alte Höfner ausdrückt – *familienschädlich* verhalten. Und alles gipfelt darin, dass Georg seinen Namen abgelegt hat. Schau, hier steht geschrieben ...“ Benjamin hielt die Aufzeichnung so, dass sein Kollege mitlesen konnte. „... dadurch,

dass er bei dieser verdammten Hochzeit unseren Namen weggeworfen hat, hat er nicht nur mich als Familienoberhaupt entehrt, sondern hat auch in unserem Stammbaum den Ast unseres Familiennamens auf immer und ewig abgeschnitten.
Georg war der einzige Sohn und der alte Höfner kannte und verehrte Fabian Breuer, wie es weiter vorne in den Aufzeichnungen steht. Er scheint seinen eigenen Sohn verstoßen und den frei gewordenen Platz mit Fabian besetzt zu haben."

Benjamin blätterte nochmals um und hielt seinen Finger auf eine andere Textstelle. „Schau mal an: Hier steht geschrieben, dass seine Frau sogar noch zwei weitere Male schwanger gewesen, dass aber beide Kinder vor der Geburt gestorben seien. Nach Georgs Geburt, die erst einmal als großes Glück angesehen wurde, musste die Mutter ins Krankenhaus und bekam die Gebärmutter entfernt. Somit war klar, dass Georg das einzige Kind der Familie bleiben würde."

„Was für ein Schicksalsschlag. Daran kann man schon verzweifeln", bemerkte Hartmann einfühlsam.

„Man kann aber auch daran wachsen und seinen Sohn mit Liebe ins Leben begleiten. Immerhin heißt es doch: *Gib Kindern Wurzeln, wenn sie klein sind und Flügel, wenn sie heranwachsen*", ereiferte sich Dobermann lautstark.

Hartmann schaute fragend. „Oh la la! Da spricht der Poet in dir!"

„Na ja, zumindest meine Adoptiveltern haben mir Flügel verliehen, damit ich so sein kann, wie ich heute bin. Manchmal vielleicht ein bisschen verpeilt und nicht immer so beziehungsfähig, wie ich gerne wäre, aber immerhin ..." Benjamin blickte nach draußen. Die Scheibe war mit Wasserschlieren bedeckt. Hartmann betätigte den Scheibenwischer und sein Kollege kehrte mit seiner Aufmerksamkeit zurück zu dem Heft mit den Aufzeichnungen. „Der alte Höfner scheint immer einen Schuldigen zu finden. Hier in dem Eintrag von vor einem Jahr schreibt er, dass er mit seinem Mercedes im Parkhaus unter dem Luisencenter parken wollte und angeeckt sei. Er schimpft darüber, dass diese verdammten neumodischen Parkhäuser zu eng gebaut seien und vergaß darüber, dass das Parkhaus aus den Siebzigern ist. Anscheinend will er nicht sehen, dass er zu alt zum Autofahren geworden war."

„Der alte Höfner war ein ganz übles Ekel", brachte Hartmann Dobermanns Gedanken in Worte.

„Deswegen war sein Sohn so lange nicht mehr in dem Haus seiner Eltern, wie die Nachbarn bei den Befragungen einvernehmlich ausgesagt haben. Besonders die relativ neu eingezogenen Nachbarn konnten sich gar nicht daran erinnern, dass die Höfners überhaupt einen Sohn hatten. Aber nun sind die alten Höfners ermordet und der Sohn ist womöglich untergetaucht, lebt aber wahrscheinlich noch. Vielleicht hat er seine Eltern so gehasst, dass wir ein Motiv daraus basteln könnten."

„Benjamin, entscheide dich mal. Einmal argumentierst du, als wenn dieser Georg auf keinen Fall der Mörder seiner Eltern sein könnte, kurz danach redest du, als wäre er der einzige Tatverdächtige ..."

„Stimmt", sagte Benjamin nachdenklich. „Ich bin tatsächlich hin- und hergerissen und weiß nicht, was ich denken soll. Ich komme da gerade nicht weiter. Ich würde gern nachher ins Krankenhaus fahren und Fabian verhören, falls er wieder bei Bewusstsein ist. Bin echt mal gespannt, was er zu der ganzen Sache zu sagen hat."

„Okay, lass uns mal ins Präsidium fahren, mit den Kollegen reden und klären, ob wir Fabian verhören können ... Aber warte mal." Daniel kramte sein Handy aus der Jackentasche. „Ich möchte gern die Seiten aus dem Notizbuch abfotografieren. So können wir später nochmals genauer nachlesen, was der alte Höfner geschrieben hat."

Als er sein Handy angeschaltet und den PIN eingegeben hatte, stellte er fest, dass er einen Anruf in Abwesenheit erhalten hatte. Es hatte sogar jemand auf seine Mailbox gesprochen und auch eine SMS hinterlassen. Daniel öffnete die SMS und las die Nachricht von Klara Potente: Haben den Fahrer des Mercedes B-Klasse ermittelt. Der Name des Halters ist ... Daniel wusste es schon, aber die SMS bestätigte ihn.

„Ferdinand Höfner", sagte er an Benjamin gerichtet, „wie ich vermutet habe. Ihm gehört der Mercedes. Das passt. Fabian hat ihn sich sehr wahrscheinlich ausgeliehen. In dem Notizbuch steht ja auch, dass Ferdinand Höfner Fabian Breuer nicht nur gekannt, sondern ihn sogar verehrt habe und ihn gern als Sohn gehabt hätte."

„Mich würde der Grund interessieren", erwiderte Benjamin.

„Können wir später nachlesen. Jetzt werde ich die Sachen der Spusi geben und gemeinsam mit dir zum Präsidium fahren. Vielleicht gibt es auch dort weiter Neuigkeiten."

„Klingt nach einem Plan", erwiderte Benjamin grinsend.

Hartmann bat ihn, die einzelnen Doppelseiten des Notizbuches aufzuklappen und ihm so entgegen zu halten, dass er die Seiten gut abfotografieren konnte.

***

Hannes raste derweil mit seinem in die Jahre gekommenen und viel zu kleinen Fahrrad die Landgraf-Georgs-Straße hinauf, vollkommen außer Atem. Er war dermaßen in Gedanken versunken, dass ihm sogar der stechende Schmerz in seinem rechten Knie gar nicht auffiel. Seinen Blick richtete er gebannt auf das Smartphone, das er in seiner linken Hand hielt. Darauf beäugte er einen Stadtplan und den roten, immer wieder aufleuchtenden Punkt, der sich langsam bewegte. Sein einziger Gedanke war, Franziskas Handy zu finden und seinem Freund einen Rapport zu geben.

Früher, als er noch seinen Job als Abteilungsleiter bei der Telekom hatte, erging es ihm spätestens montags früh um 7.30 Uhr ähnlich. Er erreichte seinen Arbeitsplatz und schon fand er dort Aufträge, die es abzuarbeiten galt. So hatte er keine Zeit mehr für schädliche Gedanken und er konnte sich voll und ganz auf seinen Auftrag und den Augenblick konzentrieren. Das hatte im gut getan.

Er hatte keine Selbstdisziplin, das musste er zugeben. Er benötigte den Anstoß von außen, erst so konnte er funktionieren und sein Leben meistern. Bei der Telekom hatte er als Abteilungsleiter von Montag bis Freitag regelmäßig von 7.30 Uhr bis 20 Uhr gearbeitet, manchmal auch länger. Damals wollte er Vorbild für seine Mitarbeiter sein. Am Wochenende war nur der Sonntag stressig, da er am Samstag häufig auch noch einige Aufträge abzuarbeiten hatte. Der Sonntag machte ihm zu schaffen, wenn er mittags gegen 13 Uhr wach wurde und ausgeschlafen war. Nur selten konnte er etwas mit sich anfangen. Sonntags sehnte er sich häufig nach dem nächsten Arbeitstag und den neuen Aufträgen, die ihn erwarteten und die ihm einen Sinn gaben. Doch dann folgte der Herzinfarkt und warf ihn aus der Bahn. Er konnte nicht mehr arbeiten. Über Wochen wurde er im Krankenhaus behandelt und anschließend musste er sich einer Reha unterziehen. Nach endloser Zeit durfte er endlich wieder ins Büro, allerdings in der Eingliederungsphase lediglich zwei Stunden täglich. Was für ein Witz, dachte Hannes zu dieser Zeit. Zwei Stunden? Der Arbeitstag hatte zehn bis zwölf davon. Was sollte er nach der kurzen Arbeitszeit den gesamten Rest des Tages anstellen? Er ging zur Geschäftsführung, rebellierte und wurde auch irgendwann sehr laut und handgreiflich. Als er die ersten Stühle umgeworfen hatte und sich um den Schreibtisch kümmern wollte, kam der Werksschutz und überwältigte ihn. Als er sich wieder einigermaßen beruhigt hatte, hielt ihm sein Chef ein Papier vor die Nase, das er nach einigen Minuten unterschrieben hatte. Er bekam eine Abfindung und hatte seinen Job verloren. Sein Chef fand dieses Vorgehen, nach allem, was er erlebt hatte, sozial und zuvorkommend.

Hannes fiel immer tiefer in das Loch seiner eigenen Depression, es gab nur die dunkelsten Gedanken und eine endlose Zeit, bis der Tag endlich vorbeiging. Er scheiterte an immer mehr Projekten, die er sich selbst gestellt hatte, selbst das Vorhaben, morgens einfach nur aufzustehen, gelang ihm bald nicht mehr. Seine Nachbarn machten sich Sorgen, die Polizei drang in seine Wohnung ein und der Krankenwagen fuhr ihn zum nächsten Klinikum. Dehydrierung und Entgleisung der Blutwerte waren die Diagnosen. Zwei Wochen später wurde er in die Psychiatrie verlegt und kurz darauf lernte er eine Therapeutin kennen, die ihn wieder langsam ins Leben zurückführte. Seitdem konnte er sein Leben in engen Bahnen leben. Er hatte sogar ein Hobby gefunden. Er schnitzte aus Holzspalten Figuren und hatte zum Glück einen großen Keller, in dem er die Figuren verstauen konnte, wenn wieder einmal sein Arbeitszimmer überquoll. Er konnte morgens das Bett verlassen, aber sobald ihm die Finger vom Schnitzen wehtaten, überlegte er krampfhaft, welches organische Leiden er hatte, das unweigerlich zum Tode führen würde. Und er fand immer ein Neues.

Heute allerdings hatte er eine Aufgabe. Er musste radeln, schneller als jemals zuvor. Mittlerweile befand er sich auf der Höhe des Jugendstilbades und er trat weiterhin in die Pedalen, immer den Blick fest auf sein Handy gerichtet. Auf dem Stadtplan blinkte das rote Licht am Eingang des Woogbades, direkt hinter der Jugendherberge, so sah es zumindest aus.

***

„Was sind das denn für Vögel?“ Franz Jungherz schüttelte den Kopf. Es raschelte. Das lag an dem weißen Ganzkörper-Overall, den er trug, und der für seine Arbeit von Bedeutung war. Er verhinderte, dass der Spurensicherer selbst Spuren am Tatort zurückließ. Der Regen fiel sanft auf die Mitarbeiter der Spusi, zumindest auf die, die außerhalb des Mercedes nach Spuren suchen mussten. Franz hielt noch einige Sekunden lang das Notizbuch und den Reisepass in seinen gummihandschuhgeschützten Händen und es schien ihm momentan egal zu sein, dass diese Beweisstücke nass wurden. Karl

Leuthner hatte die ganze Zeit konzentriert im Innenraum des alten Mercedes gearbeitet und gar nicht bemerkt, was passiert war. Nun kroch er behäbig, seinem Alter entsprechend, rückwärts aus dem Fahrzeug und schaute fragend: „Hast du was gesagt?"

„Ja, komm mal raus und schau mal." Franz ging einen Schritt auf seinen Chef zu.

„Eben waren die beiden neuen Kommissare hier, die sich auch schon am Tatort im Paulusviertel so eigenartig benommen hatten. Der eine, es war dieser Hartmann, hat mir die zwei Sachen hier in die Hand gedrückt und gesagt, wir sollten sie nach Fingerabdrücken absuchen und klären, ob die Schrift im Reisepass, hinten auf der letzten Seite, identisch mit Fabian Breuers Schrift sei. Kannst du dir einen Reim drauf machen?"

„Woher haben die denn den Reisepass und das Notizbuch?"

„Haben sie nicht gesagt. Es ging alles so schnell. Ich hatte keine Zeit, nachzufragen."

„Trug dieser Hartmann wenigstens Handschuhe oder finden wir womöglich seine Fingerabdrücke?"

„Ich glaube schon, aber es ging wirklich alles so schnell."

„Das ist ja verrückt." Leuthner schüttelte den Kopf.

***

Hier musste das Smartphone irgendwo liegen. Hannes beäugte das Display seines iPhone. Dort wurde eine Karte gezeigt und der rote Punkt blinkte rhythmisch direkt neben dem Eingangstor, durch das man den Badebereich des innerstädtischen Sees erreichen konnte. Hannes war schweißnass und außer Atem von seinem Fahrrad gestiegen und untersuchte die Steintreppe, das kleine Mäuerchen und fand nichts.

Mist!

Hannes schaute immer wieder aufs Display und überlegte angestrengt. Er ließ seinen Blick schweifen. Links befanden sich mehrere Eisenbügel, an denen Fahrräder angeschlossen werden konnten, dahinter wuchsen Büsche. Hannes bewegte sich darauf zu. Er kniete sich und untersuchte den Boden. Dabei schob er mehrere Äste zur Seite. Nach einer gefühlten Ewigkeit fand er das Smartphone.

Eigenartig, dachte Hannes. Sieht so aus, als habe jemand das Gerät absichtlich hier versteckt. Ich glaub nicht, dass Franziska es einfach so verloren hat. Aber egal.

Die Home-Taste auf der Vorderseite war schnell gedrückt, das Display leuchtete auf und forderte eine PIN. Hannes zückte sein eigenes iPhone und rief seinen Freund Paul an. Nach zwei Klingelsequenzen hörte er schon die Stimme seines Freundes und ein Rauschen, wie man es hört, wenn während des Autofahrens telefoniert wird.

„Habe Franziskas iPhone gefunden", presste er heraus. „Ja, hier am Eingang vom Woog ... nein, von Franziska keine Spur ... soll ich mal reinschauen? ... Okay, hast du die PIN?"

Paul überlegte kurz, Franziska hatte ihm vor ein paar Tagen den Zahlencode übergeben, als ihre Angst groß war, sie könnte die PIN vergessen und käme nicht mehr in ihr geliebtes iPhone. Er kramte die Zahlenkombination aus seinem Hirn und diktierte sie Hannes. Der tippte die vier Ziffern ein.

„Kamen meine SMS Nachrichten an?", fragte Paul kurze Zeit später.

Hannes wischte auf dem Display herum. „Ja."

„Schau mal nach, wann Franziska zum letzten Mal eine SMS geschrieben hat."

Hannes drückte auf dem Display herum. „Am Montagmittag."

„Waaas?", Pauls Stimme überschlug sich. „Am Montag, das ist ja fast zwei Tage her. Danach hat sie nicht mehr gesimst? Das kann nicht sein, seitdem sie dieses neuartige Teil besitzt, hat sie das Gerät nicht mehr aus ihren Händen gelegt und andauernd irgendwelche Nachrichten verschickt."

Hannes hörte auf die Worte seines Freundes. „Ich kenne mich noch nicht so gut mit dem neuen iPhone aus, hab es ja erst seit kurzer Zeit ... Warte mal." Hannes prüfte den SMS Ein- und Ausgang. „Nein, ich glaube nicht, dass Franziska das iPhone in den letzten zwei Tagen genutzt hat."

„Da muss etwas passiert sein", schrie Paul und es klang so laut, als stünde er direkt neben Hannes. „Geh nach Hause und warte auf mich, wenn ich weiter so gut durchkomme bin ich in drei Stunden zurück in Darmstadt. Ich hole dich ab. Du begleitest mich doch zur Polizei, oder?"

„Moment!", schrie Hannes, als habe er Angst, dass sein Freund gleich auflegen könnte. „Da gibt es noch eine letzte SMS vom Montagmittag um 13.14 Uhr."

„Was schreibt sie?", fragte Paul mit erstickter Stimme.

„Sie wollte sich mit Georg treffen und zwar in Rüsselsheim. In einer Nachricht vom ihm habe ich auch eine Adresse gefunden."

„So `ne Scheiße", krakeelte Paul. Er besann sich, seine Stimme wurde wieder ruhiger. „Aber immerhin haben wir einen Ansatzpunkt. Schreib dir die Adresse auf. Ich hol dich ab und wir fahren zum Polizeipräsidium."

„Warte", sagte Hannes kleinlaut. „Willst du da wirklich nochmal hin? Beim letzten Mal haben wir keinen guten Eindruck hinterlassen, glaube ich."

„Ist mir grad mal egal", antwortete Paul unwirsch. „Ich habe mein Leben geändert und werde das auch den Polizisten erklären. Ich brauche die jetzt, also begleitest du mich?"

Hannes schwieg einen Moment lang. Pauls Worte musste er erst einmal verarbeiten. Anschließend erwiderte er: „Ich weiß zwar nicht, was du gemacht hast, aber du klingst anders als sonst. Komm bei mir vorbei und wir sehen weiter."

***

„Dieser Jungherz hat ja total belämmert geschaut", prustete Benjamin nun schon zum dritten Mal los.

„Ist ja gut", erwiderte sein Kollege und öffnete die Tür zu dem gemeinsamen Büro im Präsidium.

„Tschuldigung, aber immer wenn ich dran denke, muss ich wieder kichern. Du bist ne Type. Hätte gar nicht gedacht, dass du so cool sein kannst."

„Danke für das Kompliment", sagte Hartmann kurz angebunden und kümmerte sich gleich darauf um das Blinken an seinem Telefonapparat. Er drückte zwei Knöpfe und hörte den Anrufbeantworter ab. Er hatte auf Lautsprecher gestellt, sodass Dobermann mithören konnte. Es war eine laute und ausfallende Stimme zu hören. Klara Potente schrie fast, als sie fragte, warum Daniel nicht an sein Handy ginge und wo er sich herumtriebe? Sie hätte ihn schon mehrmals erreichen wollen, um ihm mitzuteilen, dass Fabian Breuer gut im Elisabethenstift angekommen sei. Er sei wieder bei Bewusstsein und sollte schnellstmöglich verhört werden. Klara Potente beorderte Daniel und Benjamin ins Krankenhaus, um die Befragung durchzuführen.

Benjamin jubelte innerlich, als er die Nachricht gehört hatte. Genau das war es, was er wollte. Er wollte seinen alten Freund verhören und, er wollte Antworten.

„Lass uns fahren“, sagte er schnell an seinen Kollegen gerichtet und zog die Lederjacke wieder über die Schultern.

„Warte mal“, antwortete Hartmann und hörte noch den zweiten Anruf ab, der auf dem AB gespeichert war. Es war ein Paul Hillershausen, der dringend um Rückruf bat. Hartmann kannte den Namen und wusste, dass er diesen Anruf nicht so ernst nehmen musste. Er drückte auf einen Knopf am Telefon und sagte: „Komm, lass uns fahren.“

***

Hannes war in seine Darmstädter Altbauwohnung zurückgekehrt, nachdem er noch weitere Wünsche seines Freundes erfüllt hatte. Er hatte den Eingangsbereich des Woog-Schwimmbades abgesucht, aber keine Spuren gefunden, zumal er gar nicht wusste, nach welchen Spuren er suchen sollte. Er war langsam um den innerstädtischen See herumgefahren und hatte Ausschau nach Franziska gehalten, ohne Erfolg, aber das war für ihn keine Überraschung, er hatte die ganze Zeit nicht daran geglaubt, die junge Frau zu finden. Er hatte es einfach nur deswegen getan, weil Paul es so intensiv und lautstark gefordert hatte. Aus irgendeinem Grund, den er selbst nicht erklären konnte, war er sicher, dass Franziska verschleppt worden war und nun irgendwo in einem Versteck ganz bestimmt leiden musste. Ihm war klar, man müsse ihr helfen, gerade deshalb wollte er auf Paul warten. Von ihm versprach er sich mehr Unterstützung als von irgendwelchen Polizeibeamten.

Zu Hause angekommen, genoss er die körperliche Erschöpfung seines Fahrradausfluges und das Gefühl, endlich wieder einmal etwas Sinnvolles getan zu haben. Er blieb solange auf der Couch sitzen, bis er die kühle Feuchte seiner geschwitzten Haut fühlte und fröstelte. Kurz überkam ihm der Gedanke, dass er sich eine Lungenentzündung eingefangen haben könnte. Er ging ins Bad, ließ erst heißes Wasser in die Wanne und, nachdem er sich ausgezogen hatte, seinen Körper mit einem seligen Grunzen hinein gleiten. Lange hatte er sich nicht mehr so gut gefühlt. Ob er nicht doch wieder mit Sport anfangen sollte? Früher war er regelmäßig frühmorgens, noch vor der Arbeit, durch Darmstadts Wälder gejoggt, um darüber in seiner Dienstbesprechung vor seinen Untergebenen angeben zu können. „Heute Morgen wieder 12 Kilometer in knapp einer Stunde“, pflegte er zu sagen und: „Wenn man sich wirklich anstrengen will, kann man auch seine Leistung steigern." Aber diese Zeiten waren lange vergangen.

Hannes blieb solange im Wasser liegen, bis es sich kühl anfühlte, anschließend wusch er sich und duschte nochmals, diesmal aber kalt. Danach kochte er sich einen Tee und kümmerte sich etwas intensiver um die Inhalte von Franziskas iPhone. Er stieß auf ein paar sehr interessante Dinge, war aber so vertieft, dass er ganz und gar vergaß, sofort seinen Freund zu informieren.

***

Noch immer nieselte der Regen auf das Blech des schlampig geparkten Fahrzeugs sowie auf die weißen Ganzkörperanzüge. Ekliges Herbstwetter. Die Kälte kroch unter die Kleidung, dennoch arbeitete die Darmstädter Spurensicherung akribisch und professionell.

„Was könnte das sein?" Karl Leuthner krabbelte umständlich aus dem Fahrzeug und schwenkte eine Pinzette durch die Luft, immer bemüht, das eingeklemmte Teil nicht nass werden zu lassen.

Franz war verblüfft über die Körperhaltung und den Ausdruck in der Stimme des Chefs. Normalerweise blieb er emotionslos, wenn er etwas gefunden hatte. Heute schien es anders zu sein, oder lag sein Empfinden nur daran, dass er selbst genervt über die ihm zugeteilte Arbeit war? Er musste das Fahrzeug von außen untersuchen und Spuren sichern. Ein undankbarerer Job, zumal das Wetter gegen ihn spielte. Missmutig blickte er auf und sagte sarkastisch: „So gute Augen habe noch nicht einmal ich, der James Bond unter den Spurensicherern."

Leuthner lachte nicht. „Tschuldigung, du stehst ja wieder einmal voll und ganz im Regen."

„Wie im richtigen Leben halt", erwiderte Franz.

„Komm, krabbel mal auf die Rückbank und schau dir an, was ich gefunden habe."

„Ich will aber nichts in den geheiligten Hallen nass machen", stieß Franz hervor.

„Mach dir da mal keine Sorgen, wir sind soweit durch. Die Spuren, die wir gefunden haben, sind gesichert. Ich brauch deinen Rat."

Franz umrundete das Heck des Mercedes und stieg auf der anderen Seite durch die offen stehende Tür auf den Rücksitz. Zwischenzeitlich war Karl ebenfalls hinein gekrochen und nun saßen beide nebeneinander, die Pinzette mit einem eingeklemmten Haar zwischen sich.

„Das ist auf keinen Fall ein Menschenhaar. Dafür ist es viel zu dick“, sagte Franz.

„Da hast du recht. Ich glaube, es ist ein Tierhaar.“

„Lass mich mal riechen“, sagte Franz. Er hielt seine Nase ganz dicht an die Pinzette und ließ lautstark Luft durch sein Geruchsorgan strömen.

„Ich tippe auf ein Pferdehaar.“

„Mann, das glaube ich jetzt nicht. Hast du wirklich so einen feinen Geruchssinn oder willst du mich veräppeln?“

„Nee, nicht wirklich, aber mein Gefühl sagt mir, dass es sich um ein Pferdehaar handelt. Wo hast du es gefunden?“

„Auf dem Fahrersitz und da gibt es noch einige davon. Dieser Mensch, der hier im Wagen ohnmächtig herumhing, muss die Haare mit seiner Jacke reingeschleppt haben. Er muss irgendetwas mit Pferden zu tun haben.“

***

Die Ärztin forderte die Kommissare streng auf, behutsam vorzugehen und den Patienten nicht zu lange zu befragen. Seine Körperfunktionen seien zwar stabil, er selbst würde allerdings einen verwirrten Eindruck machen. Sie deutete mit ihrem ausgesprochen dünnen und langen Zeigefinger in Richtung eines endlos wirkenden Ganges, nannte eine dreistellige Zahl und sagte verärgert, dass es sich um ein Einzelzimmer handele, obwohl eigentlich alle belegt gewesen wären. Sie hätten den Patienten, der vorher in dem Zimmer gelegen habe, in ein Doppelzimmer verlegen müssen, welches zum Dreimannzimmer mutierte. Das fand der Patient ganz und gar nicht toll, bekräftigte sie. Sie habe ihm aber erklärt, dass es der Wunsch der Staatsanwaltschaft gewesen sei und sie rein gar nichts daran ändern könne, obwohl sie es selbst auch als sehr ungerecht dem schwer kranken Patienten gegenüber empfunden hatte.

Dass Fabian Breuer ein Einzelzimmer zugewiesen bekommen hatte, war keine Überraschung, da eine Bewachung angeordnet worden war und deswegen auch ein Beamter vor dem Zimmer auf einem Plastikklappstuhl saß und ein dickes Buch las. Oh, eine Kriminalgeschichte, dachte Daniel, als er einen Blick auf das Buch geworfen hatte und den Titel eines Darmstadtkrimis zu erkennen glaubte.

„Und alles ruhig?“, fragte er den Beamten.

„Ja, alles ruhig“, antwortete der, „das Fenster im Krankenzimmer ist gesichert und bis jetzt wollte keiner die verdächtige Person besuchen. Sie sind die Ersten.“

„Na prima“, antwortete Daniel und griff nach der Türklinke.

Benjamin, der sich die ganze Zeit im Hintergrund gehalten hatte, hielt es nicht mehr aus. „Warte“, sagte er, überholte seinen Kollegen, nicht ohne ihn anzurempeln, und stieß hektisch die Tür auf. Im nächsten Moment stand er als erster in dem kleinen Raum und war verblüfft.

Die Stille allgegenwärtig.

Wie in fast jedem Krankenhauszimmer war alles in sterilem Weiß gehalten. Weiße Wände, weiße Decke, weiße Schränke, weißes Laken, weißes Kopfkissen, weiße Bettdecke. Nur die goldblonden Haare des Patienten, die über ein Gesicht flossen, und diese rote Nase, die wie ein Leuchtturm herausragte, wichen davon ab. Der Patient hatte seine Augen geschlossen und war bis zum Hals zugedeckt. Beine und Arme waren unter der Bettdecke versteckt. Der Mund war leicht geöffnet, aber man konnte nicht erkennen, ob aus ihm Luft strömte und wieder angesogen wurde. Die Wangen waren eingefallen, die Haut bleich bis auf die auffällige Nase. Nirgends standen piepsende Geräte herum, die die Lebensfunktionen kontrollierten, auch wurde dem Patienten nichts über einen langen Schlauch in die Vene hineingetropft, wie es Benjamin aus Arztserien im Fernsehen kannte.

Alles war so überaus still, irgendwie friedlich und doch besorgniserregend. *Tod* war das Wort, das sich plötzlich in Dobermanns Hirn breitmachte und mit dem Wort kam der Drang, jetzt gleich aus dem Zimmer zu stürmen und die Ärztin zur Rede zu stellen.

In diesem Moment bewegte sich die Leuchtturmnase ein wenig in die Richtung der Kommissare und die Augenlider schoben sich langsam nach oben. Auf Benjamins Arm bildete sich Gänsehaut und er merkte gleichzeitig, wie ihm ein Stein vom Herzen fiel.

„Fabian“, rief er gedämpft und ging in zwei schnellen Schritten auf das Bett zu. Hartmann beobachtete die Situation und blieb mit verschränkten Armen etwa in der Mitte des kleinen Raumes stehen. Dobermann schnappte sich einen ganz in weiß gehaltenen Stuhl und setzte sich an das Kopfende des Krankenbettes. Der Patient bewegte noch immer seine Nase wie in Zeitlupe in Richtung des Kommissars. Seine Augen blickten trübe und ohne ein Anzeichen des Erkennens.

„Fabian, was machst du denn für Sachen?“, kamen die Worte etwas zu aufgeregt aus Benjamins Mund und er glaubte sofort, er selbst höre seinen Vater reden. Es war ihm peinlich. Er schwieg und hielt dem wirren Blick des Patienten stand. Bald darauf bemerkte er eine leichte Bewegung. Es war der Mund. Es schien, als wolle er Worte bilden.

Benjamin schob sein rechtes Ohr in Richtung des Mundes und lauschte. Ganz leise wisperte der junge Mann. Er schluckte zwischen den Worten. Der Kommissar konzentrierte sich und konnte etwas hören wie: „Wo bin ich?“ Und: „Wie geht es den Pferden?“

„Was?“, presste Benjamin heraus und musste unweigerlich an den Song *Withe Horses* denken, in dem Mick Jagger über einen Heroin-Trip singt, der ihm beinahe das Leben gekostet hatte. Der junge Kommissar schaute flehend in das Gesicht seines Freundes. Der Patient hatte indessen seine Augen wieder geschlossen und die große rote Nase der Zimmerdecke zugewandt.

Hartmann überkam urplötzlich ein Verdacht. Er stampfte auf die andere Seite des Bettes und riss die Bettdecke von der Schulter des Patienten.

„Bist du verrückt? Was machst du da?“, empörte sich sein Kollege.

Mittlerweile hatte Daniel schon die rechte Schulter des Patienten freigelegt. Ein Tattoo wurde sichtbar. Ein Adler mit einem Ölzweig.

„Tatsächlich, es ist Fabian“, sagte Hartmann und legte die Decke wieder behutsam über die nackte Schulter.

„Warte mal“, sagte Benjamin und hob die Decke an. „Die Haut um das Tattoo herum ist gerötet. Das sollten wir der Ärztin sagen, nicht dass Fabian unter einer allergischen Reaktion leidet. Mehr können wir momentan nicht für ihn tun. Ich glaube, er ist wieder weggesackt.“

„Ja, wir sollten ihn morgen erneut besuchen, vielleicht ist er dann gesprächiger“, sagte Hartmann, ließ einen letzten Blick über das Gesicht des Patienten gleiten und verließ das Krankenzimmer.

Dobermann blieb noch einen Augenblick sitzen und strich zärtlich über die Wange seines Freundes.

Viertes Kapitel – Verunsicherung

Prolog

Die Eingesperrten standen eng umschlungen. Georg versuchte Franziskas Kopf von seinem Hals zu lösen. Immer wenn er dachte, er hätte es geschafft, schnellte der Kopf zurück, als sei er mit seinem Hals durch ein straffes Gummiband verbunden. Franziskas Arme umklammerten seinen Körper, sodass er kaum noch Luft bekam. Georg redete beruhigend auf sie ein und nach einigen Versuchen gelang es ihm tatsächlich, Franziska auf Abstand zu bringen. Er legte seine Hände mit ausgestreckten Armen auf ihre Schultern. Tief atmete er die kühle und feuchte Luft ein.

Die Taschenlampe war zu Boden gefallen und leuchtete den Raum nur schwach aus. Die beiden standen im Halbdunkel und schauten sich gegenseitig in die Augen.

„Franziska, was machst du denn hier?“, verklang Georgs sinnlose Frage im Raum und die junge Frau dachte einen Moment tatsächlich über eine Antwort nach, bis sie sich schließlich darauf besann, was sie eigentlich wissen wollte. „Wo sind wir?“

„Scheiße, diese verdammten Schweine!“, war die nicht passende Antwort.

„Es ist so dunkel“, stammelte Franziska.

„Warum gerade du?“

„Haben wir überhaupt noch genügend Luft?“, schrie Franziska plötzlich. Ihre Augen weiteten sich. „Müssen wir ersticken?“, kreischte sie panisch und schlug wild um sich. „Wir werden ersticken! Stimmt´s? Sag es. Wir ersticken!“ Sie wich zwei Schritte zurück, verschwand kurz in der Dunkelheit und stürmte gleich darauf wieder auf Georg zu. Abwechselnd trafen ihre Fäuste seinen Oberkörper.

Er schnappte nach ihren Unterarmen, umklammerte beide mit aller Macht und schrie zurück: „Nein! Nein! Du musst keine Angst haben. Wir werden nicht ersticken. Wir sind lediglich eingesperrt. Alles wird gut werden. Wir haben sogar Rotwein.“

Erst merkte er gar nicht, welches Ausmaß seine Worte hatten. Plötzlich wurde es ihm schlagartig klar. Nun würde er wohl oder übel die restlichen zwei Flaschen Wein teilen müssen.

Auf der anderen Seite war er jetzt nicht mehr allein. Das war ein gutes Gefühl. Er musste lächeln, zugleich kam der nächste Gedanke und machte ihn stutzig. Zu zweit würde das Sterben schwerer werden. Alleine hätte er sich seiner Gleichgültigkeit hingeben können. Nun musste er reden, musste sich kümmern.

Aber vielleicht würden sie gemeinsam eine Idee entwickeln und ihrem Gefängnis entfliehen und wenn nicht, konnten sie Arm in Arm an die Wand gelehnt sitzen und beieinander sein. Ein tröstlicher Gedanke.

Aber würden sie miteinander klarkommen? Wenn er schon mit dem Leben abgeschlossen und auf dem Weg in die andere Welt wäre und Franziska noch immer schreiend gegen die Wände schlagend würde, müsste er sie mit einer Weinflasche erschlagen, um endlich in Ruhe sterben zu können?

Georg schüttelte es, als er daran dachte.

Er war nicht alleine, das war die Realität.

Vielleicht konnte er mit Franziska noch ein paarmal Liebe machen. Sie hatten Zeit und ein wenig menschliche Nähe würde bestimmt gut tun in diesen todgeweihten Zeiten. Vielleicht hatte er in seinen letzten Tagen sogar das große Los gezogen, konnte seinen inneren Frieden ausloten und einfach nur sein.

Die letzten Tage konnten aber genauso gut zur Hölle werden

Die Gedanken flogen in Georgs Kopf hin und her wie ein wild gewordener Ball bei einem hochrangigen Tischtennisspiel.

„Aua, du tust mir weh", schrie Franziska und wirbelte solange mit ihren Armen, bis Georg sie nicht mehr festhalten konnte.

„Entschuldigung", stammelte er.

Die Rothaarige atmete schwer und brauchte eine Weile, bis ihr Atem abflachte.

„Wir müssen raus hier, sofort!", sagte sie trotzig. „Lass uns ausbrechen und abhauen!"

„Müssen wir", wiederholte Georg leise, „aber wie?"

„Du hast doch eine Taschenlampe", wurde Franziska lauter. „Lass uns alles absuchen. Irgendwo müssen wir doch rauskommen." Sie schwieg einen Augenblick, um als nächstes eine Idee zu formulieren, die ihr Kraft zu geben schien: „Wir sind doch auch irgendwie reingekommen, also müssen wir auch wieder rauskommen." Und als Georg nicht in ihre Euphorie einstieg sagte sie etwas leiser: „Stimmt doch, oder?"

Georg war zu schwach, um ihr die gesamte Wahrheit aufzutischen. Er antwortet lediglich: „Lass uns nachschauen“ und bückte sich nach der Taschenlampe. Der Schein beleuchtete den Raum. Eine alte verschlissene Matratze lag in der Ecke, daneben noch ein paar Lumpen und auch einzelne Kleidungsstücke. Vor längerer Zeit musste hier jemand gehaust haben. Kerzenstummel waren auf dem Boden befestigt, aber weit und breit keine Gegenstände aus Eisen, mit denen man vielleicht etwas hätte anfangen können. Georg leuchtete hinüber zu dem Loch in der Wand, das zu dem anderen Raum führte. „Du musst dich bücken“, sagte er und kroch vorneweg. Auch diesmal musste er wieder die Äste des Strauches zur Seite schieben, um in den Raum zu gelangen, in dem er aufgewacht war. Franziska folgte ihm. Dort angekommen leuchtete er direkt auf die ehemalige Eingangstür und erklärte Franziska, dass der Ausgang zugemauert worden war. Warum er dies jetzt schon tat, wusste er nicht. Gerne hätte er Franziska vor der Realität geschützt. Sie glotzte ihn an, schwieg und jede Sekunde, die sie länger schwieg, empfand Georg als körperliche Schmerzen. Franziska begann zu schluchzen und Georg umschlang ihren Körper mit beiden Armen, um ihr Halt zu geben. So stand er da und knipste aus Versehen den Lichtstrahl aus. Franziska schrie in der Dunkelheit hysterisch los und trommelte mit beiden Fäusten erneut auf ihn ein. Er fühlte den Schmerz und er tat ihm gut, er bedeutete Leben, Kraft und Aufbegehren. Er drückte Franziska noch fester, bis sie mit dem Fäusteschlagen aufhörte und in seiner Umarmung zusammensackte. Mittlerweile war sein Pullover feucht von Franziskas Tränen. Er hielt sie noch eine Zeit lang. Irgendwann schob er sie behutsam zur gegenüberliegenden Wand und drückte ihren Körper solange vorsichtig nach unten bis sie an die Wand gelehnt sitzen konnte. Er ging in die Knie und knipste die Taschenlampe an. Anschließend legte er die Lampe auf den Boden und strich mit beiden Händen zärtlich über ihr nasses Gesicht. „Wir sind eingemauert“, sprach er ruhig das Offensichtliche aus. „Es tut mir leid, dass du mit mir hier festsitzt. Du hast mit alldem nichts zu tun.“

Langsam schlug Franziska ihre Augen auf und nach einer endlos erscheinenden Pause fragte sie: „Womit habe ich nichts zu tun?“

Georg schluckte, strich aber weiter zärtlich über ihr Gesicht und fand nicht die richtigen Worte. Er merkte, wie seine Beine einschliefen und versuchte ohne viel Aufsehens einen gemütlicheren Platz zu finden. Franziska spürte sein Bemühen und rückte etwas zur Seite.

Kurz später saßen beiden eng nebeneinander und hielten sich an den Händen.

„Weißt du“, begann Georg, „ich habe viel erlebt in meinem Leben, viel Scheiße gebaut und nun muss ich dafür büßen.“ Franziska lehnte sich eng an Georg und schniefte.

„Aber egal“, sagte er plötzlich. Eine Idee war in ihm gereift. „Wir sind zu zweit und wir können es vielleicht gemeinsam schaffen. Siehst du den Strauch da drüben?“

Franziska nickte zaghaft.

Georg stand auf und kroch zu den Ästen hinüber. „Ich werde einen abbrechen“, sagte er. „Die Steine sind frisch vermauert. Vielleicht haben wir eine Chance, wenn wir abwechselnd versuchen, den Speis zwischen den Steinen herauszukratzen. Wenn wir einen Stein bewegen und ihn nach außen stoßen, können wir Hilfe rufen. Ich habe gehört, dass ein Bahnhof in der Nähe sein muss und wo ein Bahnhof ist, da sind auch Menschen.“ Ohne ein weiteres Wort erhob er sich und ging zu dem Strauch hinüber. Die Äste standen noch voll im Saft und so fiel es ihm schwer, einen abzubrechen. Nach einigem Ziehen und Zerren hatte er es endlich geschafft. Stolz kam er zurück, krallte sich die Taschenlampe und begann an der gemauerten Wand nach einer breiten Fuge zu suchen. Als er eine gefunden hatte, kratzte er daran herum, anfänglich sehr motiviert. Erst fabrizierte er nur grünliche Striche, anschließend schabte er ein wenig Speis aus der Fuge heraus. Franziska beobachtete ihn mit großen Augen. „Du hattest doch gesagt, dass du ein paar Flaschen Rotwein dabei hast.“

„Ich kann jetzt nichts trinken“, erwiderte Georg genervt, „du siehst doch, dass ich damit beschäftigt bin, uns zu befreien.“

„Ich will auch nichts trinken“, erwiderte die junge Frau, „aber wenn wir den Flaschenkopf abschlagen, können wir mit der spitzen Scherbe vielleicht schneller die Fugen auskratzen.“

Dieses Argument überzeugte Georg und er fragte sich, warum immer Frauen auf solch nahe liegende Lösungen kommen müssen. Ohne ein weiteres Wort leuchte er mit der Lampe in den hinteren Teil des Verlieses und suchte nach einer leeren Weinflasche ab. Dabei beleuchtete er auch die Decke und die Tasche, die sofort Franziskas Neugierde weckte. „Leuchte nochmals auf die Tasche. Da liegen ja bündelweise Geldscheine“, schrie sie atemlos. „Warum sind da so viele Geldscheine?“

Georg tat, was sie wollte. Franziska sprang auf und hechtete hinüber. Im nächsten Augenblick hielt sie zwei Bündel Scheine in ihren

Händen. „Das sind ja alles 50 € Noten. Das ist ja ein ganzer Haufen", kreischte sie.

„Genau das ist das Problem", stellte Georg trocken fest und beleuchtete Franziska. Ihr Schatten wurde übermenschlich groß auf die dahinter liegende Steinwand geworfen und zitterte. „Aus diesem Grund bin ich eingemauert worden. Das sind Blüten und ich habe mit diesem Papierhaufen zwei Kilo Kokain eingetauscht."

Franziska stand einen Augenblick wie angewurzelt, glotzte auf die Tasche und kurz darauf entgleiste ihre Stimme. „Die sind nicht echt und wegen diesem Scheiß bin ich hier lebendig eingemauert und werde vielleicht elendig verrecken." Mit wutverzerrtem Gesicht stürmte sie erneut auf Georg zu und hieb mit beiden Fäusten auf seinen Kopf ein.

Georg ließ es erst einmal geschehen, aber bald schon packte er erneut ihre Handgelenke. Er blickte ihr in die Augen. „Es tut mir so leid", sagte er mit erstickter Stimme, „aber so ist es nun mal." Franziska warf einen wütenden Blick zurück. Die beiden sagten nichts, solange bis Franziska langsam ihre Fäuste entspannte und die Arme sinken ließ.

„Okay", murmelte sie bedrohlich leise, „lass uns abhauen und die bedruckten Papierscheine unter die Leute bringen."

Georg lachte. „Wenn das dein Plan ist, lass es uns versuchen."

Eilig lief er zur hinteren Mauer, hob eine leere Rotweinflasche vom Boden auf und zerschlug sie. Voller Elan ging er auf die Mauer zu und kratzte mit dem abgebrochenen Flaschenhals an einer Fuge, erst langsam, bald schon immer hektischer. Minuten vergingen und nach der Euphorie und der Hoffnung kam die Enttäuschung.

„Scheiße", schrie Georg, drehte sich um und schleuderte den Flaschenhals durch das Verlies. Er zerschellte an der gegenüberliegenden Steinwand. „Selbst wenn wir hier noch tagelang rumschaben, werden wir keinen Stein aus der Wand lösen können. Wir müssen es akzeptieren. Wir kommen hier nicht raus. Diese Höhle wird unser Grab werden. Es wird mein Grab werden, weil ich mich verzockt habe und ich habe dich da mit reingezogen. Das ist das einzige, was mir wirklich leidtut." Georg ließ die Schultern hängen. Seine Stimme klang schwach und weinerlich.

Franziska starrte ihn an, als wolle sie ihm im nächsten Moment die Augen auskratzen und krakeelte: „Wenn du klein beigibst, verzieh dich ins Eck und sauf den restlichen Wein, du Schlappschwanz! Ich mache weiter!" Sie holte die zweite leere Weinflasche, trennte den

Hals ab, indem sie die Flasche gegen die Wand schleuderte und kratzte mit der Glasscherbe wie eine Wilde weiter an der Fuge herum, bis ihre Finger bluteten. Etwas später spürte auch sie die Aussichtslosigkeit und eine lähmende Verzweiflung. Langsam zog sie sich an Georgs Seite zurück, der schon sitzend an der Wand gelehnt die vorletzte Flasche Rotwein geöffnet hatte, nahm wortlos die Flasche, die ihr entgegengehalten wurde, und trank einen großen Schluck.

1.

Hartmann schlenderte durch den langen Gang in Richtung seines Büros. Heute hatte er sich in der Kantine das Geschnetzelte mit Rahmsoße und Bandnudeln gegönnt und war jetzt satt und zufrieden. Als er um die nächste Ecke bog, sah er zwei Personen im Büro seiner Kollegin verschwinden. Das sind doch die beiden Betrunkenen, ging ihm durch den Kopf. In diesem Moment öffnete sich eine weitere Tür und Pia Stenger kam heraus. Sie war ebenfalls ein Teil der Soko Paulus.

„Kann es sein, dass das eben Paul Hillershausen und sein Bekannter waren?"

„Ja. Ihr habt sie doch gestern vernommen. Die wollen nicht verstehen, dass wir ihnen derzeit nicht helfen können, aber sie sind hartnäckig. Sie wollten sich nicht abwimmeln lassen", antwortete die junge Kommissarin und fügte hinzu: „Klara kümmert sich um die beiden."

„Na dann", sagte Daniel und wirkte auf einmal nervös. Er drehte sich auf dem Absatz um und eilte zu seinem Büro. Er hatte etwas Dringendes mit Dobermann zu besprechen.

***

„Sie müssen doch was tun! Irgendwas!" Paul lag nun fast mit seinem gesamten Oberkörper auf dem Tisch und reckte beide Arme flehend nach vorne. Er hatte die Finger verschränkt. Es sah aus, als würde er beten. Kriminaloberkommissarin Klara Potente lächelte gespielt freundlich. Sie saß auf ihrem Stuhl wie ein Fels in der Brandung, bewegte sich keinen Zentimeter, auch nicht, als Paul immer näher kam und heftig auf sie einredete: „Ich bin mir sicher, dass Franziska irgendetwas passiert ist. Seit Montag habe ich sie nicht mehr gesehen. Ich konnte sie nicht erreichen und sie hat auf meine Anrufe und SMS nicht reagiert. Das ist untypisch. Seitdem sie dieses neumodische Smartphone hat, könnte man meinen, es wäre an ihrem Ohr festgenäht und heute Mittag findet Hannes ..." Er deutete auf seinen Freund. „... das iPhone am Eingang vom Woogschwimmbad und von Franziska weit und breit keine Spur. Das ist ganz und gar eigenartig. Da muss doch was passiert sein. Das ist doch offensichtlich, oder?"

„Vielleicht war Ihre Frau schwimmen und hat das Handy liegengelassen. Jemand hat das Teil gefunden, war zu faul, es zur

Polizei zu bringen und zu ehrlich, um es selbst einzustecken und hat es an einem gut sichtbaren Platz vor dem Eingang zum See hingelegt", erwiderte die Kriminaloberkommissarin.

„Wir haben Herbst. Es ist kalt. Franziska war nicht schwimmen, das weiß ich. Es muss ihr etwas passiert sein, glauben Sie mir doch, das spüre ich."

„Ich würde Ihnen gerne glauben, wenn Sie stichhaltige Beweise hätten", sagte Klara Potente ungerührt, „aber so können wir nichts tun. Ihre Frau ist erst seit zwei Tagen verschwunden, sie hatten Streit. Es gibt keinerlei Anzeichen für eine Straftat. Sie haben ein Handy gefunden, angeblich das von ihrer Frau ..."

„Angeblich?", schrie Paul. „Es ist Franziskas Handy. Warum sollte ich sonst die PIN kennen? Außerdem können Sie jederzeit herausfinden, dass es Franziskas Handy ist. Sie müssen sich nur ein wenig darum kümmern, oder sind Sie etwa so rückständig und haben im Präsidium keinen, der sich mit diesen neumodischen Dingern auskennt?"

„Vorsicht!", sagte Klara Potente leise und bedrohlich, „bitte keine Unterstellungen. Noch so eine Aussage und ich betrachte das als Beamtenbeleidigung und Sie wissen, das ist strafbar."

Paul fühlte sich, als ob ihm der Boden unter den Füßen weggezogen worden wäre. Was konnte er hier bei der Polizei erreichen? Offenbar glaubte man ihm nicht und wollte ihm auch nicht helfen. Selbst wenn er wütend werden würde, wäre er machtlos. Er zog sich auf seinem Stuhl zurück, ließ das Kinn auf seine Brust gleiten und dachte krampfhaft nach.

***

Die Bürotür schlug auf.

Dobermann ließ sich nicht stören. Er saß konzentriert vor dem PC und betätigte mit zwei Fingern nach und nach die einzelnen Buchstaben der Tastatur.

„Benjamin, hast du das Protokoll der Rüsselsheimer Kollegen an Klara weitergeleitet?", polterte Hartmann außer Atem los.

Der junge Kommissar horchte auf. „Du meinst die Mitteilung, dass in einer Rüsselsheimer Wohnung ein Frank Meinhardt an einem Heizkörper festgekettet worden war und berichtete, dass Fabian Breuer angeblich Georg Schärfer und Franziska Hillershausen verschleppt hat?"

„Ja, genau die meine ich", sagte Hartmann genervt.

„Ich kam noch nicht dazu. Das mache ich aber gleich nachher."

„So `ne Scheiße", schimpfte Hartmann. Aufgebracht lief er in dem kleinen Büro hin und her. „Klara muss dringend darüber informiert werden. Sie sitzt gerade mit Paul Hillershausen und diesem Hannes zusammen."

„So eine Scheiße", Benjamin begriff, dass er einen Fehler gemacht hatte. „Ist er heute denn nüchtern?", lenkte er ab.

„Weiß ich nicht. Ist mir auch egal. Verdammt noch mal. Merkst du nicht, was du getan hast? Unsere interne Kommunikation sollte wenigstens funktionieren. Ich weiß nicht, was Klara davon hält, dass du das FAX schon gestern Abend erhalten, aber noch nicht weitergeleitet hast. Dir ist doch bewusst, dass wir unter Beobachtung stehen. Mann, Mann, Mann."

„Stimmt", bemerkte Dobermann kleinlaut. „Ich hab´ es einfach verpennt. Es war zu viel zu tun, aber ich bringe es jetzt gleich rüber."

„Na dann mal los!"

Dobermann sprang auf und suchte das FAX, das irgendwo auf seinem Schreibtisch liegen musste.

***

„Sie wollen also nichts unternehmen?", fragte Paul Hillershausen resigniert.

„Wollen wollten wir schon, aber wir können momentan nicht", erwiderte Klara. „Wir haben keinerlei Hinweise, dass Ihrer Frau etwas zugestoßen ist. Tut mir leid. Kommen Sie Anfang nächster Woche wieder, wenn Ihre Frau bis dahin immer noch nicht aufgetaucht ist. Sie können sich auch wieder melden, wenn Sie einen stichhaltigen Hinweis haben, dass ihr etwas passiert sein könnte."

„Hier", sagte Hannes und schob das iPhone langsam über den Tisch. „Diese Nachricht. Die habe ich gefunden, als ich ein wenig rumgeschnüffelt habe. Das ist ein wichtiger Hinweis." Hannes schaute die Oberkommissarin auffordernd an. „Franziska hat die Nachricht geschrieben, aber sie hat sie, aus welchen Gründen auch immer, nicht verschickt."

Klara griff nach dem Smartphone und schaute müde auf das Display. Als sie das Geschriebene gelesen hatte, verzogen sich ihre Mundwinkel. „Was soll ich damit anfangen?", fragte sie genervt. „Da steht lediglich, dass sich Franziska trennen und lieber mit irgendeinem Georg zusammen sein will." Sie legte das iPhone zurück auf den Tisch und schubste es in Richtung ihres Gegenübers.

„Aber lesen Sie doch weiter!", drängte Hannes und schob erneut das flache Gerät über den Tisch.

„Wenn Sie meinen." Klaras Stimme klang nun noch eine Spur genervter. Sie las und schob das Gerät erneut über den Schreibtisch. „Und weiter? Sie schreibt, sie wollte am Dienstag ihre Kleider abholen und bat darum, dass ihr Mann nicht zu Hause sei und keine Szene machen sollte. Irgendwie nicht sehr ergiebig."

„Franziska kam nicht", meldete sich Paul mit tonloser Stimme zu Wort. „Ich habe von all dem nichts gewusst, weil ich die Nachricht nicht bekommen hatte. Ich war am gesamten Dienstag in unserer Wohnung, aber Franziska kam nicht. Nicht am Dienstag und heute auch nicht." Paul schluchzte vor sich hin.

„Jetzt langt es mir aber", brauste Klara Potente auf.

Paul erschrak, auch Hannes wich zurück. Er fasste sich allerdings gleich wieder und versuchte es erneut: „Ich habe bei den eingegangenen Nachrichten die Adresse von diesem Georg gefunden ..."

Die Oberkommissarin schnellte von ihrem Sitz hoch. „Das ist mir vollkommen egal", schrie sie, als es an der Bürotür klopfte.

„Was ist?"

Die Tür öffnete sich und Dobermann erschien mit hängenden Schultern in der Öffnung.

„Kann ich dich kurz sprechen?", bat er mit gesenktem Blick.

„Du siehst doch, dass ich ..."

„Es ist aber wichtig und betrifft unseren Fall", unterbrach sie Dobermann fordernder.

„Na gut, aber ich hoffe, es ist wirklich etwas Wichtiges", sagte Klara genervt. An die beiden am Tisch Sitzenden gerichtet sagte sie: „Warten Sie, ich komme gleich wieder." Sie stürmte zur Tür und brabbelte leise vor sich hin: „Mag sein, dass es gut ist, kurz dieses Irrenhaus zu verlassen. Vielleicht entspannt es mich ein wenig." Im nächsten Moment schlug die Tür mit einem lauten Knall ins Schloss.

Paul und Hannes zuckten zusammen.

Draußen im Flur überschlug sich eine Frauenstimme.

„Die will uns nicht glauben", begann Paul. Seine Worte klangen traurig. „Ich muss mich allein auf die Suche nach Franziska machen. Danke, dass du dich so gut mit diesem iPhone auskennst und auch rausgefunden hast, wo Georg wohnt."

„Ich bin dein Freund. Ich begleite dich natürlich", sagte Hannes und beide erhoben sich synchron, als wären ihre Körper auf magische Weise miteinander verbunden. Gerade als Paul seine Hand nach dem Türgriff ausstreckte, wurde die Tür aufgestoßen und das Türblatt hätte ihn beinahe an der Schulter getroffen, wäre er nicht rechtzeitig zur Seite gesprungen.

Die Kriminaloberkommissarin stand mit hochrotem Kopf vor ihm und schrie: „Hinsetzen! Ich brauche Sie. Sie erzählen nun nochmal alles von Anfang an. Ich schreibe ein Protokoll und gebe eine Fahndung nach dieser Franziska heraus."

Paul und Hannes schauten sich an und verstanden nichts.

2.

Als Dorothea Krause hektisch das Polizeirevier am Marktplatz betrat, stand ein gelangweilt dreinschauender Beamter hinter dem Holztresen. „Wie kann ich Ihnen helfen?", fragte er wie die Bäckersfrau, kurz bevor sie ihren Laden schließen will, und ließ erst jetzt den Knopf zum Öffnen der Eingangstür los.

„Hören Sie", sagte die hereinstürmende ältere Dame mit der Stimme eines Papageien, der in einen Schraubstock eingespannt ist: „Ich habe den erkannt."

Als der Beamte nicht gleich antwortete, quäkte sie weiter: „Den, den Sie überall suchen. Ich habe ihn erkannt."

Der Beamte schaute fragend.

„Wen wollen Sie erkannt haben?"

„Na kommen Sie schon, junger Mann. Etwas mehr Elan hätte ich mir von der Darmstädter Polizei schon erwartet."

Das Polizeirevier, das die Bevölkerung Schlossrevier nannte, war im Darmstädter Residenzschloss direkt am Marktplatz untergebracht. Der Renaissance-Bau gab eine schlauchförmige Anordnung der Büros vor. Eingelassen wurde man über eine schwere Holztür, gelegen in einem mächtigen Torbogen, in dem eine Überwachungskamera hing. Nach dem Klingeln, dem Beäugtwerden und dem Geräusch des Türsummers betrat man einen verglasten Vorraum, dahinter schloss sich ein verschlissener Wachtisch bestückt mit zahlreichen Bildschirmen an. Dies war die Leitstelle des Reviers, die Kommunikationsschnittstelle. In den 70er und auch noch in den 80er Jahren standen hier sogenannte spanische Wände, um die Schreibtische voneinander abzuschirmen. So kam es häufig vor, dass Verhaftete mithören konnten, wenn ihre Mitstreiter verhört wurden. Viele Kuriositäten erlebten die Beamten im Schlossrevier, nicht nur deswegen, weil es so zentral in der Stadt gelegen war. An eine Begebenheit konnte sich der Oberkommissar, der heute Dienst hatte und kurz vor seiner Pensionierung stand, noch sehr gut erinnern. Mitte der Siebziger alarmierte eine aufmerksame Bürgerin nachts um vier Uhr die Beamten des Schlossreviers. In der Einkaufspassage sei ein Schaufenster eingeschlagen worden. Der Dieb floh in Richtung des Weißen Turms. Polizisten waren schnell vor Ort. Der Verdächtige nahm, merkwürdig laufend, Reißaus. Die Beamten hatten keine Probleme ihn einzuholen, denn mit seinen Flossen und dem Taucheranzug kam der Flüchtende nicht weit. Die Erklärung des betrunkenen Diebes: Er sah den Taucheranzug im Schaufenster und wollte schon immer mal so ein Ding anprobieren. Deswegen hob er den lockeren Pflasterstein vom Boden auf und erfüllte sich seinen Wunsch. Der Täter kam erst einmal zur Ausnüchterung in eine der Arrestzellen, die sich an die Leitstelle anschlossen. Genau die Leitstelle, an der der diensthabende Beamte momentan hinter dem Wachtisch stand und die Gestalt mit der Papageienstimme eingehend betrachtete. Ihre Haare leuchteten orange, als wäre dem Friseur ein Malheur passiert. Dazu passten allerdings der grüne Lodenmantel und der ebenfalls grüne Rock, der bis über die Knie reichte. Darunter schwarze Kniestrümpfe und braune Lederschuhe. Das einzige farblose an der Gestalt war die Gesichtshaut, allerdings mit Ausnahme der Lippen, die grellrot angemalt waren.

„Ich habe den gesehen. Ich erzähle doch kein Quatsch.“ Da war sie wieder diese schrille Stimme, die den Beamten etwas zurückschrecken ließ.

„Wen meinen Sie, gnädige Frau?“

„Ach hören Sie auf mit dem Gnädige-Frau-Geschwätz, ich hab den da gesehen ...“ Dabei ruderte sie mit ihrem rechten Arm, den Zeigefinger wie ein Schwert gestreckt, das zischend die Luft zerteilte. „... den da! Den da auf dem Bild. Den Gauner, den Lump, den Dumm-Zeusch-Schwätzer.“ Als der wachhabende Beamte noch immer nicht reagierte, fügte die ältere Dame hinzu: „Jetzt kriegen Sie keine kalten Füße und bewegen Sie sich. Ich will zu Protokoll geben, wo ich den gesehen habe.“

Der Beamte musste grinsen. Er fragte sich, woher die Dame wusste, dass er kalte Füße hatte, denn außer den Beamten wussten nur wenige, dass es im Schlossrevier eine ärgerliche Besonderheit gab.

Wenn in dem Raum ab Oberkante Schreibtisch eine angenehme Temperatur von 21 Grad zu messen war, haute es einem unter dem Tisch die Füße weg und zwar vor Kälte. Keiner konnte das Phänomen erklären, aber alle, die hier Dienst hatten, versuchten die Kälte mit dicken Wollsocken in den Griff zu bekommen.

„Ach, Sie meinen den Fabian Breuer."

„Was weiß ich, wie der heißt. Ich meine den da auf dem Bild."

„Wenn Sie das Plakat genau betrachten, können Sie auch den Namen lesen. Leider kommen Sie ein wenig zu spät. Diesen Mann haben wir schon festnehmen können. Das Bild hängt nur noch aus Versehen dort. Wahrscheinlich hat der Kollege vergessen, es abzuhängen."

„Ach Quatsch, ich habe den erst vor ein paar Tagen gesehen. Ich habe sogar mit ihm gesprochen, als ich in der *Tanne* einen Kaffee getrunken habe."

„Gnädige Frau", versuchte der Beamte ruhig zu bleiben. „Diesen jungen Mann konnten wir schon festnehmen. Sie brauchen sich also keine Sorgen mehr zu machen."

„Verstehen Sie, ich habe den verwechselt. Der sieht dem Sohn vom alte Ferdinand von Roden, der vor ein paar Monaten verstorben ist, Gott hab ihn selig, zum Verwechseln ähnlich ... Also nicht der Sohn ist verstorben, sondern der Vater und der Sohn sieht auch nicht Gott ähnlich, sondern dem Fabian Breuer ... Die gleichen sich wie zwei eineiige Zwillinge. Sie verstehen? ... „Also ich meine, wie eineiige Zwillinge, zwei eineiige Zwillinge wären ja vier ... Ich habe den angesprochen in der *Tanne* in Bessungen, da wo ich immer meinen Kaffee trinke, und ich habe ihn gefragt, wie`s seinen Pferden geht, denn der hat ja ein großes Gestüt in Kronberg im Taunus, und da konnte der nicht mitreden, weil es gar nicht der Helmut war, sondern der Kerl da auf dem Bild, der von dem Sie sagen, dass Sie den festgenommen haben. Und nun weiß ich nicht, ob der, der im Gefängnis sitzt, der auf dem Bild ist oder der Sohn von meinem alten Freund, der schon verstorben ist, Gott, hab ihn ..."

Anfänglich versuchte der Beamte noch, dem Redeschwall der älteren Dame Einhalt zu gebieten, bald gab er es allerdings auf und fand es sehr interessant, was er hörte, zumal er den Fall kannte.

„Wie kommen Sie auf die Idee, dass der Mann auf dem Fahndungsfoto die Rolle mit Helmut von Roden getauscht haben könnte?", fragte er.

„Also passen Sie mal auf. Nach dem Treffen mit dem Kerl auf dem Bild, war ich nochmals in Kronberg in dem Gestüt, also gestern, und da habe ich mit dem Helmut geredet. Der sah noch genauso aus wie früher, ordentlich halt, sehr fein angezogen, aber der hat ganz anders geredet, so von oben herab, als wenn der mich gar nicht mehr kennen würde. Der hat mich auch gleich abgewimmelt, als ich mit ihm über seinen Vater reden wollte. Noch nicht mal ein Tässchen Kaffee hat der mir angeboten ..."

Der Beamte hob die Hand, wie man das bei einem Hund tut, damit er aufmerksam wird, zum Herrchen hochschaut und Sitz macht. Die alte Dame reagierte, setzte sich allerdings nicht, sondern schwieg einfach.

„So, nun benötige ich erst einmal Ihre Personalien", sagte der Diensthabende und suchte nach einem Formular. „Ich möchte nochmals genau wissen, was und wann Sie mit der Person in der *Tanne* gesprochen haben und wo dieser Helmut von Roden wohnt." Der Beamte senkte seine Hand und die ältere Dame stellte ihre Handtasche auf den Tresen. „Also, mein Name ist Dorothea Krause und ich erzähle Ihnen gerne alles.

Hätten Sie vielleicht ein Tässchen Kaffee für mich?"

3.

„Schön hier, was?", begann Dobermann nach einer langen schweigsamen Autofahrt.

„Ja, ganz okay für die Augen, aber nicht für meine Nase", antwortete Hartmann.

„Was ist mit deiner Nase?"

„Bin allergisch gegen Pferdehaare und hier wimmelt es ja davon. Hatschi! Das ist ätzend ..."

„Will`ste mit deiner Schniefnase im Auto hocken bleiben?"

„Ach was, erst einmal habe ich die lange Autofahrt auf mich genommen und zum anderen bin ich sowas von neugierig."

„Klar, die alte Kriminalistenkrankheit, lass uns ein wenig umschauen."

Klara Potente hatte prompt reagiert. Nachdem sie die Informationen aus dem Polizeirevier im Schloss zugemailt bekommen und die Aussagen von Dorothea Krause voller Erstaunen gelesen hatte, suchte sie nach Kollegen aus der Soko, die Helmut von Roden besuchen und dazu befragen könnten. Letztendlich blieben nur die beiden Kommissarnovizen, alle anderen waren im Einsatz. Kriminaloberkommissarin Potente war darüber in keiner Weise erfreut, aber was sollte sie tun?

Und so hatten sich Dobermann und Hartmann auf den Weg nach Kronberg gemacht. Langsam rollte ihr Dienstwagen an dem langgezogenen Gebäude entlang und blieb in der Nähe der Stallungen stehen.

„Mann, Mann, Mann, was für ein Anwesen!“, staunte Daniel noch bevor er die Autotür öffnete, um auszusteigen. Ein Stofftaschentuch hielt er vorsichtshalber in seiner rechten, falls der Niesreiz wieder einsetzen sollte.

Dobermann glaubte eher, die Allergie wäre nur eine fixe Einbildung seines Kollegen, zumal beide noch kein einziges Pferd zu Gesicht bekommen hatten.

„Warte mal“, sagte Dobermann unvermittelt. „Lass uns noch einen Augenblick im Auto bleiben.“

Hartmann gehorchte und schloss die Tür.

„Sag mal“, begann sein Kollege vorsichtig, „was ich dich schon die ganze Zeit fragen wollte.“ Nervös rutschte er auf dem Fahrersitz hin und her.

„Komm, spuck schon aus!“, ermutigte Hartmann ihn und glaubte zu wissen, was seinem Kollegen auf dem Herzen lag.

„Ich habe kein Disziplinarverfahren angedroht bekommen, obwohl ich die Information der Rüsselsheimer Polizei fasst einen ganzen Tag aus purer Vergesslichkeit zurückgehalten hatte. Das wundert mich. Du weißt genau so gut wie ich, dass uns der alte Löwental im Blick hat und trotzdem habe ich keinen Ärger bekommen. Das versteh ich nicht.“

Daniel grinste spitzbübisch.

„Was grinst du denn so. Hast du etwa ne Ahnung, was da läuft?“

Daniels Grinsen wurde breiter, seine Augen leuchteten.

„Oder, steckst du etwa dahinter?“

„Wie hat sich Klara denn verhalten?“

„Na, ganz komisch halt, irgendwie verstockt.“

„Das denke ich mir“, sagte Daniel und lachte los.

„Nun sag schon, was weißt du?“

Hartmann grinste jetzt wieder. Benjamin schaute verärgert. „Willst du mich auf die Folter spannen, los erzähl schon.“

„Ich habe mit Klara geredet“, begann Daniel endlich und schwieg allerdings wieder.

„Ja, und? Komm schon! Was hast du ihr gesagt?“ Benjamin bemühte sich, ruhig zu bleiben. Hartmann grinste immer noch und Benjamin konnte es kaum ertragen. „Sag schon!“, kläffte er.

Hartmann erlöste ihn aus seiner Anspannung und verleitete ihn zu einem lauten Losprusten, als er erzählte: „Ich habe kurz vor dem Mittagessen mit meinem Vater telefoniert und ihn zur Rede gestellt. Dein alter Herr hat mich ja heut früh darüber informiert, dass er ein Gspusi mit Löwentals Frau hat. Du wirst es nicht glauben, was ich von meinem Vater erfahren habe.“ Dobermann schaute neugierig. „Klara Potente und Kriminalrat Löwental haben schon seit Monaten ein Verhältnis. Deswegen hat sich auch Löwentals Frau von ihm getrennt.

Ich sagte Klara, dass ich von ihrer Liebschaft wisse und auch davon, warum gerade sie die Leitung der Soko übertragen bekommen hat.“

„Mann, Mann, Mann, da öffnen sich Abgründe. Das hätte ich nicht gedacht“, grätschte Benjamin in die letzten Worte seines Kollegen, „was hast du Klara noch gesagt?“

„Ich habe sie lediglich freundlich gebeten, deinen kleinen Fehler nicht an die große Glocke zu hängen und soweit ich weiß, hat sie sich auch daran gehalten.“

Benjamin prustete los und klatschte sich mit seinem Kollegen ab. „Na, prima“, sagte er, „lass uns unsere Arbeit machen.“

Die Kommissare stiegen aus. Schweigsam liefen sie nebeneinander her. Zunächst mussten sie an den Stallungen vorbeigehen, endlose hundert Meter lang, unterbrochen von einer großen hölzernen Flügeltür, die den Blick in das Innere erlaubte. Kein einziges Pferd. Die großräumigen Boxen, die die beiden Kommissare einsehen konnten, waren ausgemistet.

„Eigenartig“, brummelte Hartmann und ging weiter in Richtung des Haupthauses. Zwei riesige Buchsbäume säumten die vierstufige Treppe, die nach oben zu der zweiflügligen weißen Eingangstür führte. Keine Klingel weit und breit, aber die wäre auch unnütz gewesen, denn die Tür stand offen. Die beiden Kommissare betraten eine mit Marmor ausgekleidete Halle, die von einer ausladenden Treppe dominiert wurde. „Hallo“, rief Benjamin in die Halle hinein und der Hall seiner eigenen Stimme verunsicherte ihn. So etwas hatte er noch niemals gehört. „Hallo, ist da wer?“, versuchte es Hartmann erneut, diesmal etwas lauter.

„Wer stört?“, dröhnte eine Stimme von der obersten Stufe der Treppe.

Die Kommissare erschraken, als säßen sie in einem Horrorfilm und wären von einem plötzlich aufgetauchten Zombie aufgeschreckt worden. Beide rissen ihre Köpfe herum und blickten nach oben. Dort sahen sie einen stattlichen Mann mit mittellangen glatten blonden Haaren. Breitbeinig stand er da, beide Hände in die Hüfte gestemmt.

„Warum dringen Sie in mein Haus ein?“, waren die nächsten Worte und sie klangen, als kämen sie aus dem Mund eines Großgrundbesitzers, der zu seinen Sklaven spricht.

Dobermann hatte zuerst seinen Dienstausweis gezückt und sagte: „Kriminalkommissar Dobermann, K10, Darmstadt. Spreche ich mit Helmut von Roden?“

Ohne ein weiteres Wort zu sagen, stieg der Angesprochene langsam und erhaben die Treppe herunter. Er trug das Outfit der gehobenen Gesellschaft, glänzende Lederschuhe nach Maß, feine Stoffhose, weißes Hemd. Darüber eine graue Strickweste aus Schurwolle und ein eng anliegendes Sakko in marineblau. Er bewegte sich schnurstracks auf Dobermann zu, blieb knapp einen halben Meter vor ihm stehen, schnappte den Dienstausweis und prüfte ausgiebig das Bild und den Dienststempel.

„So, so“, sagte er endlich, „Kommissare vom Polizeipräsidium Südhessen, „wie kann ich Ihnen helfen?“

Hartmann blickte seinen Kollegen kurz an. Dobermann schüttelte leicht mit dem Kopf und senkte die Augen, als wolle er sagen, der sieht zwar meinem alten Freund ähnlich, aber wir haben uns getäuscht, das kann nicht Fabian Breuer sein, der da vor uns steht.

„Warum sind keine Pferde in den Stallungen?“, fragte Hartmann, nicht zuletzt, um die Aufmerksamkeit des Mannes auf sich zu ziehen.

„Sie sind also gekommen, um sich nach meinen Pferden zu erkundigen“, sagte der Mann verächtlich. Er drehte seinen Körper zur Seite und machte einen Schritt auf Hartmann zu, nicht ohne zuvor Benjamin den Dienstausweis zurückzugeben.

„Also, wenn es darum geht, da kann ich Ihnen Auskunft geben. Ich bin im Begriff, das Anwesen zu verkaufen. Meine Eltern sind vor einiger Zeit gestorben und ich habe schnell gemerkt, dass ich kein Gestüt führen möchte. Ich habe andere Interessen. Sie müssen wissen, mein Hof hat eine jahrhundertealte Geschichte und ist eng mit der Lokalgeschichte Kronbergs verbunden. Im Mittelalter noch ein Fronhof wurde später die Schafhaltung am wichtigsten. Hieraus leitet sich auch der bis heute erhaltene Name ‚Schafhof' ab. Noch im 17. Jahrhundert weideten auf dem weitläufigen Gelände im Taunus rund 3000 Tiere. Erst zu Beginn des 19. Jahrhunderts wurden die Schäfereien von der Herzoglich Nassauischen Domänenverwaltung eingestellt, in der Folge wechselte der Hof mehrfach seinen Besitzer, bis meine Eltern ihn übernahmen und sehr erfolgreich in die Pferdezucht eingestiegen sind. Ich bin der einzige Nachfahre und suche nach einem kompetenten Menschen, der das Gestüt übernimmt und an die Erfolge meiner Eltern anknüpfen kann. Können Sie mir vielleicht dabei behilflich sein?"

Bei dem letzten Satz betonte er das *Sie*. Er warf es dem Kommissar so verächtlich entgegen, dass er sich plötzlich klein und dumm vorkam.

„Wann waren Sie das letzte Mal in Darmstadt?", übernahm Dobermann.

Blitzartig drehte sich der junge Blonde herum und schaute den Kommissar angriffslustig an. „Das kann ich Ihnen nicht genau sagen. Ich komme viel rum. Darmstadt ist nicht meine Lieblingsstadt, müssen Sie wissen, aber ab und zu bin ich auch dort unterwegs."

„Kennen Sie eine Frau Krause?", fragte Hartmann forsch, der seine Selbstsicherheit wieder gefunden hatte.

„Nein." Na prima, da haben wir ihn doch, dachte Benjamin und wollte gerade eine Frage nachschieben, als sein Gegenüber weitersprach: „Aber die alte Frau Krause kennt mich, vielmehr war sie mit meinen Eltern bekannt. Dorothea Krause ist eine furchtbare Frau, nicht nur wegen ihres Aussehens. Sie spricht zu viel, zu laut und zu unsinniges Zeug. Aber egal ... was ist denn mit dieser Frau Krause?"

„Sie sagt, sie habe Sie vor Kurzem in Darmstadt getroffen."

„Mag schon sein. Ich kann mich daran nicht erinnern. Sie verstehen, einer meiner Lebensweisheiten ist es, Dinge, die mich nicht interessieren, schnellstmöglich wieder zu vergessen." Der junge Mann schnaubte verächtlich: „Aber nun kommen Sie bitte zur Sache. Weswegen sind Sie hier? Ich habe nicht viel Zeit. Ein Kaufinteressent wartet." Dabei schaute er auf seine teure Armbanduhr und kramte sein Handy aus der Tasche, welches sich mit einem leisen *Plink* gemeldet hatte.

„Kennen Sie einen Fabian Breuer?"

„Kenne ich nicht", sagte der Mann, schaute weiter auf sein Handy und entfernte sich.

„Tragen Sie ein Tattoo?" Dobermanns Worte verließen seinen Mund lauter als gewollt.

Der Mann in dem feinen Zwirn blieb stehen und wirkte angewidert, als er sich langsam umdrehte. Mit stechendem Blick sagte er: „Denke Sie, ich wäre ein Seemann oder hätte irgendwann im Laufe meines Lebens in einer Justizvollzugsanstalt eingesessen?"

„Dürfte ich Ihre rechte Schulter sehen?", legte Dobermann nach.

„Natürlich dürfen Sie, wenn Sie mir eine richterliche Verfügung zeigen, durch die ich gezwungen wäre, mich vor Ihnen zu entblößen."

„Na, wenn das so ist", ruderte der junge Kommissar zurück, „müssen wir nochmals wiederkommen."

„Tun Sie, was Sie nicht lassen können, aber rufen Sie mich vorher an, damit ich genügend Zeit für Sie habe", war die schnippische Antwort. Anschließend griff der blonde Mann in seine Sakkotasche und fingerte eine Visitenkarte heraus. Ein Schritt später stand er Nase an Nase mit dem Kommissar und drückte ihm das Stück Papier in die Hand. „Hier! Damit Sie mich anrufen können und nicht die Ausrede bemühen, Sie wüssten meine Nummer nicht."

Ohne ein weiteres Wort drehte er sich um und stolzierte die breite marmorne Treppe hinauf, wo er hinter einer der Türen im ersten Stockwerk verschwand.

Die beiden Kommissare standen alleine in der großen Eingangshalle, schauten sich an und verließen kopfschüttelnd das Anwesen.

„Na, was denkst du?", fragte Hartmann, nachdem er die Autotür zugeschlagen hatte.

„Fabian ist zwar ein Arschloch, aber so ein großes wie dieser Helmut von Roden auch wieder nicht. Irgendwie kann ich mir nicht vorstellen, dass Fabian seine Identität gewechselt hat."

„Ich weiß nicht so recht. Irgendetwas stimmt hier nicht", brabbelte Hartmann leise vor sich hin. Kurz darauf sagte er etwas lauter: „Fahr los. Ich kann besser denken, wenn die Landschaft an mir vorbeizieht."

Dobermann gehorchte und die beiden Kommissare schwiegen sich gegenseitig an, bis sie die Darmstädter Stadtgrenze erreicht hatten.

„Der war eine Spur zu cool", sagte Hartmann, nachdem er lange nachgedacht hatte. „Das war nicht echt. Ich habe so ein eigenartiges Gefühl. Ich glaube, wir werden an der Nase herumgeführt."

„Du glaubst also tatsächlich, Fabian hat mit Helmut von Roden die Rollen getauscht?“

„Ich weiß es nicht. Es ist einfach so ein Gefühl. Ich stelle mir andauernd die Frage, wie wir herausfinden können, ob Helmut von Roden auch tatsächlich Helmut von Roden ist.“

Sie bogen auf den Parkplatz des Polizeireviers ein, stellten den Dienstwagen ab und stiegen die breite Steintreppe empor. Als sie den Pförtner passierten sagte Benjamin: „Geh schon mal vor. Ich muss es mal in der Keramikschüssel plätschern lassen und komme gleich nach.“

Hartmann trabte noch immer in Gedanken versunken durch den langen Flur. Im Büro angekommen nahm er den Telefonhörer, führte ein paar Telefonate und wartete auf seinen Kollegen.

Dobermann betrat keine Minute später das Büro und machte sich an der Kaffeemaschine zu schaffen.

„Ich habe gerade nochmals mit dem Krankenhaus telefoniert“, sagte Hartmann, der auf seinem Bürostuhl saß und die Finger der beiden Hände hinter seinem Kopf verschränkt hatte. „Die Ärztin sagte mir, wir könnten Breuer morgen auf gar keinen Fall verhören. Er musste mit Medikamenten ruhiggestellt werden, nachdem er kurze Zeit nach unserem ersten Gespräch ausgeflippt sei. Er habe versucht zu fliehen und habe sogar den Beamten angegriffen, der vor der Tür Wache hielt, aber bald schon haben ihn seine Kräfte verlassen und zwei Pfleger konnten ihn überwältigen. Nun ist er in seinem Bett fixiert und schläft tief und fest. Vor Übermorgen sei da gar nichts zu machen, sagte die Ärztin.“

„So ein Mist“, schimpfte Dobermann, ohne sich umzudrehen.

„Die Antworten auf unsere Fragen kann uns nur Breuer geben und der ist ausgeschaltet. An Helmut von Roden kommen wir momentan nicht ran. Ich habe mit dem Richter gesprochen. Bis wir eine Verfügung bekommen, um seine Schulter ansehen zu können, werden noch einige Tage vergehen, vielleicht sogar eine Woche, sagte der Richter. Das sind doch rosige Aussichten, oder?“

„So ein Mist!“, wiederholte sich Dobermann, diesmal etwas lauter. Er drehte sich abrupt um und grinste Hartmann breit an. „Aber pass auf. Ich hatte da eben so eine Idee, etwas verwegen vielleicht, aber es könnte klappen.“ Er füllte zwei Tassen mit Kaffee, gab eine davon seinem Kollegen und setzte sich anschließend an seinen Schreibtisch. Im nächsten Moment bearbeitete er die Tastatur, lächelte dabei und als er fertig war, sagte er an Hartmann gerichtet: „Lies mal!“

Der Angesprochene umschiffte den Schreibtisch, stellte sich hinter Dobermann und las. Mit jedem Abschnitt wurde auch sein Grinsen breiter. Als er zum Ende gekommen war, sagte er. „Prima. Druck es aus. Anschließend werden wir diese Dorothea Krause anrufen und sie fragen, ob sie uns das Papier unterschreibt. Wenn sie es tatsächlich macht, können wir den Brief losschicken."

4.

Die dunklen, tief hängenden Wolken erweckten den Eindruck, als sei die Sonne schon untergegangen, obwohl es erst kurz nach sechs Uhr abends war. Paul und Hannes kurvten schon seit einer halben Stunde durch Rüsselsheim, bis Paul endlich fündig wurde. „Halt da vorne an der Ecke", sagte er und deutete nach draußen. Hannes gehorchte und chauffierte gekonnt sein Fahrzeug in eine enge Parklücke. „Schafsgrund 40, ein Hochhaus also", sagte Paul verächtlich und stieg aus.

Auf dem Schild neben der Tür fand er schnell den Namen *Schärfer* und klingelte. Er wartete, nichts passierte. Er drückte nochmals. Als auch nach dem dritten Mal nichts geschah, drückte er auf weitere Klingelknöpfe, bis der Türsummer erklang und er die Tür aufdrücken konnte. Mittlerweile stand Hannes hinter ihm und folgte. Der Flur war dunkel und eng. Gleich links befand sich der Aufzug. Der Knopf, der dem Aufzugkorb befahl, nach unten zu kommen, glimmte vor sich hin. Paul betätigte ihn und die beiden Türhälften schoben sich zur Seite. Natürlich war der Aufzugkorb beleuchtet und man sah überdeutlich die bekritzelten Wände, den bespuckten Boden und die abgegriffene, befleckte Metallfläche, in der die Druckknöpfe für die einzelnen Etagen eingelassen waren.

„Mann, bin ich froh, dass es in meinem Haus keinen Fahrstuhl gibt", stöhnte Paul und drückte den Knopf mit der *Vier*. Erst einmal passierte gar nichts, dann schloss die Tür mit einem Geräusch, das keine guten Vorahnungen wach werden ließen. Wiederum passierte mehrere Sekunden gar nichts, kurz darauf ein Ruck und ein Gekrächze, sodass sich Paul reflexartig an der Wand abstützte. Erneut ein kräftiger Ruck und der enge Raum bewegte sich nach oben. Ein gelber Pfeil zeigte die Bewegung an. Erst erschien eine *Eins*, bald eine *Zwei*, eine *Drei* und als die *Vier* leuchtete, war Paul vor Anspannung in Schweiß gebadet. Er freute sich, wie schon lange nicht mehr, als sich die Tür endlich ruckelnd öffnete. Eilig betrat er den dunklen Flur, sah an der gegenüberliegenden Wand den Lichtschalter und drückte ihn.

Hannes blieb dicht hinter ihm. Beide schwiegen, drehten sich nacheinander nach links, gingen um die Ecke und standen vor einer Wohnungstür, an der im oberen Drittel eine polizeiliche Versiegelung angebracht war. „Mist, zu spät, hier ist niemand mehr", ärgerte sich Paul und schlug mit der Faust hart gegen die rau verputzte Wand, um die angestauten Gefühle irgendwie loszuwerden. Es tat höllisch weh. Paul zog seine Faust zurück und schaute sich die rote, teilweise aufgesprungene Haut an seinen Fingerknöcheln an. Das Licht ging aus. Es war plötzlich stockdunkel. Paul fluchte und Hannes kümmerte sich um seine aufsteigende Angst, die drohte, ihm die Kehle zuzuschnüren. Er kam gar nicht auf die Idee, sich umzudrehen und nach dem Lichtschalter zu suchen. Er verharrte und hörte das Fluchen und Stöhnen seines Freundes, als ein Lichtstrahl durch den Flur schnitt wie ein Laserschwert.

Hannes schaute gebannt auf die Wand, auf der der Lichtschein schnell hin und her schwang, bis ein Klacken ertönte. Die Flurbeleuchtung war wieder angeknipst worden. Um die Ecke kroch eine kleine, nach vorn gebeugte Gestalt, die eine Taschenlampe in der Hand hielt. Die mit farbenfrohen Blümchen gemusterte Kittelschürze und das eng gebundene Kopftuch fielen Hannes zuerst auf, dann traf ihn eine keifende Stimme: „Was mache Sie denn hier? Sin Se von de Bolizei? Die kumme jetzt ja ständisch in unser Haus. Ich wes ja ned, was ich davon halde soll? Abber immerhin is es e bissi ruischer geworn, seitdem dieser Georg Schärfer nemmer do is. Gott seis getrommelt und gepfiffe."

„Nein wir sind nicht von der Polizei", drängelte sich Paul vor und, als die Frau kurz schwieg, fragte er: „Wohnen Sie auf diesem Stockwerk?"

„Naddürlich ned. Isch wohne unne."

„Und, warum sind Sie hier?"

„Bei mir hods geklingelt un kaner reagierte uff mei Rufe dorch die Gegesprecholog. Da musst ich emol gugge."

„Sie sind sehr aufmerksam. Wie heißen Sie?"

„Helga Großhau", sagte die alte Frau stolz und man konnte sehen, wie sie Pauls letzten Satz genoss und förmlich ein paar Zentimeter zu wachsen schien. „Da könne Se recht habbe. Immerhin wohn ich schon seid fünfunfünzig Johr hier im Haus und hab vor fünf Johr von der Wohnbau ein Blummestrauss geschenkt gekrischt. Ich wor sogar in de Zeidung von denen."

Paul machte ein paar schnelle Schritte auf die Frau zu und sagte: „Na, wenn das so ist." Nahezu gleichzeitig zog er eine Fotografie von Franziska aus seiner hinteren Hosentasche und fragte: „Kennen Sie diese Frau?"

Helga Großhau schnappte sich das Bild und vergrub ihre Nase darin. Sie hob leicht ihren Kopf an, wartete einen Moment und genoss Pauls Ungeduld. Sie grinste breit. Es wirkte, als würde sie im nächsten Augenblick mit den Fingern schnippen, ein Besen würde zwischen ihren krummen Beinen erscheinen und sie in die Lüfte heben, damit sie laut kichernd ein paar Runden durch den Flur drehen konnte. Als sie mit dem Grinsen aufgehört hatte, war der Spuk vorbei und sowohl Paul als auch Hannes atmeten erleichtert auf.

Helga Großhau schob Paul die Fotografie entgegen und ließ ihre schrille Stimme erklingen: „Als ich die des letzte Mool gesehn hab, da war die dodaal besoffe. Im Fahrstuhl und gehalde worde is die von zwei Männern. Der eine, des war de Georg Schärfer mein Nachbar von obbe. Wahrscheinlich habbe die die orm Fraa abgefillt, bis se willenlos wor. Was die mit der angefonge habbe, das kann isch mer vorstelle. Es hod auf alle Fälle en mords Lärm gemacht."

Paul merkte, wie ihm die Farbe aus dem Gesicht fiel. „Wann war das?", wollte er stockend wissen.

Helga Großhau überlegte lang und ausdauernd. Immer mal wieder hob sie kurz ihren Kopf und rieb sich zwischendurch mit dem Zeigefinger ihrer rechten Hand am Kinn. „Muss am Dienstach in de früh gewese sei, vielleicht so gesche elf, halb zwölf."

„Sind Sie sicher?", presste Paul heraus.

„Sischer bin isch sischer", sagte Frau Großhau und drehte sich halb um. Es schien so, als wollte sie fortgehen. Ihr Körper zuckte kurz und verharrte anschließend. „Un wer sinn Sie eischendlich, wenn Se ka Bolizei sinn?"

„Wir sind Freunde der jungen Frau auf dem Foto. Wir machen uns Sorgen."

„Die könne Se sich ach mache, bei dem Gesocks."

„Und wie ging es am Dienstag weiter? Haben Sie die Polizei gerufen."

„Ach hern Se uff, die Bolizei rufe. Die kommt doch ned. Die glaabe mir schon lang ned mer un sache dun se des mir ach noch." Frau Großhau schüttelte mit ihrem Kopf und blickte traurig auf den Boden. Sie wiederholte resigniert: „Die kumme nemmer, obwohl ich schon so lang hier lewwe du un alles kenne du, un alles beoachte du." Die alte Frau stach mit dem erhobenen Zeigefinger der rechten Hand mehrmals Löcher in die Luft. „Ich könnt dene Sache erzähle üwwer des, was hier so los is. Ich hab alles uffgenomme un ach Bilder gemacht, awwer, die sache immer, sie hätte anneres zu dun. Desdewesche hab ich ja öfters bei dem Lärmdelefon angerufe."

„Bei wem?", fragte Paul.

„Ey, bei dem Lärmdelefon. Des is so ne Sach von der Wohnbau, awwer nudze dut des ach ned." Frau Großhau machte eine abwertende Handbewegung.

Paul verstand nicht, was die ältere Frau meinte. Es war ihm egal. Er hatte andere Fragen, die ihn beschäftigten: „Ist Ihnen am Dienstagmittag noch etwas aufgefallen?", insistierte er weiter.

Frau Großhau dachte angestrengt nach. Sie schüttelte langsam den Kopf. „Eischendlich wor es ganz ruisch, bis de Obend. Da musst ich widder anrufe. Die junge Leud von dem Lärmdelefon, die kame doch, obwohl die mir gesacht hawwe, sie käme ned."

Paul verstand noch immer nicht, was dieses *Lärmtelefon* sein sollte, wollte aber auch nicht nachfragen, weil er Angst hatte, er würde von einem neuen Schwall von Worten getroffen werden und er merkte, dass er das Geschwätz der älteren Dame nicht mehr lange ertragen konnte, aber eines wollte er noch wissen. „Wer hat die Polizei gerufen und warum ist die Wohnung versiegelt?"

„Des kann ich Ihne sache. Ich hab die ganz Zeit da vorn um die Eck gestanne und zugehorscht."

„Ja, tun Sie es doch", reagierte Paul ungehalten.

Frau Großhau krümmte ihren Rücken noch ein wenig mehr. Sie trippelte zwei Schrittchen in Richtung Paul, hielt die Hand als geöffneten Trichter vor ihren Mund und zischelte verschwörerisch: „Also, wer die Bolizei gerufe hod, des konn ich Ihne ned sache, awwer die sin sofort gekumme. Aner von dem Lärmtelefon hod vor der Dür gewatt. Dann sin die Boliziste mit gezochener Waffe da reingestürmt und hawwe immer widder *gesichert* geschrien. Was die damit gemahnt hawwe, des konn ich Ihne awwer ned soche. Uff alle Fälle hawwe die mit einem gesproche, der in der Wohnung wor. Die Dür war noch offe un der hod laut erzählt, so kunnt ich hörn, was der gesecht hod."

Paul stieg von einem Fuß auf den anderen und hatte mittlerweile beide Hände in seinen Hosentaschen versteckt, vielleicht, um sich irgendwo festhalten zu können.

„Der hod von anem erzählt, der ihn üwwerwäldigt un mit ener Handschell an den Heizkörber gefesselt hod. Desdewesche ach immer des Geklappere nachts. Verstehn Se?“

Frau Großhau blickte Paul und auch Hannes mit großen Augen an.

„Verstehn Se? Isch bin doch ned blöd. Da wor jemand an de Heizkörber gefesselt un hod geklapperrt un isch hobs gehörd, awwer niemand hod mich für ernst genumme. Awwer, es hod geklappert. Ich bin doch ned verrüggt.“

„Ja, ich verstehe Sie. Sie brauchen es nicht mehr zu wiederholen, Sagen Sie mir aber bitte, waren da nicht noch die Frau und der andere Mann in der Wohnung, den Sie auch im Aufzug gesehen haben?“

„Ach die meene Se. Die worn nemmer in der Wohnung. Da gabs noch enen annern, der der den orme Kerl an de Heizkörber gefesselt hod und der, der hod, so sacht der, der on de Heizkörber gefesselt worde war an dem Owend zur Bolizei, der hät die Fraa un den Georg Schärfer, der in der Wohnung gewohnt hod, in Deppische eigewiggelt un mit dem Ufzuch nach unne gefohrn. Die Deppische hät der in des Auto geleescht, des do unne gestonne hod un is denn weggeforhn.“

In Pauls Hirn drehte es sich. Die vielen Worte, die auf ihn eingeprasselt waren und die er nicht alle verstanden hatte, verbanden sich erst nachträglich zu einer Geschichte, die ihn mitten ins Herz traf.

„Un dengge Se noch, ich hob den annere Mann, den mit de Deppiche über die Schuldern, fotografiert. Ich hob ach versucht, des de Bolizei zu sache, awwer als die mich im Treppehaus gesehen howwe, da wurde die blötzlich so ernst un streng. Die howwe mich angeschrien und mich in mei Wohnung gedriwwe. Die hun gesacht, ich bekäm noch Post von dene un ich soll mich gleich vum Agger mache. Se meinde noch, isch würd die Bolizeiabbeid belästige. So en Quatsch. Ich wollt doch nur helfe!“

Paul versuchte über das Gehörte nachzudenken. Nach einiger Verzögerung waren die Worte angekommen und besonders das Wort *fotografiert*.

„Sie haben den Mann, der meine Frau in einem Teppich aus der Wohnung geschafft hat, fotografiert?“, schrie er fast.

„Ei naddürlich. Ich fotografier so einiges, awwer des will jo kaaner sehn.“

„Doch!“ Pauls Halsschlagader schien zu platzen. „Doch, ich möchte die Bilder sehen. Jetzt gleich ... Geht das?“

„Ei naddürlich. Se müsse nur mit in mei Wohnung kumme, do

konn ich Ihne die zeische, wenn Se wolle.“

Paul und Hannes nickten eifrig.

„Kumme Se mit. Mir laffe durch des Treppehaus. Mit dem Ufzuch fohr ich ned. Des is jo lebbensgefährlich. Da is schon so manches bassiert. Da könnt ich Ihne Geschichte erzähle.“

„Nein, nein, bitte nicht.“ Paul wollte keine weiteren Geschichten hören, er wollte die Fotos sehen, also trottete er hinter der Kittel-schürz-und-Kopftuch-Trägerin her und wunderte sich, dass er plötzlich so intensiv an die Zeit seiner Kindheit erinnert wurde, als ihm sein Vater sonntagmittags immer Brüder-Grimm-Märchen vorgelesen hatte.

Schweigsam tappten die Drei durch das Treppenhaus ein Stockwerk tiefer. Frau Großhau zückte ihren Schlüssel und schloss ihre Wohnungseingangstür auf und kurz darauf standen alle in einem schmalen und langgezogenen Flur. Die alte Dame schien überrascht zu sein, dass ihre Gäste so bereitwillig und schnell gefolgt waren, dann überlegte sie, bevor sie mit dem typischen Klang ihrer Stimme, immer etwas lauter als notwendig, sagte: „Se müsse en Aacheblick wadde. Ich hol die Foddos.“ Sie lief zum Ende des Flurs und öffnete vorsichtig eine Tür. Der Geruch, der dort herausströmte, traf zuerst Paul, der seinen Kopf in Richtung der Tür drehte und die Augen scharf stellte. Gleich darauf drehte auch Hannes den Kopf. Ein kurzer Blick genügte und beiden lief es kalt den Rücken hinunter. In dem Zimmer, das spärlich beleuchtet war, schien sich alles zu bewegen. Überall vierbeinige haarige Geschöpfe springend, laufend und liegend. Obendrein quoll neben der mit Ammoniak geschwängerten Luft auch noch ein anschwellendes Gemaunse und Gewimmer in den Flur und in die Ohren der beiden Männer, die wie angewurzelt und mit geöffnetem Mund dastanden. Den Fluchtreflex spürten beide, hielten ihn allerdings nach einem schnellen Blickwechsel zurück, da die Neugierde siegte. Endlose Sekunden später wurde die Zimmertür geschlossen und die gebeugt dahin kriechende Frau stand im Flur. In der Hand hielte sie einige rechteckige Papierstücke.

„Sie haben Katzen?“, stellte Paul fest, betonte den Satz allerdings als Frage, um ihn nicht so vorwurfsvoll klingen zu lassen.

Hannes kratzte sich auffallend intensiv an den Armen und am Hals.

„Naddürlich. Es is gefährlich für die arme Tiere, wenn die drauße uff der Straas rumlaafe. Die wern doch von de Audos übberfohrn. Immer wenn ich drauße ane seh, logg ich se an un bring se in mei

Wohnung. Bei mir grische se genuch zu fresse und sin sicher."

„Aber sind das nicht zu viele Tiere in diesem einen Zimmer? Die werden doch krank?", fragte Paul, dem es eigentlich widerstrebte auf das Thema einzugehen.

„Ach, hörnse uff. Isch hab die naddürlich uffs Wohnzimmer und uffs Schlafzimmer verdeilt."

Frau Großhau hatte die ganze Zeit mit beiden Armen wie wild in der Luft herumgefuchtelt, jetzt hielt sie kurz inne, wiegte sanft den Kopf und sagte etwas leiser: „Vielleicht mus ich doch emol edwas genauer uff die Katze gugge un emol zum Tierarzt gehe." Sie löste sich aus ihrer Erstarrung und fuhr lauter fort: „Awwer egal! Hier hob ich die Foddos." Auffordernd streckte sie den Packen Papier Hannes und Paul entgegen.

Paul grapschte danach und hielt sich die Bilder vor seine Augen. „Ganz schön dunkel hier", bemerkte er. „Hannes, kannst du etwas erkennen?"

„Lass uns rausgehen. Draußen ist das Licht heller", sagte der Angesprochene und kratzte sich noch immer. „Können wir die Bilder behalten?", fragte Paul.

„Nur solang, wie Se se brauche dun. Wenn Se olles gesehn habbe, stegge Se mir die Bilder in de Briefkaste, gell!"

Paul versprach vollmundig, genau das zu tun und verließ die Wohnung. Hannes folgte ihm dankbar. Die Wohnungstür fiel ins Schloss und Paul und Hannes stürmten durch den Flur in das Treppenhaus, froh, sich bewegen und frische Luft einatmen zu können.

Im Erdgeschoss angekommen fragte Hannes: „Was hältst du denn von der Alten?"

Paul zog lediglich die Schultern hoch und arbeitet sich langsam durch die Bilder. „Die Dame scheint ja einen guten Fotoapparat zu haben, alle Bilder gestochen scharf und zum Teil sogar heran gezoomt."

„Anscheinend hat sie neben den Katzen ein weiteres Hobby", bemerkte Hannes lakonisch und forderte Paul auf: „Zeig mal!"

„Also ich kenn den Typen nicht, der die Teppiche schleppt, aber wenn darin tatsächlich Franziska eingerollt war, muss der sich warm anziehen, wenn ich ihn zwischen die Finger kriege."

Er reichte die Bilder an Hannes weiter, der nur mal kurz drauf blickte und losschrie: „Scheiße, den kenne ich! Das gibt es doch nicht. So eine gottverdammte Kacke!"

Paul zuckte zusammen. Mit so etwas hatte er nicht gerechnet, aber nach dem ersten Schrecken kamen die Hoffnung und die Freude, Franziska zu finden. Er beobachtet Hannes, der wie ein Rumpelstilzchen von einem Bein aufs andere sprang und vor sich hin plapperte, ohne den Blick von dem Foto lösen zu können. „Das ist der Fabian. Dass der Dreck am Stecken hat, habe ich mir schon länger gedacht, dass der aber etwas mit dem Verschwinden von Franziska zu tun hat, das konnte ich ja nicht ahnen."

„Woher kennst du den denn?", fragte Paul atemlos. Er packte beide Schultern seines Freundes und fing an daran zu rütteln.

Endlich blickte Hannes auf und Paul ließ ihn los. „Wir waren zusammen in der Schule. Danach hat er für lange Zeit Darmstadt verlassen. Ich habe ihn aber in der letzten Woche gesehen. Er scheint zurück zu sein, so wurde mir zumindest erzählt. Man erzählt auch, dass er einiges mit Drogen am Laufen hat."

„Wer ist *man?*", wollte Paul wissen.

„Darmstadt ist ein Dorf", begann Hannes. „Neuigkeiten verbreiten sich schnell, wenn man die richtigen Leute kennt. Und ich kenne sie alle. Die meisten von früher und ich glaube sogar, ich weiß, wo der Fabian wohnt."

„Waaas!", schrie Paul und begann wieder mit dem Rütteln.

Hannes glotzte erschrocken. „Hör auf! Hör auf damit!", schrie er, was Paul veranlasste, endlich die Finger von ihm zu lassen.

„Lass uns fahren ... und diesem Fabian ein paar auf´s Maul hauen", vervollständigte Hannes seinen Gedankengang und lief in Richtung seines geparkten Fahrzeugs.

Paul schüttelte verwirrt den Kopf, ging aber auch hinüber zum Auto. Als er die Fahrzeugtür öffnete, meinte er: „Wir müssen aber die Fotos der alten Frau in den Briefkasten werfen, wie hieß sie noch gleich, Großhaus oder so?"

„Mann spinnst du, Alter? Die verkackten Fotos sind so egal wie nur irgendwas. Es geht um Franziska. Wir dürfen keine Zeit verlieren."

Paul stieg ein. Es fiel ihm schwer, einen klaren Gedanken zu fassen. Gedanken kamen und gingen, die Gefühle dazu passten nicht. Er fühlte sich, als wäre er aus seinem Körper herausgetreten. Nichts fühlte sich real an. Als er den weichen Sitz spürte, wusste er plötzlich nicht mehr, was er machen sollte.

„Schnall dich an!", dröhnte Hannes Befehl in seinen Ohren. Nach der wiederholten Aufforderung griff er mechanisch nach dem Gurt und tat es. Hannes startete den Motor, gab Gas und fuhr los. Einmal links, zweimal rechts. Sie hatten die Stadt verlassen und befanden sich auf dem Autobahnzubringer nach Darmstadt. Hannes beschleunigte und Paul sah seinen Freund von der Seite aus an. „Du bist so anders, Hannes. Voller Elan. Warum willst du unbedingt Franziska finden?"

Hannes setzte den Blinker. Als er den Beschleunigungsstreifen verlassen hatte, drehte er seinen Kopf in Richtung Paul. „Mir ist was klar geworden. Ich habe wieder eine Aufgabe ... geil!"

„Wie meinst du das?", fragte Paul.

Hannes reagierte verwundert. „Na, jetzt übernehmen wir. Die Polizistin, bei der wir heute waren, hat uns erst nicht ernst genommen und kurz später will sie plötzlich genau wissen, was wir die letzten Tage getrieben haben. Die Zeit hätte sie auch nutzen können, um nach Franziska zu suchen. Sie wusste, wo ich das Smartphone gefunden habe und ich habe ihr auch noch die Adresse von Georg gegeben. Sie hat nichts getan."

Na ja, dachte Paul, die Polizei hat Georgs Wohnung gestürmt, einen Mann verhört und die Wohnung versiegelt. Vielleicht wissen die schon längst, wo sich Franziska aufhält. Dennoch sah er keinen Sinn darin, wieder ins Polizeipräsidium zu fahren und nachzufragen, denn in einem Punkt gab er Hannes recht, auch er hatte sich dort nicht ernst genommen gefühlt. Plötzlich erwachten in ihm erneut die Lebensgeister, die er nach seinem Bungee-Sprung gespürt hatte. „Ja, lass uns nach Darmstadt fahren und diesen Fabian besuchen. Du weißt, wo er wohnt?"

„Mitten in Eberstadt und ich weiß auch, wie man am schnellsten dorthin kommt", presste Hannes zwischen seinen zusammengebissenen Zähnen hervor und trat das Gaspedal bis zum Anschlag durch. Die linke Fahrspur war seine und Paul musste hin und wieder den Fuß fest auf das Bodenblech drücken, als könne er bremsen. Die „Ente" schwankte, überall rappelte es und der Motor brüllte. Paul versuchte seine Angst in den Griff zu bekommen und schwieg. Froh war er, als endlich die Abfahrt Eberstadt ausgeschildert war, Hannes die Fahrspur wechselte und das Gaspedal etwas weniger drangsalierte.

Zehn Minuten später parkte das Fahrzeug vor einem grauen dreigeschossigen Fünfzigerjahrebau. „Hier wohnt Fabian", sagte Hannes, als er ausstieg.

„Tolle Wohngegend", grummelte Paul und war froh, festen Boden unter den Füßen zu spüren.

Hannes stand schon vor der ramponierten Klingelanlage und sagte erfreut: „Hier ist es. Fabian Breuer steht auf der Klingel. Er muss im dritten Stock wohnen.“ Hannes klingelte. Nichts geschah. Er klingelte nochmals und sah, dass die Hauseingangstür anscheinend schon häufig mit Fußtritten bearbeitet worden war, sie schloss nicht mehr richtig und gab einem leichten Druck nach.

Hannes blickte kurz zu Paul und winkte ihn herbei. Beide betraten das Treppenhaus. Es roch stark nach Zigarettenqualm. Offensichtlich traf man sich hier, um zu rauchen und die Wände mit allerlei Sprüchen zu verzieren. *Drogen machen gleichgültig ... mir doch egal* war einer der intelligenteren. Daneben viel Beleidigendes und auch an der Decke gab es eine Menge Zeichen aus Ruß, die mit der hoch gestellten Flamme eines Feuerzeuges hergestellt worden waren. Der Boden und die Treppenstufen waren fleckig und klebten, als wäre kurz zuvor eine Flasche Cola auf ihnen ausgeschüttet worden.

Der Aufstieg in das dritte Stockwerk schien endlos zu sein, zumindest für Paul. Sein Herz klopfte bis zum Hals und am liebsten wäre er schon lange umgekehrt. Da war ein ungutes Gefühl in seinem Bauch. Aber es ging um Franziska und er hatte geschworen, sie zu finden. Dennoch zögerte er.

Bei Hannes war es anders. Als hätte er die wichtigste Aufgabe seines Lebens zu erfüllen, rannte er die Treppen hinauf, augenscheinlich ohne Angst und Anstrengung. Als er oben angekommen war, hörte Paul erst einmal ein kurzes „Mist“ und anschließend ein erfreutes: „Ach schau mal an.“

Die letzten Stufen nahm Paul im Laufschritt. Bald schon stand er atemlos neben Hannes und begaffte die Wohnungstür. „Die Polizei war auch schon hier gewesen und hat die Wohnung versiegelt“, half Hannes ihm auf die Sprünge. „Allerdings scheint es Menschen zu geben, die sich von der Polizei nicht zurückhalten lassen. Das Polizeisiegel wurde durchtrennt und die Wohnungstür aufgebrochen.“

Mit dem ausgestreckten Zeigefinger drückte Hannes gegen das Türblatt, das quietschend den Weg freigab. Als Hannes den Lichtschalter betätigt hatte, entpuppte sich der Flur als sehr klein und quadratisch. Davon gingen zwei Türen ab. Eine führte in ein Mini-Bad, die zweite in ein Zimmer, das sowohl als Schlaf- und Wohnzimmer als auch als Küche genutzt wurde. Nachdem Hannes diesen Raum geöffnet hatte, benötigte sein Hirn erst einmal eine Zeit, bis es realisieren konnte, was die Augen ihm meldeten. Das Zimmer glich einem Schlachtfeld. Alle Türen und Schubläden der Schränke, selbst die der Küchenschränke und des Kühlschranks, waren aufgerissen, alle Inhalte waren herausgerissen worden, neben den Büchern, CD`s und Krimskrams auch Zucker, Salz und Eier.

„Da hat aber einer ganz schön intensiv nach etwas gesucht“, bemerkte Paul aus dem Hintergrund.

„Und ich glaub, der war mächtig sauer, so wie der vorgegangen ist“, ergänzte Hannes und machte einen Schritt in das Zimmer hinein. In einer Nische stand ein Bett. Die Bettdecke und das Kissen waren heruntergerissen, die Matratze hing halb aus dem Rahmen und war mit einem Messer mehrmals aufgeschlitzt worden. Der viereckige kleine Beistelltisch lag obenauf. Anscheinend war er zuvor gegen die Wand geworfen worden, davon sprachen zumindest die tiefen Rillen in den Tapeten. Der Flachbildschirm, der an der Wand befestigt war, lag zerschlagen auf dem Bett. Die beiden Sessel aufgeschlitzt und auf der Seite liegend, der Schreibtisch umgeworfen, und die Kaffeemaschine wie auch die Mikrowelle und der Toaster erst gegen die Wand geschleudert und anschließend zersplittert auf dem Boden zurückgelassen worden. Die Verwüstung war total.

„Ich glaube, Fabian hat sich etwas zu weit aus dem Fenster gelehnt“, bemerkte Hannes lakonisch.

„Mann, ich möchte nicht in dessen Haut stecken“, bemerkte Paul und schaute sich weiter im Zimmer um. Überall Chaos, nur eines passte nicht dazu. An der Wand, an der der Schreibtisch gestanden hatte, hingen mit Reißzwecken befestigt akkurat nebeneinander zwei Fotos. Auf dem einen war ein Teil des Darmstädter Ostbahnhofs abgebildet, auf dem anderen konnte man einen langhaarigen Mann bekleidet mit einem alten Parka sehen, der gebeugt auf einem Campingstuhl kauerte und in die Kamera starrte. Ein wild wuchernder grauer Bart dominierte sein Gesicht und eine Zipfelmütze war bis tief in die Stirn gezogen.

„Schau mal hier“, sagte Paul und zog Hannes´ Aufmerksamkeit auf die Bilder.

„Das ist Outdoor-Karl“, erkannte Hannes.

„Wer?“, fragte Paul verblüfft.

„Na, der Outdoor-Karl, der sitzt immer gegenüber dem Bismarck-Denkmal mit dem Rücken an die Wand einer Apotheke gelehnt und dem Schild neben dem Hut, auf dem steht, dass er obdachlos sei und etwas Geld bräuchte.“

„Kenn ich nicht“, antwortete Paul, überlegte kurz und sagte: „Und warum hat Fabian das Bild von dem Obdachlosen in seinem Zimmer hängen und warum ist dieses Bild das einzige, was nicht heruntergerissen oder zerstört worden ist?“

„Das frage ich mich auch", sagte Hannes, „obwohl es ja nicht das einzige ist. Daneben hängt noch ein Bild, das den Ostbahnhof zeigt." Hannes überlegte. „Eigenartig", bemerkte er leise und strich sich über die Nase: „Aber das werde ich noch herausfinden."

Plötzlich riss er die Augen auf, als habe er eine famose Idee. Ohne ein weiteres Wort zu sagen, lief er aus der Wohnung und stürmte die Treppe hinunter.

Er hörte nicht Pauls Rufen.

Fünftes Kapitel – Zugriff

Prolog

„Nur wegen dir, du Arsch, bin ich hier eingeschlossen. Nur wegen deiner maßlosen Gier und deiner Scheiß-Idee, Kokain mit Falschgeld zu bezahlen.“ Mit jedem Wort wurde Franziska lauter und schriller. In der Dunkelheit stand sie Georg gegenüber und mit der letzten, ihr verbleibenden Kraft, schlug sie auf ihn ein.

Georg war es leid, immer wieder geschlagen zu werden. „Halt endlich dein Maul“, schrie er zurück: „Du bist der Grund, weswegen ich hier eingeschlossen bin. Wärst du nicht nach Rüsselsheim gekommen und hättest mich gestört, wäre ich mit diesem verdammten Fabian alleine fertig geworden und könnte jetzt irgendwo im Ausland in Ruhe und Frieden leben. Aber nein, du musstest ja meine gesamten Pläne durchkreuzen, nur weil ich dir aus einer Laune heraus auf dieser verdammten Party meine Telefonnummer und meine Adresse gegeben hab.“

„Du verdammter Mistkerl. Du Arschloch. Du ...“

Georg hörte nicht mehr zu. Am liebsten hätte er ihr eine Flasche über den Kopf gezogen, um sie zum Schweigen zu bringen. Er wollte seine Ruhe haben. In diesem Moment hasste er nicht nur Franziska, sondern er hasste auch sich selbst.

Er hatte es verdient, in diesem Loch eingemauert worden zu sein.

Er wollte allein sein und in Selbstmitleid versinken.

Er ignorierte Franziska, blickte zu Boden und schwieg, da waren keine Worte mehr. Es gab keinen Grund, um weiter aufzubegehren, keine Möglichkeit, um seinem Schicksal zu entrinnen, keine neue Chance, um irgendetwas zu verändern. Georg wandte sich von Franziska ab, ging ein paar Meter an der steinernen Wand entlang, lehnte sich mit dem Rücken dagegen und ließ seinen Körper langsam heruntergleiten, bis er auf dem steinigen Boden saß. Er umschlang seine Knie und hörte einfach auf zu denken.

***

Franziska stand in der Mitte des kleinen Raumes, zitterte und wusste nicht, ob es wegen der Kälte war oder vor Zorn. Die Zeit floss zäh dahin. Je länger Georg schwieg, desto mehr bedeckte die Dunkelheit auch ihre Gefühle. Irgendwann wankte Franziska zur Wand und lehnte sich dagegen.

***

Wenig später kauerten beide nebeneinander und schwiegen sich an.

Georg und Franziska hatten ihre Augen geschlossen und froren, obwohl sie sich berührten und die Knie dicht an ihre Brust gezogen hatten. Alle Tränen waren vergossen, alle Verzweiflung war herausgeschrien, alles, was gesagt werden musste, war gesagt worden.

Die letzte Flasche Wein war getrunken, der letzte schwache Rausch war verklungen und es blieben noch zwei Flaschen Wasser. Wasser, das das Leiden verlängern würde.

Vier Minuten konnte ein Mensch ohne Luft leben, mindestens vier Tage ohne Wasser und vier Wochen ohne Nahrung.

Georg und Franziska standen am Anfang des Martyriums und waren sich bewusst, was auf sie zukommen würde.

Es gab kein Zeitgefühl. Die Eingeschlossenen wussten nicht, wie viele Tage und Nächte sie schon eingemauert waren.

Die Minuten schlichen dahin.

***

Nach einem kurzen Nickerchen kam Franziska wieder zu sich. Es hatte sich etwas verändert. In ihr gärte es. Der Hass gewann erneut an Macht. Franziska spürte, dass in Georg etwas zerbrochen war, er hatte keinen Lebenswillen mehr. Er hatte sie nicht nur in diese Lage gebracht, mehr noch, sie konnte jetzt keinerlei Hilfe von ihm erwarten. Auf ihn war kein Verlass. Er war zu nichts nutze. Plötzlich kribbelte es überall an ihrer Haut und sie hatte das Gefühl, nicht mehr ruhig sitzenbleiben zu können. Unruhig zappelte sie hin und her und überlegte. Am liebsten hätte sie jetzt mit einer leeren Weinflasche, auf Georgs Kopf eingedroschen. Zu gerne hätte sie das Geräusch gehört, wenn Knochen zerbersten. Vielleicht ein letztes Röcheln. Sein Körper würde zur Seite wegkippen, sie hätte endlich Ruhe und könnte sich allein um sich selbst kümmern.

Dieser Gedanke waberte in ihr und ließ eine Entscheidung reifen.

Franziska atmete schwer. Jeder Atemzug ließ sie klarer werden. Der eine Gedanke wurde stärker, verdrängte alle Zweifel und nach ein paar Minuten rappelte sie sich auf und suchte nach einer leeren Weinflasche.

1.

Was soll das denn?

Ein Brief aus Darmstadt. Absender: Dorothea Krause. Das ist doch diese Schnepfe, die ich in dem Darmstädter Café getroffen hatte und der ich dankbar sein sollte. Schließlich hat sie mich auf eine famose Idee gebracht. Nun bin ich in Kronberg und fühle mich sauwohl. Ich habe die ersten beiden Nächte in meinem neuen Anwesen mehr als genossen. Das hier ist ein anderer Lebensstil, einer, für den ich geschaffen bin. Und der Gegensatz zu meinem alten Leben könnte nicht größer sein. Vorgestern war ich nochmals in meiner Wohnung in Eberstadt. Dort sah es aus! Alles verwüstet, voll krass. In der Szene versteht man keinen Spaß mehr. Stinksauer müssen die gewesen sein. Die glauben immer noch, sie hätten einen Anspruch auf das Kokain, das nun mir gehört. Sie haben es überall in meiner Wohnung gesucht und waren nicht zimperlich. Sinnlose Gewalt. Finden konnten sie allerdings nichts. Ich bin halt genial.

Nun ja, ich habe mich in meiner alten Wohnung umgesehen, ein paar frische Klamotten mitgenommen und bin nach Mörfelden zu dem Waldstück gefahren, in dem ich die Päckchen versteckt hatte. Gut, dass ich mir das Auto meines alten Freundes ausgeliehen habe, der braucht es momentan nicht, so eingemauert wie der ist. Hahaha.

Das Kokain habe ich sicher. Anfang nächster Woche werde ich das Anwesen meines Doppelgängers verkaufen, wenn alles gut geht und es wird alles gut gehen, davon bin überzeugt. Mit meinem Notar habe ich schon gesprochen. Die Verträge sind gemacht. Ich musste mich zwar etwas mit dem Notar herumärgern, den die Familie von Roden sonst immer bemüht hatte. Er war am Telefon etwas pikiert über meine Entscheidung, aber er musste es akzeptieren und mir war es sicherer. Ungern nur möchte ich kurz vor dem Erreichen der Ziellinie auffliegen. Ein Kaufinteressent ist gefunden. Am Sonntag will er die Gebäude auf Herz und Nieren prüfen, aber ich sehe keine Probleme. Er war beim ersten Besuch schon so angetan und er hat ein Konzept, das er verwirklichen will und welches hervorragend zu diesem Gestüt passt. Was soll also schiefgehen?

Die beiden Kommissare aus Darmstadt habe ich ebenso im Griff. Wie habe ich mich amüsiert über Benjamin und seinen Kollegen, als sie mich vorgestern besucht haben. Diese Kleingeister. Wie einfach war es, sie in mein Spiel einzubauen und nach Strich und Faden zu verarschen.

Die Frage ist jetzt nur noch, was soll ich mit den zwei Kilo Koks anfangen? Soll ich den Stoff verticken? Ein gewisses Risiko müsste ich eingehen. Mein Ruf in der Szene ist derzeit nicht sehr gut und sowohl Georg als auch Frank habe ich als Geschäftspartner verloren. Dennoch lache ich sie aus. Hahaha!

Ach wie gerne würde ich deren Gesichter sehen, wenn ich mich in ein paar

Tagen nach Spanien abgesetzt habe und erst mal etwas Gras über die Sache wachsen lasse. Auf Georgs Auto kann ich vertrauen. Es wird mich bis an die spanische Grenze und vielleicht noch etwas weiter bringen, anschließend werde ich mich von dem Fahrzeug trennen müssen. Ich werde schon eine geeignete Steilküste finden, von der ich es hinunterstürzen lassen kann.

Vielleicht sollte ich die Finger von dem Koks lassen?

Auf der anderen Seite müsste ich auf 60.000 € oder mehr verzichten. Schade drum!

Jetzt lese ich erst einmal den Brief. Bin gespannt, was diese Krause von mir will.

Das ist ja ein Ding. Diese Dorothea Krause ist sich sicher, dass ich die Rolle mit Helmut von Roden getauscht habe. Cleveres Frauchen!

Oh, hier steht es, sie erkennt meine Genialität. Wörtlich schreibt sie: ‚Hut ab vor Ihrer Dreistigkeit und die Fähigkeit, Menschen an der Nase herumzuführen'. Da gebe ich ihr voll und ganz recht.

Sie will sich mit mir treffen. Allein ihre Anerkennung könnte ein Grund sein, ihr nochmals Aug in Aug gegenüber zu treten. Aber sie will auch noch Geld. Schweigegeld, wie sie es nennt.

Ganz schön frech die Alte, glaubt wahrscheinlich, sie sei mit allen Wassern gewaschen. Wenn sie sich da mal nicht täuscht.

Allerdings, wenn ich es mir recht überlege, ganz ungefährlich ist sie nicht. In den nächsten Tagen habe ich keinen Bock auf irgendwelche Polizisten, die mir nachspionieren.

Ich sollte mich gut vorbereiten und ihrer Einladung folgen.

2.

„Hände hoch oder ich schieße."

Benjamin steht breitbeinig in der gut besuchten Darmstädter Fußgängerzone, die Dienstwaffe im Anschlag. Seine Hand zittert. Mühsam presst er hervor: „Glaub mir, ich meine es ernst."

Der blonde Mann, der eben noch flüchten wollte, bleibt stehen, dreht sich um und grinst dem Kommissar ins Gesicht. „Du kannst nicht auf einen Menschen schießen", sagt er süffisant, wendet sich ab und will in der Menschenmenge verschwinden.

„Bleib stehen, verdammt nochmal."

Benjamin läuft los. Ein Schuss kracht, Menschen kreischen, ein Mann fällt zu Boden, blonde Haare verfärben sich rot und ...

Benjamin schreckte schreiend auf und sein Kollege stand in Unterhose und kurzärmligem Oberteil vor seinem Bett. Er hatte auch in der letzten Nacht die Couch im Wohnzimmer belegt, da seine Wohnung nach wie vor nicht gut roch und mit Handwerken bevölkert war. Die Couch war groß genug für ihn und gemütlich war sie auch noch, warum sollte er sich eine andere Schlafgelegenheit suchen? Außerdem empfand er seinen neuen Kollegen als überaus sympathisch und genoss die gemeinsame Zeit mit ihm.

„Was ist denn los?", fragte Hartmann besorgt.

Benjamins Haare waren feucht und klebten an seiner Stirn. Seine Augen waren weit aufgerissen, und sein Mund öffnete und schloss sich langsam, als sei er ein Teil eines Fischmauls, dessen Bewegung in Zeitlupe aufgenommen worden war.

„Ich glaub, ich hab geträumt", kam endlich eine verschwommene Antwort.

„Das glaube ich aber auch", antwortet Hartmann, verließ das Schlafzimmer und kam mit einem gefüllten Wasserglas zurück. „Hier trink erst einmal."

„Was ist mit Fabian? Wir wollten ihn doch schnappen."

„Klar, machen wir in einer Stunde. Du hast doch selbst die Idee mit dem Brief gehabt. Weißt du nicht mehr? Nimmt dich ziemlich mit der Fall, oder?" Hartmanns Ton war eindeutig.

Benjamin trank einen Schluck. „Klar, jetzt fällt es mir wieder ein", begann er stockend. „Der Brief. Wir wollen Helmut von Roden oder Fabian Breuer, wer auch immer in dem Gestüt im Taunus lebt, unter Druck setzen und ihn nach Darmstadt locken."

„Scheint zu klappen. Unsere ältere Dame mit der Papageienstimme, wie hieß sie noch gleich?"

„Dorothea Krause", antwortet Benjamin, der nun wieder klarer denken konnte.

„Ja, sie spielt mit."

***

„Dem werde ich´s zeigen. Es ist ja fast so, als wenn ich in einem Krimi mitspielen würde. Na, wenn ich es mir recht überlege ... es ist sogar noch besser, weil`s ja in echt ist."

Dorothea Krause hatte sich schick gemacht. Sie trug diesmal ihr orange leuchtendes Haar nicht offen, sondern verdeckt unter einem anscheinend selbst gemachten grünen Filzhut, der nicht nur antiquiert aussah, sondern auch ziemlich schief auf ihrem Kopf hing. Einige orangene Locken quollen darunter hervor. Ansonsten war die ältere Dame in einem hellen Blau gekleidet, stolzierte in roten Schuhen und hielt einen quietsch-gelben Schirm aufgespannt über ihren Kopf.

Ein unangenehm kalter Nieselregen bespritzte den Darmstädter Herrngarten, durch den Dorothea Krause schritt. Ihr Ziel war die kleine Schachecke, die direkt am Eingang zum Prinz-Georgs-Garten gelegen war. Sie mochte diesen Lust- und Nutzgarten, der noch heute in seinem ursprünglichen Zustand erlebbar war; eine Anlage, typisch für das Rokoko, mit Rasenflächen, Rabatten, Fontänen und Sonnenuhren.

Die alte Dame ging über den matschigen Weg, der an den Gebäuden der Technischen Universität entlang führte. Oft wurde dieser Weg von Menschen genutzt, die sich durch joggen fit halten wollten. Heute allerdings war Dorothea Krause allein, das Wetter schreckte die Laufkundschaft ab. Ihr hingegen bereitete der Nieselregen keine Probleme. Sie hatte sich warm angezogen und hielt mit ihrer rechten Hand den großen Schirm über ihren Kopf, der zusammengefaltet hervorragend als Stichwaffe genutzt werden konnte. Die linke hatte sie in ihrer Jackentasche versteckt und fingerte an einem kleinen Gerät herum, dessen Anschaltknopf sie ertastete und drückte. Sie bog um eine Ecke und sah ihn, wie er an dem Container lehnte, in dem die Schachfiguren verstaut waren und auf dem die Freiluftschachspieler bei trockenem Wetter ihre Partien austrugen. Dorotheas Bewegungen wurden noch ein wenig schneller.

Gepflegt sieht er ja aus, der Drecksack, die schönen blonden Haare akkurat gekämmt und nach hinten gelegt, aber irgendwas stimmt da nicht, dachte sie.

Sie kniff die Augen zusammen und schaute sich nochmals genau das Gesicht des Mannes an. Da war sie sich plötzlich wieder ganz und gar sicher.

Helmut von Rodens Vater, der alte Ferdinand, war ein feiner Mann. Sie hatte ihn früher oft in Kronberg besucht, war mit ihm durch die Stallungen des Gestütes geschritten und hatte sich die vielen Geschichten, die sich um die Erfolge der Pferde rankten, angehört. Danach wurde sie meist zum Kaffee eingeladen und die Zeit verflog. Der alte Ferdinand konnte tolle Geschichten erzählen und Dorothea Krause in eine Welt entführen, in der auch sie gerne gelebt hätte. Manchmal war der Sohn dabei gewesen und schlängelte sich durch die Stallungen. Sie mochte auch ihn. Er war sehr gut erzogen und zurückhaltend, ganz anders, als sie ihn bei ihrem letzten Besuch vor ein paar Tagen erlebt hatte.

„Ah, da sind sie ja, Frau Krause“, sagte der Mann, der ihr gegenüberstand, und fixierte sie mit seinen kalten Augen. „Sie wollten mich treffen, weil Sie denken, dass ich nicht ich bin.“

Dorothea Krause hatte mittlerweile den Schirm zusammengeklappt, obwohl es nach wie vor leicht nieselte und hielt ihn wie ein Degen vor sich.

Dich hierher zu bestellen, auf die Idee hätte ich selbst kommen können, dachte sie und grinste. Dabei sah sie sich vorsichtig um und war verwundert, wie geschickt sich die Kommissare versteckt hatten. Ihr war auf dem gesamten Weg nichts aufgefallen.

Vorgestern hatten Dobermann und dessen Kollege alles mit ihr besprochen. Ihr wurde versichert, sie müsse keine Angst haben. Sobald dieser vermeintliche Helmut von Roden seinen wahren Plan preisgegeben hätte, würde sich die Polizei zu erkennen geben. Dorothea hätte ihre staatsbürgerliche Pflicht erfüllt. Vielleicht würde sie sogar öffentlich gelobt und gefeiert werden, hatte sie sich vor zwei Tagen überlegt und empfand diesen Gedanken überaus anregend und auch logisch.

***

„Wie lange haben wir noch Zeit“, fragte Benjamin und kroch aus seinem Bett.

„Das Treffen soll um neun Uhr stattfinden und jetzt haben wir kurz vor acht“, sagte Hartmann und blickte auf seine Armbanduhr. Kurz darauf stutzte er und betrachtet das Zifferblatt genauer. „Mist“, fluchte er plötzlich und stürmte aus dem Schlafzimmer.

Benjamin hörte, wie er im Wohnzimmer herumkramte und bald darauf wieder dieses „Mist! So ein totaler Mist!“ Diesmal lauter. Er beeilte sich, in die Hausschlappen zu schlüpfen, die ihren Platz neben seinem Bett hatten, und rannte ebenfalls ins Wohnzimmer. Dort sah er seinen Kollegen, wie er neben der Schlafcouch stand und den alten Wecker in Händen hielt. Noch einmal verglich er dessen Zifferblatt mit dem seiner Armbanduhr.

„Was ist?“, frage Dobermann und ahnte schon, was passiert war.

„Wir haben verpennt. Der Wecker ist stehengeblieben. Ich hatte ihn auf acht Uhr gestellt und kurz vor dem Klingeln muss er den Geist aufgegeben haben. Das gibt es doch gar nicht!“

Die Worte seines Kollegen trafen ihn wie ein Blitz. „Wie spät haben wir jetzt?“

„Kurz nach neun! So eine Scheiße!“

„Lass uns losspurten. Vielleicht schaffen wir es noch.“

***

„Sie haben mir diesen Brief geschrieben?“ Langsam schwenkte der Mann ein Blatt Papier in der Luft.

„Ja, und ich stehe zu dem, was drin steht.“

„Mit wem haben Sie über Ihre Vermutung gesprochen?“

Dorothea Krause sah sich vorsichtig um. „Wie meinen Sie das?“, fragte sie nach einiger Zeit.

Der Mann hatte genug gehört. Er konnte in ihrem Gesicht lesen und wusste, dass sehr wahrscheinlich noch andere von dem Brief wussten. Er bewegte sich einen Schritt auf Dorothea zu.

„Sie glauben also, dass ich nicht Helmut von Roden bin. Wie kommen Sie darauf? Haben Sie irgendwelche Beweise?“

Schnell hatte Dorothea wieder ihre Fassung und ihr Selbstbewusstsein gefunden. Sie posaunte all ihre Emotionen und obendrein noch ihren Ärger heraus: „Ich war doch bei Ihnen gewesen, letzte Woche. Da hab ich gemerkt, dass Sie ganz anders gewesen sind als früher. Und da hab ich Sie genauer angeschaut. Meine Augen, auf die kann ich mich verlassen. Früher musste ich immer auf die kleine Narbe gucken, die der Helmut unter dem rechten Ohr hat. Die war mir aufgefallen, als der Helmut noch ein Bub war und der alte Ferdinand wollte mir nie erzählen, woher sie stammt. Und, was soll ich Ihnen sagen, bei Ihnen gab es keine Narbe. Und dann haben Sie mich auch noch schnell rauskomplimentiert und mich nicht einmal zum Kaffee eingeladen. Da wusste ich, dass Sie nicht der Helmut sein können.“

Mittlerweile hatte sich die ältere Dame dem blonden Mann zwei weitere Schritte genähert. Den Regenschirm hielt sie fest am Griff und fuchtelte mit dessen Eisenspitze vor dem Gesicht ihres Gegenübers herum.

„Sie wollen Geld?“, fragte der Mann.

Dorothea war verwundert und diese Verwunderung zeichnete sich in ihrem Gesicht ab. Ja, in dem Brief, den sie unterschrieben hatte, stand etwas von Schweigegeld, aber das war nicht ihre Idee gewesen.

Sie wollte lediglich, dass dieser Mann, den sie für Fabian Breuer hielt, festgenommen würde und sie wollte wissen, was mit Helmut von Roden geschehen war.

Sie war für einen kurzen Moment so verdattert, dass sie die heraneilende Hand ihres Gegenübers zu spät sah.

***

Hartmann war ratlos. Er konnte sich nicht entscheiden, was er zuerst tun sollte, die Hose, die Schuhe und die Jacke anziehen oder die Kollegen alarmieren. Seine Gedanken tackerten hin und her wie ein Metronom mit 180 beats per minute. Er war so damit beschäftigt, dass er nichts von beiden Vorhaben in die Tat umsetzte. Er beobachtete lediglich, wie Benjamin ins Bad hechtete, wieder heraus eilte, sich Hose und Jacke überwarf und am Schuhregal stehend schrie: „Komm schon, zieh dich an! Wir müssen los!"

***

„Das gibt es doch nicht. Es scheint als wäre er vom Erdboden verschluckt", sinnierte Hannes, als er neben Paul herlief.

Wie so oft in den letzten Tagen waren sie an dem innerstädtischen See unterwegs und umkreisten die Stelle, an der Hannes Franziskas Smartphone gefunden hatte, immer auf der Suche nach einem Hinweis.

„Denkst du noch immer, dass uns dieser Outdoor-Karl weiterhelfen könnte?", fragte Paul

„Ich weiß nicht. Ich habe so ein Gefühl, vielleicht hat er was damit zu tun, bin mir aber nicht sicher", antwortet Hannes resigniert. „Aber ich würde gern mit ihm reden. Immerhin hängt sein Bild von ihm in Fabians Wohnung. Er muss ihn also gekannt haben."

„Da hast du recht, vielleicht weiß er wirklich etwas", erwiderte Paul. „Aber wo könnte er sich nur aufhalten?"

„In der Innenstadt haben wir ihn in den letzten beiden Tagen nicht getroffen, wir haben sogar bei der Diakonie nachgefragt, obwohl es für Georg eigentlich noch viel zu warm ist, um sich ein Obdach zu suchen. So wie ich ihn kenne, ist er ein bekennender Freiluftschläfer. Das ist alles sehr eigenartig", sagte Hannes nachdenklich. „Wir haben sogar ein paar Berber auf dem Luisenplatz befragt, keiner wusste etwas."

„Auch die Polizei denkt, wir seien blöd“, wurde Paul lauter, „von denen hilft uns keiner weiter. Sie wollen zwar nach Franziska suchen, sagen sie, ich glaube das aber nicht.“ Paul hatte beim Gehen wild mit den Händen gestikuliert und schüttelte den Kopf. Hannes konnte seinen Freund in diesem Moment gut verstehen. „Es geht um deine Frau, die verschwunden ist und nicht um irgendjemand. Und außerdem haben wir sogar Beweise geliefert, dass Franziska entführt worden sein muss.“

„Ja, eine Frechheit ist das“, echauffierte sich Paul, „als ich im Südhessischen Polizeipräsidium nach Outdoor-Karl gefragt habe, wollten die noch nicht einmal wissen, warum ich das getan habe und schoben mich nur mit der lapidaren Floskel *nein, der ist nicht polizeibekannt* zu Seite. Ich glaube, wir sollten uns an die Presse wenden!“

„Ach, hör auf, das macht doch auch keinen Sinn. Lass uns lieber nochmals überlegen, wie wir Franziska finden können“, sagte Hannes und grübelte während des Gehens vor sich hin.

***

Plötzlich wirkte die Szene wie eingefroren. Nun hielt der Mann den Regenschirm in Händen und Dorothea Krause wurde sich bewusst, dass sie wehrlos war. *Hilfe*, wollte sie laut schreien, aber es kam kein Wort über ihre Lippen. Sie starrte auf das Gesicht des Mannes, der ihr noch immer gegenüberstand und den Zeigefinger seiner linken Hand an seine Lippen geführt hatte. „Psst“, zischte er und dieser Ton war ein Befehl, dem Dorothea unweigerlich folgen musste. Der Mann sprach in ruhigem Ton. „Sie haben mich durchschaut. Mein Name ist Fabian Breuer und ich habe Sie vor einiger Zeit in Bessungen in dem alten Café getroffen. Sie haben mich angesprochen und mich auf eine geniale Idee gebracht. Ich bin Realist und so plante ich das Unmögliche. Ich erkannte meine Chance und habe mein erbärmliches Leben mit dem von *Helmut von Roden* getauscht. In dieser Familie steckt viel Geld, was mich das Leben führen lassen wird, das mir zusteht. Ich habe alles geplant, alles bedacht, es wird nichts mehr geben, das mich von meinem Ziel abbringt. Auch nicht Ihr Wissen und dieses verdammte Treffen hier, auf das ich mich nicht hätte einlassen sollen. Aber ich habe es getan und es wird mir nicht schaden. Glauben Sie mir, dafür habe ich gesorgt.“

Dorothea Krause war sprachlos und das war nicht oft der Fall. Sie dachte noch, wann kommen endlich die Polizisten, und erkannte, es blieb ihr nur die Wahl, weiter zuzuhören, was der Fremde zu sagen hatte. Dieser schwang bedrohlich den Regenschirm hin und her: „Sie haben mich überführt, Glückwunsch, und nun stehen wir beide uns gegenüber. Sonst ist da niemand. Ich brauche nur noch zwei Tage, dann ist alles geschafft. Ich bin weit weg und Sie, sowie diese langweilige Welt hier in Darmstadt sind mich los. Aber solange müssen Sie noch bei mir bleiben. Nicht, dass Sie auf dumme Gedanken kommen. Hahaha."

Dorothea Krause traute ihren Augen nicht, als ihr Widersacher in seine Jackentasche griff und eine schon aufgezogene Spritze herausholte und die Injektionsnadel freilegte. Der Kolben und die Nadel sahen bedrohlich aus und Dorothea bewegte sich vorsichtig, Schritt für Schritt rückwärts und blieb mit dem Absatz ihres Schuhes an dem Begrenzungsstein eines Beetes hängen. Sie kam ins Straucheln, konnte ihr Gleichgewicht nicht halten und fiel nach hinten um, direkt in die lehmige Erde.

***

„Woher kennst du diesen Karl eigentlich?", wollte Paul wissen und war in diesem Moment verwundert, dass er diese naheliegende Frage nicht schon viel früher gestellt hatte.

„Im letzten Winter saß er fast täglich am Bismarckplatz, an eine Apotheke angelehnt und bettelte. Er gehörte schon zum Stadtbild und die Ordnungsbehörde ließ ihn gewähren, vielleicht, weil er so ruhig und freundlich war. Manchmal habe ich mich zu ihm gesetzt und mit ihm geredet. Das tat uns beiden gut. Er erzählte mir seine Geschichte, vom Tod seines Sohnes und davon, dass ihm seine damalige Ehefrau die Schuld daran gegeben hatte. Anschließend sei es bergab mit ihm gegangen, erzählte er, er habe mit dem Saufen begonnen und wollte nur noch allein sein. So habe es ihn auf die Straße getrieben."

„Mann, was für eine Geschichte", stöhnte Paul.

„Ja", bekräftigte Hannes, „aber er hatte sich mit seinem Schicksal abgefunden und mit dem Leben auf der Straße arrangiert, obwohl es manchmal gefährlich war, wie er mir erzählte. Auch sagte er mir, in diesem Winter hätte er zum ersten Mal wieder so etwas wie Glück empfunden. Er hätte einen neuen Schlafplatz gefun ..." Hannes blieb abrupt stehen. Paul merkte es erst gar nicht und lief noch ein paar

Schritte weiter.

„Mann, klar doch. Dass ich nicht gleich darauf gekommen bin“, hörte er es von hinten.

„Was ist los?“, fragte Paul überrascht und drehte sich um.

Hannes lief auf ihn zu und sagte forsch: „Wir müssen Karl finden. Mir kam gerade eine Idee, wo er sein könnte. Komm, wir müssen uns beeilen ...“

***

„Fabian, Finger weg von der Frau!“

Der Mann reagierte nicht. Vielmehr schien es, als halte er seine Hand in Richtung der auf dem Boden liegenden Frau, damit sie sich daran hochziehen konnte.

„Lass die Frau los!“, schrie Dobermann nochmals und spurtete los. Jetzt erst drehte sich der Mann langsam um und schaute ihn fragend an.

„Bitte, wie kann ich Ihnen helfen?“, sagte er ruhig und zog die ältere Dame an ihrem Handgelenk aus dem Matsch.

„Herr Kommissar, Herr Kommissar, wo bleiben Sie nur? Der hat mich hier reingeschupst.“

Der blonde Mann schaffte es, anscheinend mühelos, die Frau so weit hochzuheben, dass sie auf ihren eigenen Beinen stehen konnte und fragte mit ruhiger Stimme: „Sie sind von der Polizei?“

Dobermann war bis auf einen Meter an den Mann herangeeilt und rief. „Fabian, hör auf mit dem Affentanz und lass sofort Frau Krause in Ruhe!“

„Sie müssen sich täuschen.“

Der Mann griff in seine Hosentasche, holte seinen Geldbeutel heraus, öffnete ihn und hielt dem Kommissar einen Personalausweis entgegen. „Helmut von Roden ist mein Name. Die Dame hier hat mich anscheinend verwechselt. Und nicht nur das, sie hat mich auch mit diesem Regenschirm bedroht.“ Mit einer eleganten Bewegung hob er den Schirm in die Höhe und zeigte auf die eiserne Spitze. „Hätte ins Auge gehen können“, sagte er noch und hielt nun auch Hartmann den Ausweis vors Gesicht. „Ach, sind Sie nicht die beiden Kommissare, die mich letzte Woche in meinem Gestüt besucht haben? Ich glaube, ich hatte Ihnen auch damals schon gesagt, dass mich mit Frau Krause etwas Eigenartiges verbindet. Anscheinend hat sie es auf mich abgesehen. Sie kannte meine Eltern und seitdem beide tot sind, hat sie mich immer wieder in Kronberg besucht und manchmal regelrecht bedroht. Ich habe dies nie zur Anzeige gebracht. Warum auch, dachte ich mir. Nur jetzt ist sie zu weit gegangen, finde ich. Sie hat mir einen Brief geschrieben und mich hierher bestellt. Sie hat mir unterstellt, ich wäre nicht ich und hat mich erneut bedroht."

Hartmann hörte ihm aufmerksam zu. Plötzlich war er sich unsicher, ob sich Benjamin nicht doch getäuscht haben könnte. Vielleicht waren sie auf dem Holzweg und die Idee mit dem Brief war doch nicht so gut gewesen, zumal ihr Vorhaben nicht mit den restlichen Mitgliedern der Soko abgeklärt worden war. Er und sein Kollege bewegten sich auf ganz dünnem Eis, wurde Hartmann bewusst und er spürte sein schlechtes Gewissen. Momentan stand Aussage gegen Aussage und wem würde der Richter bei einer Verhandlung eher Glauben schenken, einem gut gekleideten, ruhig und höflich sprechenden Mann, der sich ausweisen konnte, oder einer älteren, bunt gefleckten Frau mit hysterisch hoher Stimme, die wie ein Wasserfall plapperte, wenn man sie ließ?

„Hören Sie, Herr Kommissar, der hat mich hier reingeschupst und wollte mich mit Drogen vollpumpen. Die Spritze hat er mir schon gezeigt." Frau Krauses Stimme überschlug sich. „Sie müssen mir glauben, Sie müssen mir helfen. Sie, sie haben es versprochen." Die ältere Frau hatte sich den beiden Kommissaren zugewandt und schaute flehend.

„Mit einer Spritze? Sind Sie sicher?", fragte Hartmann ungläubig.

„Freilich! Schauen Sie doch in seine Tasche!"

Hartmann reagierte. „Herr von Roden", sprach er den verdutzt dreinschauenden Mann an, „haben Sie Drogen dabei und auch eine Spritze?"

Der Mann schüttelte energisch den Kopf. „Was denken Sie von mir?" Er machte einen Schritt in Richtung Hartmann: „Glauben Sie etwa dieser Dame?"

„Würden Sie bitte Ihre Taschen leeren", forderte ihn Dobermann auf, der aufmerksam zugehört hatte.

„Gerne", antwortete der blonde Mann freundlich, drehte sich einmal um seine eigene Achse und ging hinüber zu dem quaderförmigen Container, in dem die Schachfiguren untergebracht waren. Nacheinander legte er einen Schlüsselbund, ein Handy, einen Tankbeleg und etwas Kleingeld auf die Ablage. „In meiner Hosentasche habe ich noch mein Portemonnaie und den Autoschlüssel. Soll ich diese auch noch leermachen?“

„Der Kerl lügt wie gedruckt“, schrie Frau Krause. „Nehmt ihn fest! Der wollte mich ...“ Sie riss dem Mann den Regenschirm aus der Hand und schlug im nächsten Moment wie wild auf ihn ein. „...fertigmachen. Fertigmachen wollte er mich, der Drecksack, der verdammte ...“

Hartmann war als erster bei Frau Krause und versuchte, sie zu überwältigen. Der Mann hatte die ganze Zeit wie angewurzelt auf seinem Platz gestanden und die Arme schützend über seinen Kopf gehalten. Sein Lächeln sahen die Kommissare nicht. Hartmann umspannte von hinten die sich wild bewegenden Oberarme der alten Frau und presste sie an ihren Körper. Er war verwundert, welche Kraft er aufbringen musste, um sie an weiteren Schlägen zu hindern. Irgendwann gab Frau Krause auf und sank regelrecht in sich zusammen.

Hartmann nahm ihr den Regenschirm ab und warf ihn ein paar Meter entfernt auf den Boden.

Der Mann hatte zwischenzeitlich wieder die ausgepackten Dinge in seiner Jacke verstaut und ging einen Schritt auf Benjamin zu. „Ich glaube, ich möchte eine Anzeige erstatten“, sagte er ruhig. „Könnte ich am nächsten Montag zu Ihnen aufs Revier kommen, um die Formalitäten zu erledigen?“

Hartmann ertappte sich dabei, dass er allzu gerne nicken wollte, um der peinlichen Situation zu entgehen, als Frau Krause plötzlich aufschreckte, als wäre sie von einem Geistesblitz getroffen worden, und irgendetwas aus ihrer Manteltasche heraus kramte. Damit wirbelte sie wild in der Luft herum und schrie: „Ich hab es aufgenommen. Ich kanns beweisen.“

Der Mann hielt kurz inne, als müsse er nachdenken. Er wandte sich den beiden Kommissaren zu und sagte unaufgeregt: „Würden Sie mir bitte nochmals Ihre Karte geben.“ Hartmann war so verblüfft über die Bitte des Mannes, dass er tatsächlich in seine Jackentasche griff und eine Visitenkarte hervorholte.

Dobermanns Aufmerksamkeit lag mehr auf dem Kasten, den Frau Krause durch die Luft wedelte. Er schaute genauer hin und erkannte ein altes Kassettenaufnahmegerät.

Der Mann griff nach der Visitenkarte und verabschiedete sich.

Dobermann sprach Frau Krause an, die noch immer mit dem Gerät wedelte: „Was haben Sie aufgenommen?“

„Sein Geständnis!“ Frau Krause zielte mit ihrem Zeigefinger auf den Mann, der sich langsam entfernte.

„Welches Geständnis?“

„Na dass er Fabian Breuer ist und nicht Helmut von Roden, verstehen Sie das nicht?“

Hartmann verstand und rief dem Mann hinterher: „Herr von Roden, warten Sie bitte!“

Als höre es der Mann nicht, lief er plötzlich schneller und auch Hartmann begann zu laufen. Benjamin benötigte noch einen kurzen Moment, bis ihm klar wurde, dass Frau Krause mit dem Aufnahmegerät ein wichtiges Beweismittel in Händen hielt. Kurz dachte er daran, zu der in der Nähe stehenden Notrufsäule zu rennen, entschied sich aber dagegen, da er wusste, dass es manchmal sehr lange dauern konnte, bis sich ein Kollege meldet. Also nahm er sein Handy zur Hand und beobachtete zeitgleich, wie der Flüchtende in Richtung des Eingangstors, welches in den Prinz-Georgs-Garten führte, rannte und wenige Sekunden später scheinbar mühelos an dem eisernen Gitter hochkletterte, um auf die mannshohe Mauer zu gelangen.

Hartmann war ihm gefolgt und Benjamin überlegte, ob es sein Kollege tatsächlich schaffen würde, auch die Mauer zu erklimmen, da meldete sich Pia Stenger am Telefon. Schnell gab er einen kurzen Lagebericht und zwei Anweisungen. Als er das Telefonat beendet hatte, rannte auch er los, den Weg entlang, den Frau Krause vor einiger Zeit gekommen war. „Warten Sie hier, bis wir wieder zurückkommen“, rief er der alten Dame zu und steckte das Handy in die Tasche, damit er schneller rennen konnte.

Mittlerweile balancierte der Flüchtende gekonnt auf der etwa dreißig Zentimeter breiten Mauer und Hartmann kämpfte sich lauthals schimpfend das Eisengitter hinauf. Spätestens jetzt verfluchte er, dass er in den letzten Jahren so wenig Sport getrieben und seine Zeit lieber mit ausgiebigem Essen verbracht hatte. Aber mit etwas Anstrengung schaffte er es und lief mit beiden Armen wild rudernd auf der Mauer entlang.

Der Flüchtende hatte inzwischen leichtfüßig die Mauerecke erreicht und bog links ab. Kurz blickte er sich um und sah Hartmanns verkrampftes Gesicht. Ein Lächeln umspielte seine Lippen. Er wusste, der unsportliche Kommissar war so mit sich selbst beschäftigt, dass er bedenkenlos die Spritze aus seiner Jackentasche holen konnte. Er warf sie in einen großen Laubhaufen, der sich unterhalb der Mauer befand, und rannte weiter bis zu einer kleinen Nische, die in die Mauer eingelassen war. Von dort konnte er leicht hinunter springen, da auf dieser Seite die Mauer lediglich achtzig Zentimeter hoch war. Dahinter begann der Hinterhof zweier gegenüberliegender Universitätsgebäude. Als er gesprungen und sicher auf dem Betonboden gelandet war, hatte der Kommissar erst die Mauerecke erreicht, fluchte zwar noch immer, ließ sich aber nicht von einer weiteren Verfolgung abbringen.

Der Flüchtende, kaum außer Atem, lief weiter in Richtung der Straße, um rechts in den Herrngarten einbiegen zu können. Er wollte so schnell wie möglich in die Innenstadt, um in den Menschenmassen am Luisenplatz unterzutauchen. Außerdem fuhren von dort ständig Straßenbahnen in alle Richtungen. Als er den Ausgang des Hinterhofs erreicht hatte, schaute er sich nochmals um und konnte sehen, wie der Kommissar von der Mauer sprang, anscheinend falsch aufkam, umknickte und hinfiel. Er konnte beobachten, dass sein Verfolger auf die Beine kommen wollte, aber sofort wieder strauchelte und zu Boden ging. Der Flüchtende blieb plötzlich stehen, strich über seine langen blonden Haare und konnte sich nicht verkneifen, laut loszulachen. Er beugte sich nach vorne und klopfte mit beiden Handflächen auf seine Oberschenkel. Anschließend lief er langsam einige Schritte rückwärts, weil er nicht den Blick von dem leidenden Kommissar abwenden konnte. In diesem Moment berührte ihn etwas an der Schulter. Er drehte sich um und konnte seine Verblüffung nicht verbergen, als er in Dobermanns Augen blickte. Das nächste, was er spürte war, dass sein Handgelenk gepackt und der Arm brutal auf seinen Rücken gedreht und das Handgelenk bis zwischen das Schulterblatt gedrückt wurde. Schmerz und Zorn ließ ihn aufschreien.

3.

Der Verhörraum war klein und abgedunkelt. Die Enge sollte dem Verhafteten ein Gefühl vermitteln, als sei er schon verurteilt und inhaftiert. Manchmal bewirkte die Atmosphäre, dass die verdächtige Person auspackte und Dinge erzählte, die die Beamten gar nicht für möglich gehalten hätten.

In der Mitte des quadratischen Raumes stand ein einfacher rechteckiger Tisch, darüber hing eine einzelne Lampe mit einer leistungsstarken Glühbirne. An der einen Längsseite des Tisches, die hin zu der bildschirmgroßen Glasscheibe zeigte, befanden sich zwei Stühle nebeneinander, auf der anderen Seite des Tisches einer. Darauf saß kerzengerade und wie versteinert ein junger blonder Mann. Er war gut gekleidet und verharrte ruhig, beide Hände vor sich auf dem Tisch gefaltet. Stur blickte er geradeaus. Auf seiner Stirn glänzte Schweiß.

Hinter der reflektierten Glasscheibe standen die beiden Kommissarnovizen als auch Hauptkommissarin Pia Stenger und beobachteten den Mann, der auf den ersten Blick nichts mit dem Fabian Breuer zu tun hatte, den Dobermann von früher und die anderen beiden von Fotografien kannten.

„Der ist schwer zu durchschauen", begann die Kommissarin.

„Vorhin wirkte er wie ein verletztes Tier, das in die Enge getrieben worden war, und jetzt sitzt er da, als wenn er kein Wässerchen trüben könnte."

Als Pia dies sagte, dachten die beiden Kommissare unweigerlich an die Szene, die sich vor wenigen Minuten abgespielt hatte. Als der Verhaftete in den Verhörraum hineingeführt worden war und sich die Tür hinter ihm schloss, hatte er wie eine Furie mit seiner Faust immer wieder auf die hölzerne Tischplatte geschlagen und geschrien: „Ich muss aufhören, immer nur mir die Schuld zu geben. Je mehr ich mir die Schuld gebe, desto mehr schlagen alle anderen auf mich ein. Damit ist jetzt Schluss. Ich habe keine Schuld, weder dafür, dass ich Drogen genommen, noch, dass ich welche vertickt habe. Ich will, dass es mir gut geht und das Leben führen, was mir zusteht. Und jetzt wollen mir die hier alles wegnehmen und mich einsperren. Das werde ich nicht zulassen."

Im nächsten Moment war er auf den Beamten zugestürmt, der in der hinteren Ecke des Raumes mit verschränkten Armen auf einem Stuhl saß. Wenige Zentimeter von ihm entfernt war er stehengeblieben und hatte getobt: „Wenn du mich nicht sofort hier rauslässt, mach ich dich fertig und zerlege dich in tausend Einzelteile."

Der Beamte hatte sich nicht bewegt, sondern den Festgenommenen lediglich mit seinen Augen fixiert. Er wollte der Gewalt, die der junge Mann ausstrahlte, keinen Respekt zollen. Er wusste, dass die Situation von drei Kommissaren beobachtet wurde und er letztendlich nichts zu befürchten hatte.

Als der Angreifer keine Angst in den Augen des Beamten feststellen konnte, hatte er von ihm abgelassen. Er hatte nun beide Arme vor seiner Brust verschränkt, nochmals laut durch seine zusammengebissenen Zähne geknurrt, hatte sich umgedreht und war zum Tisch gegangen. Dort hatte er sich auf den Stuhl gesetzt und war erstarrt. Seitdem war einige Zeit vergangen und die Kommissare beobachteten den blonden Mann. „Was sagst du zum Verhalten deines ehemaligen Klassenkameraden, wenn er es denn wirklich ist?“, fragte Pia.

Benjamin antwortete nicht. Er stand nur stumm und bewegungslos neben seiner Kollegin und blickte den Mann jenseits der Scheibe an. „Manchmal“, sagte er endlich, „glaube ich, ich sehe zwei ganz und gar unterschiedliche Personen vor mir.“

„Hmmm.“ Hartmann strich sich nachdenklich übers Kinn.

„Da magst du recht haben, vielleicht sollten wir einen Psychologen zu Rate ziehen“, erwiderte Pia. „Ach übrigens, tolle Idee, das mit dem Brief. Schade nur, dass ihr dies im Alleingang ausgetüftelt habt. Klara ist stinksauer. Aber es ist ja nochmal gut gegangen.“ Pia stockte. Sie wollte noch etwas sagen, wusste aber plötzlich nicht, was. Sie konnte sich nicht konzentrieren. Gedanken drängten sich ihr auf, die sie allzu gerne zur Seite geschoben hätte. Die Situation war ihr unangenehm. In ihrer Laufbahn als Kriminalhauptkommissarin erlebte sie so etwas zum ersten Mal. Sie hatte einen Fehler begangen. Sie hatte sich von ihren Gefühlen leiten lassen. Vor ein paar Wochen hatte sie Fabian in einer Darmstädter Kellerdiskothek kennengelernt, war seinem Charme erlegen und hatte sogar eine Nacht mit ihm verbracht. Dies wusste keiner ihrer Kollegen und am liebsten wäre es ihr, wenn sie es auch tatsächlich geheim halten könnte, allerdings war sie sich da nicht so sicher. Am liebsten wäre es ihr gewesen, der Festgenommene wäre Helmut von Roden und die peinliche Situation würde sich in Wohlgefallen auflösen.

„Können wir denn sicher sein, dass es sich bei dem Mann da tatsächlich um Fabian Breuer handelt oder ist es vielleicht doch Helmut von Roden, der Eigentümer des Gestütes aus dem Taunus?“, holte Hartmann die Kommissarin aus ihren Gedanken und ließ sie aufhorchen.

„In Breuers Wohnung haben wir eine Zahnbürste und einen Kamm sichergestellt. Der DNA-Abgleich mit dem Mann, der im Krankenhaus liegt, ist beauftragt, kann aber noch ein paar Tage dauern. Wir können uns also nicht sicher sein“, antwortete Pia Stenger.

„Ganz und gar sicher kann man sich bei diesem Fall niemals sein“, grätschte Dobermann dazwischen. „Aber ich gehe davon aus, dass wir Fabian vor uns haben. Immerhin haben wir sein Geständnis auf dem Aufnahmegerät, das uns Frau Krause übergeben hat.“

„Da stimme ich dir zu. Aber das bringt uns nicht recht weiter. Ich weiß nicht, ob der Richter dies als Beweismittel gelten lässt. Was ist, wenn der Mann vor Gericht darauf besteht, er sei Helmut von Roden?“, bemerkte Hartmann. Er überlegte und ergänzte: „Vielleicht können wir ihn doch überführen, wir haben noch ein anderes Indiz. Im Gutachten des Arztes steht, dass das Tattoo auf der Schulter des Patienten im E-Stift erst vor Kurzem gestochen worden sei.“ Und an Dobermann gerichtet sagte er noch: „Zum Glück sind dir die roten Hautveränderungen im Bereich um das Tattoo herum aufgefallen.“

Pias Hoffnung, dass es sich bei dem Verhafteten doch um Helmut von Roden handeln konnte, verflog. „Lasst uns keine Zeit verschwenden. Ich will, dass Benjamin das Verhör führt. Er ist Fabians Freund und ich will zuerst seine Einschätzung haben. Also, macht mal hinne und diesen Typen da dingfest“, versuchte sie lustig zu wirken. „Rein in den Verhörraum mit euch beiden und fühlt dieser geschniegelten Person, wer sie auch immer sein mag, mächtig auf den Zahn.“ Plötzlich wurde sie ernster und ergänzte nachdenklich: „Vielleicht könnt ihr ihn bei seiner Eitelkeit packen. Ich glaube, da ist er sehr anfällig.“

„Jawohl“, erwiderten die beiden dienstjüngsten Kommissare und mussten im nächsten Augenblick über ihre spontane und zeitgleiche Äußerung grinsen. Ohne ein weiteres Wort zu verlieren, verließen Dobermann und Hartmann den Beobachtungsraum und betraten nacheinander den Verhörraum.

Der Festgenommene saß nach wie vor regungslos auf dem Stuhl, beide Hände vor sich auf der Tischplatte abgelegt. Er wirkte, als wäre er tief in sich versunken, als würde er die Zeit, die er warten musste, für eine Meditation nutzen.

Bewusst lautstark stapften die Kommissare auf den Tisch zu, zogen die Stühle über den Boden und setzten sich. Keine Reaktion von ihrem Gegenüber.

„Fabian, mach hier keine Show“, begann Benjamin.

Keine Reaktion.

„Wir haben dich in die Enge getrieben“, provozierte Hartmann.

„Jetzt stehst du mit dem Rücken an der Wand und hast noch bis vor Kurzem gedacht, dass du uns überlegen bist.“

Ein kurzes Lächeln huschte über das Gesicht des Mannes gegenüber.

„Und jetzt haben wir dich am Haken und machen dich auch noch für zwei Morde verantwortlich. Wir haben genug Informationen, um den Staatsanwalt zu überzeugen."

Das Lächeln verschwand.

„Du bist schuld und wirst dich verantworten müssen für alles, was du getan hast. Du musst die Schuhe anziehen, die wir dir hinhalten."

Hartmann spürte den Vulkan. Er fühlte die Lava, die er zum aufsteigen gebracht hatte. Er wusste, gleich wäre es soweit. Er brauchte keine weiteren Worte. Er musste nur einen Augenblick warten.

Plötzlich sprang der Mann auf. Mit aller Macht drückte er den Tisch in Richtung der beiden Kommissare. Sein Kopf, rot angelaufen, schien im nächsten Moment zu platzen. Die Adern am Hals dick angeschwollen. Er stieß den Stuhl, auf dem er eben noch gesessen hatte, nach hinten um. Krachend fiel er zu Boden.

Der Beamte, der zur Aufsicht in der Ecke des Verhörraums saß, erhob sich. Hartmann blickte ihn kurz an und gab ihm zu verstehen, Ruhe zu bewahren.

Zwischenzeitlich umrundete der blonde Mann wutschnaubend den Tisch und eilte mit stampfenden Schritten auf Hartmann zu. Für Benjamin ging alles viel zu schnell. Er blieb sitzen und beobachtete, wie sich sein Kollege langsam und selbstbewusst erhob. Gleich darauf stand der vor Wut Schäumende wenige Zentimeter von ihm entfernt und reckte ihm seine Brust entgegen, wie ein Gorillamännchen vor einem großen Kampf.

Hartmann wirkte wie ein Fels in der Brandung. Er hatte sich auf die Fußspitzen gestellt, obwohl es ihm Schmerzen bereitete. Bei der Verfolgungsjagd hatte er sich seinen Knöchel verstaucht und trug nun einen dicken Verband.

Sein Gegenüber blieb regungslos stehen und hielt einen gewissen Abstand. Einige Sekunden verharrte er, danach polterte er los: „Ihr verdammten Bullen. Ihr seid nicht mehr als armselige strohdumme und Gras kauende Bullen."

Hartmann hielt seinem hasserfüllten Blick stand. Mit fester Stimme sagte er erstaunlich ruhig: „Wir sind keine Bullen" und nach einer ganz kurzen Pause: „Wir sind Schweine und zwar Trüffelschweine. Wir stecken unsere Nase überall rein und ist der Misthaufen auch noch so groß. Und hier bei dir haben wir wohl ein beachtliches Stück Trüffel gefunden."

Die beiden Männer standen sich eine ganze Weile gegenüber. Keiner sagte etwas und Dobermann war fasziniert von seinem Kollegen.

Irgendwann veränderten sich die Gesichtszüge des Festgenommenen. Sie entspannten sich, als sei plötzlich alle Wut abgeflossen. Er lächelte nun, kurz darauf folgte ein Lachanfall.

Hartmann sank von seinen Fußspitzen zurück auf die Fersen und wich einen Schritt zurück. Mit dem Unterschenkel stieß er gegen den Sitz des Stuhles, von dem er sich eben erhoben hatte, und wäre beinahe ins Straucheln geraten, als er die Worte des Mannes hörte: „Ihr denkt wirklich, ihr hättet mich im Griff, oder?“

Hartmann antwortete nicht. Der blonde Mann nahm Anlauf, zwei drei Schritte, sprang in die Höhe, flog ein Stück durch die Luft und knallte mit ausgestreckten Armen und zu Fäusten geballten Händen gegen den großen rechteckigen Spiegel. Dem Aufprall und dem harten Schlag folgte sein Schrei: „Pia, ich weiß, dass du mich beobachtest. Du würdest mich niemals mit diesen Neulingen, mit diesen Stümpern, allein lassen. Nein, das kannst du nicht. Dafür bist du eine viel zu gute Kommissarin. Komm in den Verhörraum. Ich habe dir was zu sagen.“

Erneut sprang er in die Höhe und boxte mit seinen Fäusten gegen die Scheibe. „Damit du dich schnell entscheiden kannst, nenne ich lediglich zwei Namen und ich weiß, dass du die Personen kennst, denn du suchst seit Tagen nach ihnen. Es sind Franziska Hillershausen und Georg Schärfer. Und bedenke, noch könnten sie am Leben sein.“

Anschließend drehte er sich um, atmete tief ein und schien im nächsten Augenblick Ruhe und Gelassenheit gefunden zu haben. Er beachtete weder die beiden anwesenden Kommissare noch den Beamten im Eck, hob langsam den von ihm umgeworfenen Stuhl vom Boden auf und setzte sich mit verschränkten Armen darauf, den Blick hielt er gesenkt. Sein Gesicht zeigte keinerlei Gefühlsregung.

Es dauerte nur wenige Sekunden, bis sich die Tür zum Verhörraum öffnete und Pia Stenger eintrat. Ihr Gesichtsausdruck strahlte Konzentration und eine solche Kälte aus, dass sich auf Benjamins Unterarmen Gänsehaut bildete.

„Was haben Sie mir zu sagen?“

„Ach sind wir jetzt wieder beim Sie“, lächelte der Mann süffisant und die beiden Kommissare am Tisch verstanden nicht, was er damit meinen könnte.

„Ja, und werden auch dabei bleiben! Jeder macht mal Fehler und in Ihrem Fall werde ich ihn nicht wiederholen, da können Sie sicher sein. Also reden Sie!“

Der Verhaftete schaute der jungen Hauptkommissarin tief und herablassend in die Augen. Er stand langsam auf, umrundete den Tisch, setzte sich mit verschränkten Armen auf die Tischplatte und sagte: „Mein Name ist Fabian Breuer, ja tatsächlich, DER Fabian Breuer. Und Sie! Sie sind etwas spröde im Bett, aber für eine Kommissarin noch ganz okay."

Pia Stenger lief tomatenrot an. Ihre Backen schienen zu glühen. Daniel und Benjamin verstanden die Welt nicht mehr.

„Wir reden jetzt nicht über mich, sondern über Sie", sagte die Hauptkommissarin schroff, gab den beiden Kommissaren mit einer unmissverständlichen Handbewegung zu verstehen, dass sie sich erheben und hinter sie stellen sollten. Sie setzte sich auf einen der freigewordenen Stühle und beobachtete Breuer, wie er sich erhob und langsam zu seinem Stuhl zurückging, um sich dort niederzulassen.

Eiskalt blickte sie ihm in die Augen. Sie hatte tatsächlich in wenigen Sekunden ihre professionelle Distanz zurückgewonnen und der Wunsch, diesen Kriminellen zu Fall zu bringen, brannte in ihr.

Es dauerte eine Zeit lang bis Fabian Breuer begann: „Okay, ich akzeptiere. Ich werde beim *Sie* bleiben. Aber wenn Sie das Leben von Franziska Hillershausen und Georg Schärfer retten wollen, sollten Sie mit mir kooperieren, Frau Stenger!"

„Wie meinen Sie das?", zischte Pia.

„Ich möchte Ihnen zuerst meine Geschichte erzählen. Anschließend können wir über die beiden Vermissten reden. Ist das ein Deal?"

„Na, wenn Sie sich erleichtern müssen, legen Sie los", knurrte Pia und verschränkte ihre Arme vor der Brust.

Der blonde Mann lehnte sich zurück, machte es sich gemütlich und begann mit seiner Erzählung: „Es ist richtig, dass ich die alte Frau Krause in der *Tanne* getroffen habe. *Die Tanne* war früher mein Lieblingscafé in Bessungen, nicht nur wegen der brünetten Bedienung, aber auch nicht ohne sie. Ich hatte ein Leben, was zu Ende ging, nicht aus organischen Gründen, sondern aus seelischen. Ich war zwar viel in der Welt herumgekommen, hatte einiges erlebt und auch bündelweise Geld verdient, aber das Geld verpuffte, wie die vielen Liebschaften, die ich hatte. Ich hatte die Nase voll und ich kam nicht mehr mit den neuen Regeln im Drogengeschäft klar. Früher gab es noch eine Ganovenehre. Man hielt zusammen, denn nur gemeinsam konnte man sich vor der Strafverfolgung schützen. Geschäfte wurden mit Handschlag geschlossen und auch eingehalten. Es gab Vertrauen in der Szene. Es war eine gute Zeit, aber alles Gute vergeht irgendwann, das ist so im Leben und ich akzeptierte es."

„Lassen Sie bitte dieses Früher-ist-alles-besser-Geschwätz und erzählen Sie mir endlich, was Sie mir zu den zwei Vermissten sagen wollen und, was in den letzten Tagen geschehen ist", unterbrach Pia barsch.

Fabian grinste breit. Er liebte es, seine Kommissarin, wie er sie gerne nannte, emotional zu sehen. Er fand, die roten Bäckchen standen ihr gut und ihn beeindruckten die Pfeile, die sie manchmal aus ihren Augen auf ihn abfeuerte.

Er kostete den Augenblick aus. Erst danach erzählte er weiter. „Frau Krause hat mich mit dem jungen Eigentümer des Gestüts verwechselt und da wusste ich, dass ich nicht einmalig auf der Welt bin und dass mir dadurch eine riesige Chance geboten wird. Gleich am nächsten Tag fuhr ich nach Kronberg und war begeistert von dem Anwesen. Alles passte, Helmut von Roden führte das Gestüt seit einem Jahr alleine. Seine Eltern waren unter tragischen Umständen verstorben und er musste von heute auf morgen in die, für ihn viel zu großen Fußstapfen seiner Eltern treten und war damit total überfordert. In Kronberg machte schon das Gerücht die Runde, dass er das Gestüt verkaufen wollte. Wie gesagt, alles passte. Es war wie ein Sechser im Lotto. Jetzt musste ich nur noch in seine Rolle schlüpfen und organisieren, dass er als Fabian Breuer von der Polizei aufgegriffen wird. Meine bisherigen Straftaten reichten nicht für eine langjährige Haftstrafe aus, deswegen musste ich etwas tiefer in die Trickkiste greifen. Ich traf meinen alten Schulkameraden, Benjamin Dobermann, und erfuhr, dass er als Kommissar hier im K10 beginnen würde. So war der Plan schnell ausgearbeitet. Ich nutzte dich, Benjamin, und ich nutzte meine guten Kontakte zu dem alten Höfner." Fabian nickte dem jungen Kommissar zu. „Der alte Höfner mochte meine direkte Art. Er war begeistert von meiner Geschäftstüchtigkeit. Kennengelernt hatte ich ihn vor mehreren Jahren und ihn immer wieder besucht, wenn ich mich in Darmstadt aufhielt. Bald schon erzählte er mir, dass er seinen Sohn verabscheute. Ich hörte aufmerksam zu. Es ist immer gut, Persönliches über seine Geschäftspartner zu erfahren. So kann man sie besser manipulieren.

Wie gesagt, ich war offen für die Nöte des alten Höfners und das hat er mir gedankt. Er schloss mich in sein Herz und zeigte mir sein Notizheft, in dem er sich offenbarte. Auch wusste ich von seinen

Ängsten, dass ihm etwas geschehen könnte. Er war sehr misstrauisch und hatte auch Gründe dafür.

Gemeinsam mit seiner Ehefrau entwickelte ich einen Plan. Tja, so bin ich, immer hilfsbereit.

Mir war bewusst, dass wenn den beiden alten Herrschaften etwas passieren würde, wäre ich einer der Hauptverdächtigten. Georg, Höfners einziger Sohn, wäre außen vor, er war schon seit Jahren enterbt worden. So traf ich mich mit Benjamin und erzählte ihm von meinem angeblichen Traum, meine Eltern ermordet zu haben. Ich wollte ihn auf mich aufmerksam machen."

„Das verstehe ich nicht", intervenierte Dobermann, der noch immer gemeinsam mit seinem Kollegen hinter Pia Stenger stand.

„Die Einzelheiten müsst ihr noch rausfinden. Klar ist, dass ich mit den Morden nichts zu tun habe."

„Stopp!", unterbrach die Hauptkommissarin. „Dass Sie mit den Morden nichts am Hut haben, glaube ich Ihnen einfach nicht und es wird Ihnen auch kein Richter abnehmen."

„Es ist aber so und glauben Sie mir, es wird keinen Gerichtstermin geben und mir ist es auch total egal, was ein Richter darüber denkt. Glauben Sie denn wirklich, ich hätte mir so viel Mühe mit dem Legen aller Spuren gegeben, wenn ich von den Morden gewusst hätte? Wenn dem so gewesen wäre, hätte ich mich gemütlich zurücklehnen können und mein Doppelgänger hätte lebenslänglich bekommen, oder meinen Sie etwa nicht?"

„Okay, erzählen Sie weiter, wir haben nicht den ganzen Tag Zeit."

Fabian Breuer lächelte versonnen. So eine kleine Notlüge kann doch recht hilfreich sein, dachte er, es klingt doch alles recht logisch, was ich denen erzähle. Er hing einen Moment seinen Gedanken nach, danach erst sprach er weiter: „Zuerst habe ich einen meiner Jungs gebeten, Benjamin Drogen anzubieten und hab ihn beauftragt, die Düse zu machen. Ich wusste, dass Benjamin ihn verfolgen würde und so tappte er im Keller des Neubaus in der Lauteschlägerstraße in die Falle. Die Leute, die ihn und seinen Kollegen mit Eisenstangen bedroht hatten, waren ebenfalls meine Jungs. So konnte ich Dobermann ein paar Bilder und somit Beweise zuspielen, wie kriminell Fabian Breuer doch ist. Alles wäre gut gegangen und ich hätte schon am letzten Dienstag die Rolle mit Helmut von Roden tauschen können, um anschließend meinen Doppelgänger an die Polizei auszuliefern, hab aber einen Fehler begangen. Ich habe meinen alten Weggefährten Georg unterschätzt."

Dobermann und Hartmann schauten sich an. An ihren Gesichtern konnte man ablesen, dass es ihnen schwerfiel, Fabians Ausführungen zu folgen. Dieser ließ sich aber nicht davon beeinflussen und plapperte weiter: „Anscheinend hatte Georg mich beobachtet und am Sonntagabend im Hotzenplotz etwas in mein Glas getan. Ich wurde bewusstlos und er hat mir nicht nur das Handy abgenommen und wahrscheinlich irgendwo hingeworfen, sondern hat mich auch in seine Wohnung nach Rüsselsheim verschleppt. Wir hatten ein wenig Streit wegen zwei Kilo Kokain, die ich für ihn besorgen sollte. Er wollte mich mit Falschgeld bezahlen. Er konnte den Hals nicht vollkriegen und wollte mich, seinen alten Freund, über den Tisch ziehen. Hahaha, da hat er sich verkalkuliert. Ich hatte es rechtzeitig gemerkt und das Kokain versteckt. Da bekam er mächtig Ärger mit seinen Abnehmern.

Er brauchte dringend den Stoff und wollte natürlich von mir wissen, wo ich ihn versteckt hatte. Da hatte er allerdings Pech. Ich konnte mich befreien und ihn bestrafen."

Benjamin schwirrte der Kopf.

Fabian schwieg, als wolle er Benjamin noch etwas Zeit zum Verstehen geben und schaute zur Decke des Verhörraums empor, als würde von dort süßer Honig heruntertropfen, anschließend sprach er lächelnd weiter: „Wenn ich eines in meinem Leben gelernt habe, dann ist es, dass ich aus jedem Fehler, den ich gemacht habe, aus jedem Fettnäpfchen, in das ich rein geplumpst bin, gestärkt und siegreich herauskomme. Fehler sind in keiner Weise negativ, sie sind immer eine Chance. Zumal für mich, da ich genial bin."

Er blickte stolz und ruhte in diesem Moment voll und ganz in sich. Irgendwann verflog sein Lächeln und er sagte: „Es war ein Geschenk, dass mich Georg in seine Wohnung verschleppt hatte. So konnte ich ihn seiner gerechten Strafe zuführen und habe nun die Möglichkeit, meiner Bestrafung zu entgehen."

Pia versuchte ihr Pokerface zu halten. Es fiel ihr schwer. Innerlich war sie aufgewühlt und neugierig. Die Pausen, die Fabian in seinen Aussagen einbaute, zerrten an ihren Nerven. Am liebsten hätte sie sich über den Tisch gebeugt, Fabians Hinterkopf mit beiden Händen gepackt und mit Schwung seine Stirn auf die Tischplatte krachen lassen. Zu gerne hätte sie ein Geständnis aus ihm heraus geprügelt. Zu gern hätte sie ihn für die beiden Morde im Paulusviertel verantwortlich gemacht und allzu gerne hätte sie nun endlich erfahren, was ihr Gegenüber mit Franziska Hillershausen und Georg Schärfer angestellt hatte.

Fabian blickte Pia offen und anhaltend an. „Es war alles recht einfach“, fuhr er endlich fort. Für einen kurzen Moment glaubte Pia, Fabian könne in ihr lesen, wie in einem offenen Buch und plötzlich stieg Angst in ihr auf. Unweigerlich lehnte sie sich zurück und verschränkte die Arme vor ihrer Brust.

„Ich bin nach Kronberg gefahren und habe meinen Doppelgänger besucht. Er war auch recht angetan von mir. Nicht jeden Tag kann man in das Gesicht eines Fremden schauen und meint, man schaue in einen Spiegel. Wir unterhielten uns gut. Ich erfuhr noch das eine oder andere Wichtige, etwas später habe ich ihm ein paar Tropfen Flunitrazepam in seinen Kaffee getropft. Sie wissen doch, was Flunitrazepam ist?“ Fabian schaute wie ein Lehrer.

„Landläufig nennt man es K.O.-Tropfen“, knurrte Pia.

„Bingo“, parierte Fabian gut gelaunt. „Die Nacht habe ich in Kronberg verbracht. Helmut lag mit Kabelbinder gefesselt neben mir. Der Tattoo-Künstler kam pünktlich um ein Uhr nachts und hat die Schulter meines Doppelgängers verschönert, sodass keine Zweifel aufkommen konnten. Tja, für Geld kann man sich alle Dienstleistungen kaufen. So funktioniert die Welt.“

Pia schwieg angewidert.

Fabian plauderte weiter: „Ich habe kein eigenes Auto, also bin ich häufig mit dem Auto des alten Höfners gefahren. Das war natürlich in meiner Situation recht praktisch. So musste ich am nächsten Morgen nur noch meinem Doppelgänger das Rohypnol in die Venen jagen, ihn ins Auto einladen, nach Darmstadt fahren und das Fahrzeug so platzieren, dass ihr es gleich findet.“ Dabei nickte Fabian mit seinem Kopf in Richtung der beiden jungen Kommissare.

Durch Dobermann ging ein Ruck, als sich ihm plötzlich eine Frage aufdrängte: „Warum hat sich an dem Mercedes immer die Schließautomatik aktiviert. Die Person auf dem Fahrersitz hatte zwar einen Schlüssel in der Hand, war aber ohnmächtig?“

„Nichts leichter als das“, antwortete Fabian vergnügt. „Ich saß hinter einem anderen Fahrzeug, ganz in der Nähe, und hatte den Zweitschlüssel in meinen Händen. So konnte ich nicht nur immer zur rechten Zeit die Türen öffnen und schließen und die Blinker zum Aufleuchten bringen, ich konnte auch beobachten, wie aktiv ihr gewesen seid. Manchmal kam es mir vor, als sehe ich einen alten Laurel und Hardy-Film, nur dass ich diesmal der Regisseur war. Ich musste mich sehr zurückhalten, um nicht laut loszulachen, aber ich habe es geschafft und war stolz auf euch, dass ihr so toll mitgearbeitet habt. Bravourös habt ihr euch um meinen Doppelgänger gekümmert und ihn abtransportieren lassen."

„Wolltest du ihn töten?"

Fabian wirkte erschrocken. „Nein Benjamin, wo denkst du hin? Ich bin doch kein Mörder." Theatralisch wackelte er mit seinem Kopf. „Ich wollte ihn nur ein wenig sedieren, ihn in rosa Wölkchen betten, bis ihr ihn gefunden habt. Leider wusste ich nicht, dass sein Körper nichts verträgt." Er berührte mit der rechten Hand sein Kinn und rieb daran. „Vielleicht hätte ich etwas weniger nehmen sollen? Aber was soll´s, Fehler sind dazu da, begangen zu werden." Er legte schon wieder eine kurze Kunstpause ein. „Tja, alles sah gut aus. Ich bin zur Fischerhütte gefahren und habe mich verwöhnen lassen. Ich musste nur noch auf den Anruf eines potenziellen Käufers warten. Interessanterweise kam der auch aus Darmstadt. Helmut lag auf Drogen im Krankenhaus und ich hätte in den nächsten Tagen sein Gestüt verkauft und wäre ein reicher Mann geworden, tja, hätte ... hätte ... hätte. Aber ich habe einen weiteren Fehler begangen. So ist es eben, vielleicht wäre es ohne diesen Fehler auch langweilig geworden. So ist jetzt immerhin ein wenig Pepp in der Geschichte."

„Welchen zweiten Fehler meinst du?"

Ganz langsam bewegte Fabian seinen Kopf, bis sich sein Blick mit dem des Kommissars kreuzte. „Ich habe auf diesen bescheuerten Brief reagiert, dessen Absender diese Kuh von Krause gewesen sein soll. Ich hätte darauf kommen müssen, dass ihr dahintersteckt."

Pia Stenger hatte es tatsächlich geschafft, ihre Gefühle im Zaum zu halten und war Benjamin dankbar dafür, dass er in den letzten Minuten das Fragen übernommen hatte. „Das haben Sie alles ja recht clever eingefädelt. Ich bin beeindruckt. Aber nun lassen Sie uns zu Franziska Hillershausen und Georg Schärfer kommen. Was wissen Sie über diese beiden?"

Fabian blickte verdutzt auf und kurz später lächelte er verschmitzt: „Oh, soweit sind wir schon. Okay."

„Ja, soweit sind wir schon. Nun sagen Sie mir endlich, was Sie mir unbedingt sagen wollen."

Fabian neigte seinen Kopf etwas zur Seite und blinzelte die Kriminalhauptkommissarin verschmitzt an: „Frau Stenger, Sie sind doch in der Vermisstensache Hillershausen und Schärfer involviert. Wie weit sind denn die Ermittlungen gediehen?"

„Herr Breuer, hören Sie auf damit! Sagen Sie, was Sie zu sagen haben, oder ich verlasse diesen Raum und Sie werden solange hier festgehalten, bis wir Sie dem Haftrichter vorgeführt haben und das kann dauern."

Fabian grinste noch immer. „Vielleicht kann ich Ihnen wirklich helfen", meinte er belustigt. Er beugte sich etwas nach vorne, als er leise sagte: „Also passen Sie auf. Ich habe die beiden am letzten Montag irgendwo in Darmstadt eingemauert, aber Sie müssen keine Angst haben, ich habe sie mit Wasser und sogar mit Rotwein versorgt. Wahrscheinlich sind sie heute etwas schlanker, aber überlebt haben sie bestimmt, es sei denn, sie haben sich gegenseitig etwas angetan."

„Eingemauert?" Pia hatte ihre Augen weit aufgerissen und auch Benjamin und Daniel waren unruhig geworden.

Fabian bemerkte dies wohlwollend, die verschränkten Hände über die Tischplatte in Richtung der Kommissarin schiebend. „Tja, eingemauert und die Zeit läuft. Es wäre sinnvoll, wenn Sie kooperieren würden."

Pia versuchte, sich zu beruhigen und sachlich zu klingen, als sie argumentierte: „Bisher haben Sie noch nicht so viel angestellt, die paar Drogen, die Körperverletzung und die Freiheitsberaubung. Ich könnte mit der Staatsanwaltschaft reden. Vielleicht kommen Sie mit einer moderaten Bestrafung davon. Ich würde meinen Teil dazu beitragen, wenn Sie mir verraten, wo Sie die beiden versteckt halten."

Fabian ließ seine Hände zu Fäusten werden, zog sie in Richtung seiner Brust, stützte sich darauf ab und drückte seine Arme durch. Er erhob sich von seinem Stuhl. Dabei fixierte er Pia. „Das werde ich nicht tun", sagte er leise. „Ich werde jetzt diesen Raum verlassen und nach draußen gehen. Wenn ich von euch in Ruhe gelassen werde und meine Geschäfte erledigt habe, schicke ich eine Nachricht auf dein Handy." Fabian schob seinen Kopf noch ein wenig in Pias Richtung: „Du bist doch noch unter der Nummer erreichbar, die du mir gegeben hast, oder?"

Ein kurzes Nicken war die Antwort. Pia konnte seinem Blick nicht mehr standhalten.

Fabian rückte sein Sakko zurecht und stolzierte um den Tisch herum. Als er hinter Pia angelangt war, legte er seine beiden Hände auf ihre Schultern, beugte sich vor und hauchte ihr „War sehr anregend mit dir" ins Ohr. Er öffnete die Tür und sagte laut: „Betet, dass ich meine Geschäfte schnell zum Ende bringen kann, immerhin sind die beiden Süßen schon fünf Tage lang eingesperrt." Anschließend ging er aus dem Raum und ließ die Tür krachend ins Schloss fallen.

Benjamin sprang auf „Du wirst den doch nicht laufen lassen", schimpfte er los.

Pia blickte angestrengt auf die Tischplatte. Zeit verstrich.

Hartmann war indessen aufgesprungen und hatte den Verhörraum verlassen.

„Was soll ich denn machen", antwortete sie kleinlaut. „Ich möchte nicht für den Tod von Menschen verantwortlich sein."

4.

„Halt! Warte!" Beine stapften über den Asphalt. Atem ging schwer. Der Angesprochene drehte sich erschrocken um. Eben befand er sich noch im Schutz des alten Parkhauses, jetzt hatte ihn die Straße wieder. Angst keimte in ihm auf. Seine Augen weiteten sich. Er musste fliehen. Der Gedanke hing panisch in ihm, das Umsetzen in die Realität dagegen war nicht einfach. Seine Glieder waren steif. Der dicke, aber viel zu große Mantel hatte ihn zwar in der letzten Nacht einigermaßen gewärmt, jetzt hinderte er ihn beim Weglaufen. Und dann war da noch der Einkaufswagen mit all den Sachen. Er konnte ihn nicht zurücklassen. Die zusammengerollte Futon-Matratze, ein paar Kleider, Taschen, Plastiktüten mit Essensresten, die letzte halbgefüllte Flasche Doppelkorn und das Notebook, das er seit ein paar Tagen stolz sein Eigen nannte und, das ihm durch die eine oder andere Nacht geholfen hatte. All das waren seine Schätze und er konnte sie nicht aufgeben.

„Warte doch mal!"

Der Mann, der um einiges älter aussah, als es dem Eintrag seines Passes entsprach, flüchtete. Er gab sein Bestes. Die rechte Hand verkrampfte sich am eisernen Griff des Einkaufswagens, mit den schweren Stiefeln stolperte er vorwärts. Der Restalkohol im Blut verhinderte eine körperlich koordinierte Flucht, war aber nicht mehr so hoch, dass sich Karl in die Gleichgültigkeit des Suffs hätte fallen lassen können. Sein Bart war buschig, die langen grauen Haare verfilzt und die grüne fleckige Strickmütze hing ihm halb über die Augen und nahm ihm die Sicht.

Scheiße, was wollen die beiden von mir?

Ich hätte in meinem Versteck bleiben sollen.

Die Gedanken waren nicht grundlos. Derzeit trieben sich einige merkwürdige Gestalten auf der Straße herum. Vor zwei Tagen erst war er angemacht worden, man hatte ihn beschimpft und solange hin und her geschubst, bis er voller Angst direkt vor die Füße der Angreifer gekotzt hatte. Sie hatten ihn angewidert in Ruhe gelassen, lauthals gelacht und gesagt, sie kämen wieder.

„Hilfe", krächzte der Flüchtende vor sich hin. Die Stimme versagte. Er hatte sie lange nicht genutzt.

„Bleib doch mal stehen. Kennst du mich nicht mehr?"

Karl blickte sich hektisch um. Er kam ins Straucheln. Sein Fuß blieb am Bordstein hängen. Er konnte sich nicht halten und fiel zu Boden, seine Hand war weiterhin an dem Einkaufswagen festgekrampft. Auch die Räder des Wagens stießen gegen den Bordstein. Der Wagen kippte um und sein Inhalt verstreute sich über die Straße.

„Neiiiin", stöhnte der Obdachlose, der am Boden kniete und sein Gesicht in den Händen vergraben hatte.

Hannes war nun bei ihm angekommen und legte seine Hand auf die Schulter des alten Mannes.

„Neiiin, Neiiin!", war dessen Reaktion.

Hannes verstand. Er ließ den Mann in Ruhe, ging zu dem Einkaufswagen, richtete ihn auf und begann, die herausgefallenen Dinge wieder hinein zu räumen.

„Hilf mir", forderte er Paul auf.

Ohne ein Wort zu sagen, kümmerte sich Paul um die Futon-Matratze. Er rollte sie zusammen und versuchte dabei, sie so weit von seinem Körper entfernt zu halten wie irgend möglich. Er glaubte, er würde den Geruch niemals wieder loswerden.

Karl nahm zögerlich die Hände vom Gesicht und schaute Hannes zum ersten Mal direkt an. Langsam erkannte er ihn und wurde etwas ruhiger. „Du, du bist doch der …", stotterte er vor sich hin, „du, du hast dich manchmal neben mich gesetzt und mit mir geredet, wenn ich in der Stadt gebettelt habe. Bist du das?"

„Klar, Karl. Du erkennst mich wieder", sagte Hannes erfreut, „wo bisten die ganze Zeit gewesen? Wir haben dich überall gesucht."

Der Obdachlose beobachtete eine Zeit lang Paul wie er verschiedene Teile seines Hab und Guts in den Einkaufswagen packte, kratze sich am Bart und begann mit schwammiger Stimme zu erzählen: „Ich war im Odenwald. In einem Hotel. Hab mich mit Essen verwöhnen lassen und jeden Tag mehrmals heiß geduscht." Versonnen blickte Outdoor-Karl ein Loch in die Luft, als wäre darin eine Dusche zu sehen.

„Was? Im Hotel?“

„Kam überraschend zu etwas Geld. Das hat auch noch für ein Notebook gereicht und für wirklich guten Schnaps.“ Karls Stimme wurde fester und klarer. Er merkte, wie ihm das Sprechen Spaß machte. Jetzt war er in Sicherheit, jetzt wollte er sich mitteilen, von seinem Abenteuer berichten. Er kam langsam auf die Beine und stellte sich mühevoll so gerade hin, wie es ihm möglich war, und schaute knapp an Hannes` Kopf vorbei auf einen Strauch. „Du weißt doch, dass ich oft gegenüber vom Bismarck-Denkmal sitze und bettele.“

„Ja, ich kenne dein selbstgemaltes Schild. Ich muss immer wieder schmunzeln, wenn ich es lese: *Armer Obdachloser sucht Unterkunft und Arbeit, ist aber auch für eine kleine Spende dankbar*. Du weißt, dass man dir eher ein paar Cents gibt als eine Wohnung oder Arbeit. Das ist deine Masche, oder?“

Karl reagierte nicht auf Hannes` Worte, sondern sprach weiter: „Letzte Woche saß ich auch da. Es war noch einigermaßen sonnig und warm. Plötzlich kam aus der nahegelegenen kleinen Bankfiliale ein Mann herausgestürmt. Krampfhaft hielt er eine Plastiktüte in Händen. Er schaute sich panisch um und sah wie zwei Polizisten aus dem Revier im Schloss herausgeeilt kam und ihn erblickt hatten. Der Bankräuber flüchtete und wollte an mir vorbeilaufen. Ich streckte kurz mein rechtes Bein aus. Er blieb daran hängen.

Ich schnappte nach der Plastiktüte.

Der Mann stürzte, rollte sich aber geschickt über seine rechte Schulter ab, richtete sich wieder auf und rannte weiter. Die Polizisten verfolgten ihn.

Die Plastiktüte versteckte ich hinter dem Schild und wartete einen kurzen Moment. Keiner kümmerte sich um mich. Ich erhob mich, ging in das nächstbeste Geschäft und lugte in die Tüte. Die Geldscheine begeisterten mich. Noch niemals zuvor hatte ich so viele gesehen.“

Der Obdachlose blickte versonnen auf seine Hände, als hielte er noch immer die Tüte. Ein Lächeln zog sich breit über sein Gesicht.

„Ich habe das Geschäft verlassen, bin zu meinem Schlafplatz gegangen und habe mich entschieden, das Geld zu behalten und in ein Hotel im Odenwald zu gehen.“ Nach einer kurzen Pause fügte er hinzu: „Ich habe mir noch ein Notebook gekauft.“

Als das Wort *Notebook* seinen Mund verlassen hatte, torkelte er zu dem Einkaufswagen hinüber. Er prüfte, ob das Elektrogerät den Sturz überstanden hatte. Bald blickte er zufrieden auf.

„Das kann nicht sein", entfuhr es Hannes, „das glaube ich jetzt nicht. Den Polizisten muss doch aufgefallen sein, dass der Mann, als er die Bankfiliale verließ, eine Plastiktüte in Händen gehalten hatte und später dann, als er festgenommen wurde, keine mehr bei sich trug. Die sind doch geschult in so Angelegenheiten. Ich glaub, du erzählst Quatsch."

Karl hatte genug gesprochen. Er schwieg und wirkte erschöpft. Hannes mutmaßte, dass Karls Geschichte gelogen war. Wahrscheinlich war er von der Polizei festgenommen worden, als er versucht hatte, einen öffentlichen Stromkasten aufzubrechen, um den schwächelnden Akku seines Notebooks aufzuladen. Wahrscheinlich war er in eine schlichte Zelle des Schloss-Reviers zur Ausnüchterung eingekerkert und dann auf Staatskosten weggesperrt worden. Wahrscheinlich musste er unter Aufsicht von breitschultrigen Staatsbeamten mehrmals heiß duschen, um wieder zum Menschen zu werden.

Lange schaute er Karl an. In dem Moment, als der Obdachlose den Blick nicht standhalten konnte und zu Boden blickte, wurde ihm bewusst, dass Karl an seiner Geschichte festhalten würde, egal wie die Realität aussah. Für einen kurzen Moment blitzte in Hannes die Erkenntnis auf, dass er sich bei seinen Krankheitsvermutungen anscheinend genauso verhielt, verwarf diesen Gedanken aber sogleich und ging einen Schritt auf Karl zu.

Paul hatte die Unterhaltung verfolgt und ließ seinen Kopf wie wild hin und her schwingen. Er fand, dass jetzt der Zeitpunkt gekommen war, um seine vordringliche Frage herauszuschreien: „Kennst du Franziska?"

Karl blickte erst Paul an, dann Hannes. „Wer ist das denn?" fragte er.

„Das ist Paul, ein Freund von mir", antwortete Hannes und ergänzte: „Ein guter Kerl."

„Wer ist Franziska?", fragte der Obdachlose.

„Egal, nicht so wichtig", erwiderte Hannes, „aber mich interessiert: Kennst du Fabian, Fabian Breuer?"

Der Bärtige nickte.

„In seiner Wohnung hängt ein Bild von dir."

„Kann sein. Er hat mich im letzten Sommer ein paarmal besucht.

Damals, als ich einen tollen Schlafplatz hatte. Da hat er ein Bild von mir geknipst. Eine schöne Zeit."

„Wo war das?", wollte Hannes wissen.

„Am Ostbahnhof, warum?"

„Was wollte Fabian von dir?"

„Eines Tages kam er vorbei, als ich mich vor dem alten Gewölbekeller, den ich zufällig entdeckt hatte, sonnte. Er plauderte mit mir. Ich zeigte ihm die beiden unterirdischen Räume. Er war begeistert und beglückwünschte mich. Als er wiederkam, hatte er ein Päckchen bei sich. Er bat mich, es für ein paar Tage aufzubewahren. Das tat ich gerne. Dann kam er häufiger. Fabian schenkte mir guten Schnaps und alle waren zufrieden." Karls Gesicht verfinsterte sich, als er weitersprach: „Und dann kamen die und haben mich vertrieben. Die kommen immer und vertreiben mich, immer, wenn ich einen guten Schlafplatz gefunden habe."

„Wer sind die?"

„Die Männer mit den Uniformen halt, sie meinen, sie müssten für Recht und Ordnung sorgen."

„Und wie ging´s dann weiter?"

„Sie haben ein Vorhängeschloss angebracht und mir gesagt, ich solle abhauen. Wenn ich das Schloss knacken und noch einmal unten schlafen würde, würden sie mich ins Gefängnis werfen. Genau das haben die gesagt."

„Fahr mit uns dorthin?", intervenierte Paul hektisch.

Karl schüttelte heftig mit dem Kopf. „Kann nicht, muss mich um meine Sachen kümmern."

„Dann sag mir wenigstens, wo genau der Eingang in diesen Gewölbekeller ist?"

„Warum willst du das unbedingt wissen?"

„Egal, sag´s einfach. Ich besorg dir später ´ne Flasche Doppelkorn."

Karl beschrieb den Ort und in Paul begann etwas zu pulsieren. Die Schlafstätte lag in der Nähe des Ortes, an dem Franziskas Smartphone gefunden worden war.

***

„Hier muss es irgendwo sein. Schau, da vorne ist der unbefestigte Parkplatz mit den vielen Schlaglöchern, genau wie es Karl beschrieben hat. Und da. Das alte Bahnhaus aus roten Ziegelsteinen."

Hannes saß in seiner „Ente" und zeigte nach draußen. Er hatte nicht bemerkt, dass Paul schon längst ausgestiegen war und über den Parkplatz lief. Als er sich umdrehte, weil er keine Antwort von seinem Freund erhielt, sah er die offene Beifahrertür und hörte den Schrei. „Scheiße. Hier! Komm schnell." Anschließend etwas leiser: „Das gibt es doch nicht. Hannes, beeil dich!"

Hannes riss die Fahrertür auf und stürmte nach draußen. Erst sah er Paul nicht, nur winkende Arme hinter einem Busch und wieder der Schrei: „Hannes, schnell! Das gibt es doch nicht!"

„Was ist denn?"

„Hier steht mein Auto!"

Hannes rannte auf Paul zu und sah den blauen Renault. Paul machte sich an der Tür zu schaffen. Problemlos ließ sie sich öffnen.

„Der Schlüssel steckt", bemerkte er, „aber von Franziska keine Spur. Sie muss aber hier sein!" Paul rannte um das Auto herum, kniete sich, schaute unter dem Fahrzeug nach, sprang auf, stieg in das Auto ein, setzte sich auf den Fahrersitz, packte mit beiden Händen das Lenkrad und schlug seiner Stirn rhythmisch gegen die obere Rundung des Lenkrades. „Sie muss hier irgendwo sein! Wo ist sie nur? Ich muss sie finden!"

„Hör auf!", schrie ihn Hannes an. „Es macht keinen Sinn, wenn du deine Stirn blutig schlägst. Wir müssen Karls Schlafstätte finden, den Gewölbekeller."

Hannes zog Paul aus dem Fahrzeug, richtete ihn auf, packte seine Schultern und schüttelte daran. „Hilf mir. Was hat Karl gesagt? Er sprach von einem Parkplatz, von einem Bahnhofsgebäude und einem Bahnübergang. Gegenüber soll versteckt zwischen einem Baum und mehreren Büschen der Eingang zu finden sein."

Paul schubste Hannes zur Seite und rannte los.

„Hier ist das Haus, da der Bahnübergang." Paul stand bis zu den Knöcheln in einem wassergefüllten Schlagloch und bemerkte es nicht. „Da, da", sagte er wild gestikulierend. „Da ist was. Es sieht aus wie ein Betonklotz." Er lief darauf zu. „Seitlich ist er mit Graffiti besprüht und mit Dornengestrüpp zugewachsen. Ich habe es gefunden. Da, eine Holztür!"

Zwischenzeitlich war Hannes herbeigeeilt.

Paul rüttelte an dem Holz. „Verschlossen. Mit einem Vorhängeschloss. Wir müssen es aufbrechen."

Hannes überlegte. Paul hatte eine Idee. „In meinem Auto habe ich `ne Eisenstange. Die brauchte ich als Hebel beim Reifenwechsel. Vielleicht klappt es damit."

Im nächsten Moment war er auf dem Weg. Keine Minute später kam er zurück, die Eisenstange in Händen. Er steckte das schmale Ende in Höhe des Schlosses in den Ritz zwischen Holztür und Beton, rüttelte solange, bis die Eisenstange tief genug saß, dann benutzte er sie als Hebel, stemmte seinen Fuß gegen den Beton und zog am anderen Ende der Stange. Es war leichter als gedacht. Mit einem Ruck gab das Schloss nach, die Tür schwang auf und Paul konnte sich nicht mehr halten und stürzte nach hinten. Mit einem Platschen landete er auf dem Hosenboden im Matsch. Hannes verkniff sich ein Lachen. Paul sprang auf und riss die Holztür vollständig auf. Mehrere steinerne Treppenstufen zeigten sich. Knapp hinter der untersten sah er große Steinquader, die eine Mauer bildeten.

Eingemauert, schoss es durch seinen Kopf.

Paul raste die Stufen nach unten, schlug mit der Faust gegen die Wand, wartete einen Moment und legte sein Ohr auf den Stein. Kurz darauf schrie er Franziskas Namen.

„Was ist?", wollte Hannes wissen, der mittlerweile auch die Treppenstufen hinuntergestiegen war.

„Ruf die Polizei!", kreischte Paul. „Ich habe Stimmen gehört. Schnell beeil dich!"

***

Zuerst kam der Krankenwagen mit Blaulicht herangeeilt, kurz darauf die Feuerwehr. Die Polizei ließ etwas auf sich warten. Zwei Feuerwehrleute erfassten die Situation, holten eine Ramme und begannen die steinerne Wand einzureißen. Sie bestand aus Hohlblocksteinen, so ging es recht schnell. Befehle ertönten. Ein Scheinwerfer wurde herbeigeschleppt und erleuchtete erst den Treppenabgang, kurz darauf einen Raum, in den Paul hineinstürmte. Keiner hinderte ihn daran, alle hatten anderes zu tun.

Paul ließ seinen vor Entsetzen gezeichneten Blick hinüber zu Franziska gleiten, die vor einer Wand stand und irgendwas mit der Hand umklammerte, die sie senkrecht nach oben gestreckt hielt. Er hatte sie noch niemals so verstört und dreckig gesehen. Sein Herz hüpfte vor Freude. Die hektischen Bewegungen ihrer Augäpfel, ihre angriffslustige Körpersprache und die Flasche mit dem abgeschlagenen Hals in ihrer Hand allerdings, ängstigten ihn. Erst jetzt nahm er

Georg wahr, der am Boden lag und blutete.

Es zog ihn zu Franziska hin. Er wollte sie umarmen. Er wollte sie spüren. In diesem Moment stießen ihn zwei Sanitäter, die eine Bahre trugen, zur Seite. „Machen Sie Platz!“

Paul spürte, wie er am Arm gepackt und sanft nach hinten gezogen wurde. Er blickte sich um und sah Hannes. „Komm´ wir gehen nach draußen. Franziska wird gut versorgt.“

Widerwillig ließ er sich nach oben ziehen.

Draußen Blaulicht. Ringsherum. Auch ein Polizeifahrzeug stand nun auf dem Parkplatz.

Es dauerte nicht lange, bis die Sanitäter vorsichtig die Stufen hinaufgestiegen kamen. Sie trugen die Bahre, auf der Franziska festgeschnallt lag.

„Dem anderen geht es gut“, sagte der Sanitäter am Fußende der Bahre an einen Feuerwehrmann gerichtet. „Er hat nur leichte Schürfwunden. Holt ihn rauf. Wir kümmern uns erst einmal um die Furie hier.“

Der Feuerwehrmann verstand. Er hatte mit angesehen, wie die junge Frau auf den am Boden liegenden Mann weiter einschlagen wollte. Der Mann hatte die Knie bis zum Bauch angezogen und beide Arme schützend über den Kopf gelegt. In dem Moment, als der Sanitäter die Frau am Armgelenk packte, hatte sie sich umgedreht und lauthals schreiend auf ihn eingeprügelt.

Als Paul sah, dass Franziska über den Parkplatz getragen wurde, eilte er herbei, nahm ihre Hand, streichelte sie und lief neben der Bahre her. Er konnte nichts sagen. Der Kloß in seinem Hals hinderte ihn. Tränen des Glücks fluteten seine Augen, als er Franziskas zaghaftes Lächeln in sich aufnahm. Er glaubte, es würde ihm gelten und schwelgte in dem Gefühl.

„Sie können nicht mitfahren“, sagte ein Sanitäter schroff.

Franziska wurde verladen.

Die Tür des Krankenwagens schlug zu.

Paul war allein.

„Ich muss mit Ihnen reden“, hörte er hinter sich.

Er drehte sich um und erkannte Kriminaloberkommissarin Klara Potente.

5.

„Weißt du, wie es den beiden jetzt geht?", wollte Benjamin wissen.

„Körperlich, soweit ich weiß, ganz in Ordnung, etwas unterkühlt zwar, aber ohne bleibende Schäden. Sie wurden ins Klinikum eingeliefert und werden dort auch psychologisch betreut. Und das scheinen sie auch nötig zu haben", antwortete Hartmann mit einer Menge Ironie in der Stimme. „Franziska Hillershausen war ja total durch den Wind, als sie befreit wurde."

Benjamin grinste breit. „Stimmt, ich habe Klaras Bericht gelesen."

Die Kommissare kicherten vor sich hin, als sie sich den Ablauf der Rettungsaktion vorstellten.

„Willste noch `n Kaffee", fragte Benjamin kurz darauf, „wir haben noch einiges abzuarbeiten."

„Stimmt, so eine Kacke! Dieser leidliche Schreibkram", schimpfte Daniel genervt.

Benjamin erhob sich und schlurfte zu der Kaffeemaschine. „Sieh es doch mal positiv. Wir sind die Puzzlemeister, die Stück für Stück zu einem aussagekräftigen Bild zusammensetzen und wir sind die ersten, die das Gesamtwerk vor Augen haben."

„Falsch! Vor uns sehen es die Täter und die Opfer", motzte Hartmann, „na ja, den Opfern wird es wohl egal sein, spätestens dann, wenn sie tot sind, und die Täter tun alles dafür, dass uns einzelne Puzzleteile fehlen."

„Mann, was ist denn los mit dir?", erwiderte Benjamin, als er seinem Kollegen eine gefüllte Kaffeetasse reichte. „So destruktiv kenne ich dich gar nicht. Welche Laus ist dir denn über die Leber gelaufen?"

„Hab einfach keinen Bock mehr, alles in den PC zu hämmern. Es ist Wochenende und ich bin müde."

„Hast ja recht. Komm, lass uns noch den einen Bericht zu Fabians Festnahme zu Ende schreiben."

„Der hat uns ja ganz schön an der Nase herumgeführt, erst im Taunus, dann im Herrngarten und auch bei der Befragung hier im Präsidium", echauffierte sich Daniel. „Pia war am Ende des Verhörs total paralysiert. Ich durfte Fabian nicht unbehelligt laufen lassen. Also bin ich ihm nachgegangen. Das weißt du. Du weißt aber nicht, was dabei in meinem Kopf vorging." Daniel nippte an dem heißen Getränk und gab seinem Kollegen die Chance, ihn aufzufordern: „Na sag schon."

Dobermann tat es tatsächlich.

Daniel schaute verträumt aus dem Fenster. „Ich muss gestehen, ich hatte eigenartige Gedanken. Mein erster war, dass ich ihm einen Stuhl über den Schädel ziehe, er wäre ohnmächtig zu Boden gegangen, ich hätte einen Arzt geholt und zu Protokoll gegeben, Fabian wäre beim Verlassen des Verhörraums gestolpert und mit dem Kopf gegen den Türholm geknallt.

Außerdem hatte ich mir überlegt, ihn in ein leeres Büro zu locken und abzuschließen. Bestimmt hätte er das Büro verwüstet und wir hätten ihn wegen Sachbeschädigung dabehalten können. Gerne hätte ich ihn auch mit K.O.-Tropfen betäubt."

Benjamin lächelte: „Ich bin überrascht, welche kriminellen Gedanken in deinem Kopf herumschwirren. Hätte ich dir nicht zugetraut."

„Als ich Fabian hinterher geschlichen bin, war ich so konzentriert, dass ich Klara nicht gesehen habe, die mit einem Handy am Ohr aus ihrem Büro gestürmt kam. Ich stieß gegen sie. Sie strauchelte, fiel und riss mich irgendwie mit. Ich landete auf ihrem Körper und starrte ihr in die Augen, als sie fassungslos vor Schreck ausrief: ‚Die Vermissten wurden gefunden. Ich muss sofort zum Ostbahnhof'.

Ich rappelte mich auf und spurtete zum Ausgang. Der Pförtner kam mir zur Hilfe. Ich glaube, er war froh, sich endlich einmal bewegen zu dürfen. Gemeinsam überwältigten wir Fabian und brachten ihn zurück. Der Haftrichter war schnell überzeugt, dass Fluchtgefahr besteht und nun wird Fabian morgen in das U-Haft-Gefängnis nach Weiterstadt gebracht werden."

„Klaro, so wars. Hab ich im Bericht genauso aufgeschrieben", sagte Benjamin. Nachdenklich fügt er hinzu: „Aber trotz diesem Erfolg finden wir keine Brücke zu unserem Doppelmord von letztem Sonntag. Fabian streitet vehement ab, die Höfners ermordet zu haben."

„Sollten wir ihm glauben?", fragte Daniel.

„Ich weiß nicht, es klang alles sehr logisch, was er zu Protokoll gegeben hat, alles bis auf den unglaublichen Zufall, dass er von den Morden erzählte und kurz darauf tatsächlich gemordet wurde, von wem auch immer. Wenn es wirklich stimmt, dass Fabian noch am Sonntagabend von Georg Schärfer mit K.O.-Tropfen außer

Gefecht gesetzt und verschleppt worden ist, hat er ein wasserdichtes Alibi."

„Hätte, wäre, könnte. Mann ist das alles kompliziert", grummelte Daniel, gähnte auffallend laut und rieb sich die Augen.

Benjamin reagierte auf die Körpersprache seines Kollegen. „Ach, lass uns doch jetzt schon Feierabend machen und morgen den Sonntag genießen. Am Montag ist auch noch ein Tag."

Daniel stimmte nickend zu, Benjamin speicherte die Datei ab und ließ den PC runterfahren. „Komm, der Rotwein ruft", sagte er und schnappte nach seiner Lederjacke, die am Haken hing. Sein Kollege lächelte milde und erhob sich ebenfalls. Beide verließen das Büro, liefen den langen Gang entlang, fütterten die Zeiterfassung, auch Stechuhr genannt, mit den notwendigen Daten, grüßten kurz den Pförtner und auf dem Parkplatz am Präsidium angelangt, stiegen beide in Benjamins alten Opel Kadett ein.

Eine Viertelstunde später saßen sie im Wohnzimmer der kleinen Zweizimmerwohnung im Martinsviertel. Nebeneinander belegten sie die Ledercouch, ließen ihre bestrumpften Füße auf dem niedrigen Wohnzimmertischchen ruhen und hörten „Dark Side of the Moon" in einer beträchtlichen Lautstärke. Jeder hielt ein dickbauchiges Glas gefüllt mit rotem Wein in der rechten Hand, sie stießen abwechselnd an und tranken in kräftigen Schlücken.

„Ich glaube, wir werden nie herausfinden, wie Herr und Frau Höfner zu Tode gekommen sind. Alle Indizien sprechen für einen Mord, nur da ist weit und breit kein Motiv und auch kein Mörder", sagte Benjamin resigniert. Er beugte sich vorsichtig zur Seite und schaufelte händeweise Nüsse aus einer großen Schüssel, die auf dem weißen Beistelltischchen standen, in sich hinein.

Daniel blickte versunken in sein Rotweinglas. „Ja, unser erster Fall und weit und breit kein Täter."

„Vielleicht sollten wir nochmals alle Zeugenaussagen durchgehen und ganz von vorne beginnen?"

„Ach hör doch auf Benjamin! Das haben wir immer und immer wieder getan. Ich denke, wir müssen uns eingestehen, dass wir die Hintergründe des Doppelmordes nicht aufklären werden." Er nippte an dem roten Rebensaft. „Immerhin sind wir nicht die Einzigen, die an dem Fall gearbeitet haben. Die gesamte Soko hat es nicht geschafft. Mittlerweile ist sie nahezu aufgelöst. Lediglich Pia ermittelt noch ein wenig und – Kriminalrat Löwental sei Dank – müssen ausgerechnet wir den Papierkram erledigen."

„Klar, wir sind die Neuen und wir dürfen die Werkstatt auskehren. Kriminalnovizenjahre sind nun mal keine Herrenjahre.“

„Mag sein, dass du richtigliegst. Das gemütliche Leben fängt erst bei einem Kriminaloberkommissar an“, kaute Daniel die schmerzliche Erkenntnis in sich hinein und bemerkte lakonisch: „Beim nächsten Fall wird alles besser.“

„Ja“, erwiderte Benjamin. „Beim nächsten Fall wird alles besser.“

Und wieder klirrten die Gläser beim Anstoßen.

Epilog

Das eklige Herbstwetter der letzten Tage mit tief hängenden Wolken, eiskalten Regenschauern und diesem undurchdringlichen Grauschleier war über Nacht spurlos verschwunden. Der Altweibersommer war zurückgekehrt und mit ihm ein letztes Aufbäumen der Natur. Morgens war es noch kühl und feucht, später schaffte es die Sonne, ein wohliges Kribbeln auf die Haut zu zaubern. Optimales Wetter, um die Freizeit draußen zu verbringen, was auch viele Menschen taten. Die Wiesen des Herrngartens waren gut belegt, und in der Innenstadt gab es kaum noch freie Plätze in den vielen Cafés. Glückliche Gesichter nahezu überall.

Den beiden jungen Kommissaren musste das Wetter egal sein. Daniel und Benjamin hatten anderes zu tun. Sie verbrachten ihre Zeit im Polizeipräsidium, glotzten auf die Bildschirme ihrer Computer und hämmerten solange auf die Tastaturen ein, bis der Wunsch auf den nächsten Kaffee übermächtig wurde. Es mussten immer neue Berichte geschrieben, Zeugenaussagen dokumentiert und Befragungen niedergeschrieben werden. Akten und Dateien mussten gefüllt und jedes Detail festgehalten werden. Die Tage waren lang und die Abende kurz. Die beiden Kommissare gaben sich ihrem Schicksal hin. Hartmanns Wohnung war mittlerweile wieder in Stand gesetzt und gesäubert worden und er musste nicht mehr bei seinem Kollegen wohnen. Todmüde fiel er abends in sein Bett und Benjamin trank zu Hause allein seinen Entspannungsrotwein. So verging die Zeit. Eine gewisse Lethargie machte sich breit, bis Daniel ein paar Tage später einen Dienstgang machen musste und bald darauf ein lautes Rufen durch die langen Gänge des Polizeipräsidiums schallte.

„Du glaubst es nicht", schrie Daniel und raste auf seinen Kollegen zu, der gerade die Tür zu dem gemeinsamen Büro öffnete. Er winkte mit einer hellblauen dünnen Akte und presste atemlos die Worte heraus: „Du wirst es nicht glauben."

Benjamin grinste verschmitzt. Es amüsierte ihn, wenn er Hartmann sportlich aktiv und außer Atem sah. Leise raunte er vor sich hin: „Komm erst einmal heil bei mir an. Dann sehen wir weiter." Er drehte sich behäbig um und betrat das gemeinsame Büro, in dem sein eigener und Hartmanns Schreibtisch voll bepackt mit Akten wartete. Langsam schritt er in Richtung der Kaffeemaschine, schnappte zwei Tassen und füllte sie mit der heißen schwarzen Flüssigkeit aus einer Glaskanne und als er damit fertig war, hatte Daniel das Büro erreicht und stürmte herein. „Es ist der reine Wahnsinn." Dankbar nahm er die Tasse, die ihm hingehalten wurde, nippte kurz daran und setzte sich schwer atmend auf seinen Schreibtisch.

Benjamin grinste noch immer und nahm ebenfalls einen Schluck. Kurz drauf fragte er: „Mann, du bist ja total von der Rolle. Was ist denn los?"

Hartmann bemühte sich, etwas mehr zur Ruhe zu kommen, schaffte es aber nicht. Im nächsten Moment sprang er auf und sagte: „Du wirst es nicht glauben, aber der Doppelmord ist aufgeklärt."

Die Worte verklangen im Raum und Benjamins Mund stand offen.

„Ich hab doch gesagt, du wirst es nicht glauben", wiederholte sich Hartmann und wartete, bis sein Kollege schluckte und ihn fragend ansah. Anschließend plapperte er los: „Weißt du noch, am letzten Dienstag, als wir nach dem Pressetermin hier in unserem Büro saßen und einen Profikiller ins Spiel gebracht hatten? Du wirst es nicht glauben, wir hatten tatsächlich recht."

„Ein Profikiller? Diese Idee hatten wir doch schnell verworfen", erwiderte Benjamin verständnislos. Der Gedanke musste erst einmal bei ihm ankommen und einen Platz in seinem Hirn finden. Nach einer längeren Pause sagte er nachdenklich: „Ja, ich weiß, ich hatte vermutet, der Sohn der Höfners habe etwas damit zu tun, weil er sich an seinen Eltern rächen wollte, immerhin war er enterbt worden."

„Richtig, aber mit dem Sohn, da hast du dich getäuscht. Es gibt andere Erkenntnisse."

Dobermann stieg von einem Fuß auf den anderen. „Nun machst du mich aber wirklich neugierig. Also erzähl, was hat das alles mit einem Profilkiller zu tun?"

Hartmann stand noch immer mitten in dem kleinen Büro und hielt die Kaffeetasse in der Hand. „Du weißt doch, dass der alte Höfner ein Konto hatte. Als es die Spusi fand, waren noch 60.000 € darauf. Die Kollegen haben das Konto untersucht und in Erfahrung gebracht, dass kurz vor den Morden 22.000 € auf ein Schweizer Konto überwiesen worden sind."

„Ja, und weiter?"

„Ich habe gerade erfahren, für was der Betrag genutzt wurde."

„Nun spann mich nicht auf die Folter", drängelte Benjamin.

„Also, durch Amtshilfe haben wir in diesem Fall wirklich etwas aufklären können. Die Schweizer sind ja ansonsten verstockt, wenn es um ihr hochheiliges Bankgeheimnis geht. Ich weiß nicht genau, wie es das BKA angestellt hat, aber wir haben jetzt die Information, dass das Geld nur kurz zwischengelagert worden war, am selben Tag wurden für den gesamten Betrag Bitcoins gekauft und diese verschwanden im Darknet oder Deep Web, wie sich der Scheiß auch immer nennt." Daniel machte eine abfällige Handbewegung und einen Gesichtsausdruck, als habe er gerade in einen verfaulten Apfel gebissen.

Benjamin dachte nach: „Darknet? Hab zwar schon davon gehört, aber hilf mir mal auf die Sprünge."

Daniel stellte die Kaffeetasse auf dem Schreibtisch ab und gestikulierte wild. Anscheinend benötigte er beide Hände, um erklären zu können. „Also pass auf", begann er. „Verbunden mit dem Internet, das über Browser und Suchmaschinen frei zugänglich ist, befindet sich ein weiteres Netz, das sogenannte Deep Web. Hierbei handelt es sich meist um legale passwortgeschützte Archive und Kataloge. Unter dieser Ebene verbirgt sich das Darknet. Wer in dieser Grauzone unterwegs ist, surft anonym und anonymes Surfen im Internet, das klingt verlockend für Leute, die nicht entdeckt werden wollen, zum Beispiel politische Dissidenten oder Whistleblower, die durch die Firewalls ihrer Länder keine andere Möglichkeit haben, mit der Außenwelt in Kontakt zu treten. Genau diese Anonymität war der Wunsch der Erfinder. Die Entwicklung dieses Netzes wurde sogar vom US-Außenministerium und US-Militär mitfinanziert. 2002 ging die Test-Version online und war ein Erfolg nicht nur für die Guten. Natürlich sahen auch die Kriminellen die Vorteile."

„Das ist interessant", unterbrach Benjamin, „aber was hat das alles mit unserem Fall zu tun?"

„Pass auf. Die Kollegen von der Cyberkriminalität haben einen Nutzer aufgetan. Ein kleiner Fisch, den man mit eventuellen Strafer-leichterungen gut ködern konnte. Er beichtete, dass er vor allem illegale Drogen über bestimmte Dienstleister im Darknet einfach so bestellt hatte. Drogen gibt es dort wie Sand am Meer: LSD, Crystal Meth, Speed und Kokain. Ein Gramm Kokain kostet beim Anbieter BitPharma beispielsweise 85 US-Dollar. Derzeit sind das 0,13 Bitcoin, der digitalen Währung, deren Transaktionen nicht verfolgbar und mit denen die meisten Waren im Darkweb zu kaufen sind. Geliefert werden sie ganz normal durch die Post, spannend nicht?" Daniels Wangen waren zwischenzeitlich rot angelaufen. Er hatte sich in Rage geredet.

Benjamin stieg noch immer nervös von einem Fuß auf den anderen, die Kaffeetasse in Händen haltend. „Mann bist du gut informiert, aber wie kommt da bitteschön unser Ehepaar Höfner ins Spiel?“, wollte er genervt wissen.

Hartmann lächelte. Er genoss es, wenn sein Kollege neugierig war und an seinen Lippen hing. „Wie gesagt, Geld wurde von dem Konto der Höfners abgebucht und über ein Konto in der Schweiz in Bitcoins umgetauscht. Im Darknet wechseln aber nicht nur Drogen und Waffen den Besitzer. Es werden auch Dienstleistungen angeboten. Der *kleine Fisch*, den die Kollegen verhört haben, hat mitgeteilt, dass es auch Plattformen für Auftragsmörder gibt. Je bekannter die Zielperson ist, desto teurer ist es. Am häufigsten wird wohl der Auftrag *Lass es wie ein Unfall aussehen* erteilt. Die Kollegen recherchierten und bestätigten die Aussagen.“

„Waas?“

„Ja, du hast richtig gehört, ein Auftragskiller, aber es kommt noch besser. Was denkst du, wer sich in unserem Fall einen Mörder gewünscht hat?“

„Keine Ahnung?“

„Momentan gibt es Hinweise, dass Frau Höfner die Auftraggeberin war. Anscheinend hat sie einen Doppelmord inszeniert und ...“

„Waas?“ Dobermann ging einen Schritt auf Hartmann zu und wackelte verblüfft dreinschauend mit dem Kopf. „Jetzt wird es aber ganz und gar abgedreht. Warum sollte Frau Höfner dahinterstecken und welche Indizien gibt es für diesen Tathergang?“

„Gute Frage“, konterte Hartmann. „Da müssen wir noch ein wenig nachforschen. Aber wir haben eine Spur und sind dran.“

Die Tür öffnete sich und Pia Stenger betrat das kleine Büro. Die beiden Kommissare bemerkten es erst gar nicht, weil sie so in ihre Gedanken verstrickt waren. „Na ihr beiden Aktenbearbeiter. Krieg ich auch einen Kaffee?“, begann die Kommissarin verschmitzt frech.

„Schließ erst mal die Tür. Wir sind in einem konspirativen Austausch“, sagte Benjamin und schlurfte langsam zur Kaffeemaschine.

„Okay, da bin ich ja richtig hier und kann gleich damit beginnen, was mir am meisten auf der Seele brennt.“

Benjamin schaute interessiert auf.

„Ich habe das Gefühl, ihr beiden habt es faustdick hinter den Ohren“, sagte Pia und nahm die Kaffeetasse entgegen, die ihr Benjamin hinhielt.

„Wie meinst`en das?“, wollte Daniel wissen, ohne aufzublicken.

„Klara ist ganz schön stinkig auf euch. Erst die Sache mit den Beweismitteln, die du, Daniel, aus dem Mercedes an dich genommen und später erst an die Spusi zurückgegeben hast und der Brief, den Benjamin von Frau Krause unterschreiben ließ und verschickte, ohne die Kollegen zu informieren."

„Und deswegen kommst du jetzt zu uns?", fragte Dobermann, „und was hat das mit den faustdicken Ohren zu tun, oder wie du das genannt hast?"

Pia verstand erst nicht, gleich darauf aber musste sie grinsen. „Tja, Klara hat eure Vergehen natürlich dem Kriminalrat gemeldet, musste sie ja tun. Und eben bat sie mich, euch mitzuteilen, dass unser großer Chef diesen Anzeigen nicht weiter nachgehen wird. Da überlegt sich doch so eine gestandene Staatsbedienstete, wie ich es nun mal bin, wie ihr Frischlinge das hingekriegt habt?"

„Wir sind halt gut vernetzt", sagte Hartmann und Pia ließ ihren Kopf in seine Richtung brausen.

„Stimmt, zur rechten Zeit die richtigen Informationen sind das A und O in der Polizeiarbeit, oder?"

Pias Kopf schnurrte zurück in Benjamins Richtung. „Dachte ich es mir, dass eure Väter dahinterstecken", ereiferte sie sich und stieß lediglich auf ein breites Grinsen der beiden Jungkommissare. So schnell wie sie aufgebraust war, beruhigte sie sich wieder, auch weil sie die Vertrautheit und Einheit zwischen ihren beiden Kollegen spürte. „Na, nach anfänglichen Schwierigkeiten, ich habe Geschichten von eurem ersten Tatortbesuch gehört, da schlackern mir die Ohren, seid ihr in den letzten Tagen gut bei uns angekommen und das gefällt mir. Willkommen im Team." Aufmunternd hielt sie ihre Hand Hartmann entgegen, der sie lächelnd schüttelte. Anschließend streckte sie auch Benjamin ihre Hand entgegen, der gedankenversunken und kopfschüttelnd fragte: „Hast du tatsächlich mit unserem Hauptverdächtigen eine Nacht verbracht?"

Pia zog ihre Hand zurück, als hätte Benjamin mit aller Gewalt dagegen geschlagen. Ihre Mundwinkel zogen sich nach unten.

„Na ja, er ist ja auch recht ansehnlich", lenkte der junge Kommissar ein. Anschließend lächelte er verschmitzt.

Pia überlegte, ob sie ihrem Ärger nachgeben wollte. Grimmig schaute sie in Benjamins Gesicht, sah das Blitzen in seinen Augen.

„Tja, er hatte schon was, wenn auch nur für eine Nacht", sagte sie und jetzt gaben sie sich die Hand.

„Toll, dass ihr uns Grünschnäbel so schnell in euer Team aufgenommen habt", erwiderte er und grinste herzerweichend.

Pia spürte, wie sympathisch ihr Benjamin war und sie spürte ebenso, dass ihr dieses Gefühl viel näher ging, als sie es wollte. „Was habt ihr gerade besprochen?“, wechselte die Kommissarin ins Unverfängliche. „Ging es noch um den Doppelmord bei Höfners?“

Daniel bejahte und plapperte los, da er froh war, nochmals die neusten Erkenntnisse, diesmal an die Frau bringen zu können. Nachdem er die Auftragskiller-Story wiederholt hatte, umrundete Pia Benjamin, berührte ihn kurz am Arm und ließ es so aussehen, als sei es unbeabsichtigt geschehen. Sie setzte sich auf die Schreibtischkante und schwieg nachdenklich.

„Was ist los?“, fragte Benjamin.

Pia blickte nicht auf, als sie sagte: „Da passt einiges zusammen. Die Kollegen haben den Hausarzt von Frau Höfner befragt. Der hat ausgesagt, seine Patientin sei manisch-depressiv und deswegen auch in Behandlung gewesen. Sie habe auch immer wieder davon gesprochen, nicht mehr leben zu wollen. Allerdings hing sie sehr an ihrem Mann, immerhin waren die beiden 57 Jahre verheiratet.“

„Das kann ich verstehen“, meldete sich Hartmann zu Wort, „aber warum sollte Frau Höfner etwas mit dem Doppelmord zu tun haben?“

Pia drehte ihren Kopf in Richtung Hartmann: „Eine Nachbarin, die jetzt erst aus dem Urlaub gekommen ist, hat sich gemeldet und ausgesagt, Frau Höfner habe die polnische Pflegekraft gehasst. Sie habe sie gemobbt. Anscheinend wollte Frau Höfner erreichen, dass die Pflegekraft abreist. In den letzten Monaten war sie immer eifersüchtiger und bösartiger geworden. Sie bezichtigte die Pflegerin, sie wolle etwas mit ihrem Mann anfangen, obwohl der 84 Jahre alt war und im Rollstuhl saß. Die Nachbarin bestätigte die Aussage des Arztes und sagte, Frau Höfner habe auch ihr immer wieder erzählt, sie hätte keine Lust mehr zu leben, am liebsten würde sie sich umbringen, leider ginge dies aber nicht. Wenn sie nicht mehr da wäre, würden sofort andere Frauen ihren Mann wegschnappen und das könne sie auf gar keinen Fall zulassen.“

Benjamin fiel die Kinnlade runter.

„Die litauische Pflegerin wurde nochmals intensiv befragt und hat unter Tränen ausgesagt, wie sie von Frau Höfner behandelt worden war. Sie habe aber ihrer Agentur gegenüber nichts sagen wollen, da sie Angst hatte, ihre Stelle zu verlieren. Sie brauchte das Geld dringend.“

Benjamin fielen zum ersten Mal Pias sanfte Stimme und die feinen Grübchen auf, die sich beim Reden um ihre Mundwinkel bildeten. Auch ihre wachen braunen Augen berührten ihn und ihn faszinierten die glänzenden dunkelbraunen Haare, die ihr wild ins Gesicht fielen. Er ertappte sich sogar bei dem Gedanken, dass er gerne daran riechen würde.

„Was hat sie denn genau gesagt?“, fragte Daniel.

Die Frage holte Benjamin zurück in die Realität.

Es schien, als könne Pia seine Gedanken lesen. Sie lächelte versonnen, bevor sie weitersprach. „Frau Höfner habe mehrmals nachts die Pflegerin mit Hilferufen aus dem Schlaf geholt. Als sie vor dem Bett gestanden habe, hätte sie geschrien, die Pflegerin solle abhauen. Sobald die Litauerin gehen wollte, hatte sie wieder laut um Hilfe geschrien und manchmal auch ihre gefüllte Windel ausgezogen und nach der Pflegerin geworfen. Auch habe sie sich, vor allem nachts, absichtlich nass gepinkelt, um Hilfe gerufen und sich ganz und gar steif gemacht, sodass es der Pflegekraft sehr schwerfiel, sie zu waschen und das Bett zu machen.“

„Oh, Mann.“

Benjamin und Pia schauten ihren Kollegen an, der wild den Kopf schüttelte. „Was diese 24-Stunden Pflegekräfte alles aushalten müssen. Und das für die paar Euro, die die kriegen.“ Daniel schlug mit der Faust so hart auf den Schreibtisch, dass Benjamin und Pia erschraken. „Jetzt kaufen wir uns schon unsere Pflegerinnen aus den osteuropäischen Ländern ein, weil wir es nicht selbst machen wollen und schikanieren tun wir sie auch noch. Es ist eine Schande.“

„Daniel, du hast ja recht“, versuchte Benjamin zu besänftigen, „das ist aber gerade nicht unser Thema.“

Pia stimmte ihm zu und berichtete weiter von den Ermittlungen: „Das BKA hat von dem Schweizer Konto und den 22.000 € erfahren. 2000 € hat der Vermittler eingesteckt und das Geld in das Darknet fließen lassen.“

„Das wissen wir schon“, unterbrach Daniel.

„Ach ihr seid schon informiert“, bemerkte Pia überrascht. „Wisst ihr auch schon von der Email?“

„Nee! Welche?“, wunderte sich Benjamin.

„Tja, es konnte noch eine Mail auf einem Laptop, das wir fanden, sichergestellt werden. Der Vermittler hatte es im Auftrag von Frau Höfner geschrieben und darin mitgeteilt, wo die Höfners wohnten, dass der alte Höfner eine Waffe besaß, wo diese zu finden und wo der Haustürschlüssel im Außenbereich versteckt war. Somit konnte der Auftragsmörder lautlos das Haus betreten, er hatte sich anscheinend einen Schalldämpfer besorgt ..."

„... und alles wie einen doppelten Suizid aussehen lassen," vervollständigte Benjamin. „Soweit so klar. Aber wisst ihr auch, wer der Vermittler war?"

„Nach der Mail zu urteilen, war es Fabian", antwortete Pia und Daniel sprang auf. Aufgeregt patschte er sich mit der flachen Hand vor die Stirn. „Klar, jetzt kennen wir den genauen Tathergang. Fabian hat ihn dir erzählt, Benjamin. Auch wenn er nicht dabei war, er wusste genau, wie alles abgelaufen ist. Er war schließlich der, der mit dem Auftragskiller in Verbindung stand und ihm genau erklärte, was zu tun war."

„Das glaube ich jetzt nicht", bemerkte Benjamin mit tonloser Stimme.

Daniel ereiferte sich: „Ich habe dir doch vorhin schon gesagt, dass du es nicht glauben wirst. Nicht nur, dass Frau Höfner Selbstmord begeht und ihren Mann mit in den Tod nimmt. Jetzt ist auch noch klar, dass Fabian hinter allem steckt, nicht nur hinter dem Doppelmord, auch wenn man es als Tod auf Verlangen deuten könnte. Er hat sich bereichert, Freiheitsberaubung begangen und uns obendrein noch maßlos an der Nase herumgeführt."

„Und das mit dem *an der Nase herumführen* lastest du ihm am meisten an, oder?"

„Kann schon sein, Benjamin. Aber ist doch wahr. Das war ein elendiges Spiel, was der mit uns getrieben hat. Und obendrein ist er noch ein alter Freund von dir und wollte dich und deine Stellung schamlos ausnutzen."

„Und ich habe mit ihm eine Nacht verbracht, das ist unverzeihlich", sagte Pia und strahlte Benjamin an. „Aber ich glaube, wir sind nun am Ende. Alles ist aufgeklärt. Es muss nur noch der Staatsanwalt informiert werden. Das könnte doch Klara machen, was meinst du Benjamin?"

„Auf alle Fälle", antwortete der junge Kommissar, „sie ist ja die Leiterin unserer Soko, obwohl sie lediglich Kriminaloberkommissarin ist und du als Hauptkommissarin wohl übergangen wurdest."

„Na, das hat wohl andere Gründe", sagte Pia, „ist mir aber egal, dafür habe ich jetzt Feierabend und die Kriminaloberkommissarin muss noch schuften."

„Wer sagt es ihr?", wollte Daniel wissen.

„Na du“, erwiderten Benjamin und Pia nahezu gleichzeitig.

Daniel grunzte vor sich hin, gab aber keine Widerworte.

„Okay, dann mache ich jetzt Feierabend.“ Pia erhob sich vom Schreibtisch, stellte sich vor Benjamin, schaute ihm in die Augen und wartete.

Benjamin benötigte einen Augenblick, bis er zaghaft fragen konnte: „Hast du Lust, mit mir heute Abend auszugehen?“

„Ich dachte schon, du würdet mich gar nicht mehr fragen“, erwiderte Pia und drückte ihrem Kollegen einen flüchtigen Kuss auf die Wange.

***

Ihr glaubt, ihr hättet gewonnen.

Ihr seid tatsächlich der Meinung, ihr hättet es geschafft.

Das glaubt ihr wirklich, oder?

Ihr glaubt, ihr könntet mich verurteilen und wegsperren.

Da habt ihr euch getäuscht. Das werde ich nicht zulassen.

Ich bin frei und kann gehen, wohin ich will.

Das werdet ihr schon bald sehen, denn ihr habt einen verhängnisvollen Fehler begangen und ich lache euch aus dafür.

Jetzt wollt ihr natürlich wissen, welchen Fehler ich meine. Ich sage es euch gerne, denn man sollte niemanden dumm sterben lassen.

Ihr habt vergessen, mir den Gürtel wegzunehmen. Ich habe mich in meiner Zelle umgeschaut. Der Fenstergriff ist stabil und für meine Zwecke gut zu nutzen.

Ein paar Vorbereitungen noch, dann werde ich gehen.

Abschließende Worte

Der Prozess bis zur Entstehung dieses Buches war ein langer und ein spannender. Schon Mitte 2017 hatte ich plötzlich die Grundidee in meinem Kopf. Sie war sehr persönlich und emotional. Kurz darauf begann das Schreiben und half mir, Inneres anzuschauen und es nach außen zu bringen. Anfänglich dachte ich nicht an eine Veröffentlichung, zumal der Verlag, bei dem ich früher verlegt wurde, verkauft worden war und kein neuer Autorenvertrag in Aussicht stand. Dazu kam, dass mein letzter Roman *„Tage, die alles verändern“* (2017) mit dem Untertitel: *Dobermanns letzter Fall* veröffentlicht worden war.

Das Schreiben ging weiter und aus der Grundidee entstand über die Monate und Jahre – ich hatte ja Zeit und keinen Abgabedruck – eine Geschichte, die sich wie von selbst entwickelte, komplexer und auch verrückter wurde und Anfang 2019 in der ersten Fassung zum Abschluss kam. Immer wieder flossen autobiografische Züge ein und selbst ich war über den Ausgang der Geschichte überrascht.

Gegen Ende des Schreibprozesses gaben mir zwei Testleser Rückmeldungen über die entstandenen Textpassagen. Danken dafür möchte ich Peter Schäfer und İsmail Gençyiğit. İsmail ist Mitarbeiter des Rüsselsheimer „Lärmtelefon“, welches in dem Roman eine große Rolle spielt und prüfte intensiv die Inhalte und auch den Lesefluss. Beide halfen mir mit kritischen und wertvollen Anmerkungen. Beiden lasen auch nochmals nach den Korrekturen den gesamten Text durch und tatsächlich fanden sich erneut kleinere Fehler, das eine oder andere Leerzeichen fehlte oder auch mal ein Punkt. Ich finde es immer wieder interessant, wo sich diese kleinen Fehlerchen verstecken und hoffe, dass diesmal alle gefunden werden konnten, aber, wer weiß das schon? Bei einzelnen Textstellen, die ich als besonders einstufte und von denen ich nicht wusste, ob sie funktionieren, nutzte ich bei Lesungen mein Publikum. Ich stellte Textauszüge vor und beobachtete die Reaktion der ZuhörerInnen. Vielen Dank, dass Sie an den Experimenten teilgenommen haben.

Als letztendlich die Geschichte in der ersten Rohfassung vollständig vorlag, wurde in mir doch der Wunsch nach einer Veröffentlichung wach. Bei meiner Suche nach einem geeigneten Verlag stieß ich auf den mainbook Verlag in Frankfurt. Gerd Fischer las das Exposé und war bereit, die Geschichte genauer zu begutachten. Er sah Schwächen und führte ein intensives und kritisches Lektorat durch. Dafür war und bin ich ihm sehr dankbar. Der Text wurde nach einigem Hin und Her schlanker, ausgefeilter und klarer. Einige Inhalte wurden intensiv und auch kontrovers diskutiert. Für mich war es ein sehr gutes Training, um achtsamer und sorgfältiger zu schreiben. In mir wurde ein Prozess angestoßen und ich will und werde mich diesem stellen, mit der Chance, dass ich mich weiterentwickle, denn das Schreiben und somit das Geschichtenerzählen bedeuten mir sehr viel.
Darüber hinaus genieße ich den Kontakt zu meiner Leserschaft. Lesungen sind meine Leidenschaft und ich danke dem Walldorfer Liedermacher Harald Pons, der mich immer wieder bei meinen Lesereisen begleitet und mit seinen Liedern dazu beiträgt, dass unsere Auftritte besonders werden.

Ich freue mich, auch Sie bei einer meiner nächsten Lesungen begrüßen zu dürfen. Die Termine und weitere Informationen zu meiner Schreibe finden Sie unter: www.krimiautor-ross-darmstadt.de

Andreas Roß
Darmstadt, November 2019